Blue Spring Ride

2

Text

AKIKO ABE

Original

IO SAKISAKA

Blue Spring Ride

INHALT

Charaktervorstellung

Kou Mabuchi

Im zweiten Jahr an der Highschool. Futabas erste Liebe. Nach der Scheidung seiner Eltern änderte sich sein Nachname von Tanaka zu Mabuchi. Kurz darauf verstarb seine Mutter. Er fühlt sich unwiderstehlich von Futaba angezogen, die ihn bedingungslos unterstützt …

Futaba Yoshioka

Ebenfalls im zweiten Jahr an der Highschool. Sie hat festgestellt, dass sie nicht mehr in »Tanaka-kun*«, sondern in den gegenwärtigen Kou verliebt ist. Als sie erfährt, dass auch ihre enge Freundin Yuri Gefühle für ihn hat, ist sie zuerst geschockt. Dennoch beschließen die beiden, einander zu unterstützen und ihr Bestes zu geben. Aber dann lädt Kou Futaba zum Sommerfest ein …!

*Anrede für Jungen und jüngere Männer

Blue Spring Ride

Der Geruch, der nach dem Regen zurückblieb …
Im Lichte um uns fühlte ich deinen Herzschlag.

2

Text
AKIKO ABE

Original
IO SAKISAKA

TOKYOPOP®

Kapitel 1

1

»Das gerade war eine Verabredung mit dir.«

Sie standen unter dem funkelnden, vom Mond hell erleuchteten Sternenhimmel und Kous Augen verengten sich. Sein sanftes Lächeln wirkte so frisch und unverfälscht, dass Futaba es am liebsten für immer auf einem Foto festgehalten hätte.

»Dieses Mal werden wir hingehen.«

Das Sommerfest fand an dem Schrein statt, wo die beiden damals Unterschlupf vor dem Regen gesucht hatten. Futaba dachte, sie würden das Fest gemeinsam besuchen, stand unter der Uhr im Sankaku-Park und wartete dort lange Zeit auf Kou. Unsicher, ob es wirklich eine Verabredung war, hatte sie sich auf seine vagen Worte verlassen. Gebannt blickte sie auf jeden Passanten und hoffte, es könnte Kou sein. Doch nach zwei Stunden vergeblichen Wartens gab sie auf.

Ah, stimmt! Seit jenem Tag bin ich nie wieder zu diesem Sommerfest gegangen! Die Erinnerungen an diesen haben so sehr an mir gezehrt, dass sie nur schwer zu ertragen waren.

»Aber Yuri und Shuko haben an diesem Tag schon was mit ihren Familien vor … Und Kominato-kun ist, soweit ich weiß, auch mit jemandem unterwegs.«

»Weiß ich. Na und?«, fragte Kou lässig.

Das weiß er? Dann …

»Soll das heißen, nur wir beide?«, hakte sie ungläubig nach.

Daraufhin wandte er sich schmollend ab. »Wenn du keine Lust hast, ist das auch okay.«

»Doch, will ich! Ich will mit dir hingehen!!«, rief sie Kou zu und eilte ihm hinterher. Irgendwann blieb er stehen, drehte sich mit einem schiefen Lächeln zu ihr um und klopfte ihr mit den Knöcheln seines Handrückens wie an eine verschlossene Tür leicht auf den Kopf.

»Dann sag das doch gleich, du Dussel!«

Obwohl das Klopfen überhaupt nicht wehtat, zog sie den Kopf etwas ein. *Hoffnungsloser Fall,* ließ Kous Blick vermuten. Kurz darauf setzte er sich in Bewegung. Futaba, die ihm auf den Fersen folgte, fiel es schwer, sich zu beherrschen. Sie hielt sich mit beiden Händen den Mund zu.

Nur wir beide!! Auf einem Sommerfest ... !! Das Sommerfest, zu dem ich an jenem Tag nicht gehen konnte. Und dann auch noch zusammen mit Kou! Und er hat mich sogar dazu eingeladen! Was mach ich denn jetzt bloß? Ich freu mich so! Am liebsten würde ich das hier und jetzt herausschreien!!

»Ah, vielleicht sollte ich dann meinen Yukata anziehen ...? Heute konnte ich schließlich keinen tragen.«

Yuri sah in ihrem Yukata derart entzückend aus – mit den sanften Farbtönen des Kirschblütenmusters, den roten Riemen ihrer Getas, die das Weiß ihrer Zehen so schön betonten, und ihrem niedlichen, weichen und glatten Haar. Bei dem Gedanken, dass Kou sich bei diesem Anblick in sie verlieben könnte, flippte Futaba förmlich aus. Sie wollte ebenfalls ihren Yukata tragen, sich die Haare schön machen und dazu einen hübschen Blumenhaarschmuck und ihre kleine Lieblingstasche tragen. Besonders freute sie sich darauf, Kous verdutztes Gesicht zu sehen, wenn er merken würde, wie feminin sie doch sein konnte.

Doch Kou verzog seinen Mund zu einem fiesen Grinsen und riss Futaba schnell wieder aus ihren mädchenhaften Gedanken:

»Aber wenn du einen trägst, siehst du wie eine Sumoringerin aus, oder?«

Wie eine Sumoringerin?!

Futaba ballte eine Hand zur Faust und versetzte Kou einen Schlag auf den Rücken. »Du bist gemein! Entschuldige dich!«

»Das tat weh! Hör auf, mich mit deinen Vorderhufen zu treten, grunz …!«

»Vorderhufe …?!«

Nun setzte Kou noch einen drauf, indem er sie indirekt als Schweinchen bezeichnete. Futaba zögerte nicht lange und holte aus, um ihm einen noch stärkeren Schlag als zuvor zu verpassen, doch Kou wich aus und ihre Faust ging ins Leere.

»Hey, warte gefälligst!«, rief Futaba, die ihm hinterherjagte und nach ihm schlug. Aber Kou wich leichtfüßig aus und nahm nicht mal die Hände aus den Hosentaschen. »Bleib gefälligst stehen, verdammt!«

»Ha ha!« Kou trat in den Lichtkegel einer Straßenlaterne, sodass er in der Dunkelheit der Nacht zu sehen war.

Wie unbeschwert er lächelt …

Sein Lächeln strotzte nahezu vor funkelnder Lebenskraft. Es erinnerte vielmehr an das schelmische Grinsen eines verspielten Fünftklässlers als an einen Highschoolschüler im zweiten Jahr – er wirkte ganz anders als sonst. Seit ihrem Wiedersehen schien Kou sich tief in seinem Herzen immer zurückgenommen zu haben und nie er selbst gewesen zu sein. Beispielsweise wenn er sich mit Freunden unterhielt oder mit ihnen lachte.

»Ah ha ha!« Futaba ließ sich von seinem heiteren Lachen anstecken.

Das ist nicht fair … Wenn er so ein Gesicht macht, vergesse ich ganz, dass ich wütend auf ihn bin …

In der lauen Brise der Sommernacht hörte Kou als Erster auf zu lachen. Seine tiefbraunen Augen schimmerten in der Dunkelheit und er starrte Futaba wortlos an. Doch als Futaba leicht fragend den Kopf zur Seite neigte, lief er davon, ohne ihre Neugier zu befriedigen.

»Einen Yukata also …«, murmelte er nach einigen Schritten vor sich hin. »Zieh ruhig einen an … Ich will sehen, wie du darin aussiehst.«

Kous normalerweise leicht raue Stimme klang in diesem Moment gedämpft, als blieben ihm die Worte im Hals stecken und schnürte sich sein Herz zusammen. Normalerweise neckte er sie nach solchen Bemerkungen immer, wie eben, als er sie als Sumoringerin bezeichnet hatte, aber diesmal konnte er es nicht. Seine Verlegenheit nach diesen Worten war trotz seiner vorgespielten Lässigkeit im Anschluss so deutlich zu spüren, dass man sie fast mit den Fingerspitzen berühren konnte.

Auch Futaba suchte nach einer passenden Antwort, doch letztendlich brachte sie nicht mehr als ein »Okay« heraus, das Kou einige Sekunden später mit einem »Gut« kommentierte.

An diesem Abend schien der Mond besonders hell. Sein Licht spiegelte sich so auf dem Asphalt, dass die Straße aussah wie ein kleiner Bach. Die Schatten der beiden, die nahe beieinander gingen, zeichneten sich darauf ab. Ihr Gespräch verstummte und ihre Gestalten tauchten vollständig in die stille Nacht ein. Die Geräusche fahrender Autos in der Ferne, das Quaken der Frösche in den Reisfeldern und Kous leise Schritte ein paar Meter vor ihr waren deutlich zu hören. Schließlich verlangsamte Futaba ihre Schritte wie ein kleines Kind, das sich weigert, zum Arzt zu gehen. Auf diese Weise versuchte sie, den Moment des Abschieds wenigstens kurz hinauszuzögern. Sie ging davon aus, dass sich ihr

Abstand vergrößern würde, doch stattdessen schrumpfte er immer weiter, bis Kou schließlich neben ihr herging.

»Also gut … Ich muss hier lang …«, sagte er, als sie an der Kreuzung ankamen, an der sich ihre Wege trennten. Er strich sich mit den Fingerspitzen durch sein leicht gelocktes Haar. »Aber das weißt du ja schon, oder?«

»Ja …«

Zu solch später Stunde waren Highschoolschüler normalerweise nicht mehr unterwegs. Dennoch trödelte Futaba, indem sie wortlos die Spitzen ihrer Stiefeletten betrachtete und mit dem Träger ihrer Schultertasche spielte. Auch Kou bewegte sich nicht vom Fleck. Beide warteten schweigsam auf die Reaktion des anderen und jede Sekunde verstrich qualvoll.

»Also gut, bis dann …«

Kou rührte sich zuerst.

Er geht!

Instinktiv streckte Futaba den Arm aus und griff nach seinem Hemdsaum. »Ich will noch …!«, begann sie. »Ich will noch etwas mehr Zeit mit dir verbringen.«

Kous Augen weiteten sich. Futaba senkte den Blick und lockerte ihren Griff.

»Warum …?«

»Ich will noch nicht heim.«

Häh, was? Was zur Hölle rede ich denn da?!

Ihre Wangen röteten sich und sie lachte verlegen.

»I… Irgendwie bin ich noch nicht in Stimmung…?!«

Kou legte seine knochigen Finger um ihr Handgelenk und zog sie kräftig zu sich heran, woraufhin sie überrascht einige Schritte nach vorn stolperte. Erst kurz bevor ihre Nasenspitze Kous Brust berührte, fand sie wieder Halt. Die Form seines Schlüsselbeins, das durch den Kragen seines Hemdes sichtbar wurde, sowie sein zierlicher Adamsapfel in der Mitte seines geschmeidigen Halses befanden sich so nahe vor ihren Augen, dass sie sie klar und deutlich erkannte. Seine Finger, die zuvor noch ihr Handgelenk umschlungen hatten, glitten ein wenig nach unten, bis sie ihren Handrücken umfassten. Ihr Herzschlag beschleunigte sich und ihr Atem wurde flacher.

»Ich hab dir doch schon mal gesagt, dass du nicht weißt, was passiert, wenn du einem Mann wieder so eine Gelegenheit bietest.«

Trotz ihrer Nähe berührten sich die beiden nur an den Händen. Ihre Körper waren nur wenige Millimeter voneinander entfernt. Und doch nahm sie Kous Präsenz so stark war, dass ihr Herz schier zu bersten drohte. Die nächtliche Sommerbrise trug den intensiven Duft von dichtem Grün. Doch auch der Duft von Kous Parfüm erreichte Futabas Nase.

Sein süßlicher Duft und seine Körperwärme, die mich von hier aus erreicht … Das macht mich ganz schwummrig …

»Aber du würdest mir nichts tun, oder, Kou …?!«

»Das weiß ich selbst nicht!«

Durch das sanfte Kitzeln seiner flüsternden Stimme an ihrem Ohr bekam sie eine leichte Gänsehaut.

Ich schmelze …

In diesem Moment reagierte sie sogar noch empfindlicher auf seine Körperwärme als in seiner Umarmung.

»Vielleicht denke ich mir ja auch, dass ich nicht wirklich Angst hätte, wenn du es wärst …?«

Ihre Stimme klang so lieblich, gar nicht wie ihre eigene. Kous Augen, die sie in diesem Moment anblickten, schimmerten wie zwei Seen, auf denen je ein Tropfen gelandet war, und seine Lippen bildeten einen schmalen Spalt.

Viel-leicht ...
... denke ich mir ja auch ...
... dass ich nicht wirklich Angst hätte, wenn du es wärst ...?

Aus Sicht eines Erwachsenen waren die beiden weder Kinder noch Erwachsene. In der Tat besaßen sie noch nicht das Verständnis und die Erfahrungen eines Erwachsenen, doch sie waren auch nicht mehr so unschuldig und unwissend wie Kinder. Das Gefühl, das beide empfanden, während sie sich an den Händen berührten und sich gegenseitig in die Augen blickten, war nicht funkelnd, unschuldig und rein.

Ich will Kou verführen ... Ich will, dass er diese Lücke zwischen uns schließt und mich in den Arm nimmt. Ich will ihm gehören ...

Kous Atmung beschleunigte sich und sein Kehlkopf bewegte sich auf und ab. »Stopp!« Er packte sie an beiden Schultern und schob sie von sich. Futaba schreckte auf, als wäre sie soeben aus einem Traum erwacht. »Nein! Das ist echt gefährlich! Ich bring dich heim. Komm!«

Er wandte sich ab und lief panisch voraus, wobei er immer wieder verlegen seinen Nacken berührte. Futaba folgte ihm, doch nur wenige Augenblicke später pochte ihr Herz so laut, dass es ihr fast schon in den Ohren wehtat.

Ich habe gerade etwas dermaßen Gewagtes gesagt, dass ich es selbst kaum glauben kann! Wenn es Kou ist, habe ich keine Angst ... Das klingt ja fast schon so, als würde ich wollen, dass er etwas mit mir macht ... W... Was ist eigentlich in mich gefahren?! Seit mir aufgefallen ist, dass ich etwas für ihn empfinde, entdecke ich immer wieder neue Seiten an mir, die ich selbst noch nicht kannte. Mal bin ich erstaunlich mutig, mal unheimlich gierig ... Und das, obwohl ich sonst immer Schwierigkeiten mit Jungs hatte und Themen wie Liebe und so vermieden habe. Ich kann nicht glauben, dass ich mich so anders verhalte, wenn ich vor ihm stehe ... Das neulich war das beste Beispiel dafür ... Ich wollte, dass er sich nicht zurückhält ... Ich wollte, dass er »zu weit« geht ...

»Hey, beeil dich mal ein bisschen! Sonst ist es Mitternacht, ehe wir zu Hause sind!«

»Oh …! Ja!«

Während Futaba in Gedanken versunken war, hatte Kou einen riesigen Abstand zu ihr aufgebaut. Sie beeilte sich, um Schritt zu halten, und stieß einen schweren Seufzer aus.

Ich muss mich beruhigen … Ich darf mich nicht von der momentanen Stimmung mitreißen lassen und einfach so vorpreschen. Außerdem habe ich ihm noch nicht mal gesagt, dass ich ihn mag … Vielleicht liegt es an dieser Sommernacht, dass ich so aufgewühlt bin …?

Die Sonne war zwar bereits untergegangen, doch der Wind trug noch ihre Hitze mit sich. Auch die Pflanzen und Lebewesen verhielten sich unter dem Sternenhimmel so, als könnten sie die Aufregung des Tages nicht so schnell vergessen.

Vielleicht habe ich mich berauschen lassen. Das muss es sein! Ich belasse es mal dabei …

Als sie vor Futabas Zuhause ankamen, sagte sie: »Vielen Dank, dass du mich nach Hause gebracht hast!«

Kou erwiderte ein knappes »Mhm« und begann den Weg, den sie hierhergekommen waren, wieder zurückzugehen. Nach ein paar Schritten hielt er jedoch inne und wandte sich zu ihr um: »Sag mal … Was hast du eigentlich wirklich vorhin am Bahnübergang gesagt?«

Er meinte diesen kurzen Satz, den sie gerufen hatte und der vom dröhnenden Lärm des vorbeirasenden Zuges übertönt worden war.

»Ich bin in dich verliebt!«

Futaba strich sich durchs Haar und senkte ihren Blick: »Was …? Ähm …«

»Hmm. Ach, schon okay!«

Ich möchte ihm sagen, dass ich in ihn verliebt bin. Aber nicht jetzt, sondern wenn wir gemeinsam aufs Sommerfest gehen. Wenn ich meinen Yukata trage und ich mir die Haare hübsch gemacht habe. Wenn ich ihm in meiner reizendsten Version gegenübertreten kann!

»Bis dann!«

»Ja, bis zum Sommerfest dann!«, rief sie ihm hinterher und winkte, woraufhin Kou ebenfalls leicht die Hand hob.

Als seine Silhouette in der Ferne verschwand, öffnete Futaba das Tor zum Vorgarten ihres Zuhauses.

Irgendwie ist dieses Gefühl sehr angenehm.

Sie begrüßte ihre Eltern und ging die Treppen zu ihrem Zimmer im zweiten Stock hinauf, wo sie sich erschöpft ins Bett fallen ließ. Ihr Körper fühlte sich an, als würde er schweben. Sanft legte sie eine Hand an ihre Brust und schloss die Augen. Ihre Körper hatten sich nicht berührt, nur seine Finger hatten ihren Handrücken umschlossen. Doch diese Nähe, ihre Worte und Blicke waren angenehm und aufregend gewesen. Die Blicke früher in ihrer Mittelschulzeit hatten auch etwas Besonderes und Geheimnisvolles gehabt, doch dieses Gefühl eben war noch viel intensiver gewesen.

Ich kann es wirklich kaum erwarten … Die Berührung seiner Finger, als er von sich aus nach meiner Hand gegriffen hat … Seine Augen, als er in den Sternenhimmel geblickt hat … Mag Kou mich vielleicht genau so sehr, wie ich ihn mag …? Oder bilde ich mir das vielleicht nur ein? Vielleicht mache ich mir auch einfach nur zu viele Hoffnungen? Nein, die Stimmung vorhin hat etwas anderes ausgesagt!

Hin- und hergerissen zwischen »Es ist durchaus möglich!« und »Nie im Leben!« wälzte sich Futaba in ihrem Bett umher. Plötzlich sprang sie auf und stürmte aus dem Zimmer.

Mist, ich war so in meiner Traumwelt gefangen, dass ich es fast vergessen hätte!

»Mamaaa, gib mir bitte meinen Yukataaaa!«

»Waaas? Hattest du denn nicht gesagt, dass du dieses Jahr keinen tragen wirst?«

»So war der Plan, aber Pläne können sich ändern! Nächste Woche werde ich einen anziehen! Kannst du ihn mir also bitte jetzt gleich geben?«

»Aber wenn du ihn erst nächste Woche brauchst, gibt es doch keinen Grund zur Eile!«

»Aber ich hasse den Geruch von Mottenkugeln!«

»Ach Mensch … Dabei habe ich ihn schon ganz hinten im Schrank verstaut …«

Nachdem sie ihrer Mutter, die gerade beim Bügeln war, die Ohren vollgequengelt hatte, rannte sie schnell in den Flur und öffnete den Schuhschrank. Die Getas mit den pinkfarbenen Riemen, die sie passend zu ihrem Yukata gekauft hatte, waren in die hinterste Ecke des untersten Schrankfaches verbannt worden. Auf ihrer schwarz glänzenden Sohle hatte sich schon eine dünne Staubschicht gebildet.

»Die Getas habe ich schon mal!«

Sie staubte sie ab und rannte ins Tatami-Zimmer, wo ihre Mutter gerade den Yukata auf einen Bügel und an einen Kleiderhaken an der Wand gehängt hatte.

»Na, jetzt zufrieden?«

»Vielen Dank, liebste Mutter!«, erwiderte Futaba, faltete dankend die Hände vor ihr und betrachtete ihren Yukata. Auf dem blütenweißen Untergrund waren große pinkfarbene sowie kleine hellviolette Blumen aufgedruckt. Ihre Eltern hatten ihn letztes Jahr für sie gekauft, als sie an die Highschool gekommen war. Futaba mochte das hübsche Muster sehr, da es niedliche mit erwachsenen Motiven vereinte. Doch getragen hatte sie ihn bisher noch nie. Da sie sich schon bald nach dem Eintritt in die Highschool immerzu burschikos gab, konnte sie ihn zu dem Feuerwerk nicht tragen, zu dem sie letztes Jahr mit Asumi und Chie gegangen war. Obwohl sie es unheimlich gern getan hätte. Das Muster des Yukata war vergleichsweise dezent, weshalb sie eher mit ihrer Frisur herausstechen wollte. Mithilfe ihres Glätteisens lockte sie ihr Haar und steckte sich einen farblich zum Yukata passenden Blumenhaarschmuck hinein. Anschließend zog sie die rosafarbenen Getas an, die sie so eifrig poliert hatte, und nahm ihre kleine Korbtasche in die Hand.

Da er neulich zu mir gesagt hat, dass Make-up mir nicht steht, werde ich nur ein wenig von diesem hellen Gloss auftragen. Ich werde mich so hübsch wie möglich machen und es ihm beichten! Ich werde ihm sagen, dass ich mich in ihn verliebt habe! Wie er wohl darauf reagieren wird?

Der Gedanke daran, dass er ihre Gefühle nicht erwidern könnte, machte ihr Angst. Und doch ließ sie sich davon seltsamerweise nicht einschüchtern. Das lag allerdings nicht daran, dass sie im Grunde ihres Herzens sehr selbstbewusst war. Früher, als Kou noch »Tanaka-kun« hieß, hatte sie sich unbemerkt in ihn verliebt und ihn wieder verloren, ehe sie sich ihrer Gefühle bewusst geworden war. Sie hatte geweint, weil sie ihn womöglich nie wiedersehen würde. Tränen der Reue waren ihre Wangen hinabgekullert, weil sie sich fragte, warum sie sich ihrer Gefühle nicht schon eher bewusst geworden war und sie es ihm nicht schon früher hatte sagen können. Seither waren vier Jahre vergangen und Kou war wieder da. In ein paar Tagen würden sie gemeinsam auf das Sommerfest gehen, das sie damals nicht hatten besuchen können. Es war wie ein Wunder. Für Futaba spielte es keine Rolle, wie das Ganze ausgehen würde. Allein die Tatsache, dass sie ihm nun endlich ihre Gefühle gestehen konnte, machte sie überglücklich. Futaba ließ sich in das heiße Badewasser sinken und schloss sanft die Augen.

»Um sieben … An der Uhr im Sankaku-Park.«

»Tanaka-kuns« Stimme war so klar wie die eines Mädchens gewesen. Mittlerweile klang sie tiefer und ein wenig rauer. Die beiden Stimmen überlagerten sich in ihren Ohren und sie lächelte sanft. Ihr Versprechen, das sie längst abgeschrieben hatte, würde sich schon bald erfüllen. Allein das machte sie unheimlich glücklich.

»Ich muss hübsch für ihn sein!«, sprach Futaba mit sich selbst, während sie sich gründlich einseifte.

Obwohl das Sommerfest erst in der nächsten Woche stattfinden würde, saß sie heute länger in der Badewanne als gewöhnlich. Als sie zurück in ihr Zimmer ging, um sich die Haare zu trocknen, sah sie in ihrem Bett ihr Handy aufblinken. Noch mit dem Handtuch auf dem Kopf nahm Futaba es in die Hand, um nachzusehen, wer angerufen hatte. Kou hatte es erst vor ein paar Minuten bei ihr versucht, jedoch keine Nachricht auf dem Anrufbeantworter hinterlassen.

Was er wohl um diese Zeit von mir will?

Sie rief ihn zurück und nach dem fünften Klingeln hob er ab: »Hallo!«

Ihr fiel auf, dass seine Stimme betrübt klang.

»Ähm, Kou? Tut mir leid, ich war noch kurz in der Wanne!«

»Nicht doch … Mir tut es leid, dass ich so spät noch störe!«

Sie bildete sich das nicht nur ein, Kou klang leicht bedrückt. »Tut mir leid …«, wiederholte er noch einmal. »Ich kann nicht zum Sommerfest kommen …«

»Was?!«

Im Tatami-Zimmer hing ihr Yukata, ihre Getas waren frisch poliert und ihre Gedanken waren auch in der Wanne ständig beim Sommerfest gewesen. All diese Dinge verschwanden im Nullkommanichts aus ihrem Kopf wie ein flüchtiger Traum.

»Waaas?! Aber warum denn nicht?«

»Mir ist was dazwischengekommen, um das ich mich unbedingt kümmern muss. Es tut mir echt leid ...«

Oh ...

Futaba holte unter dem Handtuch vor ihrem Mund tief Luft und versuchte so unbeschwert wie möglich zu klingen. »Verstehe! ... Okay, geht klar!«

»Tut ... mir leid, wirklich!«

»Schon gut, wenn dir was Wichtiges dazwischengekommen ist, ist das eben so! Bis bald, gute Nacht!«

Als sie es schließlich geschafft hatte, sich bis zur Verabschiedung durchzuhangeln, ohne sich anmerken zu lassen, wie enttäuscht sie war, legte sie auf und ließ sich aufs Bett fallen. Da sie aus seiner Stimme hatte heraushören können, dass es ihm wirklich leidtat, konnte sie nichts weiter dazu sagen. Am liebsten hätte sie ihn aber gefragt, was denn so Wichtiges dazwischengekommen sei und ob er das wirklich nicht verschieben könne, doch da sie Kou nicht in Verlegenheit bringen wollte, tat sie es nicht.

»Zieh ruhig einen an ... « Genau das hat er doch zu mir gesagt.

Sie spürte plötzlich ein warmes Gefühl in ihren Augen.

»Ich will sehen, wie du darin aussiehst.« Waren das nicht seine Worte? Doch es lässt sich eben nicht ändern, wenn ihm was Wichtiges dazwischengrätscht. Seinem Tonfall nach geht es um eine wirklich dringliche und unvorhergesehene Angelegenheit. Da bin ich mir total sicher. Und es schien ihm auch wirklich leidzutun, deshalb hat er mir auch sofort Bescheid gegeben. Trotzdem ...

»Ach Mann …! Jetzt hat es schon wieder nicht geklappt …«

Sie hatte gedacht, wenn sie diesmal wirklich mit Kou auf das Sommerfest gehen würde, auf das sie vor vier Jahren nicht zusammen hatten gehen können, bräuchte sie sich in Zukunft keine Sorgen mehr zu machen. Es war schwer in Worte zu fassen, was genau sie so sehr beunruhigte. Aber manchmal überkam sie die Angst, dass Kou ganz plötzlich wieder verschwinden oder wie vor vier Jahren etwas Trauriges geschehen könnte. Sie wünschte sich nichts sehnlicher, als diese Sorgen endlich los zu sein. Da sie sich dieses Mal so sicher gewesen war, dass es endlich klappen würde, empfand sie seine Absage umso stärker. Schniefend setzte sie sich auf. »Menno!«, rief sie mit lauter Stimme, um sich selbst zu motivieren, und rubbelte ihre immer noch nassen Haare kräftig mit dem Handtuch trocken.

Menno, was für eine Enttäuschung! Wenn schon nicht auf dieses Sommerfest, gehen wir woandershin! Genau, ich werde Kou dazu bringen, sich etwas noch viel Tolleres als dieses Sommerfest auszudenken! Von so was lass ich mich nicht unterkriegen! Es ist anders als vor vier Jahren! Nur weil eine Verabredung nicht klappt, wird er nicht einfach wieder verschwinden. Alles wird gut, ich werde Kou wiedersehen! Und zwar immer und immer wieder. Und dann wird auch dieser letzte Millimeter Distanz zwischen uns verschwinden.

2

Seit Kou Futaba am Telefon erklärt hatte, er könne nicht mit ihr zum Sommerfest gehen, hatte sie nichts mehr von ihm gehört. Da Futaba nicht wusste, worum es sich bei dieser unaufschiebbaren Angelegenheit handelte, und sie ihn nicht in einem ungünstigen

Moment stören wollte, hatte sie ihn auch nicht mehr kontaktiert. Ob sie nun gerade aß oder ihre Sommerhausaufgaben erledigte, sie behielt stets ihr Handy im Blick. Gelegentlich erreichten sie zwar Nachrichten oder Anrufe, doch wenn sie sah, dass diese von Yuri, Shuko oder Aya stammten, überkam sie leichte Enttäuschung. Nach dem Feuerwerk war sie gemeinsam mit Kou unter dem Sternenhimmel spazieren gegangen.

Hab nur ich die Stimmung in diesem Moment so wahrgenommen? Dabei hatte ich das Gefühl, dass die Chemie zwischen uns stimmt. Aber vermutlich hab ich mir das nur eingebildet und für ihn war es gar nichts Besonderes …

In der Zeit ohne Kou fühlte sich Futaba unsicher und unruhig. Schließlich verging eine ganze Woche ohne Kontakt. Daraus wurden zwei … Und letztendlich waren es nur noch zehn Tage bis zum Ende der Sommerferien.

An einem heißen Tag mit strahlend blauem Himmel, an dem die Sonnenstrahlen alles niederzubrennen schienen, betrat Futaba ein Familienrestaurant, in dem ihre Clique verabredet war. Im hinteren Teil des Lokals sah sie bereits Shuko warten. Nach all der Lauferei in der sengenden Hitze war ihre Kehle staubtrocken. Also setzte sie sich zu Shuko und genehmigte sich einen eisgekühlten Saft. Sie plauderten eine Weile und etwas später gesellte sich auch Yuri zu ihnen.

»Nanu, sind die beiden etwa noch nicht da?«

»Nein. Sag mal, Yuri, du schleppst ja echt einiges mit dir herum!«

»He he he! Ich hab ein paar Sachen für euch dabei!«

Vor ein paar Tagen hatte Yuri den anderen eine Nachricht geschickt: »*Wollen wir uns vielleicht zum Essen verabreden? Dann kann ich euch auch gleich eure Mitbringsel geben!*« Sie war mit ihrer

Familie in Okinawa im Urlaub gewesen, was auch ihre leichte Bräune erklärte. Shuko hatte eine Reise nach Hokkaido unternommen, während Aya, der immer noch nicht eingetroffen war, seine Oma in Frankreich hatte besuchen wollen. Von Kous Plänen wusste sie rein gar nichts.

»Futaba, warst du denn zu Obon* irgendwo?«, fragte Yuri und hielt ihnen beiden eine Schachtel Ananas-Weinkuchen aus Okinawa vor die Nase.

»Äh … Nein!«, antwortete Futaba panisch, die mit den Gedanken ganz woanders war. Nun fühlte sie sich ein bisschen schuldig. »E… Ehrlich gesagt wollten Kou und ich zu einem Sommerfest gehen, aber ihm ist was dazwischengekommen …«

Vielleicht hätte ich das besser nicht sagen sollen … Aber ich will Yuri nichts verheimlichen.

»Tut mir leid, Yuri. Ich habe mich mit ihm verabredet, obwohl ich genau wusste, dass du an diesem Tag weg bist …«

Yuris riss ihre ohnehin schon großen runden Kulleraugen auf. »Du bist wirklich ehrlich, Futaba!«

»Nur … weil du es bist, Yuri!« Sie waren beide in denselben Jungen verliebt und obwohl ihnen das ganz und gar nicht gefiel, hatten sie sich geschworen, es einander nicht zu verübeln, falls es bei einer von ihnen besser laufen würde. Tatsächlich hatte sich seither nichts verändert und die beiden waren noch immer Freundinnen, die nichts voreinander versteckten und sich in keinerlei Hinsicht zurückhielten. »Aber ich denke trotzdem, dass ich auch weiterhin versuchen werde ihn von mir zu überzeugen, wenn du es nicht mitbekommst, Yuri.«

Futaba rechnete fest damit, dass es nun etwas unangenehm werden würde, doch Yuri lächelte nur: »Ich hab mich da von Anfang an nicht zurückgehalten!« Sie holte tief Luft, erhob stolz

* buddhistisches Totenfest im Sommer; viele Japaner reisen dann in ihre Heimat

den Kopf und fuhr fort: »Deswegen habe ich ihm schon gesagt, dass ich in ihn verliebt bin!«

»Was?!«, riefen Futaba sowie Shuko überrascht wie aus einem Munde.

Yuri lächelte daraufhin nur und neigte den Kopf: »Er hat mich abblitzen lassen!«

Futaba wusste nicht, was sie in diesem Moment sagen sollte. Tröstende Worte oder Mitleid würden aus ihrem Mund nur wie eine Lüge klingen und so blickte sie Yuri einfach nur schweigend an. Kurz darauf erhob Shuko ihre porzellanweiße Hand und legte sie auf Yuris kleinen Kopf. Nachdem sie ihn wiederholt getätschelt hatte, stieß Yuri nur ein verlegenes »Hi hi hi!« aus. Ihr Lächeln wirkte weder missgünstig noch bitter. Futaba wurde klar, dass Yuri, deren Gefühle nicht erwidert wurden, ihre Trauer und ihren Schmerz ganz allein bewältigt und sie das gestärkt hatte.

»Ich habe ihm an dem Punkt, an dem es mir vom Timing her am besten gepasst hat, ein Liebesgeständnis gemacht. Deshalb musst du dich auch nicht zurückhalten, Futaba.«

Futabas Brust erwärmte sich und sie holte tief Luft. Um angemessen auf Yuris Gefühle zu reagieren, blickte sie ihr erhobenen Hauptes entgegen: »Natürlich! Ich werde mich nicht zurückhalten!«

»Ah ha ha!«

Wow, dachte Futaba, als sie Yuris strahlendes Lächeln sah. *Sie ist echt unglaublich! Bestimmt musste sie all ihren Mut aufbringen, um Kou ihre Gefühle zu gestehen. Es muss so schmerzhaft für sie gewesen sein, als er sie nicht erwidert hat. Diesen Schmerz aus eigener Kraft zu überwinden und dann auch noch ermutigende Worte für mich zu finden … Dieses Mitgefühl hat sie sich sicherlich durch all ihre Mühe angeeignet. Sie ist wirklich erstaunlich!* Mit all diesen bewundernden Gedanken im Kopf erwiderte Futaba Yuris Lächeln. *Ich bin wirklich froh, so eine Freundin wie Yuri zu haben!*

Die beiden Jungs waren immer noch nicht aufgetaucht. Da die drei Mädchen allerdings weit vor der verabredeten Zeit eingetroffen und die Jungs normalerweise immer pünktlich waren (beziehungsweise Aya, denn Kou kam oft ein paar Minuten zu spät), plauderten die drei einfach noch eine Weile. Pünktlich zur vereinbarten Zeit trat Aya durch die Automatiktür des Ladens. »Puh, hier drin ist es schön kühl! Draußen ist's echt abartig!« Er setzte sich neben Yuri, nahm seine Kopfhörer ab und bürstete seinen verschwitzten Pony zur Seite. Er bestellte ein kaltes Getränk, leerte es in einem Zug, atmete erleichtert aus und blickte zu den Mädchen: »Ah! Kou hat mir vorhin geschrieben. Er kann heute nicht kommen.«

»Was? Wirklich?«, glitt es Futaba versehentlich über die Lippen. *Dabei dachte ich, ich würde ihn heute nach der langen Zeit wiedersehen.*

Aya nahm die Eiswürfel aus seinem Glas in den Mund, zerbiss sie und runzelte leicht die Augenbrauen. »Vielleicht ist das Timing ja schlecht, aber in letzter Zeit geht er nicht ran, wenn ich ihn anrufe! Auf Nachrichten antwortet er zwar, bloß nicht sofort.«

»Ob was passiert ist? Hast du vielleicht was gehört, Futaba?«

»Nein, ich weiß auch nichts weiter …«

Ein dunkler Schleier legte sich über Futabas Herz. *Kou … Ob irgendwas passiert ist …? »Mir ist was dazwischengekommen, um das ich mich unbedingt kümmern muss.« Ob das irgendwie damit zusammenhängt? Oder doch nicht …? Vielleicht ist er auch einfach schwer erreichbar. Dass ich seit dem Abend nach dem Feuerwerk nichts mehr von ihm gehört habe, könnte auch einfach nur bedeuten, dass er wahnsinnig beschäftigt ist. Immerhin antwortet er verzögert auf Nachrichten, dann kann ihm ja zumindest nichts zugestoßen sein. Aber woran liegt es dann? Wieso fühl ich mich nur so unbehaglich?*

Die vier aßen zu Mittag und besprachen, was sie in den Sommerferien alles erlebt hatten. Doch für Futaba klangen die Stimmen der anderen wie weit von ihr entfernt. Ihre Hände, die sie unter dem Tisch auf ihre Knie gelegt hatte, ballte sie zu Fäusten. *Die Sommerferien sind noch nicht zu Ende. Es wird noch mehr Gelegenheiten geben, uns zu treffen. Sicherlich wird Kou beim nächsten Mal auch dabei sein. Ich will ihn schnellstens wiedersehen, um diese Unruhe in mir loszuwerden. Das wird schon. Sie ist bestimmt total unbegründet.*

Doch die Sommerferien endeten, ohne dass irgendjemand von ihnen Kontakt zu Kou hatte.

*

»Also gut, wir gehen jetzt zur Turnhalle. Hey, nicht einschlafen!«

Sie trugen das erste Mal seit einem Monat wieder ihre Schuluniformen. Und das erste Mal seit einem Monat betraten sie das Schulgebäude. Das fremde Gefühl dauerte nur wenige Momente an. Nach der morgendlichen Klassenleiterstunde und den Belehrungen des Klassenlehrers kehrte der alltägliche Rhythmus des Schullebens wieder ein, als hätte es die einmonatige Unterbrechung nie gegeben.

Die Schüler plauderten und machten sich gemütlich auf den Weg Richtung Sporthalle, wo die Eröffnungsfeierlichkeiten für das neue Schuljahr stattfinden sollten. Unterdessen blieb Futaba noch neben einem Platz in der vorletzten Reihe auf der Flurseite stehen. Normalerweise hängten die Schüler an den Seiten ihres

Kou ...
Ob irgendwas passiert ist ...?
Mir ist was dazwischengekommen, um das ich mich unbedingt kümmern muss.
Ob das irgendwie damit zusammenhängt?
Oder doch nicht ...?
Ich möchte Kou schnellstens ...
... beim nächsten gemeinsamen Treffen wiedersehen, um dieses Gefühl der Beunruhigung auszulöschen.

Tischs ihre Schultaschen auf, doch hier befand sich keine. Die Tische und Stühle der Schüler, die sich gerade von ihren Plätzen erhoben, standen schief, doch dieser Platz sah noch genauso aus wie vor den Sommerferien.

»Nichts zu machen! Bei seinem Handy geht gleich die Mailbox ran«, seufzte Aya. Er hatte sich eben in die Ecke des Klassenzimmers gestellt, um Kou zu erreichen, und gesellte sich nun wieder zu den anderen.

»Ich frage mich, was mit Mabuchi-kun los ist …«, äußerte sich Yuri besorgt.

Shuko antwortete mit ruhiger Stimme: »So wie wir ihn kennen, hat er doch bestimmt nur wieder verschlafen, oder?«

»Hoffentlich hat er das wirklich bloß …«

Futaba verstand genau, was Aya mit seinem Gemurmel meinte, als er sein Handy wegsteckte.

Hoffentlich ist es wirklich nur das … Aber was, wenn ihm etwas zugestoßen ist?

Sogar der Lehrer hatte sich nach Kous Verbleib erkundigt, da er nicht zur morgendlichen Klassenleiterstunde erschienen war: »Er hat mir nicht Bescheid gesagt. Weiß vielleicht von euch jemand etwas?«

Auch Aya und Futaba versuchten, ihn auf dem Handy zu erreichen, doch genauso wie in den Sommerferien nahm er nicht ab.

Kou … Was ist bloß mit ihm los?

Gerade als ihre innere Unruhe sie wieder packte, klopfte Shuko ihr auf die Schulter: »Jetzt sollten wir uns erst mal auf den Weg machen. Vielleicht taucht er ja noch auf.«

Beinah alle Schüler waren inzwischen in der Sporthalle versammelt und kaum stellten sich Futaba und die anderen in die letzte Reihe zu ihrer Klasse, trat schon der Schuldirektor ans

Rednerpult. Während seiner langen Rede linste Futaba immer wieder zum Eingang der Sporthalle, doch Kou war nicht zu entdecken. Die gewohnte Sporthalle, die Schüler und das Lehrpersonal. Nichts hatte sich verändert, nur Kou fehlte. Mit jedem Herzschlag in ihrer Brust wuchs Futabas Unsicherheit. Es war wie damals vor vier Jahren, im Sommer ihrer Mittelschulzeit. Auch damals war der Flur wie immer belebt von Schülern, die nach den Sommerferien ihre Erlebnisse miteinander teilten. Es war alles wie immer und der Alltag ging unverändert weiter, glaubte sie zumindest. Doch Kou war nirgends zu entdecken. Ohne ein Wort zu sagen, war er an einen weit entfernten Ort gezogen.

Kou, was machst du und wo steckst du gerade? Sag mir, dass das nicht wahr ist! Du wirst doch nicht wie damals ganz plötzlich verschwunden sein, oder?

»Also gut, dann kehrt bitte ein Jahrgang nach dem anderen in eure Klassenzimmer zurück! Klassenstufe drei macht den Anfang!«, lautete die Anweisung eines Lehrers nach der Ansprache des Direktors und den Mitteilungen für das kommende Trimester. Die Schüler des dritten Jahrgangs verließen langsam die Sporthalle und danach setzte sich der zweite Jahrgang in Bewegung.

Ein unangenehmes Pochen durchzog Futabas Brust.

Er wird doch nicht etwa … Sie geriet langsam in Panik.

»Nanu, Futaba?«, fragte Yuri, die hinter ihr lief, doch ihre Worte drangen nicht zu ihr durch, während sie sich durch die Reihen der Schüler des dritten Jahrgangs drängelte und den Flur entlangeilte.

Bitte lass es nicht wahr sein! Er ist doch bestimmt mit dem Kopf noch in den Sommerferien und hat deshalb verschlafen, oder? Sicher hat er heute früh ganz gemütlich das Haus verlassen, weil er die Eröffnungsfeierlichkeiten sowieso für unnötig hält. Bestimmt ist er erst jetzt in der Schule angekommen! So wird es sein … Er wird garantiert nirgendwo hingegangen sein, oder?

Völlig außer Puste hastete Futaba die Treppen nach oben und rannte den Gang entlang, bis sie vor ihrem Klassenzimmer stand. Sie hielt den Atem an und öffnete die Tür. Ihr Blick fiel auf eine Reihe von Schreibtischen, an denen noch keine Schüler saßen. Eine leichte Brise wehte durch das halb geöffnete Fenster und die Vorhänge bewegten sich sanft.

»Hey!«, begrüßte sie Kou von seinem Platz aus und hob leicht die Hand.

Futaba atmete erleichtert auf und lief zu ihm. Er hatte sein gewelltes Haar mit etwas Haarwachs in Form gebracht und seine löwenartigen Augen blickten zu ihr auf. Die Anspannung in ihrer Brust löste sich und sie verpasste Kou eine Kopfnuss.

»›Hey‹? Du spinnst wohl! Ich hab mir die ganze Zeit Sorgen gemacht!«

»Autsch! Ich sagte doch, nicht mit den Vorderhufen!« Als Kou den Kopf hob, war ein schelmisches Grinsen auf seinen Lippen zu sehen.

»Mensch, was soll denn das?«, äußerte sich Futaba, die noch immer aufgebracht war. Tränen standen ihr in den Augen.

Ich bin so froh! Er ist nicht einfach verschwunden …

»Ich war in Nagasaki«, erklärte Kou mit gesenktem Blick.

»Nagasaki? Da hast du doch früher gewohnt, oder …?«

»Ja.«

Er erzählt mir gar nicht, was er dort gemacht hat. Ob es mit dem Tod seiner Mutter zu tun hat?

»Als ich wieder zurück war, hab ich das nachgeholt, was ich auf der Arbeit versäumt hatte.«

»Aber du hättest doch mal Bescheid geben können! Wir alle …«

»Ah, Kou!« Aya trat durch die offen stehende Tür, gefolgt von Yuri und Shuko. Die drei mussten Futaba hinterhergeflitzt sein, als diese so panisch die Turnhalle verlassen hatte. »Was war denn? Hast du verschlafen?«

»Nein, ich bin heut früh superpünktlich aus dem Haus!«, antwortete Kou dem besorgten Aya kopfschüttelnd. »Aber als ich am Bahnhof ankam, war da diese kleine Katze, die sich so zusammengekauert hat … Ich hab sie zum Tierarzt gebracht, deshalb bin ich zu spät gekommen.«

»Hmm, eine Katze?«

»Ah, doch nicht etwa dieses kleine schwarze Kätzchen?«

Daraufhin erzählten Futaba und Kou den anderen von der streunenden Katze. Dass sie in der Nähe des Bahnhofs lebte. Und dass ihr Körper komplett schwarz war, abgesehen von ihrer linken Pfote, die so aussah, als trüge sie dort ein weißes Söckchen.

»Das ist so ein süßes Kätzchen …!«, schwärmte Futaba, woraufhin Kou sie korrigierte: »Sie ist kein Kätzchen mehr … Der Arzt meinte übrigens, sie sei vermutlich unterernährt. Jetzt, da ich schon mal angefangen habe …« Er stützte sich mit dem Ellbogen auf dem Tisch und lächelte. »… muss ich mich wohl um sie kümmern.«

»Was?! Du willst sie behalten?«, platzte es aus Futaba heraus.

»Hast du schon einen Namen?«, hakte Aya nach. »Wenn nicht, such ich einen aus.«

»Auf keinen Fall!«

»Warum nicht?«

»Ich fände es total ätzend, wenn ich jedes Mal an dich denken müsste, wenn ich die Katze rufe!«

Daraufhin rieb Aya die Fäuste an Kous Schläfen und dieser presste mit den Händen seinen Kopf zusammen. Yuri lachte so sehr, dass ihr der Bauch wehtat. Shuko stieß indessen nur einen lauten Seufzer aus. Man sah ihr an, dass die beiden in ihren Augen hoffnungslose Fälle waren.

Auch Futaba amüsierte sich über dieses mittlerweile so gewohnte Bild, doch schon bald verschwand das Lächeln wieder aus ihrem Gesicht. Obwohl Kou mit Aya herumblödelte und dabei ein solch sorgloses Lächeln auf den Lippen trug, spürte sie, dass etwas anders war als sonst. Irgendetwas Trauriges schien wie ein leichter Herbstregen sanft zu Boden zu rieseln.

Am Tag der Eröffnungsfeierlichkeiten fand kein regulärer Unterricht statt. Sobald das Klassenzimmer aufgeräumt war und der Lehrer die Klassenleiterstunde beendete, durften die Schüler sich schon auf den Heimweg machen.

Futaba fegte den Boden und dachte an Kou. Obwohl er fröhlich lächelte, war er mit dem Herzen wohl woanders und wirkte ein bisschen traurig.

Bilde ich mir das vielleicht nur ein? Vielleicht denke ich das ja auch nur, weil ich mir solche Sorgen gemacht habe, dass er plötzlich wieder verschwunden sein könnte.

»Oh!«, rief Futaba. Sie hatte sich gerade auf der Toilette die Hände gewaschen, trat wieder auf den Flur hinaus und stutzte. Ein Junge war gerade vorbeigelaufen. Sein Haar war kurz und kastanienbraun, er selbst groß und schlank. Als er Futaba bemerkte, drehte er sich zu ihr um. Sein Gesicht stand in starkem Kontrast zu seiner Statur und hatte etwas Niedliches. Zudem trug er ein Piercing am linken Ohr.

Kikuchi-kun …

Der Vorfall, der sich zwischen ihr und Toma ereignet hatte und auf den wir hier nicht näher eingehen wollen (die Schuld lag bei Futaba), hatte sich tief in ihr Gedächtnis eingebrannt. Als sie mit

Kou und den anderen in den Sommerferien das Feuerwerksfestival besucht hatte, war auch Toma dort gewesen, der ihr versichert hatte, sie brauche sich keine Sorgen mehr zu machen. Trotzdem schämte sie sich immer noch und sie konnte nicht so tun, als wäre nichts geschehen. Sie senkte den Kopf und versuchte so schnell wie möglich wieder in ihr Klassenzimmer zurückzukehren. Doch Toma wandte sich in freundlichem Ton an sie: »War schön, dich beim Feuerwerk zu sehen! Jetzt sind die Sommerferien schon wieder rum …«

»Äh, ja …«

»Ähm … Da fällt mir ein, dass ich noch nicht mal deinen Namen weiß! Ich bin Toma Kikuchi.«

»Ich heiße Futaba Yoshioka.«

Toma lächelte und kniff seine großen runden Augen zusammen: »Ich bin in der 2–5!«

Futaba blinzelte ihn ungefähr drei Sekunden einfach nur an, bis sie begriff.

Oh … ! Er will wissen, in welche Klasse ich gehe!

»Äh, ich bin in der 2–2!«

»Ah, in der 2–2 also. Übrigens habe ich einen Riesenkohldampf! Ich will schnell heim!«

»Was? O… Okay …«

»Und, wie fandest du die Eröffnungsfeier, Yoshioka? Fandest du sie nicht auch total überflüssig? Man kommt extra den ganzen Weg zur Schule und darf dann gleich am Morgen wieder nach Hause. Warum also nicht die Sommerferien um einen Tag verlängern und die Feier am Morgen des Tages veranstalten, an dem der Unterricht wieder beginnt? So war es doch in der Grundschule auch immer, wenn ich mich recht entsinne.«

»Oh, d… da ist was dran, stimmt …«

Er wirkt wie ausgewechselt …

Dass Toma so fröhlich mit ihr sprach, als würden sich die beiden schon ewig kennen, verwirrte Futaba. Bislang hatte sie ihn immer für sehr zurückhaltend und keineswegs für so offenherzig gehalten.

»Oh, ähm …«, setzte Toma an, fasste sich an sein linkes gepierctes Ohrläppchen und ließ den Blick umherhuschen. Tief in seinen Augen schimmerte eine leichte Unruhe.

Oh … Ich verstehe … Macht Kikuchi-kun das vielleicht, weil … ?

»Vielen Dank!«

»Was?«, vergewisserte er sich. Seine großen Augen weiteten sich vor lauter Verwunderung noch mehr und er wirkte wie ein kleiner Welpe.

»Ach … Ich dachte, du hättest mich nur angesprochen, damit ich mich nicht mies fühle. Wenn ich mich irre, dann sorry.«

Tomas Reaktion war wirklich ein Anblick für sich. Im Nullkommanichts wurde er rot wie eine Tomate. Das blieb natürlich auch Futaba nicht verborgen, die daraufhin zusammenzuckte. Toma hob seinen Arm und verbarg die untere Hälfte seines Gesichts vor Futaba. »Hä? Wie hast du das gemerkt? Bin ich so unnatürlich rübergekommen? Ich bin doch echt unfähig!«

Ah, er hat sich also wirklich extra die Mühe gemacht.

»Ich … bin gerade rot geworden, oder?«

Futaba nickte wortlos. Toma stieß einen tiefen Seufzer aus und fuhr sich durch seinen Pony.

»Dass ich so schnell rot werde, ist bei mir schon krankhaft. Ist mir echt peinlich!«

»Aber deswegen finde ich es jetzt leichter, mit dir zu reden! Irgendwie … wirkst du dann nicht so sehr wie ein Mann, finde ich …«

WC Mädchen
Ach ... ich dachte, du hättest mich nur angesprochen ...
... damit ich mich nicht mies fühle.
Wenn ich mich 'irre, dann sorry.
BLUSH
Hä? Wie hast du das gemerkt?
Er ist ganz rot!
Bin ich so unnatürlich rübergekommen?
Ich bin doch echt unfähig!
Er hat sich also wirklich extra die Mühe gemacht?

Futaba empfand es keineswegs als uncool, dass er so schnell rot wurde, es zeigte ihr vielmehr, dass er sehr sensibel war. Dadurch unterschied er sich stark von den ansonsten groben und rüpelhaften Jungen, in deren Gegenwart sie sich so unwohl fühlte. Deshalb fiel es ihr nun sehr viel leichter, mit ihm zu sprechen. Doch Toma mit seinem immer noch hochroten Kopf war nicht so glücklich über diese Aussage und verzog leicht die Lippen: »Ich freue mich nicht wirklich darüber, wenn ich unmännlich genannt werde.«

»Nein, ich hab nicht gemeint, dass du unmännlich bist! Das wollte ich nicht ... Was ich eigentlich sagen wollte ...« Futaba verstummte, sie rang um die richtigen Worte. Nach kurzem Schweigen senkte sie den Kopf. »Es tut mir leid!«

»Wie aufrichtig du bist!«

Um Tomas Augen, die schon ein wenig weinerlich aussahen, erschienen kleinen Lachfältchen.

Er ist niedlich, ging es Futaba durch den Kopf und sie lächelte zurück. Sie beschloss allerdings, ihre Feststellung für sich zu behalten, da sie ihn nicht erneut in Verlegenheit bringen wollte. In diesem Moment spürte sie etwas. Eine scheinbar unsichtbare Kraft zog sie an. Futaba ließ sich von ihr leiten und warf einen Blick durch das seitliche Fenster.

»Ah, Kou!«

Kou lief den Weg vom Schulgebäude zum Haupttor entlang, die Hände in den Hosentaschen vergraben, die Schultasche über der Schulter. Er hatte ihre Stimme wohl gehört, denn er blieb stehen und schaute sich um. Dann fiel sein Blick auf Futaba, die sich aus dem Fenster im zweiten Stock des Schulgebäudes lehnte.

»Wo willst du denn hin? Wir haben doch noch Klassenleiterstunde?!«

»Die Katze! Ich mach mir Sorgen und geh sie holen.«

Nach seiner Antwort schien er auch Tomas Anwesenheit zu bemerken, der direkt neben ihr stand, und hob für einen kurzen Moment die Augenbrauen. »Bis dann!«

Angesichts des sanften Lächelns, das Kou Futaba schenkte, war sie kurz im siebten Himmel.

»Ah! Aber morgen darfst du nicht wieder zu spät kommen!«, rief sie ihm noch hinterher. Als er sich umdrehte und erneut in Richtung Schultor aufbrach, wehte sein Haar sanft im Wind.

Kou ist wie eine Katze … Er ist schwer zu fassen und wenn man ihn einmal hat, entwischt er auch gleich wieder. Wie groß die Distanz im Moment wohl zwischen uns sein mag? An diesem Abend nach dem Feuerwerk waren es sicherlich nicht mehr als ein paar Millimeter. Ich hoffe wirklich, dass sich das nicht verändert hat.

Sogar nachdem der Junge ihr den Rücken zugewandt hatte, verharrte Futaba mit den Händen auf dem Fenstersims und blickte ihm reglos hinterher. Toma, der die Unterhaltung der beiden verfolgt hatte, blickte ihm ebenfalls hinterher. Auch ihm war der Junge bekannt, den Futaba mit »Kou« angesprochen hatte. Er hatte ihn an der Schulter gepackt, als er mit Freunden zusammen das Feuerwerk besucht hatte.

»Was soll das?! Erst Spaß haben und dem Mädchen dann einfach sagen, sie soll es vergessen?! Ein richtiger Mann macht so was nicht!«

Er konnte sich noch gut daran erinnern, wie sehr ihn Kous unerwartetes Handeln überrascht hatte, doch dieser sah ein, dass er einem Irrtum aufgesessen war. Danach entschuldigte sich Kou auf der Stelle und da Toma der Meinung war, dass so etwas jedem einmal passieren konnte, vergaß er die Sache auch schnell wieder.

Inzwischen hatte Kou das Schultor erreicht, doch Futaba Blick haftete noch immer hartnäckig auf ihm.

Ah!, fiel es Toma wie Schuppen von den Augen. *Yoshioka ist in diesen Jungen ...* »Ich geh dann mal!«, sagte er leise und verabschiedete sich von Futaba, indem er leicht die Hand hob. Damit lenkte er ihre Aufmerksamkeit kurz auf sich zu und sie drehte sich zu ihm um: »Ah! Okay! Tschüss!« erwiderte sie. Sie winkte kurz, legte ihre Hände wieder auf den Fensterrahmen und beugte sich leicht nach draußen. Dabei hatte Kou das Schultor längst passiert und war schon nicht mehr zu sehen.

Die Klassen schienen den Großteil ihrer Aufräumarbeiten bereits erledigt zu haben, denn viele Schüler standen schon in den Gängen und unterhielten sich oder witzelten herum. Am Rande des Flurs, auf dem Rückweg in sein Klassenzimmer, stieß Toma mit einem Schüler zusammen, der nicht auf seine Umgebung geachtet hatte. Als sich der Junge mehrfach bei ihm entschuldigte, winkte Toma nur ab und versicherte ihm, dass alles in Ordnung sei. Plötzlich bahnte sich eine Erinnerung ihren Weg.

Stimmt ja ... Ich habe sie auch kennengelernt, weil sie in mich gelaufen ist.

Am letzten Schultag vor den Sommerferien war er gerade aus der Schulbibliothek gekommen, wo er sich ein Exemplar des Buchs *Welt der Tiere* ausgeliehen hatte (Toma liebte Tiere über alles). Futaba lief den Gang aus irgendeinem Grund rückwärts entlang, direkt auf ihn zu, und es kam zu einem Zusammenprall. Sie trat ihm nicht nur auf den Fuß, sondern stieß auch mit dem Kopf gegen seinen Kiefer. Obendrein ... Nun, da die Details dieses Vorfalls ihn ein bisschen traumatisiert hatten, lassen wir das mal aus. Jedenfalls war sein erster Eindruck von ihr nicht der beste gewesen.

Ich dachte, dass sie bloß ein lauter Mensch ist, aber ich habe mich getäuscht.

Als er ihr vorhin auf dem Flur begegnet war, hatte sie schnell den Blick abgewandt und schien wegen dieses Vorfalls immer noch besorgt. Weil es ihm leidtat, dass sie sich deshalb noch immer mies fühlte, wollte er ihr das Gefühl geben, alles sei okay, und fing ein Gespräch mit ihr an. Doch sie durchschaute es einfach und bedankte sich sogar bei ihm.

Oh nein, ich werd schon wieder rot, wenn ich daran denke! Vermutlich ist sie sensibler für die Gefühle anderer Menschen, als ich dachte. Ich fand unser Gespräch vorhin gar nicht unangenehm. Ganz im Gegenteil, es war richtig chillig. Aber ...

Toma dachte daran, wie Futaba unablässig Kou hinterherblickte, als dieser sich allmählich von ihnen entfernte. Ihre Augen wirkten dabei ein wenig traurig und ihr Blick verriet, dass sie in Gedanken voll und ganz bei Kou war. Es fiel ihm schwer, in Worte zu fassen, was er in diesem Moment spürte, doch es fühlte sich so an, als würde etwas an seiner Brust zerren.

Sie kann also auch ... so ein Gesicht machen.

»Sag mal, du hast aber lange gebraucht! Hast du vielleicht Verstopfung?«, runzelte sein Freund (sein Name war Uchimiya) fragend die Stirn. Er hatte seinen Stuhl neben Tomas geschoben und blätterte in einer Zeitung. »Aber Toma, was ist los? Du bist ja knallrot!«

»Was?«

Erst jetzt fiel ihm auf, dass sein Gesicht förmlich glühte. Dieses Gefühl war für Toma nichts Ungewöhnliches, doch die Ursache konnte er sich trotzdem gerade nicht erklären.

Moment mal, warum genau bin ich denn jetzt rot geworden? Es gab doch eigentlich gar keinen Grund dazu. Ich hab doch nur über

Yoshioka nachgedacht ...

»Waaaas?!«, rief Toma laut in den Raum und legte sich die Hand vor den Mund.

Das kann nicht sein!

3

Kou hat sich ein bisschen verändert. Aber ich bin überzeugt, dass es eine positive Entwicklung ist.

»Das war knapp. Aber ich hab's grad noch geschafft.« An diesem Morgen kam Kou gerade noch vor dem Morgenappell ins Klassenzimmer gestürmt. »Ist mir heiß!« Er schien sich wirklich beeilt zu haben, denn ihm standen dicke Schweißperlen auf der Stirn. Mithilfe einer Schreibtischunterlage fächelte er sich Luft zu. Als Futaba sein verwuscheltes Haar sah, das so wirkte, als wäre er gerade erst aufgewacht, musste sie lachen, denn normalerweise machte er es immer mit etwas Haarwachs zurecht.

»Hast du verschlafen?«

»Ich hab mich um die Katze gekümmert und nicht gemerkt, wie die Zeit vergeht. Katzen sind echt übel ...«

»Du bist ja total vernarrt in sie!«

»So bin ich halt, wenn ich mich entschlossen habe, dass mir etwas wert ist!«, antwortete Kou lächelnd und blickte sanft.

»Darf ich sie demnächst mal angucken kommen?«

»Ja, klar. Wie wär's, wenn ihr alle kommt?«

»Gerne!«

In diesem Moment betrat der Klassenlehrer den Raum. Alle taten es dem für den Tagesdienst zuständigen Schüler gleich, erhoben sich von ihren Plätzen und setzten sich nach der Begrüßung wieder. Danach informierte der Lehrer sie hauptsächlich über das Kulturfest im nächsten Monat. Noch am selben Tag sollte dazu nach der Schule eine Sitzung des Veranstaltungskomitees stattfinden (bestehend aus Yuri, Shuko und Aya). Gemeinsam mit den anderen Schülerinnen und Schülern sollten sie sich für eine Aktivität auf dem Fest entscheiden und spätestens Anfang der kommenden Woche mit den Vorbereitungen beginnen. Die Mitglieder des Komitees waren zudem für die abendliche Abschlussveranstaltung zuständig. Während sie den Ausführungen des Lehrers lauschte, starrte Futaba auf Kous Rücken.

Kou hat sich etwas verändert. Dass gerade er, der nichts und niemanden in sein Herz lassen wollte, eine schwache Katze aufnimmt und sich um sie kümmert ... Und dann lädt er uns auch noch alle ein mitzukommen, um sie anzugucken. Er hat seine frühere Gleichgültigkeit gegenüber allem und jedem wirklich über Bord geworfen. Das ist echt eine Veränderung zum Guten, aber ... irgendwie habe ich das Gefühl, dass die Entfernung zwischen uns wieder so groß ist wie am Anfang. Am Abend nach dem Feuerwerk hat er meine Hand gehalten. Er hat mir mit dieser ungewöhnlich sanften und leisen Stimme ins Ohr geflüstert. Wir haben uns zwar nicht direkt darüber unterhalten, aber an diesem Abend habe ich wirklich gehofft, dass etwas zwischen uns sein könnte. Doch seither hat er kein Wort mehr darüber verloren. Er tut gar nicht so, als wäre irgendetwas zwischen uns gewesen, fast so, als hätte er die Ereignisse dieses Abends vollkommen vergessen. Hat ihm das etwa alles gar nichts bedeutet? Hat er sich in diesem Moment nur von der aufregenden Stimmung nach dem Feuerwerk und der magischen Sommernacht hinreißen lassen?

»... also sollte das Veranstaltungskomitee so schnell wie möglich mit der Klasse entscheiden, was ihr während des Kulturfestes anbieten wollt. Das wäre dann alles.«

Futaba war noch ganz in Gedanken versunken, als die Klassenleiterstunde endete, und es gelang ihr gerade noch rechtzeitig, sich zum Abschied zu erheben. Als der Lehrer den Raum verlassen hatte, breitete sich unter den Schülern heiteres Gemurmel aus. Futaba holte ihr Lehrbuch und ihre Notizen für die nächste Unterrichtsstunde hervor und ließ ihren Blick dabei aber immer wieder zu Kou schweifen. Dieser zog gerade sein Handy aus seiner Schultasche, die auf dem Tisch vor ihm lag. Er drückte einige Tasten und wartete geduldig. Aus seinem Verhalten konnte sie schließen, dass er seine Nachrichten checkte.

Schon wieder ... Noch etwas an ihm hat sich verändert ... Er checkt in den Pausen jedes Mal seine Nachrichten. Manchmal schaut er nach, ob er eine bekommen hat, und steckt sein Handy dann sofort wieder weg. Aber manchmal scheint er auch auf eine Nachricht von jemandem zu antworten. Daran ist ja an sich nichts ungewöhnlich, bloß war er bisher nie so oft am Handy ... Jetzt scheint er in jeder freien Minute mit jemandem zu schreiben. Wenn er damit beschäftigt ist, diesem Jemand zu antworten, beachtet er mich gar nicht. Wenn er auf den kleinen Bildschirm starrt, wirkt sein Profil irgendwie so seltsam und erwachsen. Dass er dieses Gesicht bloß macht, wenn er mit dieser »Person« schreibt, gefällt mir ganz und gar nicht.

»Mabuchi-kun daddelt in letzter Zeit ziemlich oft mit seinem Handy rum, oder?«, bemerkte Yuri, als Futaba sich gerade eine der selbst gemachten Kroketten ihrer Mutter in den Mund schob.

»Fmm?«, stieß sie bloß aus. Das Wetter an diesem Tag war schön und die Temperatur angenehm, sodass sie mit Yuri und Shuko zusammen im Innenhof auf einer Bank saß und dort zu Mittag aß. Yuri, das kleinste der Mädchen, saß in der Mitte und Futaba zu ihrer Linken. Diese schluckte zuerst die Krokette hinunter und hustete einmal kräftig, ehe sie zur Antwort ansetzte. »Ja, irgendwie schon. Oh, Yuri, dein Bento sieht ja lecker aus … Wie jetzt? Ich dachte, das wäre Käse, aber das ist ja Schokolade …«

»Willst du etwa bloß nicht über Mabuchi-kun reden?«, provozierte Yuri sie und rückte ihr mit bedrohlicher Miene auf die Pelle.

Ihr Blick ist so durchdringend, das ist irgendwie unheimlich!

»Ich hab dir doch gesagt, dass du dich nicht zurückhalten sollst«, schmollte Yuri.

Futaba senkte den Blick und fuhr sich verlegen durchs Haar.

»Ich habe nicht vor, mich zurückzuhalten!«

Der Wind rauschte durch die Bäume im Innenhof und die Blätter raschelten sanft. Mit dem Einzug des Septembers hatte sich das Wetter verändert. Es war zwar noch warm genug, um kurzärmlig zu gehen, doch die leichte Brise verriet, dass es allmählich Herbst wurde.

»Aber es ist schon etwas schwer, mit dir über Kou zu sprechen …«

»Weil ich bei ihm abgeblitzt bin und ich dir leidtue? Hast du etwa Mitleid mit mir?«

»N… Nein, natürlich nicht!«

Ich habe kein Mitleid. Ich bewundere Yuri sogar dafür, dass sie so mutig war, Kou ihre Gefühle direkt zu gestehen. So was wie Mitleid wäre einfach nur pure Arroganz und deshalb habe ich ihr gegenüber noch nie so empfunden …

»Das ist es nicht, aber wenn ich über Kou spreche, wirst du mir doch garantiert zuhören, oder? Und dann wirst du mir garantiert versuchen Mut zu machen, nicht wahr?«

Und genau das ist das Unangenehme daran. Und weil es Yuri ist, sogar noch mehr!

»Und ich will dir das nicht antun, nur damit ich mich besser fühle.«

Als hätte sie nicht mit solchen Worten gerechnet, blickte Yuri sie überrascht an. Kurz darauf legte sie die Stäbchen auf ihre Bentobox und schaute Futaba direkt in die Augen: »Dann musst du erst recht mit mir reden! Wenn wir über Mabuchi-kun sprechen, ist das ja nicht nur deinetwegen, sondern auch meinetwegen. Wenn ich mit dir über ihn reden kann, fühle ich mich wie ein großherziger Mensch und dann geht's mir besser«, lächelte Yuri ihr sanft entgegen. Es war ein Lächeln, das selbst den niedergeschlagensten Menschen wieder aufheitern konnte. »Und dafür nehme ich gerne ein bisschen Anstrengung in Kauf! Aber du musst mir auch erlauben, dass ich versuche, gut auszusehen!«

»Yu…«, verstummte Futaba plötzlich. *Mir geht es auch so, Yuri! Bei dir fühle ich mich auch wohl.*

Shuko, die bislang schweigend dem Gespräch gelauscht hatte, legte ebenfalls ihre Essstäbchen beiseite und streckt Yuri ihre Arme entgegen. »Darf ich dich endlich in meine Arme schließen?«

»Was soll das denn?! Bist du jetzt ein gut aussehender Gigolo?!«

Als Shuko ihre Arme um die zierliche Yuri legte, konnte auch Futaba nicht widerstehen: »Das ist nicht fair, ich will auch!« und umschlang sie ebenfalls.

»Ähm, mir ist ein bisschen warm, ihr beiden …«, sagte Yuri und versuchte sich vergeblich aus der Umklammerung zu befreien.

»Es ist ja wohl deine Schuld, wenn du so was Cooles von dir gibst, oder?«, erwiderte Shuko.

Futaba pflichtete ihr bei: »Ganz genau, das ist deine Schuld, Yuri!«

»Was? Das wollte ich nicht! Aber mir ist echt warm und ich fange schon langsam an zu schwitzen!«, beschwichtigte Yuri, während sich die anderen beiden kichernd an sie schmiegten. Irgendwann lockerten sie ihren Griff. Futabas Blick wanderte zum klaren hellblauen Himmel, über den langsam weiße Wolken zogen. Sanft lehnte sie ihren Kopf an Yuris Schulter. »Weißt du, irgendwie weiß man nie, was Kou gerade denkt …«

»Ja, genau«, gab Yuri ihr recht.

»Von sich aus erzählt er nichts, aber es fühlt sich auch nicht richtig an, ihm alles aus der Nase zu ziehen …«

»Das ist wahr, Mabuchi-kun kann manchmal echt geheimnisvoll sein. Wie ist das denn bei Tanaka-sensei, Shuko?«

»Der ist genauso! Er nimmt mich nicht ernst und ist manchmal gemein.«

»Hmm, das sind zwei echt mysteriöse Brüder …«

»Manchmal wünschte ich mir, Kou wäre so leicht zu verstehen wie Kominato-kun …«

»Echt? Dabei finde ich gar nicht, dass Kominato-kun so einfach zu durchschauen ist.«

»Was? Aber für den dreht sich doch immer alles nur um Shuko, oder nicht?«

»Trotz des ganzen Radaus, den er veranstaltet, hat er mir noch nie irgendetwas direkt gesagt. Keine Ahnung also, wie ernst das alles gemeint ist, wenn er sich so gibt.«

»Sind Jungs also etwa rätselhafter als gedacht …?«

Die drei verliebten Mädchen schauten einander an und stießen einen tiefen Seufzer aus.

*

»Also gut, damit beenden wir den Unterricht für heute! Das Eventkomitee versammelt sich bitte pünktlich, ja?«

Mit diesen Worten beendete der Lehrer den Unterricht. Daraufhin verabschiedete sich Yuri mit Schreibutensilien bewaffnet von Futaba und verließ gemeinsam mit Shuko das Klassenzimmer.

Nun würde das Eventkomitee tagen, um die Pläne für das Kulturfest im nächsten Monat zu besprechen.

Als die beiden fort waren, blickte sich Futaba um. Kou hatte seine Sachen bereits zusammengepackt und wollte das Klassenzimmer verlassen.

»Kou!« Eilig warf sich Futaba die Tasche über ihre Schulter und rannte ihm hinterher.

»Was gibt's?«, fragte er, nachdem er sich umgedreht hatte.

Seit Yuri, Shuko und sie in der Mittagspause über dies und jenes gequatscht hatten und sie in Gedanken alles Mögliche hin- und hergewälzt hatte, war sie zu dem Schluss gekommen, dass es so nicht weitergehen konnte. Und genau deshalb wollte sie sich nun vergewissern.

Ich will herausfinden, wie groß die Distanz zwischen uns im Moment wirklich ist.

»Heute hat keiner Zeit und mir ist langweilig. Hast du nicht Lust, irgendwohin zu gehen?«

»Hmm … Bin ein bisschen müde.«

Typischer Katzenkerl … Macht genau das, was ihm in den Kram passt. Aber ich geb nicht so leicht auf!

»Und wie wär's, wenn du das als Wiedergutmachung für das Sommerfest ansiehst, zu dem wir nicht gehen konnten?«

»Oh, das reicht dir als Wiedergutmachung? Echt jetzt?«

»Was?« *Heißt das etwa, ich dürfte als Wiedergutmachung mehr verlangen? Dann wäre es ja eine ganz schöne Verschwendung, wenn ich mich nur mit einem kleinen Zwischenstopp auf dem Heimweg begnügen würde.* »Warte! Als Wiedergutmachung für das Sommerfest will ich doch was Besonderes! Lass gut sein heute!«

»Das war ein Witz …!« Er seufzte resigniert und wandte ihr den Rücken zu. »Schon okay, wenn wir heute einfach so mal wo hingehen. Ich hab sowieso Hunger. Gehen wir!«

»J… Ja!«, zögerte Futaba kurz und sauste Kou hinterher.

Geschafft! Ich hab's geschafft! Aber ich kann echt nicht durchschauen, wie er zu mir steht … Wo mag für ihn »besonders« anfangen? Ist denn schon »besonders«, dass er beschlossen hat, doch etwas mit mir zu unternehmen, obwohl er eigentlich gar keine Lust hatte? Oder ist das ganz normal? Und was ist mit unserer Verabredung, als wir zu zweit auf das Sommerfest wollten? Oder als er meine Hand gehalten hat? Wie es von nun an wohl sein wird, alleine Zeit mit ihm zu verbringen? Wo stehe ich momentan auf Kous Skala zwischen »normal« und »besonders«?

Die beiden entschieden sich für den Burgerladen nahe der Schule. Sie standen an unterschiedlichen Kassen und gaben ihre jeweiligen Bestellungen getrennt auf. Kou war vor Futaba fertig und setzte sich an einen Tresenplatz am Fenster.

Hm?, wunderte sich Futaba, die sich mit ihrem Pappbecher voll Tee neben Kou niederließ. »Reicht dir denn ein Getränk? Meintest du nicht, du hast Hunger?«

Kou, der nur einen Becher mit einem Strohhalm vor sich stehen hatte, stützte sich nachdenklich auf den Tisch: »Hab ich das?«

War das etwa nur ein Vorwand? Hat er etwa nur gesagt, dass er hungrig sei, damit wir Zeit zusammen verbringen können? Wenn ja, würd ich mich schon freuen. Nein, über so eine ungewisse Sache kann ich mich auch nicht wirklich freuen. Er ist immerhin so wankelmütig wie eine Katze …, dachte Futaba und machte sich auf den Weg zum Klo. Seit sie ihren Platz verlassen hatte, waren nur wenige Minuten vergangen, doch als sie wieder zurückkehrte, lag Kous Kopf auf dem Tisch.

Was, er schläft? Er erwähnte zwar, dass er müde sei, aber dass er hier einschlafen würde, hätte ich nicht gedacht … »Hey …«, flüsterte sie ihm leise zu, doch es folgte keine Reaktion. *Ah, das hat keinen Sinn … Er schläft tief und fest.* Seufzend blickt sie in sein schlafendes Gesicht. Seine Augen waren geschlossen und nur seine langen Wimpern zu sehen. Seine Wangen schienen viel weichere Konturen zu haben, wenn er schlief. Mit seiner spitz zulaufenden Augenform erinnerte er sonst an einen Löwen, doch nun, da sie geschlossen waren, wirkte er total unschuldig. Das fiel Futaba in diesem Moment zum ersten Mal auf. *Er sieht total süß aus. Es ist zwar etwas seltsam, dass er schläft, nachdem wir extra hierhergekommen sind, aber es wäre auch eine Verschwendung, ihn jetzt aufzuwecken. Ich kriege zwar nicht genug davon, wie er hier so schläft, aber bestimmt wirke ich wie eine Perverse, wenn ich ihn die ganze Zeit so anstarre, oder?* Beschämt guckte Futaba aus dem Fenster, doch nur wenige Sekunden später konnte sie der Versuchung schon nicht mehr widerstehen und sah wieder zu ihm. Bei seinem schutzlosen Anblick begann ihr Herz unerklärlicherweise jedes Mal laut zu pochen. *Oh Mann! Ich bin so in ihn verliebt, dass ich kaum noch klar denken kann!!* Futaba nahm einen Schluck von ihrem kalten Tee, um ihr rasendes Herz ein wenig abzukühlen. Da bemerkte sie auf Kous Handrücken einen kleinen Kratzer in Form von drei parallelen Linien. *Oh, hat die Katze ihn etwa gekratzt?* Ihr fiel wieder ein, dass Kou am Morgen fast zu spät gekommen war, weil er zu lange mit der Katze gespielt hatte. Da die Wunde noch sehr frisch war, nahm sie an, dass sie zu diesem Zeitpunkt entstanden sein musste. Bei dieser Vorstellung musste sie lächeln. Sie stellte sich vor, wie Kou vor der schwarzen Katze kniete und sie streichelte. Aber irgendwann hatte sie genug und verpasste ihm genervt diesen Kratzer.

Vorsichtig streckte sie ihre Hand in Richtung der geröteten Stelle in der Nähe seines Daumens am Handrücken. Doch kurz bevor ihre Fingerspitze ihn berührte, wurde ihr Zeigefinger plötzlich festgehalten. *Ist er noch im Halbschlaf?*, fragte sie sich. Doch als sie bemerkte, dass Kou seine Augen geöffnet hatte, machte ihr Herz einen Sprung.

»Hast du kleine Fingernägel!« Während er noch mit dem Kopf auf dem Tisch lag, starrte er eine Weile auf Futabas Finger und ließ ihn erst nach einer Weile wieder los.

»D… Die sind nicht besonders klein. Die sind ganz normal«, erwiderte sie. Dabei pochte ihr Herz so laut, dass man es wohl kaum überhören konnte. Die Fingerspitze, die er berührt hatte, fühlte sich noch ganz warm an. Sie drehte ihren Kopf Richtung Fenster, um ihr rotes Gesicht zu verbergen, und erschreckte sich, als Kou plötzlich aufstand.

»Ich muss aufs Klo.«

Nach der knappen Ansage verließ er zügig seinen Platz und verschwand im hinteren Teil des Ladens.

Futaba atmete daraufhin kräftig aus. *Bin ich froh, dass ich mir die Nägel gestern kurz geschnitten habe!! Aber viel wichtiger ist eigentlich gerade was anderes. Hat er wirklich die ganze Zeit geschlafen? Hat er vielleicht bemerkt, dass ich ihn beim Schlafen beobachtet und versucht habe seinen Kratzer zu berühren?* Bei diesem Gedanken wurde sie bis über die Ohren rot. *Was sollte denn diese Neckerei?!*

»Ah! Das ist doch das Mädchen, mit dem du beim Feuerwerk geredet hast, oder, Toma?«

Tomas Freund Uchimiya wies ihn zwar darauf hin und er tat erstaunt, doch in Wahrheit hatte Toma sie längst bemerkt, nämlich schon als sie den Laden betreten hatte. Seine Hand, mit der er sich gerade eine Pommes in den Mund schieben wollte, erstarrte, während sie auf den Bestellschalter zulief. Sie trug eine Bobfrisur und ihre Haare hingen ihr knapp über die Schultern. Erst in diesem Moment fiel ihm auf, wie hübsch sie war.

Futaba war jedoch in Begleitung des Jungen, den sie neulich mit dem Namen Kou angesprochen hatte. Wieder spürte er dieses leichte Ziehen in seiner Brust. *Ich verstehe, Yoshioka ist also in diesen Jungen …*

»Sie hat schon einen Freund. Leider verloren, Toma!«

Leichte Verärgerung stieg in ihm auf, als Uchimiya seine unausgesprochenen Gedanken in Worte fasste. »Ich hab doch schon gesagt, dass ich sie nicht aus dem Grund angesprochen habe!«

»Ach ja? Hmm, na gut. So ein aggressives, schwieriges Mädchen würde auch gar nicht zu dir passen.«

Die Worte seines Freundes verursachten Toma leichtes Unbehagen. »So ist sie in Wirklichkeit gar nicht. Wäre es nicht besser, so was nicht zu sagen, wenn man die Person gar nicht kennt?« *Oh, das war vielleicht ein bisschen patzig,* ging es ihm durch Kopf und er fühlte sich schuldig. »Tut … mir leid!«

»Iwo, schon gut. War meine Schuld, weil ich einfach was angenommen habe, ohne es wirklich zu wissen.«

Uchimiya schien es seinem Freund nicht übel zu nehmen und steckte sich eine Pommes in den Mund. Da er durchaus ein kluger Kopf und in vielen Dingen geschickt war, konnte er mit solchen Situationen gut umgehen. Toma nahm einen Schluck von seinem Saft und wechselte das Thema.

»Übrigens, was ist denn jetzt eigentlich mit unserem Klassensprecher?«

»Stimmt, Mori ist ja umgezogen.«

Mori, einer der Klassensprecher in Tomas Klasse (er respektierte ihn sehr, da er einerseits unauffällig, andererseits aufrichtig war), war in den Sommerferien weggezogen, weil sein Vater berufsbedingt versetzt worden war, und ging nun an eine andere Schule. Da die Klassensprecher ebenfalls in die Organisation des Kulturfestes nächsten Monat eingebunden waren, musste schnellstmöglich Ersatz her. Doch auf der Highschool gab es nur selten Freiwillige für diese Aufgabe und so würde es erwartungsgemäß schwierig werden, diese Lücke zu füllen.

»Wieso machst du es nicht, Toma? Werd du doch Klassensprecher!«

»Nein, dafür bin ich hundertpro nicht der Richtige!«

»Von wegen, das finde ich gar nicht. Du bist Bassist, deshalb bist du supergeduldig und gewissenhaft.«

»Meinst du …? Aber wärst du dann nicht viel besser geeignet, Uchimiya?«

»Nein, ich bin zu dickköpfig. Ich bin Gitarrist!«

Toma und Uchimiya spielten in derselben Band. Uchimiya war der Sänger und Gitarrist, Toma Bassist und Backgroundsänger. Für ihren Auftritt beim Kulturfestival wollten sie noch einen Schlagzeuger in die Band holen und übten jetzt schon fleißig an den Wochenenden.

Toma unterhielt sich mit Uchimiya über zukünftige Bandproben und spähte immer wieder zum Tresenplatz am Fenster. Dort saß Futaba auf einem hohen Hocker und unterhielt sich mit Kou. Da er allerdings zu weit von den beiden entfernt saß, konnte er unmöglich verstehen, worüber sie sprachen. Irgendwann stand Futaba von ihrem Platz auf und lief in den hinteren Teil des Ladens, wo sich die Toiletten befanden. Kou blieb allein zurück und gähnte verschlafen, ehe er sich mit dem Kopf auf den Tisch legte.

Der wird doch jetzt nicht schlafen, oder? Obwohl seine Freundin dabei ist?

»Ah, Toma, können wir danach noch kurz im Musikladen vorbeischauen? Ich brauch ein paar neue Plektren!«

»Klar!«

Ein paar Minuten später kehrte Futaba wieder an ihren Platz zurück. Dass ihr Freund eingeschlafen war, schien sie sehr zu belustigen. Sie näherte ihr Gesicht dem von Kou und flüsterte ihm etwas zu. Dann starrte sie einfach nur in sein schlafendes Gesicht, wobei ihr Blick ziemlich verträumt wirkte. Auf ihren Lippen erschien ein Lächeln, das nur von jemand Verliebten stammen konnte. Toma zog eine Fritte aus dem Pappbehälter und nahm einen Bissen. Er versuchte sich abzulenken und nicht weiter auf die beiden zu achten, aber es wollte ihm nicht so recht gelingen.

Das ist doch völlig in Ordnung, nicht wahr? So ist das eben zwischen Freund und Freundin.

Plötzlich zuckte Futaba zusammen. Kou, der noch immer mit dem Kopf auf dem Tisch lag, hatte nach ihrem Zeigefinger gegriffen. Offenbar hatte er nur vorgegeben zu schlafen. Als Toma Futaba erröten sah, wandte er sich von den beiden ab.

»Wollen wir langsam los?«

»Was? Aber du hast doch deine Pommes noch gar nicht aufgegessen.«

»Ja, schon. Bin halt satt.«

Er stupste den verwirrten Uchimiya noch einmal an, stand auf und ging zur Ladentür.

Es wäre unhöflich, die beiden weiterhin so zu beobachten, versuchte er sein Verhalten zu rechtfertigen. Doch ganz egal, wie er sich herausredete, er blieb frustriert und verwirrt.

Der Musikladen, den er zusammen mit Uchimiya besuchen wollte, befand sich schräg gegenüber des Fast-Food-Restaurants. Zwar war er im Vergleich zu anderen Geschäften im Stadtzentrum viel kleiner, doch wegen der Hingabe des Ladenbesitzers, der selbst in einer Band spielte, war die Auswahl an Musikinstrumenten und entsprechendem Zubehör so gewaltig, dass sie ihn oft aufsuchten. Von den bunten Gitarren an den Wänden bis hin zu absurd teuren Schlagzeugen, Keyboards oder Percussions – es gab alles, was das Herz begehrte, auch wenn die Preise für einen Highschoolschüler teilweise astronomisch waren. Doch das Anschauen genügte ihnen schon und sie hatten ihren Spaß. Während sich Uchimiya auf die Suche nach einem Plektrum machte, lief Toma in die Bass-Abteilung. Würde man alle Musiker der Welt nach ihren Instrumenten sortieren, stünde zweifellos die Gitarre an der Spitze, die Bassspieler würden indessen nur eine winzige Minderheit ausmachen. Oft bekam Toma die Frage zu hören, warum er sich denn für den Bass entschieden habe. Von anderen wiederum, die sich nicht gut mit Musikinstrumenten auskannten, wurde er häufig gefragt, ob er Gitarre spiele. Trotzdem liebte er dieses Instrument. Für ihn war schon allein der Klang des Namens »Bass« sehr ehrenvoll.

Er ist der Ankerpunkt jeder Band und das Fundament, auf dem ein Stück aufbaut. Zugegebenermaßen sticht er als Instrument nicht besonders hervor, doch wenn man ihn gleichmäßig und präzise spielen kann, fühlt es sich unglaublich an.

Als Toma reflektiert vom Ladenlicht die lackierte Oberfläche einer Bassgitarre begutachtete, schweifte sein Blick zum Eingangsbereich des Ladens.

Wah ... !

Einige Schaufenster blickten zur Straßenseite, sodass Passanten das Innere des Ladens gut sehen konnten. Dadurch war allerdings auch der gegenüberliegende Burgerladen in Tomas Sichtfeld. Besonders deutlich konnte er Futaba erkennen, die noch immer an ihrem Tresenplatz am Fenster saß. Sie war gerade alleine und er vermutete, dass Kou auf die Toilette gegangen war. Sie hielt einen kleinen Handspiegel vor sich und richtete ihre Haare. Sie waren nicht wirklich unordentlich, doch anscheinend wollte sie sich etwas hübscher machen, ehe er wieder zurückkam.

Obwohl sie schon hübsch genug ist, streicht sie sich immer wieder durch ihren Pony und ihre seitlichen Strähnen ... Ah, vermutlich will sie sich bloß ein bisschen zurechtmachen, bevor er wieder da ist. So sehr ... ist sie also in ihn verliebt.

Schon wieder überkam Toma dieses Gefühl. Er spürte ein leichtes Ziehen in seiner Brust. Mit dem Gefühl, etwas gesehen zu haben, was nicht für seine Augen bestimmt war, drehte er sich in Richtung der Gitarren-Abteilung, wo sein Kumpel Uchimiya steckte.

4

Als Futaba Kou von der Toilette zurückkommen sah, steckte sie ihren Handspiegel in die Tasche.

»D... Da bist du ja wieder.«

»Mhm«, antwortete Kou kurz und setzte sich wieder auf seinen Platz. Er stützte sich ab und blickte aus dem Fenster. Futaba saugte den restlichen Tee aus ihrem fast leeren Becher.

Nanu, irgendwie ist es so still ...

»Jetzt red schon mit mir!«, sagte er mit nach draußen gerichtetem Blick.

»Hä?! Was? So plötzlich fällt mir nichts ... Ah!«

Das wäre doch jetzt ein guter Zeitpunkt, ihn danach zu fragen!

»Okay ... Ähm ... Was hast du denn eigentlich in Nagasaki gemacht?«

Nach kurzem Schweigen setzte Kou zu einer Erklärung an: »Der Vater von jemandem aus meiner damaligen Klasse ist verstorben und ich bin zur Beerdigung gefahren.«

Die Antwort überraschte Futaba und sie überkam ein ungutes Gefühl. Sie fühlte sich, als hätte sie ihn etwas Verbotenes gefragt. Wenn sie mit solchen Themen konfrontiert wurde, wusste sie nie so recht, wie sie sich verhalten sollte.

»Ach ... so ...«

»Meine Mutter und dessen Vater waren zeitweilig im gleichen Krankenhaus, also kennen wir uns ziemlich gut.«

Futaba erinnerte sich an die leichte Traurigkeit in Kous Lächeln. Sicherlich lag diese daran, dass sein früherer Klassenkamerad und Freund seinen Vater verloren hatte.

»Er wurde ziemlich oft operiert und da dachten alle, er würde wieder gesund werden, aber ...«

»Hast du etwa mit dem Kumpel in letzter Zeit so oft getextet?«

»Ja. Nach dem Umzug hierher und dem Wechsel an eine neue Schule läuft es wohl noch nicht so gut ...«

»Verstehe.«

Es muss wirklich schwer sein, an einem unbekannten Ort ein neues Leben zu beginnen, wenn man erst vor Kurzem seinen Vater verloren hat. Aber was ist das bloß?

Neben ihrem Mitleid um Kous ehemaligen Klassenkameraden beschlich Futaba noch ein weiteres, ganz ähnliches Gefühl, das sie traurig machte.

Wieso nur? Was ist das für ein Gefühl?

»Und ich weiß sehr gut, wie man sich in dieser Situation fühlt.«

Als sie Kous Worte hörte, verstand sie es. Nun kannte sie den Grund für dieses unangenehme Gefühl.

Sein Freund hat seinen Vater verloren und Kou seine Mutter. Die beiden haben ähnlich schmerzvolle Erfahrungen gemacht und können die Trauer des anderen gut nachvollziehen. Ich hingegen, die noch nie einen geliebten Menschen verloren hat, werde diesen Schmerz niemals begreifen können. Ich fühle mich ihm so fern … Vielleicht weil das ein Bereich ist, zu dem ich keinen Zugang habe?

Plötzlich ertönte ein elektrischer Klingelton, woraufhin Kou in seine Tasche griff und sein Smartphone hervorkramte.

»Oh, gerade haben wir uns noch drüber unterhalten! Kann ich kurz rangehen?«

»Klar.«

»Ja, was gibt's?«, sagte Kou leise, als er sich von Futaba abgewandt hatte und rangegangen war.

Jetzt klingt es anders, dachte Futaba und strich über den Rand ihres Strohhalms. Sie hatte Kous Klingelton schon mehrfach gehört, aber bis vor Kurzem war es immer ein einfacher, voreingestellter Signalton gewesen. Doch gerade eben war anstelle eines Standardtons eine Melodie zu hören gewesen. Obwohl diese womöglich zum üblichen Repertoire seines Smartphones gehörte, war es eine sanfte Melodie aus elektrischen Klängen.

»Äh, jetzt passt es gerade nicht so gut … Ich bin gerade mit jemandem unterwegs.«

Eigentlich hatte sie ihn bei seinem Gespräch nicht belauschen wollen, doch da er seinem Gegenüber so zögerlich antwortete, fiel es ihr schwer, seine Stimme zu ignorieren. Kaum hatte Kou aufgelegt, sagte sie: »Mach dir meinetwegen keine Gedanken. Wenn du willst, kannst du gerne gehen!«

»Ja … aber …«

Vor Kurzem ist dieser Kumpel hier in die Nähe gezogen ...
... und ist seit Beginn des zweiten Trimesters an einer neuen Schule, aber anscheinend läuft's noch nicht so gut ...
Verstehe.
Warum bloß?
Jetzt kenne ich den Grund dafür, dass Kou so oft Mails schreibt, aber trotzdem ... irgendwie ...
Und ich weiß sehr gut, wie man sich in dieser Situation fühlt.
Ah!
Ach so!

»Es ist schon okay! Geh ruhig!«

Trotz ihrer Worte wirkte Kou noch immer sehr zögerlich, doch als sie ihre Aufforderung noch einmal nachdrücklich wiederholte, gab er klein bei: »Okay. Bis dann. Tut mir echt leid.«

»Schon gut, bis dann!«

Sie beobachtete, wie Kou den Laden verließ, und schlürfte ihren Becher leer. Darin war kaum noch Tee, sondern fast nur noch das Wasser der geschmolzenen Eiswürfel, und der Inhalt daher mittlerweile eher geschmacksneutral.

Kous Kumpel macht im Moment bestimmt eine schwere Zeit durch. Und Kou versucht ihm zu helfen. Das ist nicht falsch. Eigentlich ist das sogar ziemlich klasse. Und trotzdem fühle ich mich ganz seltsam deprimiert. Das zeigt nur, dass ich echt charakterliche Mängel habe. Wenn ich so darüber nachdenke, hätte ich es ihm wohl doch besser in jener Nacht gesagt … ! Dass ich das Gefühl habe, dass die Entfernung zwischen Kou und mir wieder so groß wie am Anfang ist, liegt daran, dass Kou sich jetzt Gedanken um jemand anderes macht. Wenn die Distanz zwischen Kou und mir in dieser Nacht ganz verschwunden wäre, hätte ich den jetzigen Zustand vielleicht auch anders ertragen können.

Futaba beugte sich nach vorn und schlug ihre Stirn immer wieder an die Tischkante.

Ich hab ein total schlechtes Gewissen und bin absolut unfähig … Das ist ja nicht auszuhalten!

Toma und Uchimiya standen in der Schlange um zu bezahlen. Da fiel Toma am Burgerladen gegenüber plötzlich eine Silhouette auf. Als er genauer hinsah, erkannte er Kou, der gerade mit jemandem zu telefonieren schien.

Warum ist er alleine?, fragte sich Toma und sein Blick wanderte zum Tresenplatz am Fenster, wo Kou bis eben gemeinsam mit Futaba gesessen hatte. Überrascht stellte er fest, dass Futaba noch dort saß und ihre Stirn immer wieder gegen die Tischkante schlug. Obwohl sie außer Hörweite war, bildete er sich ein, das dumpfe Geräusch des Aufpralls wahrzunehmen.

Was tust du denn da, Yoshioka? Du machst mir Angst!

»Sorry, entschuldige mich kurz.«

»Huh, was ist denn los? Toma?«

Er ließ seinen Freund zurück, der gerade dabei war zu bezahlen, und verließ in Windeseile das Musikgeschäft. In diesem Moment zählte für ihn nur Futaba. In aller Eile betrat er den Burgerladen, ging schnurstracks zum Fensterplatz und stellte sich hinter sie. Futaba bedeckte ihr Gesicht mit beiden Händen und rührte sich keinen Millimeter.

Weint sie etwa … ?

»Yoshi…«

Gerade als er sie ansprechen wollte …

»Ach, das glaubst du doch selbst nicht!!«

»Waaah!«

… sprang Futaba auf und Toma taumelte vor Schreck nach hinten. Sie drehte sich um und starrte ihn an. »Oh! Kikuchi-kun. Nanu, was ist denn los?«

Na ja, eigentlich sollte ich diese Frage stellen …

»Ähm, hör mal … Ich habe gerade gesehen, dass dein Freund schon gegangen ist. Habt ihr euch etwa gestritten?«

»Was?«

Futabas Augen weiteten sich und ihre Wangen erröteten leicht. »Oh nein, das ist nicht mein Freund! Sah es etwa danach aus?«

Was? Toma beugte sich ein Stück zu ihr und wollte es genauer wissen: »Ah, ihr seid nicht zusammen?!«

»Na ja, wir verstehen uns zwar gut und sind auch beide Klassensprecher, aber … Ah ha ha!«

»Ach … so. Verstehe.«

Toma wusste genau, dass Futaba Kou mochte, denn das war aus ihrem Verhalten deutlich abzulesen.

Ich lag also falsch? Irgendwie … freut mich das. »Und was ist dann los? Du wirkst irgendwie total deprimiert.«

»Ach, mir geht's schon wieder gut!«, sagte Futaba und schenkte ihm, der sich inzwischen neben sie gesetzt hatte, ein Lächeln. »Ich hab nur gedacht, dass ich früher was hätte anders machen sollen, deswegen war ich kurz deprimiert. Aber ich sollte mir besser Gedanken darüber machen, wie ich das wieder wettmache.« Als Futaba ihren Blick nach vorn richtete, zum Fenster hinaus, fiel das Sonnenlicht direkt auf ihr Gesicht und ließ ihre Wimpern glitzern.

Dieser Gedanke gefällt mir! Ich mag Menschen, die so denken!

Doch gerade als Toma sie in Gedanken bewunderte, verfinsterte sich ihr Gesichtsausdruck wieder und sie ließ ihren Kopf deprimiert auf die Tischplatte fallen.

Was ist denn jetzt los?, fragte er sich. Einen Moment später sprang sie jedoch erneut auf und ließ ihren Kopf in Sekundenschnelle wieder hängen. *Oh Mann, seit vorhin macht sie mir wirklich ein bisschen Angst!*

»Ich bin okay! Keine Sorge …«, murmelte sie mit gesenktem Blick und der Hand an der Stirn.

Ob das wohl so eine Art Ritual war? Ah, ich verstehe … Eigentlich ist sie gar nicht so gelassen, wie sie tut, aber sie redet es sich immer wieder ein. Sie bemüht sich, positiv zu denken und an sich zu arbeiten, statt ewig Gewissensbissen nachzuhängen.

Jetzt, da Toma einen Einblick in Futabas Gefühlswelt gewonnen hatte, wurde ihm klar, dass sich in seinem Inneren etwas entscheidend verändert hatte. Dieser Wandel war an jenem Tag in Gang gesetzt worden, als die beiden zum ersten Mal miteinander gesprochen hatten. Bis zum jetzigen Zeitpunkt war alles sehr vage und unklar, doch nun besaß es eine deutliche Form.

»Was ist denn, Kikuchi-kun ...?«, fragte Futaba und neigte leicht ihren Kopf. Sie fand, dass Toma ziemlich nachdenklich wirkte.

»Ach ... nichts«, winkte er ab, als wäre alles in bester Ordnung. »Yoshioka, dein Pony steht ab!«

»Was, echt?«

Als sie sich vor Verzweiflung den Kopf gehalten hatte, waren anscheinend ihre Haare durcheinandergeraten. Vergeblich versuchte Futaba ihre Haare wieder zu glätten.

Irgendwie ja total niedlich ...

»Und, jetzt?«

»Ha ha, immer noch was!«

»Was? ... Ach, ist ja auch egal. Solange es nur mein Pony ist. Danke, Kikuchi-kun!«

Sie lächelte ihn an und Toma schossen wieder die Bilder von eben in den Kopf, als er sie durch das Schaufenster des Musikladens beobachtet hatte. Futaba, die kurz nachdem Kou von seinem Platz aufgestanden war, einen kleinen Handspiegel hervornahm, um zu sehen, ob ihre Haare noch richtig saßen. Das Gefühl, das in diesem Moment in seiner Brust aufkam, war nicht schön oder sanft, sondern wirkte eher egoistisch und neidvoll. Am liebsten hätte er sich zwischen die beiden gedrängt. Toma wusste, dass Futaba Kou mochte.

Ich will ihre Gefühle am liebsten umkrempeln und diesen Kerl wegstoßen!

»Wir können uns doch treffen, wo bist du denn gerade?« Kou verließ gerade den Burgerladen.

»In einer Buchhandlung bei meiner Highschool!«, schallte die Antwort durch den Lautsprecher seines Handys.

Die Highschool, an die Kous ehemaliger Klassenkamerad gewechselt hatte, lag ungefähr eine Stunde Zugfahrt von ihm entfernt.

»Ich mach mich gleich auf den Weg, warte bitte dort auf mich«, erwiderte Kou und legte auf. Bei der Beerdigung seines Vaters hatte sein Kumpel keine einzige Träne vergossen. Als er Kou sah, bedankte er sich und lächelte ihn sogar freundlich an. So war er schon seit der Mittelschule gewesen. Er musste seinen Vater täglich besuchen und sich um ihn kümmern, daher vermutlich viel mehr Verzicht üben als andere in seinem Alter, und zeigte doch keinerlei Anzeichen von Unzufriedenheit oder Erschöpfung. Er lächelte immer nur und schulterte seine Last, ohne sich zu beschweren. Das zeugte von einem wahrhaft starken Charakter. Doch seit er in die Gegend gezogen war, schickte er ihm öfters Nachrichten oder rief ihn an, um ihm mitzuteilen, wie schwer es ihm doch fiel, sich an die neue Umgebung anzupassen.

Vermutlich ist das momentan diese Phase, in der jeder Schritt schwerfällt. Man tritt einfach nur auf der Stelle und kommt und kommt nicht vorwärts. Jedes Mal wenn einen jemand ermutigt, nach vorne zu schauen und stark zu bleiben, ist unerträglich schmerzhaft. Auch ich habe diese Phase hinter mir. Allein mich an diese Zeit zurückzuerinnern, tut mir schon weh. Uns verbindet im Moment echt viel, deshalb möchte ich unbedingt eine Unterstützung sein. Wenn es irgendetwas gibt, das ich tun kann, werde ich mein Bestes geben! Aber heute …

»Und wie wär's, wenn du das als Wiedergutmachung für das Sommerfest ansiehst, zu dem wir nicht gehen konnten?«

Er erinnerte sich plötzlich daran, dass er Futaba zum Sommerfest eingeladen und sein Versprechen gebrochen hatte. Sie hatte sich bislang nie darüber beschwert.

Das war richtig mies von mir …

Gerade weil ihn diese Gedanken plagten und er viel lieber Zeit mit Futaba verbringen wollte, hatte er zunächst vorgehabt, seinem Kumpel abzusagen.

»Es ist schon okay! Geh ruhig!«

Aber da Futaba ihn mehrfach ermuntert hatte, doch zu gehen, war es ihm irgendwie zu anstrengend gewesen, ihr zu widersprechen. Obwohl er sich innerlich dagegen sträubte, befand er sich nun aus diesem Grund auf dem Weg zum Bahnhof.

Wollte sie denn heute nicht unbedingt, dass ich sie begleite? Warum besteht sie dann darauf, dass ich gehen soll? Nein, so stimmt das nicht.

Kou blieb stehen, stieß einen tiefen Seufzer aus und strich sich die Haare aus dem Gesicht.

Sie war nur rücksichtsvoll. Rücksichtsvoll uns beiden gegenüber … Es gibt Zeiten, da lässt sie nicht locker, manchmal ist sie dann wiederum so zurückhaltend und nachdenklich. So ein Mensch ist sie nun mal.

Kou fühlte sich hin- und hergerissen. Er blickte auf die Strecke zurück, die er bis hierher zurückgelegt hatte, und dachte ebenso darüber nach, welchen Weg er einschlagen sollte, um ans Ziel zu kommen. Seine Entscheidung ließ jedoch nicht lange auf sich warten. Er zückte sein Smartphone, drückte auf die Anruftaste und hielt sich den Hörer ans Ohr. Nach dreimal Klingeln nahm jemand ab.

»Ja?«

»Ah … ich bin's. Sorry, aber ich werde doch lieber meine Verabredung einhalten.«

Nach ein paar Sekunden Stille kam die Antwort.

»Okay, verstehe.«

»Tut mir leid.«

»Ach, mach dir nichts draus!«, lachte es am anderen Ende der Leitung in den Hörer.

Kou entschuldigte sich noch einmal und legte auf. Dann drehte er sich um und nahm eilends den gleichen Weg zurück. Sein Gang wurde immer zügiger und irgendwann rannte er. Bei der Vorstellung, wie Futaba allein und traurig auf ihrem Platz saß, war ihm ganz mulmig zumute. Schon bald war der Burgerladen in Sichtweite. Das Gebäude besaß zur Straße hin ein großes Fenster, durch das man in das Innere des Ladens blicken konnte. Als er Futaba auf ihrem Hocker am Tresenplatz sah, hielt er plötzlich inne. Neben ihr saß ein Junge in derselben Schuluniform wie er. Er hatte kurzes kastanienbraunes Haar und trug an seinem linken Ohr ein Piercing.

Das ist doch … Toma Kikuchi.

Kou erinnerte sich noch gut an die Nacht des Feuerwerks, als Toma Futaba angesprochen hatte. An jenem Abend war so viel passiert. Vor Kurzem hatte er die beiden auch schon zusammen gesehen.

Schon wieder der?

Futaba saß auf der anderen Seite der Scheibe und strich sich ständig über ihren Pony. Unterdessen sagte Toma irgendetwas zu ihr und lachte. Daraufhin lachte auch sie. Sie bemerkte Kou überhaupt nicht, denn ihr Blick galt ausschließlich dem Jungen vor ihr.

Was soll das?! Ich war mir so sicher, dass sie jetzt bestimmt traurig ist. Nur deshalb bin ich zurückgerannt. Aber was soll das? Sie sieht total fröhlich aus. Ich komme mir richtig dämlich vor. Ich geh heim.

»Versteh einer die Weiber!«, murmelte Kou vor sich hin und kehrte den beiden den Rücken zu.

Kapitel 2

1

Kou telefonierte mit einem Freund, den er noch aus seiner Zeit in Nagasaki kannte.

»Na ja … Du wohnst halt näher dran als wir, also kümmere du dich bitte darum!«

So lautete dessen Antwort, als er ihm von den Problemen ihrer gemeinsamen Bekanntschaft berichtete, die von Nagasaki hierhergezogen war. Als er auf dem Bett lag und sich unterhielt, zogen Bilder von Sasebo durch seinen Kopf, die er zweieinhalb Jahre täglich vor Augen hatte. Die meisten Menschen dachten, der Himmel dort sei immer klar, doch tatsächlich war er die meiste Zeit wolkenverhangen. Der Geruch des Meeres wurde vom Hafen in die Stadt getragen.

»Schon klar«, antwortete Kou und starrte an die kahle Decke. »Aber könntet ihr nicht wenigstens auch mal anrufen?«

»Na ja … Machen wir ja hin und wieder und wir reden über Alltägliches, aber um ganz ehrlich zu sein, wissen wir beide nicht so genau, was wir sagen sollen. Und deswegen …«

»Aber du kannst doch bestimmt gut nachvollziehen, was in solch einer Situation im Kopf von jemanden vorgeht … Da hast du doch bestimmt ein paar Tipps!«

Kou fühlte sich ein bisschen niedergeschlagen, denn er wusste genau, dass sein Freund genau das indirekt mit seinen Worten ausdrücken wollte. Er hatte selbst lange darüber nachgedacht, was er dem anderen Freund sagen konnte, der nun vor solchen Problemen stand. Aber auch er wusste nicht genau, welche Worte richtig waren. Dennoch sagte er, was ihm auf dem Herzen lag, auch wenn er nicht wusste, ob er damit richtiglag. Denn nur weil sein Vater gestorben war, hieß das noch lange nicht, dass er nun in einer anderen Welt lebte. Im Gegenteil, wenn man sich zu sehr zurückhielt, wurde man nur noch einsamer. Solcherlei Gedanken schossen Kou zwar durch den Kopf, doch er fasste sie nicht in Worte. Das Gespräch kam zum Ende.

Kou drehte sich zur Seite und umarmte sein Kissen. Allmählich übermannte ihn die Müdigkeit. Zumindest bis zum Beginn der Sommerferien war er ziemlich gut drauf gewesen. Doch nun fühlte er, wie er langsam wieder von einer negativen und düsteren Stimmung eingeholt wurde. Er wusste, dass er dagegen ankämpfen musste, doch das fiel ihm furchtbar schwer. Plötzlich war ein niedliches Miauen zu hören und etwas stupste gegen seinen Rücken. Ein Fellbüschel so schwarz wie die Nacht rieb sich an ihm.

Es kommt mir wie gestern vor, dass sie noch ein kleines Kätzchen war, ging es Kou durch den Kopf. *Sie ist so schnell groß geworden. Aber nur körperlich, eigentlich ist sie noch total verschmust.*

»Was willst du denn? Du hast doch vorhin schon gegessen!«

Er kraulte ihren Hals, woraufhin sie von seinem Rücken sprang und sich an sein Gesicht kuschelte.

Ah, wie das kitzelt …

Als die Schnurrhaare ihn sanft an der Nase kitzelten, kicherte Kou leise vor sich hin.

»Du bist so weich!«

Ich kann mir echt gut vorstellen, dass die anderen nicht wissen, wie sie mit dieser Situation umgehen sollen. Vielleicht war ich genau aus dem Grund gerade in letzter Zeit die einzige Person, die für ein Gespräch infrage kam, da ich ja ähnliche Erfahrungen gemacht habe und weiß, was dann in einem vorgeht. Es muss total frustrierend sein, sich nur auf jemanden verlassen zu können, der dasselbe Unglück erlebt hat.

Während Kou seine Nase im schwarzen flauschigen Fell vergrub, kam ihm ein kindischer Gedanke.

Wenn doch nur die ganze Welt aus solch weichen und warmen Dingen bestehen könnte ...

*

Es war bereits Mitte September. Die Vorbereitungen für das Kulturfest waren in vollem Gange.

»Heißt, die erste Wahl unserer Klasse wäre ein Travestie-Maid- und Butler-Café ...«

In der sechsten Stunde diskutierte die Klasse das Fest. Aya stand hinter dem Lehrerpult und moderierte. Yuri assistierte ihm und Shuko übernahm das Protokoll. Futaba studierte genauestens die Vorschläge der Klasse, die auf der Tafel festgehalten waren.

Oh, an zweiter Stelle steht das »Planetarium« und auf Platz drei ein von Menschen betriebenes »Gamecenter«.

»Da aber nur bis zu drei Klassen eines Jahrgangs Speisen und Getränke anbieten dürfen, ist noch nicht klar, ob das klappt.«

»Und wer entscheidet das, Kominato-kun?«, rief es aus der Klasse.

»Wenn es mehr als drei sind, wird ausgelost. Wenn die Wahl dann nicht auf uns fällt, werden wir unsere zweite Wahl umsetzen, das Planetarium. Sind alle einverstanden?«

Aus allen Richtungen des Klassenzimmers war ein »Ja!« zu hören, woraufhin Aya einen Blick auf den Zettel warf, den er in den Händen hielt.

»War das alles, was wir zu sagen hatten?«

»Ah, da gibt es noch eine Sache!« Yuri hob die Hand. »Außerdem werden wie schon mal erwähnt die Vorbereitungen für die Party am Abend nach dem Schulfest den Klassensprechern übertragen. Heute findet dazu eine Besprechung statt, also geht bitte hin.«

Futaba winkte leicht mit der Hand, um zu signalisieren, dass sie verstanden hatte. Doch Kou, der vor ihr mit dem Kopf auf dem Tisch lag, schreckte auf und blickte verdutzt drein.

Hat er etwa mal wieder nicht zugehört? Dem ist echt nicht zu helfen.

»Findest du dieses System nicht auch komisch? Warum denn die Klassensprecher? Wozu haben wir eigentlich drei Leute als Eventkomitee?!«

»Ach, reg dich ab! Das wird bestimmt lustig!«

»Das bezweifle ich …«

»Jetzt hör schon auf zu jammern! Komm wir gehen rein!«

Die jeweiligen Klassensprecher trafen sich im Medienraum zu ihrer Besprechung. Futaba öffnete die Tür und drängte den noch immer widerwilligen Kou in das Zimmer, wo sich bereits einige Klassensprecher versammelt hatten. Darunter entdeckten sie ein bekanntes Gesicht.

»Oh, Kikuchi-kun!«

In der Mitte der hintersten Reihe saß Toma und lächelte ihr nach ihrer Begrüßung entgegen.

»Nanu, du bist auch Klassensprecher? Das wusste ich gar nicht.«

»Unser voriger Klassensprecher hat die Schule gewechselt, deshalb hab ich das übernommen.«

Futaba erinnerte sich, dass es in der 2–5 vor Kurzem einen ziemlich kurzfristigen Schulwechsel gegeben hatte.

»Ich dachte schon, das wird wieder der totale Krampf, weil das nie einer machen will. Deshalb habe ich mich echt gefreut, als Kikuchi-kun sich freiwillig gemeldet hat«, fügte die Schülerin, die neben ihm saß und als Klassensprecherin von Klasse fünf amtierte, mit einem Lächeln hinzu.

»Wow, freiwillig?« Futaba war beeindruckt und warf dem verlegenen Toma einen bewundernden Blick zu.

»Musstest du das wirklich erzählen?«, fragte er seine Sitznachbarin schüchtern.

»Du bist ja echt ein ernsthafter Typ. Ah, aber ich habe mich auch freiwillig gemeldet«, ergänzte Futaba.

»Ich bin nicht ernsthaft. Überhaupt nicht.« Toma senkte bescheiden seinen knallroten Kopf.

Futaba neckte ihn daraufhin: »Und dann auch noch so bescheiden!«

Abgesehen davon, dass die beiden sich nun als Klassensprecher getroffen hatten, liefen sie sich in letzter Zeit seltsamerweise immer häufiger über den Weg. Erst neulich, als Futaba mit Kou im Burgerladen gewesen war, hatte sich zufällig auch Toma dort befunden. Letzterer schien nun auch Kou zu bemerken, der hinter Futaba stand, nickte ihm zur Begrüßung leicht zu und bedachte ihn mit einem kurzen »Hallo«.

»Hallo«, grüßte ihn auch Kou zurück, ehe er sich zu den Plätzen in der vordersten Reihe aufmachte.

Was? So weit vorne will er sitzen? Und das, obwohl es hier hinten noch genug freie Plätze gibt?, wunderte sich Futaba.

Der Lehrer, der für die Vorbereitungen des abendlichen Festes verantwortlich war, verspätete sich etwas. Ein Schüler aus dem dritten Jahrgang sollte ihn während seiner Abwesenheit vertreten und ließ deshalb einen Flyer mit dem groben Zeitplan der

Festlichkeiten herumgehen. Als Futaba den Stapel mit den Zetteln nach hinten weitergereicht hatte, fiel ihr Blick auf Kous Hand.
»Du hast schon wieder Kratzer! Deine Katze?«

»Ja. Sie beißt ganz plötzlich zu. Keine Ahnung, was das soll! Sie hat mir den Finger total zerschrammt. Guck mal!«

»Oh, echt!«

Kou zeigte ihr seine Wunde und die Gesichter der beiden kamen sich näher. Futaba begutachtete die überraschend tiefe Wunde an seinem Finger und nahm gleichzeitig den leichten Duft seines Parfüms wahr. Ein kribbelndes Gefühl der Aufregung breitete sich in ihr aus.

Kou hat vielleicht keinen Spaß daran, aber ich finde die Arbeit als Klassensprecherin toll! In dieser Zeit kann ich immer an seiner Seite sein. Wir können uns zusammen Dinge überlegen und gemeinsam was tun.

Doch als sie bemerkte, wie Kou bei der Lektüre des Flyers sein Handy herausnahm, bekam sie ein wenig schlechte Laune. Wie üblich tauschte er mit seinem namenlosen Klassenkameraden aus Nagasaki in jeder freien Minute Nachrichten aus. Manchmal erhielt er sogar einen Anruf und diese sanfte Melodie ertönte. Immer wenn diese erklang, ging Kou an einen weniger überfüllten Ort und telefonierte dort eine Zeit lang. Dann war sein Gesichtsausdruck immer seltsam ruhig und entspannt und seine Stimme klang sanft. Futaba hatte sich diese Melodie genauestens eingeprägt.

Da sich nur drei Klassen des zweiten Jahrgangs für ein kulinarisches Angebot entschieden hatten, konnte die Klasse 2–2 nun mit den Vorbereitungen für das Travestie-Maid- und Butler-Café beginnen. Schülerinnen und Schüler aller Jahrgangsstufen blieben bis spät in die Nacht an der Schule, um die letzten Vorbereitungen für das Kulturfest zu treffen. Auch in Futabas Klasse gab es allerhand zu tun. Es mussten Gruppen gebildet und ihr jeweiliger Zuständigkeitsbereich festgelegt werden. Zu den Aufgaben gehörten unter anderem die Einrichtung des Veranstaltungsortes, die Anfertigung von Schildern und der Dekoration, aber auch die Zusammenstellung der Kostüme und des gastronomischen Angebots. Noch dazu mussten die Schichten für die Bedienung der Kunden am Tag des Festes eingeteilt werden. Die Mitglieder des Eventkomitees, aber auch die beiden Klassensprecher waren sowohl in den Gesamtablauf des Festes, als auch in die Planung der jeweiligen Angebote der Klassen eingebunden und daher nicht für einen bestimmten Bereich eingeteilt. Stattdessen halfen sie dort aus, wo es an Leuten mangelte, wobei ihre Komiteeaufgaben stets Vorrang hatten.

»Die Kostüme sind da!«

Zwei Tage vor dem Start des Kulturfests trafen die Mädchen, die für die Kostüme zuständig waren, mit einem großen Karton ein. Da diesmal die Kostüme das Highlight der Klasse darstellen sollten, schwappte eine Welle der Aufregung durch den Raum. Schnell probierte jeder sein Kostüm an. Die Jungen trugen ein schwarzes Minikleid mit einer weißen Schürze, die Mädchen hingegen einen schwarzen Frack und eine rote Krawatte. Obwohl die meisten Mädchen die niedlichen Maid-Outfits bevorzugten, gefiel ihnen auch ihr Butlerkostüm.

»Oh, wie cool!«

»Mach ein Foto mit mir!«, hallte es durch den Raum, während alle ihre Outfits anprobierten.

Die Jungen waren ebenso aufgeregt, wenngleich sie sich anders ausdrückten.

»Hey, das ist ja krass! Das ist übler, als ich es mir vorgestellt hatte!«

»Was sollen wir denn mit unseren Beinhaaren machen?«

»Sollen wir sie abrasieren? Uns bleibt wohl keine andere Wahl!«, alberten sie in ihren Maid-Kostümen herum.

Obwohl das die Mädchen ein bisschen störte, freuten sich alle auf den großen Tag.

Die Maid-Outfits sehen schon ziemlich niedlich aus. Vielleicht sollte ich auch mal eins anprobieren, dachte Futaba.

Sie trug ihre Sportkleidung und half den anderen beim Dekorieren. Da nach der Ankunft der Kostüme alle vor Begeisterung förmlich ausgeflippt waren, hatten sie beschlossen eine kleine Pause einzulegen. Yuri und Shuko waren einkaufen gegangen und also nicht vor Ort. Futaba setzte sich an einen der Tische, die aus dem Klassenzimmer in den Flur getragen worden waren, und öffnete gähnend eine Packung Kekse. Auch heute würde es mit den Vorbereitungen ziemlich spät werden und sie brauchte zwischendurch einen kleinen Happen. Die Türen zum Klassenzimmer standen weit offen und man konnte vom Flur aus ins Innere des Raumes sehen. Futaba suchte nach Kou, der an die Wand des Klassenzimmers gelehnt auf dem Boden saß.

Schon wieder …

Abseits der Schüler, die aufgeregt schwatzten, tippte Kou auf seinem Handy herum. Er schien eine Nachricht zu schreiben.

Bestimmt schreibt er wieder mit diesem ehemaligen Klassenkameraden, von dem er erzählt hat … Immer wenn er eine Nachricht oder einen Anruf bekommt, wirkt er so distanziert … Er wirkt so vertieft, dass er alles andere um sich her vergisst. Dadurch bekomme ich das Gefühl, dass er auch mich vergessen könnte …

»Ah, Yoshioka!«

Futaba drehte sich zu der Stimme um. »Oh, Kikuchi-kun!«

Von der anderen Seite des Flurs kam Toma auf sie zugelaufen, in jeder Hand eine große, prall gefüllte Plastiktüte. Er war in Begleitung eines hochgewachsenen schlanken Schülers, offenbar ein Freund von ihm. Auf den Tüten, die beide trugen, prangte der Name eines nahe gelegenen Gemischtwarenladens.

»Wart ihr einkaufen?«

»Ja. Das sieht aber lecker aus.«

Futaba nahm einen Keks aus der Schachtel und hielt ihn Toma entgegen. »Willst du auch?«

»Ja gern!«

Sie ging davon aus, dass er ihr den Keks aus der Hand nehmen würde, doch Toma beugte sich nach vorn und biss in den Keks. »Hm, lecker! Danke dir! Bis dann!« Er lächelte ihr zu und lief davon.

»Ah … Bis dann!«

Verblüfft schaute Futaba Toma hinterher, dann starrte sie auf die Hand, in der sie den Keks gehalten hatte. *Ich dachte, er nimmt ihn in die Hand, deswegen war ich überrascht. Aber klar, er hat beide Hände voll. Ob so was unter Jungen normal ist …? Echt komisch.*

»Hör mal, Toma …«, sagte Uchimiya. »Wenn du dermaßen rot wirst, solltest du so was besser lassen.«

Weiter an seinem Keks mümmelnd senkte Toma verlegen den Kopf. Er glühte am ganzen Körper und konnte nicht mal sagen, wie der Keks schmeckte.

»Das ist schon ein bisschen cringe«, meinte Uchimiya.

»Tut mir leid!« Als er an seine tollkühne Aktion von eben zurückdachte, wurde ihm noch heißer. Doch er hatte nicht aus Reflex gehandelt, sondern bewusst und es hatte ihn all seinen

Mut gekostet. Jetzt war es ihm einfach nur noch peinlich. Das spielte allerdings keine Rolle, denn er wollte bloß, dass Futaba ihn wahrnahm. Denn nur so konnte er ihre Gefühle umkrempeln.

»Wie, Mabuchi? Chattest du schon wieder?« Kou tippte gerade eine Antwortnachricht auf seinem Handy, als plötzlich jemand den Arm um ihn legte. Automatisch klappte er es zu. Ein Klassenkamerad mit braunem Haar, der für die Schilder und Werbetafeln verantwortlich war, grinste ihm frech entgegen und zeigte neugierig auf Kous Handy. »Etwa an deine Freundin?«

»Nein!«

»Ach, wirklich nicht?« Offensichtlich enttäuscht rückte er näher an Kou heran. »Aber wie sieht's denn bei dir aus, Mabuchi?«

»Was?«

»Gibt es kein Mädchen, auf das du stehst?«

»Hä? Nein, nicht wirklich …«, antwortete Kou und ließ unbewusst den Blick umherschweifen.

Der Klassenkamerad gab einen überraschten Laut von sich.

»Hm? Jemand aus unserer Klasse?! Im Ernst?!«

»Ich hab doch gesagt, nein!«, widersprach Kou vehement.

Da drang vom Flur plötzlich eine vertraute Stimme ins Klassenzimmer.

»Ah, Yoshioka!«

Kous Blick wanderte durch die offene Tür nach draußen, wo er an einem der Schreibtische, die er mit den anderen kurz zuvor nach draußen getragen hatte, Futaba entdeckte. Neben ihr standen zwei Jungen mit jeweils einer Plastiktüte in den Händen. Einen der beiden hatte er in letzter Zeit auffällig oft gesehen.

Der schon wieder …

Aus einer Schachtel, die Futaba in der Hand hielt, nahm sie einen Keks und reichte ihn Toma. »Willst du?«

»Ja gern!« Toma beugte sich ein Stück nach vorn und schnappte sich den Keks mit dem Mund direkt aus Futabas Hand. »Bis dann!«

Als sich Toma und sein Begleiter verabschiedet hatten, schaute Futaba den beiden verdutzt hinterher. Sie wirkte aber keineswegs sauer.

»Sag mal, hörst du mir zu, Mabuchi? Hey!«

Seit wann stehen sich die beiden so nah? Erst neulich habe ich sie miteinander im Burgerladen gesehen. Worüber unterhalten sie sich so? Wie findet Futaba ihn? Ich weiß so gut wie gar nicht, wie die beiden zueinander stehen.

»Du bist doch in jemanden aus unserer Klasse verknallt, oder? In wen? Wenn du willst, helfe ich dir auch!«

»Halt die Klappe!«, entfuhr es Kou, woraufhin sein neugieriger Klassenkamerad zusammenzuckte.

»Oh … Na ja …« Der Junge hatte seine Augen weit aufgerissen und starrte verängstigt und fassungslos auf den Boden.

Was tu ich denn da?

»Sorry!«

»Ach, schon okay. Tut mir auch leid, dass ich so nachgebohrt habe … Irgendwie … Na ja … Ha ha ha!«, er lachte zwar vor sich hin, klang aber ziemlich gequält. Eine peinliche Stille breitete sich aus.

Oh Mann … Was soll ich denn jetzt machen?, fragte sich Kou.

»Wah ha ha! Kou ist kindischer, als man meinen könnte! Deswegen sind ihm solche Gespräche immer peinlich!« Mit einem Ruck ließ sich Aya neben ihm nieder. »Übrigens, das Mädchen, in das ich verliebt bin …«

»Schon okay, das wissen wir auch, ohne dass du es uns sagst! Bleib weg von mir! Ha ha ha!«

Der aufdringliche Klassenkamerad hielt lachend Ayas Kopf zurück, als dieser sich ihm näherte. Aya wirkte unbeschwert und so entspannte sich der verängstigte Schüler zusehends. »So langsam muss ich auch mal wieder an die Arbeit! Tut mir noch mal leid, Mabuchi …«, entschuldigte er sich wiederholt. Daraufhin erhob er sich und stapfte in Richtung Requisitenwerkstatt in einer Ecke des Klassenzimmers.

Kou seufzte leicht.

»Was ist los? Das sieht dir gar nicht ähnlich. So was konterst du normalerweise doch mit links.« Aya klang weder verurteilend noch belustigt. Kou lehnte sich mit dem Kopf nach hinten.

Das ist wirklich untypisch für mich … Bislang habe ich mich noch nie bei jemandem so im Ton vergriffen.

»Na ja, wenn du dich irgendwie mal nicht gut fühlst, kannst du immer mit mir reden!«, bot ihm Aya an.

Was?

Aya stützte seine Hand auf Kous Schulter und stand auf. Seine Worte verdeutlichten Kou, dass er genau wusste, was in ihm vorging. Als er ihm das erste Mal begegnet war, hatte er ihn nur für einen lauten und aufdringlichen Typen gehalten. Aber ihm war längst klar, dass dem gar nicht so war. Hinter seiner scheinbar grenzenlosen Fröhlichkeit nahm er die Menschen in seinem Umfeld genau unter die Lupe und zögerte nicht, für sie in die Bresche zu springen, wenn sie Hilfe brauchten.

»Kominato …«, rief Kou ihm hinterher, als der sich gerade auf den Weg zurück an die Arbeit machen wollte. »Danke.«

Aya drehte sich und verzog leicht verlegen die Lippen. »Kein Ding!«, erwiderte er und lächelte.

2

Kurz nach vier Uhr erklang im Schulgebäude eine Durchsage: »Die Klassensprecher der einzelnen Klassen bitte zu den Vorbereitungen für die Party nach dem Schulfest!« Zu den Höhepunkten des diesjährigen Afterfestivals zählten ein Karaokewettbewerb auf der Außenbühne sowie seit Gründung der Highschool der traditionelle Feuersturm. An diesem Tag war geplant, die Bühne für den Karaokewettbewerb aufzubauen. Als Klassensprecherin und Klassensprecher sollten Futaba und Kou gemeinsam die Geräte und Bühnenbilder aus dem Lager holen. Irgendwann danach verschwand Kou jedoch und auch als alle ihre Arbeiten verrichtet hatten, tauchte er nicht wieder auf.

Ob was mit seinem Kumpel war, mit dem er immer textet ...?

Auf dem Weg zurück ins Klassenzimmer erinnerte sich Futaba daran, dass er auch heute wieder dauernd Nachrichten versendet hatte. Er hatte ihr erzählt, dass seine verstorbene Mutter und der Vater seines Klassenkameraden im selben Krankenhaus untergebracht waren und sie sich deshalb ziemlich nahestünden.

Vielleicht waren die beiden in der Zeit, in der Kou seine Mutter in Nagasaki täglich im Krankenhaus besuchte, so was wie Leidensgenossen und standen sich bei allen Schwierigkeiten zur Seite.

Das Klassenzimmer war wie leer gefegt. Draußen war es stockfinster und im Glas der Fensterscheibe spiegelte sich das Chaos des Klassenzimmers. Die Tische standen gegen die Wand geschoben und überall lagen Werkzeuge herum. Am Tag vor dem Kulturfest fand kein Unterricht statt und da die Vorbereitungen am nächsten Tag ohnehin fortgesetzt wurden, war es völlig in Ordnung heimzugehen, ohne aufzuräumen.

Das ist zwar unser gewohntes Klassenzimmer, aber jetzt wirkt es übelst fremd. Das ist irgendwie total seltsam …

Futaba fielen zwei Pappkartons neben dem Fenster ins Auge. Darin befanden sich die Kostüme für das Kulturfest: edle schwarze Butleranzüge für die Mädchen und entzückende Schürzenkleider mit Rüschen für die Jungs. Als die Jungs die Maid-Kostüme anprobiert hatten, war sie tatsächlich ein wenig neidisch gewesen. Zwar fand sie die Butleranzüge supernice, doch sie wollte auch lieber ein niedliches Maid-Kostüm tragen.

Ich bin ganz alleine hier … Dann bin ich mal so frei! Ich beeil mich einfach!

Sie vergewisserte sich, dass auch wirklich niemand sonst anwesend war, nahm eines der Maid-Kostüme heraus und zog es über ihr T-Shirt. Ihre Hosenbeine krempelte sie so weit um, dass der Saum des Kleides sie vollständig bedeckte. Zuletzt setzte sie sich noch den passenden Haarreif mit weißen Rüschen auf. Dann stellte sie sich erwartungsvoll vor das Fenster, um ihr Spiegelbild zu betrachten. Jedoch …

Das steht mir nicht! Niederschlagen kniete Futaba nieder. *Mein … Mein Gesicht wirkt sowieso viel zu streng dafür! Dieses Outfit steht mir überhaupt nicht! Das war echt unnötig! Das reicht jetzt … Ich zieh mich schnell um und geh nach Hause.*

Als Futaba sich wieder hochgequält hatte, stutzte sie. Neben ihrer Tasche im hinteren Teil des Klassenzimmers stand eine weitere.

Nanu … ? Das sind doch Kous Sachen?! Er ist also noch irgendwo in der Schule … ! Der Schreck fuhr ihr in die Glieder. *Ich muss mich wieder umziehen! Wer weiß, was Kou wieder sagen wird, wenn er mich so sieht … !*

Doch ausgerechnet in diesem Augenblick wurde die Tür des Klassenzimmers mit einem Ruck aufgeworfen. Starr vor Schreck drehte Futaba ängstlich den Kopf zur Seite.

Das ist sicher Kou, schoss es ihr durch den Kopf.

Doch nicht Kou starrte sie aus großen Augen an … sondern Toma. Als ihre Blicke aufeinandertrafen, wurde er aus irgendeinem Grund sofort knallrot.

»Sorry. Hier brannte das Licht und ich hab mich gefragt, ob noch jemand da ist …«

»Ah … Tut mir leid.«

»Yoshioka, wirst du das auf dem Schulfest tragen?«, fragte Toma zaghaft, als er hereinkam.

»N… Nein! Am Schulfest verkleiden sich die Mädchen als Butler, deswegen werde ich nicht das hier anhaben. Ich war nur neugierig, wie es aussehen würde, da hab ich es mal anprobiert.« Es war ihr peinlich, in einem Outfit gesehen zu werden, das ihr nicht stand. Daher lachte Futaba verlegen und nahm den Haarreif vom Kopf. »Aber es ist schon richtig, dass ich das hier nicht tragen werde!!«

»Was? Warum das denn?«

Verwirrt blickte Toma ihr in die Augen.

Wieso will er das wissen?

»Warum? Na, hör mal, das hier … So was mit Rüschen passt nicht wirklich zu mir … Das muss schon jemand tragen, der weiblicher ist als ich. Wenn ich das trage, bin ich genauso wie die Jungs, die damit alle zum Lachen bringen!«

Toma blickte sie mit seinen großen Hundeaugen an. Futaba meinte, an seinem Blick genau ablesen zu können, wie er über sie dachte.

Er findet auch, dass mir das nicht steht.

Doch dann sagte er etwas Unerwartetes …

»Wo bist du denn unweiblich? Ich finde dich total mädchenhaft.«

Einen Moment war Futaba wie versteinert.

Oh, Kikuchi-kun ist wirklich nett!, dachte sie.

»Was?! Hä? Machst du Witze? Jemand, der total mädchenhaft ist, benimmt sich doch viel erwachsener, unschuldiger und süßer …«

»Ich rede von deinem Inneren!«

Futaba verstummte. *Meint er das etwa ernst … ?*

»Vielleicht liegt's daran, dass ich zwei große Schwestern habe, aber ich habe keine seltsamen Illusionen, was Frauen angeht. Doch von meiner Perspektive aus betrachtet, habe ich schon das Gefühl, dass du ziemlich mädchenhaft bist.«

Futaba freute sich vielleicht nicht über das Kompliment, doch verwundert war sie allemal. Es fühlte sich so an, als würde man mitten auf der Straße plötzlich von einem Wildfremden einen Blumenstrauß geschenkt bekommen. »Ha ha … Vielen Dank!«

» Ah ha!« Toma errötete leicht und lächelte.

Auf einmal klopfte es an der Tür.

»Entschuldigung! Darf ich reinkommen?«

Überrascht hob Futaba den Kopf.

Seit wann ist er denn schon hier?

In der Tür stand Kou in seinem Jogginganzug.

»Wo warst du eigentlich, als wir anderen gearbeitet haben?!«, hakte Futaba nach.

Kou antwortete jedoch nicht, sondern lief in den hinteren Teil des Klassenzimmers.

Ignoriert er mich etwa?!

Angesichts des wenig begeisterten Kous hielt Toma es für angebracht, sich zu verabschieden.

»Okay, ich geh dann mal … Schönen Abend noch.«

»Ah, ja … Dir auch.«

Ich rede von deinem Inneren!
Vielleicht liegt's daran, dass ich zwei große Schwestern habe …
… aber ich habe keine seltsamen Illusionen, was Frauen angeht.
Doch von meiner Perspektive aus betrachtet …
… habe ich schon das Gefühl, dass du ziemlich mädchenhaft bist.

Nach dem Abschied von Toma drehte sich Futaba zu Kou, um diesem die Leviten zu lesen, dass er sich vor der Arbeit gedrückt hatte. Doch sie erschrak, da er unversehens mit entblößtem Oberkörper vor ihr stand. Augenblicklich drehte sie sich wieder weg.

Er zieht sich einfach vor einem Mädchen um?! Und dann ignoriert er auch noch meinen Aufzug?

»Warum trägst du diesen Fummel?«, durchbrach er die Stille.

Na endlich fragt er nach! Das hat aber lange gedauert!

»Ach, ich wollte das einfach mal ausprobieren … Wie gefalle ich dir? Hi hi!«

»Hä?« Er streifte sich gerade das Hemd seiner Schuluniform über. Dann wandte er sich zu Futaba, betrachtete sie einen Moment schweigend und verkündete sein Urteil.

»Steht dir nicht.«

Der gleiche Kommentar wie bei der Sache mit dem Make-up … Aber dass ich ihm noch nicht mal widersprechen kann, weil ich es selbst weiß, ärgert mich …

»Jetzt bild dir mal nicht so viel drauf ein, dass dieser Typ dich wie ein Mädchen behandelt! Das ist echt peinlich!«, sagte er in überraschend rauem Ton.

Wie bitte? Wieso hat er denn so schlechte Laune?

»Und überhaupt, dafür, dass du Jungs nicht abkannst, hast du gar keine Probleme, mit diesem Kerl umzugehen. Wenn du schon rumflirten musst, dann mach das gefälligst woanders, du Dussel!«

Schweigend blickte Futaba von hinten auf Kou, der sein Hemd zuknöpfte.

Das ist seltsam … Normalerweise wird mein Körper immer ganz heiß, wenn ich wütend bin, aber jetzt fühle ich mich eher ruhig.

Sie wusste zwar weder genau, was er mit Flirten gemeint hatte, noch warum sie es verdient hatte, von ihm als Dussel bezeichnet zu werden, doch Kou hatte den lieben langen Tag nur auf sein Handy gestarrt und Nachrichten beantwortet. Außerdem war er mitten in den Vorbereitungen für das Schulfest einfach verschwunden, ohne ein Wort zu sagen.

Sein ehemaliger Klassenkamerad macht eine schwierige Zeit durch und Kou versucht ihm zu helfen. Vermutlich ist meine Absicht falsch und ich bin im Unrecht. Aber ich werde ihm ein bisschen das Leben schwer machen. Ich weiß, das ist egoistisch, aber so bin ich nun mal.

Erst als Kou sich die Krawatte band, bemerkte er, dass die Stimmung angespannt war.

»Das … Ich bin eben zu weit gegangen.«

Das fällt dir reichlich spät auf, du Blödmann.

Futaba bedeckte ihr Gesicht mit beiden Händen und ging in die Hocke. Sie spürte, wie Kou sich zu ihr umdrehte. Schritte eilten auf sie zu. Dann sah sie durch einen Spalt zwischen ihren Fingern, dass vor ihr Kou mit aufgelöster Miene ebenfalls in die Hocke gegangen war.

»I… Ich nehm alles zurück!«

Als ob du mir so davonkommen würdest!

Sie hielt weiterhin den Kopf gesenkt und schwieg.

»Tut mir leid«, sagte er leise. »Ich hab eben wahrscheinlich … Nein, ich hab hundertpro bloß meine schlechte Laune an dir ausgelassen. Es tut mir leid.«

Bei Kous reuevollen und sanften Worten geriet ihr Herz für einen Moment ins Schwanken. Dennoch würde sie ihm nicht so leicht verzeihen.

»Es tut mir leid, Yoshioka…san*.«

Oh, dieses Mal hat er sogar ein »san« hinter meinen Namen gesetzt.

* höfliche Anrede

»Yoshioka-sama*.«

Jetzt sogar Yoshioka-sama … Ich muss lachen!

Futabas Schultern begannen zu zittern. Doch Kou schien das falsch zu interpretieren.

»Hey, jetzt wein doch nicht!«, sagte er noch reuevoller. Plötzlich spürte sie, wie er seine Arme um sie legte und sie fest an sich drückte. »Ach Mann! Warum hab ich das nur gesagt?!«

Diese unerwartete Entwicklung brachte Futaba total aus der Fassung.

W… Was ist denn jetzt los? Ich wollte ich ihn doch nur ein bisschen in Verlegenheit bringen!

»Yoshioka … Es tut mir leid.«

Sein leichter Atem drang an ihre Ohren und ihre Wangen glühten. So konnte sie unmöglich falsche Tränen vortäuschen.

Was mach ich denn jetzt?

»Jetzt wein doch nicht! Es tut mir wirklich leid!«

Sanft streichelte er über ihren Kopf, doch sie spürte, wie noch etwas anderes Warmes eine Stelle ihres Kopfes berührte.

Gerade …

»Kou …«

Futaba wich ein Stück zurück, sodass sich die beiden aus nächster Nähe ansahen. Kous Augen weiteten sich und begannen zu zucken.

»Du weinst ja gar nicht.«

»Kou … Jetzt gerade … Was hast du da gemacht?«

Kou wandte seinen Blick ab, doch Futaba ließ nicht locker und starrte ihn noch immer unverwandt an. Dann, als hätte er endlich nachgegeben, hob er wieder seinen Kopf und suchte ihren Blick. Sie schauten sich einige Sekunden lang in die Augen. Das kam ihnen wie eine halbe Ewigkeit vor. Im Raum war es totenstill.

* sehr höfliche Anrede

»Yoshioka«, erklang nun Kous tiefe, aber sanfte Stimme. Seine langen Wimpern bewegten sich auf und ab und sein Gesicht kam immer näher. Futaba schaute ihm nach wie vor reglos in die Augen.

War es das?

Futaba schien es, als würde sie jeden Moment in Kous Augen eingesogen werden. Seine Lippen näherten sich den ihren unaufhörlich …

… bis unversehens ein elektrisches Geräusch die Stille durchbrach. Es war kein monotones Signal, sondern eine sanfte Melodie. Und trotzdem fand Futaba, dass sie erbarmungslos die Stille durchbrach.

Dieser Ton …

Plötzlich war ein leises Prusten zu hören. Es kam von Kou, der seine Arme von ihr löste und zu lachen begann.

Hä … ? Warum lacht er?

»Tja, so sieht's aus. So sind wir beide halt.«

Die Melodie hallte noch immer durch den Raum, als würde sie ihm befehlen, endlich den Anruf anzunehmen. Kou stand auf und holte sein Handy aus der Hosentasche.

Ich verstehe nicht. Was meint er damit … ?

»Ja, genau. Du kommst übermorgen zu unserem Schulfest, oder? Einlass ist ab zehn Uhr. Der Bahnhof ist nicht allzu weit entfernt von hier, also solltest du den Weg ohne Mühe finden. Falls du dich trotzdem verläufst, nimm einfach den Bus oder ein Taxi.«

Höchstwahrscheinlich sprach er mit seinem ehemaligen Klassenkameraden und offenbar hatte dieser vor, das Kulturfest am übernächsten Tag zu besuchen. Da Kou nur ein paar Schritte von ihr entfernt stand und es im Klassenzimmer ansonsten still war, konnte sie die Stimme am anderen Ende der Leitung ganz leicht durchs Telefon hören.

»Gut, bis dann. Pass auf dich auf. Wenn du irgendwo nicht weiterweißt, ruf mich an! Ja, bis dann!«

Als Kou aufgelegt hatte, herrschte eine beklemmende Stille. Dann sagte Kou: »Wollen wir nach Hause gehen?« Mehr als ein Ja brachte Futaba im Moment nicht heraus.

Auf dem Heimweg sprach Futaba nur über belanglose Dinge, die weder etwas mit Kous Gesprächspartner noch mit ihrer Beziehung zu tun hatten. Zwar gab er ihr immer mal ein kurzes »Ja« oder ein »Was?« zur Antwort, doch ihr Versuch, die Konversation künstlich am Leben zu halten, wirkte ziemlich unbeholfen.

»Okay, tschüss dann …!«

»Bis dann …«

An der Kreuzung in der Nähe ihres jeweiligen Zuhauses verabschiedeten sich die beiden und Futaba blickte Kou noch eine Weile hinterher.

Vorhin wollte ich ihn noch so vieles fragen … Hat er wirklich mein Haar geküsst? Hat er nur seine schlechte Laune an mir ausgelassen, weil ich mit Kikuchi-kun gesprochen habe? Was bin ich für ihn? Doch diese Stimme am anderen Ende der Leitung, die ich nur ganz leise hören konnte, hat mich einfach irgendwie entmutigt. In dem Moment, als ich sie gehört habe, kam es mir so vor, als ob die Verbindung zwischen einem mir unbekannten Kou und dieser Person auf einmal real geworden ist. Und das hat mir überhaupt nicht gefallen. Ich bin wahrscheinlich gerade der intoleranteste Mensch der Welt …

Die nächtliche Brise wehte den schwachen Geruch des Herbstes heran und eine sanfte Traurigkeit senkte sich langsam auf sein Herz herab. Es war der unvergessliche Geruch jener Jahreszeit, als seine Mutter gestorben war, noch vor Ablauf der sechs Monate, die man ihr höchstens gegeben hatte, und bevor sein langes Leiden begann.

STARR
Yoshioka ...

Kou lief langsam nach Hause und zog sein Handy aus der Hosentasche. Nach einigem Zögern wählte er aus seinem Adressbuch eine Nummer. Es klingelte ein paarmal und eine mechanische Frauenstimme meldete sich zu Wort.

»Die von Ihnen gewählte Rufnummer ist zurzeit nicht erreichbar …«

Er seufzte und klappte sein Handy wieder zu.

Er geht nicht ran. Idiot. Aber was soll's … Was für eine blödsinnige Idee, mit ihm drüber reden zu wollen …

Kou war ein bisschen niedergeschlagen. Er konnte sein Haus auf der anderen Straßenseite schon erkennen. Als er bemerkte, dass vor dem Eingangstor eine Gestalt im Schatten kauerte, hob er verwundert die Augenbrauen. Die Gestalt hatte wuscheliges Haar …

»Hey! Endlich kommst du!«

Kou zuckte leicht zusammen, als die Person seinen Kopf zu ihm drehte und ihn ansprach.

»Kominato? Was machst du hier?«

»Na ja … Ich dachte, ich komm einfach mal bei dir vorbei. Hab zwar 'ne halbe Ewigkeit gewartet und wollt grad schon wieder heimgehen. Irgendwie konnt ich aber nicht … Warum bloß?«

Aya lachte bei diesen Worten und richtete sich auf.

Seit wann ist er denn schon hier? Eigentlich sollte das Eventkomitee heute doch nichts zu tun haben und mit den Vorbereitungen in der Klasse waren wir auch schon früher fertig als geplant … Das heißt, er hat mindestens eine Stunde auf mich gewartet …

»Sag mal, Kou, darf ich mein Handy bei dir aufladen? Weißt du, ich wollte eigentlich anrufen, ehe ich vorbeikomme, aber mein Akku ist leer.«

»Ich weiß.«

»Hm? Was?«

»Ich hab dich eben nicht erreicht.«

Oh nein, das hätt ich nicht sagen sollen, dachte Kou, als er sah, wie sich auf Ayas Gesicht ein strahlendes Lächeln ausbreitete.

»Oh Mann, das muss Telepathie sein! Ah! Dann hab ich noch einen Gedanken aufgefangen! Tadaaaa!«, rief Aya und hielt ihm eine Plastiktüte entgegen. »Kartoffelchips! Du willst doch bestimmte welche essen, oder?«

»Im Ernst? Die mit Pizzageschmack?«

»Hä? Wieso das denn? Du stehst doch auf die mit Bouillon?«

»Ich hatte jetzt gerade irgendwie Lust auf Pizzachips.«

»Was zum Teufel?«

Gemeinsam gingen die beiden ins Haus, direkt in Kous Zimmer. Da sein Vater seit gestern auf Geschäftsreise war, hatte er sturmfrei. Sein Bruder, der sonst oft zu Besuch kam, um zu kochen, war mit den Vorbereitungen für das Kulturfest beschäftigt, sodass auch er in den letzten Tagen nicht aufgeschlagen war. Kou holte Tee aus dem Kühlschrank und öffnete Ayas Chipstüte. Als besäße er wirklich telepathische Kräfte (ziemlich beängstigende Vorstellung), schien Aya gespürt zu haben, dass er niedergeschlagen war, und war vorbeigekommen. Außerdem hatte er ihn vorhin selbst anrufen wollen, um ihm von seinem Ex-Mitschüler zu erzählen, der seinen Vater verloren hatte. Davon, dass dieser erst vor Kurzem von Nagasaki hierhergezogen war und sich noch nicht so richtig eingelebt hatte.

»Kou, du musst doch nicht gleich so überfürsorglich sein, oder?«, fragte Aya, der sich gerade ein paar Chips angelte. »Ich kann zwar verstehen, dass du jemandem helfen willst, der so was Ähnliches wie du durchmacht, aber ich denk auch, dass er sich an einer neuen Schule, in einer neuen Umgebung besser selbst einen ganz neuen Freundeskreis aufbauen sollte. Meinst du nicht auch?«

»Ja, schon …«

»Na dann, dann mach dir doch nicht so 'ne Platte.«

»Ja, aber bis es so weit ist … Bis mein Kumpel sich an alles Neue gewöhnt hat, lässt mir das keine Ruhe.«

Er konnte sich noch gut an die Zeit erinnern, als seine Mutter gestorben und er hierher zurückgekommen war. Die Stadt, die er seine Heimat nannte und wo er geboren war, fühlte sich seltsam fremd an, wie ein anderes Land. Weder sein Vater, mit dem er bis auf die zweieinhalb Jahre allein mit seiner Mutter in Nagasaki zusammengelebt hatte, noch sein Bruder, der ihm unglaublich wichtig war, konnten ihm helfen, sich wohlzufühlen.

»Besser gesagt … Ich denke, dass in dieser Zeit jemand da sein sollte.«

Das Schlimmste war die Einsamkeit. Es war schwierig, mit jemandem umzugehen, der schon so früh im Leben ein Elternteil verloren hat. Die Erwachsenen in seinem Umfeld sowie seine Schulkameraden und Freunde warfen ihm ängstliche Blicke zu und wahrten eine gewisse Distanz. Doch egal wer gestorben war, die Zeit schritt gnadenlos voran und er war gezwungen, in seiner alten und doch wieder ungewohnten Umgebung an die Highschool zu wechseln und hier ein neues Leben anzufangen. Diese Kluft zwischen sich und der neuen Umgebung fühlte sich so an, als würde man in eine offene Wunde fassen. Die andauernde Diskrepanz zwischen der sich immer weiter fortbewegenden Welt und seinem Herzen, das in dem Moment, in dem seine Mutter gestorben war, stehen geblieben war, vermittelte ihm das Gefühl, als würde er ganz allein am Grunde eines tiefen, schwarzen Lochs stehen. Genau so musste es dieser Person momentan auch gehen. Sein Kumpel trug den Schmerz über den Verlust seines Vaters mit sich herum und fühlte sich von seinen Mitmenschen alleingelassen.

Sollte daher nicht jemand an seiner Seite sein, der wusste, wie sich solch eine Situation anfühlte? Und zwar solange, bis er die Kraft wiederfand, diesem Loch zu entkommen?

»Verstehe. Kou, du …«

Als Kou aufblickte, starrten ihn Ayas große helle Pupillen an.

»… hast eine echt harte Zeit durchgemacht.« Seine Stimme klang dabei weder mitleidig noch aufgesetzt mitfühlend. »Ich wünschte mir, wir hätten uns schon früher kennengelernt. Dann hätte ich dir von Anfang an beigestanden!«

Zum ersten Mal seit langer Zeit war Kou sprachlos. Unendlich oft hatte man ihn mitleidig angesehen und ihn mit Samthandschuhen angefasst. Dadurch fühlte er sich unbehaglich und versuchte den Blicken anderer auszuweichen.

Wie kann er so etwas Peinliches mit so todernster Miene von sich geben?

»Ähm … Die Katze …«

»Was?«

»Willst du sie sehen …?«

»Ah, zeig sie mir!«

»Warte kurz, ich hol sie.«

Er betrat den Flur und schloss die Schiebetür hinter sich. Er atmete schwer aus, als wären seine Lungen kurz davor gewesen zu platzen, und fuhr sich mit den Fingern durchs lockige Haar.

Mist, ich kann mit so was einfach nicht umgehen.

Er will mir seine Katze zeigen … Ist das etwa seine Version der Gastfreundschaft? Wenn man sich das so überlegt, ist das zwar ein bisschen schräg, aber auch irgendwie ziemlich lustig, dachte Aya, als Kou die Tür hinter sich geschlossen hatte, und lächelte. In letzter Zeit hatte Kou immer öfter seine wahren Gefühle gezeigt und gerade war

... hast eine echt harte Zeit durchgemacht.
Ich wünschte, wir hätten uns schon früher kennengelernt.
Dann ...

er sogar etwas verlegen geworden, worüber Aya sich sehr freute.

Aber irgendwie …, ging es ihm durch den Kopf, während er sich der Länge nach auf den Boden legte. *Natürlich wird er unweigerlich an seine Mutter denken müssen, wenn er zu diesem Freund Kontakt hat. Da er von Natur aus sehr empfindlich zu sein scheint, identifiziert er sich womöglich stark mit dem Leiden, das er empfindet, und das könnte auch seine leichte Gereiztheit erklären. Bloß … »Halt die Klappe!« … das allein erklärt nicht, warum er seinen Klassenkameraden so angeschnauzt hat, wo er doch sonst seine Emotionen so im Griff hat. Was war also der Grund?*

Aya wälzte sich grübelnd auf dem Boden herum und nahm Dinge wahr, die ihm in sitzender Haltung niemals aufgefallen wären. Unter anderem konnte er an der Unterseite des Tischs das Etikett des Herstellers erkennen. Auf der anderen Seite stand ein Bett, gegen das Kou sich bisher gelehnt hatte.

Oh?

Aya kniff neugierig die Augen zusammen. Er entdeckte eine kleine hölzerne Kiste unter dem Bett. Neugierig rückte er näher, bis er eine Aufschrift erkennen konnte: *1–3 Kou Tanaka*. Offenbar bewahrte Kou dort seine Dinge aus der Mittelschulzeit auf. Sie war nicht verschlossen und ließ sich also ganz einfach öffnen. Darin befanden sich verschiedene Dinge wie Lehrbücher, Notizhefte, Schreibutensilien, aber auch völlig belanglose Dinge wie Tischtennisbälle und dergleichen.

Oh, eine Altblockflöte! Die hab ich auch mal gespielt!! Bloß wieso müssen eigentlich alle Schulkinder in Japan die spielen lernen?

Dann griff Aya nach einem Notizheft ganz oben auf einem Stapel.

Es macht irgendwie Spaß, die Sachen anderer Leute zu durchwühlen …

Er blätterte durch das Heft, in dem jede Seite fein säuberlich mit Unterrichtsinhalten beschrieben war.

Als er noch Tanaka hieß, war er ja ziemlich gewissenhaft. Alles so sauber und ordentlich! Ob nicht irgendwo doch noch was Seltsames steht? Als ich an der Mittelschule war, habe ich an die Ränder meiner Hefte immer Daumenkinos gezeichnet.

Bald kamen nur noch unbeschriebene Seiten. Gerade als er dachte, die letzte erreicht zu haben, entdeckte er am unteren Rand etwas in Großbuchstaben geschrieben, das von mehreren Linien umrandet war.

Futaba Yoshioka.

In diesem Moment kam Aya die Erleuchtung.

Ich erinnere mich wieder, worüber die beiden sich unterhalten haben, als Kou so gereizt reagiert hat. Immer und immer wieder hat dieser Kerl Kou gelöchert. Er wollte unbedingt wissen, ob es ein Mädchen gibt, das ihm gefällt. Dann hat er ihm noch seine Hilfe angeboten und wollte unbedingt wissen, wer es ist. Ah, jetzt verstehe ich. Sonnenklar, ich kapier's!

Ich habe nämlich auch überall Shuko Murao *in mein Heft gekritzelt!*

»Ich hab sie mitgebracht. Sie scheint heute irgendwie total nervös zu sein, weil du hier bist. Sie ist wie verrückt rumgeflitzt und wollte abhauen …«

Mit einem schwarzen Fellknäuel in den Armen kehrte Kou zurück. Als er Aya mit dem Notizheft in der Hand sah, weiteten sich seine Augen.

»Kou … Du …«

Mit atemberaubender Geschwindigkeit kam Kou auf Aya zu und riss ihm das Heft aus der Hand.

»Miau!«, stieß die Katze aus, sprang aus Kous Armen und flüchtete unter sein Bett.

»Das habe ich vor einer Ewigkeit geschrieben!«

»Warst du damals in Yoshioka verliebt?!«

Kou machte ein Gesicht, als hätte er sich sein eigenes Grab geschaufelt. Ein Miauen kam unter dem Bett hervor.

»Und jetzt? Wie sieht's jetzt aus? Bist du in sie verliebt?« Aya hatte die Neugier gepackt. Er zupfte wie verrückt am Saum von Kous Oberteil. Dieser stand noch immer vor ihm und wusste nicht so recht, wo er hinsehen sollte. Aya ließ nicht von ihm ab. Langsam röteten sich Kous Wangen und er verzog verlegen den Mund.

»Ach, halt die Klappe …«, murmelte er, konnte dem Blick seines Freundes aber nicht standhalten.

Unglaublich! Wieso hab ich das nicht schon früher bemerkt? Ach, was soll's! Also hatte Kou die ganze Zeit, seit dem ersten Tag an der Mittelschule, Gefühle für sie, obwohl er in ihrer Nähe immer dieses gleichgültige Gesicht aufsetzt?!

»Kyaaaaaaaaah!!«

»Jetzt sei endlich still!«

Aya strampelte und zappelte laut kreischend auf dem Boden umher, eher er sich aufsetzte.

»Aber das wär doch knorke! Mach dich an sie ran! Sag's ihr. Und lass nicht locker. Sie hat doch grad keinen Freund!«

»Aber ich hab das Gefühl, jetzt ist nicht der richtige Zeitpunkt dafür.«

Kou setzte sich ebenfalls und lehnte sich mit dem Rücken ans Bett. Mittlerweile hatte er wieder die Fassung erlangt und trug seine übliche Miene zur Schau.

»Wieso?«

»Na ja, diese Sache mit dieser Person, über die wir gerade geredet haben, und so …«

»Hä? Aber das eine hat mit dem anderen doch nichts zu tun?!

Das sind zwei völlig verschiedene Dinge! Juhuu, Yoshioka! Juhuu!«

Oh Mann, das ist so aufregend und süß, ich krieg mich nicht mehr ein!

»Du benimmst dich wie der letzte Idiot!«, motzte Kou Aya an, der offenbar immer noch nicht darüber hinwegkam.

Plötzlich klingelte es. Eine sanfte Melodie, die zum Standardrepertoire jedes Smartphones gehörte.

»Ah, das ist mein Kumpel. Sorry, aber ich geh schnell ran.«

Kou hielt das Handy an sein Ohr: »Ja?«

Aya wollte nicht stören und blieb ausnahmsweise ruhig.

»Ach so, die Zeit? Ich denke, gegen Mittag bin ich bestimmt in der Klasse.«

Die Stimme von Kous Gesprächspartner am anderen Ende der Leitung war leise zu hören.

Diese Stimme ... ist aber hoch. Hä ... ? Ist dieser Kumpel etwa ...

»Ja, bis dann.«

Gleich nachdem Kou das Gespräch beendet hatte, richtete Aya das Wort an ihn.

»Kou ... So kann das echt nicht weitergehen. Hör auf, dich da so reinzuhängen!«

Er war nicht schwer von Begriff und wusste genau, was Aya sagen wollte. Das ließ sich schon allein an seinem Blick ablesen.

»Keine Sorge! Ich pass schon auf, dass sich das nicht so entwickelt, wie du jetzt denkst!«, versicherte ihm Kou.

Er begleitete Aya zur Haustür, der sich sogleich auf den Heimweg machte. Die herbstliche Nachtluft strich ihm durchs Haar. Als er Kou das erste Mal über den Weg gelaufen war, hatte er ihn nicht gemocht. Damals dachte er, er sei jemand, der sich nur an jede Situation anpasste, ohne sein wahres Ich zu zeigen ... Er war ihm schlichtweg unsympathisch. Doch je mehr Zeit sie miteinander verbrachten, desto klarer wurde Aya, dass Kou überraschend mitfühlend, empfindsam und manchmal sogar richtig lieb war.

Kou ist sensibel und freundlich, aber auch dumm! In so einer Situation meint er, dass ich mir keine Sorgen machen soll? Natürlich mach ich mir welche! Warum begreift er denn nicht, dass, egal wie man es dreht und wendet, diese Sache einem ultragefährlichen Muster folgt … ? Menschen wie er sind leicht beeinflussbar. Er mag Yoshioka eigentlich, unterdrückt seine Gefühle aber um seiner »Freunde« willen?

Aya legte einen Zahn zu. Er war gleichermaßen frustriert und verärgert, aber auch genervt.

Kou ist so dämlich! Echt so was von dämlich!

3

Am Tag vor dem Kulturfestival fand kein Unterricht statt und der ganze Tag galt den Vorbereitungen. Die Klassen aller Jahrgangsstufen arbeiteten begeistert daran, ihren Ausstellungen oder Veranstaltungen den letzten Schliff zu verpassen. »Wo soll das hin?« oder »Mach Platz!« ertönte es, wenn Schülerinnen und Schüler mit großen Plakaten oder sperrigen Gegenständen beladen durch die Gänge liefen. Futaba half am Vormittag bei den Vorbereitungen, ehe sie sich am Nachmittag als Klassensprecherin um die Vorbereitungen für das abendliche Fest nach der eigentlichen Veranstaltung kümmern sollte. Es mussten die Teilnehmerliste für den Karaokewettbewerb durchgegangen und die Preise für die angebotenen Speisen und Getränke überprüft werden. Außerdem wurde bei den letzten Anpassungen und Checks der Bühne und der Ausrüstung Hilfe gebraucht. Immer wenn sie dachte, es gebe keine Probleme mehr, trat unerwartet ein neues auf, woraufhin sie sofort davondüste. So verging die Zeit wie im Flug. Nach etwa zwei Stunden Hin- und Herflitzen musste sie verschnaufen. Sie machte sich auf den Weg zum Schulkiosk und kaufte sich einen Saft. Während sie sich die Erfrischung gönnte, lief sie auch schon wieder zum Schulhof.

Der Feuersturm war ein weiterer Programmpunkt des Afterfestivals. Die Vorbereitungen für das Event waren besonders anstrengend, denn es mussten massive Kulissen gebaut und schweres Holz transportiert werden. Daher übernahmen das nur die Klassensprecher. Futaba stand am Rande des Schulhofs und sah sich um, doch unter all den Jungen, die gerade die Kulissen aufbauten, konnte sie Kou nirgends entdecken. Da es vieles zu erledigen gab, darunter besagten Holztransport, aber auch die gewissenhafte Vorbereitung der Feuerlöscher für den Notfall, ging sie davon aus, dass er sicherlich mit einer dieser Aufgaben betraut war.

Ich habe Kou schon eine ganze Weile nicht mehr gesehen …

Obwohl sie als Klassensprecherin und Klassensprecher beide für die Vorbereitungen des Afterfestivals eingeteilt waren, hatte sie Kou am Nachmittag nicht ein einziges Mal entdecken können. Auch am Morgen, als sie noch in ihrer Klasse ausgeholfen hatten, hatte sich keine Gelegenheit ergeben, mit ihm zu sprechen. Doch selbst wenn er nun hier wäre, hätte sie keine Ahnung, worüber sie mit ihm sprechen sollte. Seit sie gestern am Telefon die Stimme seines ehemaligen Mitschülers gehört hatte, fühlte es sich so an, als hätte sich wieder eine Distanz zwischen ihnen aufgebaut. Futaba setzte sich auf die Steinstufen, die auf den Schulhof führten, und blickte in den Himmel.

Morgen kommt dieser Typ, mit dem Kou immer telefoniert … Ich bin echt gespannt, wie er so sein wird und wie die beiden miteinan-

der umgehen. Aber irgendwie habe ich auch Angst. Schließlich ist die Stimme …

»Was ist denn los?«, riss eine nicht ganz so tiefe Stimme wie Kous sie aus ihren Gedanken.

»Ah, Kikuchi-kun!« Sie wandte sich um und sah Toma auf sie zulaufen.

In letzter Zeit treffe ich ihn wirklich oft …, ging es ihr durch den Kopf.

»Darf ich?« fragte er Futaba und setzte sich neben sie. Als er in ihr Gesicht blickte, schien er ihre Sorge zu bemerken. »Du scheinst nicht besonders gut drauf zu sein.«

»Oh, ja … Es gibt irgendwie so viel, was ich nicht verstehe …«

»Was du nicht verstehst?«

Sie war an jenem Abend allein mit Kou im leeren Klassenzimmer gewesen. Sein Gesicht hatte sich ihr langsam genähert und sie hatte von ganz nah in seine tiefbraunen Augen geblickt. Hätte das Telefon in diesem Moment nicht geklingelt …

»Hör mal … Kann ich dich was Komisches fragen?«

»Hm?«

Nach dieser sanften Aufforderung holte Futaba tief Luft.

»Also … Jungs …«

»Ja?«

»Können Jungs auch ein Mädchen küssen, für das sie gar nichts empfinden?«

Toma riss die Augen auf und wurde bis zu den Haarwurzeln rot.

»Was? Ist … dir das passiert, Yoshioka?«

»Nein! Nicht mir! Aber …«

Aber ich bin mir sicher, wenn das Telefon nicht geklingelt hätte … dann schon.

»… ist das etwas, was ein Junge machen kann …? Das habe ich mich gefragt …«

Toma hielt kurz inne, als würde er nach den richtigen Worten suchen.

»Um ehrlich zu sein … glaube ich, dass es eine Menge Typen gibt, die das können. Aus Neugier oder weil die Stimmung grad passt. Auch wenn sie nicht in das Mädchen verliebt sind.«

Auch wenn sie nicht in das Mädchen verliebt sind … Und wie ist es bei Kou? Als er in diesem Moment meinen Namen ausgesprochen und sich langsam meinem Gesicht genähert hat?

»Verstehe.«

»Oh! Es gibt aber auch viele, die kein Interesse an so was haben, wenn sie nicht in das Mädchen verliebt sind. Bei **mir** ist das auch so.«

Den letzten Teil seines Satzes betonte er ganz besonders. Da sie mit »Jungs« eine ziemlich allgemeine Bezeichnung gewählt hatte, war es Toma vermutlich ein bisschen unangenehm gewesen.

Oh, verstehe.

»Ja, du hast recht! Es gibt solche und solche. Eigentlich klar. Sorry, dass ich dir eine dermaßen sinnlose Frage gestellt habe. Vergiss das Ganze«, entschuldigte sich Futaba.

Damit schien Toma nicht gerechnet zu haben, denn er zog leicht verlegen die Augenbrauen nach oben und murmelte zögerlich vor sich hin: »Nein, ähm, also …«

Kou hat sich wahrscheinlich einfach von der Stimmung mitreißen lassen. Außerdem würde er mir womöglich ein bisschen mehr Zuneigung entgegenbringen, wenn ich etwas »Besonderes« für ihn wäre. Aber ist er total distanziert … Und diese Sache von wegen er hat seine schlechte Laune an mir ausgelassen heißt vermutlich auch bloß, dass er wegen irgendwas anderem geschafft war.

»Uah! Ich hab echt die Schnauze voll!«

»Was ist denn jetzt los?«, erschreckte sich Toma bei Futabas plötzlichem Aufschrei.

Diese stieß einen tiefen Seufzer aus.

»Obwohl ich doch beschlossen habe, selbstsicher zu sein und mich nicht unterkriegen zu lassen, bin ich jedes Mal wenn irgendwas ist, gleich wieder total entmutigt.« Erst neulich hatte sie sich fest entschlossen, Kou ihre Gefühle zu gestehen, doch seit sie am Vorabend diese Stimme gehört hatte, war sie total niedergeschlagen. »Letzten Endes hab ich mich kein bisschen verändert …«

Doch Toma blickte sie mit lächelnden Augen an, wobei sich sein weiches Haar sanft im Wind bewegte: »Ganz bestimmt veränderst du dich Stück für Stück … Du merkst es bloß selbst nicht!«

Veränderungen kommen nicht fließend, es ist ein Auf und Ab … Will er mir damit etwa das sagen?

»Du bist mal selbstsicher, dann wirst du wieder unsicher, und so geht das hin und her. Und gerade deswegen kannst du die Dinge auch aus einem anderen Blickwinkel betrachten, meinst du nicht auch?« Toma blickte zu ihr und lächelte sanft. »Veränderung entsteht nur aus Zweifeln, oder? Wenn du dich ändern willst, ist es doch nicht schlecht, wenn du mehr und mehr schwankst oder zweifelst, oder? Und wenn du ganz stark zweifelst, wirst du vielleicht etwas Neues finden, mit dem du gar nicht gerechnet hast!«

»Etwas Neues …?«

»Ja!«

Vielleicht ist es nicht nur bei mir so, dass ich erst selbstsicher bin und dann wieder den Mut verliere … Vielleicht taumeln auch Yuri,

Shuko, Kou und Kominato-kun immer wieder, ohne dass es jemand mitbekommt. Ja, so ist das also. So wie der Himmel, der sich jeden Tag verändert. Mal ist er bewölkt, mal ist er klar und manchmal regnet es. Wenn sich Veränderung nur aus Unentschlossenheit entwickelt, könnte auch aus meiner jetzigen Verwirrung irgendwann was entstehen. Etwas Neues, das jetzt noch unsichtbar ist …«

»Ja, du hast recht! Hin- und herzuschwanken ist was Gutes!«, sagte Futaba energisch und stand auf. »Vielen Dank, Kikuchi-kun. Ich glaube, jetzt fühl ich mich etwas besser. Okay, ich geh dann mal zurück auf meinen Posten! Viel Erfolg auch bei deinen Vorbereitungen für das Kulturfest!« Mit dem leeren Saftkarton in der Hand winkte sie ihm zum Abschied, sagte ein letztes Mal »Danke!« und sauste davon.

Kikuchi-kun ist wirklich ein netter Kerl. Ja, genau so ist es! Es ist vollkommen in Ordnung, mal den Mut zu verlieren und zu zweifeln. So bin ich nun mal. Und wenn ich hin- und hergerissen bin, muss ich einfach weiterhin mein Bestes geben! Egal wie oft man den Mut verliert, wenn man weitersucht, wird man vielleicht irgendwann am Himmel plötzlich ein Licht in der Wolkendecke finden und etwas Neues entdecken. Es ist keineswegs schlimm zu schwanken und einmal den Mut zu verlieren! Selbst wenn ich wie jetzt ins Grübeln gerate, kommt sicherlich was dabei heraus.

Was ich ihr eigentlich sagen wollte, ist garantiert nicht angekommen, dachte Toma. Er blickte der davonflitzenden Futaba hinterher und stieß einen Seufzer aus. *Eigentlich wollte ich ihr sagen, dass sie so vielleicht entdecken könnte, dass jemand sie mag, von dem sie es vielleicht nicht denken würde. Um ihre Gefühle umzukrempeln, muss ich wohl noch direkter sein … Auch mit der Kussgeschichte wollte ich ihr eigentlich mitteilen, dass ich keiner dieser Typen bin, die mit dem Strom schwimmen. Aber ich glaube, auch das hat sie missverstanden. Ein Kuss …*

Wenn du dich ändern willst, ist es doch nicht schlecht, wenn du mehr und mehr schwankst und zweifelst, oder?
Und wenn du ganz stark zweifelst ...
... wirst du vielleicht etwas Neues finden ...
... mit dem du gar nicht gerechnet hast!

Als er sie gefragt hatte, ob es um sie ginge, hatte sie das vehement verneint. Doch auch wenn es nicht zum Kuss gekommen war – anhand ihrer Reaktion ging er davon aus, dass es beinah passiert war.

Ob der Kerl, der sie fast geküsst hat, dieser Typ ist … ? Dieser Kou Mabuchi oder wie er heißt? Ich weiß, dass sie etwas für ihn empfindet … Ob er das wohl erwidert? Er hatte die beiden mehrere Male zusammen gesehen, doch ihm war auch aufgefallen, dass Kou sich Futaba gegenüber eher zurückhaltend verhielt. *Bloß wenn es fast zum Kuss zwischen den beiden gekommen ist, mag er sie vielleicht auch.*

Futaba war schon weit entfernt und kaum noch zu sehen. Als er sie vorhin angesprochen hatte, wirkte sie sehr niedergeschlagen, doch jetzt lief sie fröhlich und aufrecht davon. Sie hatte wohl ihr wankendes Ich akzeptiert und versuchte nun ihr Bestes zu geben. Ihre Entschlossenheit war ihr förmlich anzusehen. Um sie aufzubauen, seien Zweifel nicht schlimm, hatte er ihr gesagt, und das fand er wirklich. Doch manches konnte er Futaba nicht sagen. Dass Zweifel nicht nur in einer Person selbst, sondern auch durch äußere Einflüsse entstanden – wie Wolken, die vom Wind bewegt wurden. Dass sie manchmal den Himmel verdeckten, doch manchmal die Sonne hindurchschien.

Ich wünschte mir, du würdest noch mehr zweifeln. Noch mehr zweifeln und dich in mich verlieben.

»Wir sind hier so gut wie fertig. Die Schüler aus dem ersten und zweiten Jahrgang können also gerne wieder in ihre Klassenzimmer gehen!«, verkündete ein Schüler aus dem dritten Jahrgang nach einer weiteren Stunde emsiger Vorbereitungen.

Die älteren Schüler aus dem dritten Jahr waren immer besonders enthusiastisch, da dies ihr letztes Kulturfest sein würde.

Im Flur vor dem Klassenzimmer fand Futaba Kou vor, der an einem Schild bastelte. Mit einem Hammer nagelte er dünne rechteckige Holzstücke auf eine große Sperrholzplatte. Kurz darauf unterbrach er seine Arbeit, um mit seinen Arbeitshandschuhen die Platte anzuheben und sicherzustellen, dass die kleinen Hölzer nicht schief auf dem Brett saßen. Sein Profil, als er sich konzentrierte. Die Geste, mit der er sich den Pony aus dem Gesicht strich. Allein beim Anblick solcher Kleinigkeiten floss Futabas Herz schier über.

Ah … Ich bin doch in ihn verliebt! Ehe sie das Klassenzimmer betrat, beobachtete sie Kou eine Weile schweigend. *Ich will in seiner Nähe sein, aber ich weiß nicht, wie ich mit ihm sprechen soll. Ich bin wohl immer noch ziemlich entmutigt …*

Im Klassenzimmer hing eine Checkliste mit den Aufgaben für die Vorbereitung aus, damit alle stets auf dem Laufenden waren, was zu welchem Zeitpunkt abgehakt war und was nicht. Futaba stand davor, auf der Suche nach einer noch unerledigten Aufgabe.

Wo kann ich denn jetzt noch helfen … ?

»Ah! Yoshioka!«

»Ja?«

So plötzlich angesprochen wandte sie sich um. Aya kam auf sie zugelaufen und trug ein dickes Stück Holz in der Hand. Er deutete mit dem Daumen in Richtung Korridor. »Kou sucht dich!«

»Hä? Echt? Was will er denn?«

»Keine Ahnung, geh bitte mal zu ihm! Danke!«

Er winkte ihr zu und trug das Holzstück in den hinteren Teil des Klassenzimmers.

Warum sucht er denn nach mir?, fragte sich Futaba und trat auf den Flur.

»Kou!«

Er kniete noch immer vor der Sperrholzplatte und sie tippte ihm leicht an die Schulter.

»Was gibt's denn?« Daraufhin drehte sich Kou fragend zu ihr um. Das berührte sie peinlich. »Na was? Kominato-kun meinte, du würdest nach mir suchen.«

»Kominato?«

Kou überlegte einen Moment, ehe er verstand, was genau hier vor sich ging. »Dieser …«, murmelte er leise vor sich.

»Hast du mich etwa nicht gesucht? Dann …«

»Doch. Hab ich.« Gerade als sie sich umdrehte und schon verlegen davonlaufen wollte, packte er sie am Handgelenk. »Ich schlag die Nägel rein, drück du bitte die andere Seite runter.«

Als würde er einem Soldaten einen Befehl erteilen, zeigte Kou auf die Seite der Sperrholzplatte ihm gegenüber.

Wir können etwas zusammen machen!

Glücklich huschte Futaba auf die andere Seite der Platte.

»Okay!«

»Ah! Moment noch!«, rief Kou. Er zog seine Handschuhe aus und warf sie ihr zu. »Zieh die an, sonst fängst du dir noch einen Splitter ein.«

Er ist manchmal einfach so lieb. Ich bin in ihn verliebt. Und zwar noch viel mehr als früher.

Als sie sich die Handschuhe überstreifte, war noch die leichte Restwärme von Kous Händen zu spüren.

»Danke.«

»Kein Ding.«

Ich fühl mich zwar immer noch entmutigt, aber ein bisschen mutiger als zuvor. Genau. Ich habe ihm noch nicht gesagt, dass ich in ihn verliebt bin. Noch ist nichts entschieden. Morgen habe ich vielleicht schon wieder zu meinem mutigen Selbst zurückgefunden. Dann bin ich vielleicht mutig genug, um ihm sagen zu können, dass ich ihn mag. Mutig genug, um ihn fragen zu können, was er für mich empfindet. Es wäre schön, wenn ich das wirklich könnte.

Kapitel 3

1

Es war der erste Oktober, der Tag des Kulturfests, und vom Herbsthimmel strahlte es blau. Der Einlass für die Besucher war auf zehn Uhr festgelegt. Nach den Eröffnungsfeierlichkeiten in der Sporthalle führten die einzelnen Klassen noch die letzten Checks für ihre jeweiligen Veranstaltungen durch und bereiteten sich auf die Begrüßung der Gäste vor.

Die 2–2 hatte ihr Klassenzimmer bereits in ein Café verwandelt. An Ein- und Ausgang sowie an den Fenstern befanden sich pastellfarbene Vorhänge. Die Schulbänke hatten sie zu improvisierten größeren Tischen zusammengeschoben und die Innenwände mit Origamiringen, Luftballons und anderem bunten Dekor geschmückt. Der hintere Teil des Klassenzimmers war durch hohe Trennwände abgesperrt, dort befanden sich die Kochnische, die Getränke und Speisen sowie ein Ruhebereich für die Schüler.

»Willkommen zu Hause, mein Heeerr!!«, rief Aya mit tiefer Stimme. Die anderen Jungen aus der Klasse stimmten ein und brachen in lautes Gelächter aus. Sie übten wohl gerade den Empfang der Gäste.

Sie trugen Schürzenkleider mit Rüschen und dazu passende Haarreifen sowie unter dem Rock versteckt hochgekrempelte Jogginghosen (nur Aya zeigte, ohne zu zögern, seine langen, rauen Beine). Alle hatten jegliche Scham und Zweifel über Bord geworfen und schienen voller Vorfreude.

»Kominato, zieh dir 'ne Trainingshose drunter! So ist das noch viel abartiger!«

»Ich denk nicht dran! Ich hab mir die Beine rasiert. Sie sind glatt und seidig, das ist schon okay! Ach komm schon, Kou, was ist denn mit dir los? Was läufst du denn so breitbeinig rum? Benimm dich mal lieber so vornehm wie ein Dienstmädchen!«

»Das musst du gerade sagen, du wirkst auch nicht gerade wie eins …«

Kou schien den Enthusiasmus der anderen nicht zu teilen und eher lustlos drauf zu sein.

Als Futaba den großen schlaksigen Kou in seinem Rüschenkleid erblickte, fiel es ihr schwer, sich ein Lachen zu verkneifen.

»Wow, wie süß du aussiehst, Makita!«

»Hey, sieht sie darin nicht ein bisschen zu cool aus, Murao?!«

Auch die Mädchen verursachten einen ziemlichen Aufruhr. Vor allem Yuri und Shuko zogen viele Blicke auf sich. Yuris Butleroutfit stand in starkem Kontrast zu ihrer kleinen und mädchenhaften Statur, was sehr erfrischend, aber auch liebenswert wirkte. Shuko, von Natur aus eine elegante Schönheit, hatte ihre Haare zu einem Pferdeschwanz zusammengebunden. Das schwarze Jackett und die rote Krawatte betonten ihre Anmut zusätzlich, was es wirklich enorm erschwerte, sich nicht sofort in ihren Anblick zu verlieben.

»Oh Mann, das ist ja irre!«

»Sie sieht so supernice aus!«

Alle schossen Fotos von den beiden und auch Futaba ergatterte eins.

Schon vorab schien das Travestie-Maid/Butler-Café der Klasse 2–2 die Runde gemacht zu haben, denn Schlag zehn kamen jede Menge Besucher hereingeströmt. Da sowohl die Zahl der Kostüme als auch die der Schüler begrenzt war, die zugleich bedienen konnten, wurde der Service abwechselnd in kleinen

Gruppen durchgeführt. Futaba assistierte zunächst beim Kochen und half erst später am Vormittag auch im Service aus. Auch Yuri, Shuko, Aya und Kou waren mit von der Partie. Alle hatten ihren Spaß, sich zu verkleiden, und auch die Kunden schienen jedes Mal erfreut, wenn sie mit einem »Willkommen zu Hause« begrüßt wurden.

Wohl einzig und allein Futaba fühlte sich ein wenig unruhig und ihr Blick wanderte immer wieder zur Wanduhr.

Wann dieser Jemand wohl kommt? Vermutlich wenn auch Kou gerade Schicht im Service hat. Wird wohl nicht mehr lange dauern.

Immer wieder gingen ihr solche Gedanken durch den Kopf. Sie kam sich seltsam vor und hatte gemischte Gefühle. Einerseits hatte sie offenbar Angst, diese Person zu treffen, andererseits wünschte sie sich auch, dass sie bald käme. So verging die Zeit und irgendwann war es zwölf Uhr.

»Ah! Hast du's gefunden, ohne dich zu verlaufen?«

Gerade als Futaba einer Dreiergruppe Mädchen Snacks und Getränke servierte und sich höflich vor ihnen verbeugte, war Kous Stimme zu hören.

»Ja, ich hab's gut gefunden! Aber was ist denn das für ein Aufzug? Ha ha ha! Gruselig!«

»Lass gut sein und komm endlich rein!«

Futaba konnte erkennen, dass Kou mit jemandem an der Tür sprach, doch die Person war im Schatten der Tür verborgen. Es bestand kein Zweifel …

Diese Stimme …

Ihr war, als würde jemand ihr Herz umklammern.

Da ist also das Mädchen, dessen Stimme ich über Kous Telefon gehört habe …

»Okay. Dann lass mich mal durch.«

Schüchtern betrat sie den Raum und folgte Kou. Futaba fielen auf Anhieb ihre großen schwarzen Augen auf. Ihr leicht gewelltes schwarzes Haar war schulterlang und verlieh ihr einen lebhaften Eindruck. Sie trug ein gestreiftes Kleid, über das sie stylisch ein Jeanshemd gezogen hatte, und schien in etwa so groß wie Futaba, also einen Meter sechzig. Kou führte sie an einen Zweierplatz am Fenster.

»Setz dich hierhin, Narumi!«

»Danke!«

Narumi ... Er nennt sie Narumi ...

Als sie hörte, wie der Name »Narumi« Kous Mund verließ, war es, als würde jemand ihrem Herzen einen Stich versetzen. Sie hörte zum ersten Mal, dass Kou ein Mädchen beim Vornamen nannte.

»Was willst du haben?«

»Hm ... Einen Tee mit Milch.«

»Geht klar.«

Mit diesen Worten verschwand Kou im Kochbereich an der hinteren Wand des Klassenzimmers. Als Futaba ihre Bestellungen erledigt hatte, blieb sie in einer Ecke stehen und kam nicht umhin, immer wieder ihren Blick zu Narumi schweifen zu lassen. Diese betrachtete neugierig die Maids (männlich) und die Butler (weiblich) bei ihrem geschäftigen Treiben. Doch dann kam eines der robusten Dienstmädchen auf sie zugelaufen.

»Sag mal ... Bist du Mabuchis Freundin?«

»Hä ...?« Narumi blinzelte verdutzt und winkte ab. »Nein!«, folgte ihre Antwort prompt und ohne zu zögern.

»Hä? Echt nicht? Bist du dann etwa seine Ex ...?«

»Ah ha ha! Nein, auch nicht!«

Okay.
Dann ...
... lass mich mal durch.
Das da ...
... ist also das Mädchen, dessen Stimme ...
... ich über Kous Telefon gehört habe ...
STICH

»Ach so?«

»In Nagasaki waren wir zusammen in einer Klasse an der Mittelschule. Ich bin vor Kurzem hergezogen ...«, stellte Narumi klar. Als sie lächelte, umgab sie eine Aura der Freundlichkeit.

»Bist du heute allein gekommen? Hast du keine Freunde mitgebracht?«

»Ah, ich bin gerade erst hergezogen, deswegen hab ich noch nicht so viel Freunde ... Tut mir leid, dass ich keine Freunde mitgebracht habe.«

»Oh ... Ach so.«

»Da musst du dir wohl keine Sorgen machen. Du gewöhnst dich bestimmt schnell an die neue Schule!« Kou war aus dem Kochbereich zurückgekehrt und stellte eine Tasse mit heißem Tee auf den Tisch. »Sie findet nämlich unheimlich schnell Freunde. Stimmt's?«

Narumi blickte zu ihm auf und lächelte: »Ja!«

Es war seltsam, denn obwohl sie beim Sprechen zuvor noch so lebhaft gewirkt hatte, hatte ihr Lächeln in diesem Moment etwas Zerbrechliches an sich.

»Dann viel Erfolg, Fräulein Narumi!«

»Ah, Narumi ist übrigens ihr Nachname. Wollte ich bloß mal erwähnt haben.«

»Wie? Und ich dachte, das ist dein Vorname!«

»Ach so, ich verstehe. Das passiert mir oft. Ich heiße Yui Narumi!«

Futaba, die dem Gespräch der drei gelauscht hatte, kam nicht umhin, erleichtert aufzuatmen.

»Narumi« ist also ihr Nachname ...? Scheint, als hätte ich mir völlig unnötig Sorgen gemacht ...

Ihre Erleichterung wich schnell Gewissensbissen. Kou hatte ihr so hingebungsvoll auf ihre Nachrichten geantwortet und sie daher vermutet, dass die beiden eine Beziehung miteinander führten. Deshalb war sie ihr gegenüber total misstrauisch gewesen. Zwar konnte Narumi das unmöglich wissen, doch es tat Futaba trotzdem irgendwie leid. Sie grübelte eine Weile. Dann verschwand sie im Kochbereich, nahm einen Pudding aus der Kühlbox, platzierte ihn auf einem Teller und verzierte ihn mit einem Klecks Schlagsahne. Zum Schluss gab sie noch eine rote Kirsche darauf. Zufrieden nickend kehrte sie in den Gästebereich zurück.

Ich bezahl ihn einfach später aus eigener Tasche!

Als sie den Pudding vor Narumi auf den Tisch stellte, warf ihr diese einen verwunderten Blick zu.

»Ähm … Das hab ich nicht bestellt …«

»Das geht aufs Haus. Weil du eine Bekannte von Kou bist.«

Dass es sich um eine kleine Wiedergutmachung handelte, weil sie ihr gegenüber misstrauisch gewesen war, konnte sie ihr schlecht sagen.

»›Kou‹ …?« murmelte Narumi vor sich hin und ein Lächeln umspielte ihre Lippen. »Versteht ihr beide euch gut?«

»Ah, wir waren für ein Trimester an derselben Mittelschule …«

»Ich hab doch danach meinen Nachnamen geändert, deshalb.«

»Ah, ach so!«

»Ja, genau!«, erwiderte Kou. »Übrigens, welchen Nachnamen hast du denn jetzt?«

Welchen Nachnamen sie jetzt hat? Kous merkwürdige Frage verwirrte Futaba.

Narumi senkte indessen den Blick. Das Schwarz in ihren Augen schien zu verblassen und ihr lächelnder Mund erstarrte. »Oh … Ich heiß immer noch Narumi.«

Als Futaba ihren Gesichtsausdruck sah, wurde ihr klar, was Kou gemeint hatte.

Ihre Eltern sind doch nicht etwa … ?

»Das Ganze kam so plötzlich und außerdem … das hat noch verschiedene andere Gründe.«

»Ach so. Ist bei mir genauso«, antwortete Kou und Narumi kicherte amüsiert.

Waren ihre Eltern vielleicht auch geschieden? Wenn man genauer darüber nachdenkt, ergibt das eigentlich sogar Sinn. Hätte Narumi bei ihren Eltern gelebt, hätte sie Nagasaki nach dem Tod ihres Vaters wohl kaum verlassen müssen. Sie ist also vermutlich hergezogen, weil ihre Mutter hier lebt. Sie ist also wirklich in derselben Situation wie Kou.

Futaba war, als würde ihr etwas den Atem verschlagen. Ein unsichtbarer Druck lastete auf ihrem Herzen.

Was ist das nur für ein Gefühl? Angst? Nein, etwas anderes. Ungeduld? Nein, auch nicht, auch wenn es das schon eher trifft. Ah, ich verstehe! Ich fühle mich machtlos! Dieses Bedauern, dass ich ihn nicht verstehen kann, weil ich selbst noch sie so was durchgemacht habe.

Dasselbe Gefühl hatte sie beschlichen, als sie zum ersten Mal von Narumis Geschichte gehört hatte.

»Oh, wow! So viele süße Butler und ebenso viele nicht niedliche Maids!«

»Können wir einfach hier reingehen …?

Eine vertraute Stimme war zu hören. »Oh!« *Ah, da ist ja Kikuchi-kun!* Futaba drehte sich zum Eingang und erblickte Toma, der sich zusammen mit seinem Freund im Zimmer umsah. Sie hob die Hand und winkte ihm zu, woraufhin er lächelnd zurückwinkte.

Ah, da ist ja Kikuchi-kun!

Futaba führte die beiden an einen leeren Tisch.

»Willkommen zu Hause, meine Herren!«

»D… Danke! Sagt man das dann? Keine Ahnung … Du siehst cool aus, Yoshioka.«

»Danke!«, entgegnete Futaba und reichte dem puterroten Toma lächelnd die Speisekarte. Während die beiden sie studierten, fiel Tomas Blick zufällig in Richtung Fenster und er stutzte.

»Und? Wie findest du mein Outfit?«

»Na ja, ist okay.«

»Was? Wie fies! Ich hab dir doch auch ein Kompliment gemacht!«

Er betrachtete Kou, der sich gerade mit Narumi unterhielt, in dessen Maidoutfit.

»Sie ist eine Freundin aus der Mittelschule. Aus der Zeit, als Kou mal in Nagasaki gewohnt hat.«

»Ah, sie ist also nicht seine Freundin«, murmelte Toma überraschend kühl. Dies war ihm allerdings selbst schon längst aufgefallen und so bestellte er bei Futaba mit seinem gewohnten Lächeln einen Tee. Daraufhin glaubte diese, dass sie sich Tomas merkwürdiges Verhalten nur eingebildet habe.

Tomas Freund bestellte einen Kaffee und stellte sich Futaba vor: »Oh, ich bin übrigens Uchimiya.« Uchimiya machte einen intelligenten Eindruck und wirkte ziemlich wortgewandt.

»Bitte entschuldigen Sie, dass ich Sie habe warten lassen!« Futaba kam mit dem Tee und dem Kaffee zurück. Als könnte er es nicht mehr erwarten, meldete sich Toma entschlossen zu Wort: »Yoshioka! Unsere Band tritt nachher auf …«

»Was?! Du spielst in einer Band? Wow!« Futaba war begeistert, denn sie hatte bislang noch nie jemanden kennengelernt, der in einer Band spielte.

Irgendwie total cool!

»Was spielst du denn?«

»Bass. Außerdem singe ich ein bisschen! Also … Yoshioka … Willst du nicht vorbeikommen, wenn wir spielen?«

»Ah! Ja, komm! Unbedingt!«, stimmte Uchimiya ein.

Futaba blickte zur Wanduhr, es war fast ein Uhr. Ihre Schicht würde bis halb zwei dauern, doch dann war eine Pause geplant.

»Wann denn?«

»Halb drei!«

»Ah, dann hab ich auch gerade Pause!«

»Ja? Heißt das, du kommst?«

»Ähm …« Sie warf einen flüchtigen Blick zum Fensterplatz.

Kou läuft bestimmt mit Narumi durch die Gegend … Deshalb wird es wohl kaum möglich sein, dass ich gemeinsam mit ihm etwas unternehme.

»Okay! Ab halb drei, ja?«

»Ja. Wir spielen in der Kampfsporthalle.«

Da die beiden noch ein bisschen am Feintuning arbeiten mussten, tranken sie aus und standen auf.

»Auf baldiges Wiedersehen, meine Herren!« Mit diesen Worten verabschiedete sich Futaba von ihnen.

Als sie schon im Flur standen, drehte sich Toma noch einmal zu ihr um.

»Also dann, wir sehen uns um halb drei! Ich warte auf dich!«, betonte er seine Worte von vorhin noch mal, damit sie auch ja nicht die Uhrzeit vergessen würde.

Zunächst war Futaba ein wenig überrascht, doch irgendwie fand sie sein Verhalten auch niedlich.

Nachdem er so viel geübt hat, kann er es sicher kaum erwarten und will, dass so viele Leute zusehen wie möglich.

Futaba räumte die Tassen ab und brachte sie in die Kochnische. Auch Yuri war dort und befüllte in diesem Moment einen Wasserkocher.

»Yuri, hast du vielleicht Lust, dir mit mir zusammen das Konzert einer Band anzusehen? Um halb drei in der Kampfsporthalle.«

»Eine Band? Klingt toll. Aber magst du denn überhaupt Konzerte, Futaba?«

»Hmm … Ich denk schon. Weißt du, dieser Kikuchi-kun aus der 2–5 wird dort auftreten. Er hat mich eben eingeladen, als er auf einen Tee hier war.«

Yuri riss die Augen auf und neigte wie ein kleiner Vogel den Kopf zur Seite. »Warum hat er dich denn eingeladen, Futaba?«

»Sie wollen sicher so viele Zuschauer wie möglich anlocken, oder? Es fühlt sich bestimmt leer an, wenn nicht genug Leute da sind«, vermutete Futaba. »Übrigens, wo steckt eigentlich Shuko? Ich kann sie nirgendwo entdecken«, wechselte sie das Thema.

»Oh, Shu ist gerade Saft holen gegangen. Er geht uns langsam aus, weißt du?«

Getränke wie Saft und alles in Kisten wurde im ersten Stock im Lagerraum aufbewahrt, da das Klassenzimmer zu wenig Platz bot. Shuko hatte sich also auf den Weg dorthin gemacht.

Ob sie das alleine schafft? Vermutlich wird es nicht um ein, zwei Plastikflaschen, sondern eher um eine ganze Kiste gehen. Das muss ziemlich schwer sein!

Während Futaba darüber nachgrübelte, ob sie Shuko helfen sollte, war plötzlich eine Stimme aus dem Gästebereich zu hören.

»Hey, hat jemand von euch Zeit? Die werten Damen sind wieder da!«

Futaba eilte aus dem Kochbereich und verbeugte sich vor den beiden Mädchen, die soeben das Café betreten hatten.

»Willkommen zurück, meine Damen!«

*

Oh Mann, das ist echt schwer …

Shuko legte all ihre Kraft in Arme und Schultern. Die Kiste, die sie trug, enthielt sechs volle Zwei-Liter-PET-Flaschen. Zunächst wirkte sie gar nicht mal so schwer, doch mit jedem Schritt, den sie ging, wurde sie schwerer und schwerer. Von der Last der Kiste nach unten gezogen verwandelte sich ihr Gang in ein seltsames Torkeln.

Das geht so nicht, ich muss mal verschnaufen.

Schwer atmend stellte Shuko die Saftkiste ab und stützte sich darauf. Ihre Arme waren wie Blei und schmerzten.

Tock.

Mit einem dumpfen Geräusch legte jemand vor ihr ein mit weißer Farbe bestrichenes Holzschild auf den Boden. Als sie den Blick hob, konnte sie darauf den Schriftzug *2–2 Travestie-Maid-/Butlercafé* erkennen. Nachdem sie ihren Blick weiter nach oben wandern ließ, blickte sie in das Gesicht von Aya, der seine Hände darauf stützte.

»Gib her! Ich trag sie dir! Nimm du das hier.« Er drückte Shuko das Schild in die Hand und übernahm die Kiste. *Oh*, staunte Shuko ein wenig, als Aya sie spielend leicht anhob. *Na, er ist eben ein Junge*, dachte sie. Obwohl Aya derzeit ein mit Rüschen verziertes Dienstmädchenkleid trug (und ohne Jogginghose darunter seine blanken Beine zeigte). Nach einer Weile, die er schweigend vor Shuko hergelaufen war, meldete er sich zu Wort: »So was solltest du einem Mann überlassen!«

Auch wenn er sich Mann nennt, in dem Aufzug … Shuko behielt ihre Gedanken für sich. »Irgendwie wirkten alle ziemlich beschäftigt und ich hatte gerade Zeit …« Als diese Worte ihren

Mund verlassen hatten, stutzte sie. *Oh nein,* dachte sie, *ich hätte noch was anderes sagen müssen!* »Danke. Woher wusstest du, dass ich hier bin?«, fügte sie noch hinzu.

Doch da Aya zuerst stumm blieb, dachte Shuko, dass er irgendwie schmollte. Ihr Bauchgefühl behielt recht, denn Aya gab bloß eine unwillige Anmerkung zurück.

»Tanaka hat gesagt, ich soll dir helfen.«

»Tanaka-sensei?!«, entfuhr es ihr versehentlich. Erschrocken schloss sie schnell wieder den Mund.

Meine Stimme klang ganz schrill! Jetzt findet er mich bestimmt merkwürdig.

»Hm …! Nanu? Irgendwie hab ich Halsprobleme …«

»Schon gut … Ich weiß schon, was Sache ist«, sagte Aya leise, als Shuko sich räusperte, um ihre Entgleisung zu rechtfertigen.

»Was meinst du?«

Aya verlangsamte seinen Schritt, drehte sich zu ihr um und grinste ihr frech entgegen. »Ich meine, dass ich schon weiß, in wen das Mädchen verliebt ist, das ich mag!«

»Was …?!«

Ich glaub's nicht! Er hat's gemerkt … ?! Aber wie?!

Sie war überrascht und fühlte sich peinlich berührt, doch schon im nächsten Moment wurde ihr etwas klar. Aya hatte es ihr zum ersten Mal direkt von Angesicht zu Angesicht gesagt. Anders als sonst, wenn er sozusagen über Dritte mit ihr flirtete und sie nicht wusste, ob er es gerade ernst meinte oder sich nur einen Spaß erlaubte. Zum ersten Mal hatte sie sein »Ich mag dich« gehört.

»Kominato-kun … Ich denke, du bist ein netter Kerl, aber …«

»Moment! So war das nicht gemeint!«, unterbrach er sie plötzlich lauthals und drehte sich von ihr weg, woraufhin Shuko verstummte. »Das gerade war keine Liebeserklärung! Versteh das bitte nicht falsch!«

Wenn das keine Liebeserklärung war, was dann?, wunderte sich Shuko.

»Ich weiß, dass ich jetzt noch nicht gut genug bin. Deswegen will ich nichts überstürzen und dir jetzt ein Liebesgeständnis machen, das alles kaputtmachen würde. Diese Sache hier ist was anderes. Und deshalb ...«, sagte Aya und wandte ihr sein Gesicht wieder halb zu. »... werde ich dir noch zeigen, wie cool ich sein kann. Also warte bitte noch etwas.«

Die Vorankündigung einer Liebeserklärung ...? Gibt es so was überhaupt? Ist es nicht eigentlich dasselbe, als wenn er mir sagt, dass er mich gernhat? Na jetzt hat er mich neugierig gemacht! Mir bleibt keine andere Wahl, als abzuwarten ...

»Kominato-kun, du bist gemein«, sagte sie. Sie war ein wenig verwirrt, aber auch belustigt. Doch es war etwas, das ihm durchaus ähnlichsah, und Shuko konnte sich eines Lächelns nicht erwehren. Aya lächelte zurück.

»Ich bin kein schlechter Mensch!« Sein Lächeln wirkte so sanft und rein und stand im Kontrast zu seinem sonst so sorglosen und albernen Verhalten. »Okay, ich geh wieder zurück ...«, sagte er nun und lief mit der schweren Saftkiste beladen leichtfüßig davon.

Was für ein seltsamer Typ, dachte Shuko, die sich nun ihrerseits auf das hölzerne Schild stützte. *Das ist also sein wirklicher Charakter. Ich dachte, er hätte immer nur gute Laune und wäre total sorglos ... »Deshalb werde ich dir noch zeigen, wie cool ich sein kann. Also warte bitte noch etwas.« Damit hat er mich echt eiskalt erwischt.*

Er konnte Shuko helfen. Er konnte mit ihr reden und noch dazu hatte sie ihn angelächelt. Er war so glücklich, dass er beinah vergaß, dass er die schwere Saftkiste trug. Doch in diesem Moment durchströmten ihn nicht nur Glücksgefühle. Und zwar weil er sich von diesem Kerl hatte helfen lassen. Ausgerechnet von demjenigen, den er eigentlich ausstechen wollte. Auch jetzt noch ärgerte ihn die Erinnerung daran so sehr, dass seine Schritte schwerfällig durch den Flur hallten.

»Hey, Kominato!«

Er lief den Korridor entlang, der voller Schüler war, die Werbung für die Vorstellung ihrer jeweiligen Klassen machten. Als so plötzlich sein Name gerufen wurde, drehte er sich stirnrunzelnd um und sah seine schlimmste Befürchtung erfüllt ... Tanaka-sensei kam auf ihn zugelaufen. Bei jedem seiner Schritte war ein Bimmeln wie von einem Glöckchen zu hören. Gerade als Aya sich darüber wunderte, entdeckte er, dass sich an der Kapuze des smaragdgrünen Pullovers des Lehrers tatsächlich ein Glöckchen befand.

Hey, doch nicht dein Ernst, dass du so rumläufst, oder, alter Mann? Steckt da vielleicht irgendeine Absicht dahinter oder gefällt dir dieser Kleidungsstil wirklich?

»Ha ha, tolles Outfit, Kominato! Trägt Kou etwa dasselbe? Würdest du ein Foto von ihm für mich schießen? Mich würde er garantiert daran hindern.«

Als der Mann, der selbst das seltsamste Outfit an der ganzen Schule trug, Ayas Kleidung sah, lachte er schallend los. Obwohl er ihn unentwegt mit finsterer Miene betrachtete, schien Tanaka-sensei total friedlich und vergnügt zu sein.

Ist dieser Kerl echt so naiv? Oder blickt er auf Jungen herab? Ich kann ihn absolut nicht einschätzen.

»Übrigens, Murao schleppt sich unten mit einer schweren Kiste ab. Geh doch mal und hilf ihr!«

Aya runzelte die Stirn. *Ist er etwa nur zu mir gekommen, um mir das zu sagen?* Er mochte Yoichi Tanaka nicht. Das lag vor allem daran, dass Shuko in ihn verliebt war. Und das war noch nicht alles. Er wusste von Shukos Gefühlen, doch weder erwiderte er sie noch lehnte er sie eindeutig ab. Damit herrschte eine unklare Distanz zwischen den beiden. Genau dieses zweideutige Verhalten verachtete Aya so an ihm.

»Wenn Sie Murao mit ihrem zweideutigen Verhalten verletzen, werde ich Ihnen das nicht verzeihen!« Diese Worte hatte Aya vor dem Beginn der Sommerferien zu ihm gesagt. Yoichi lächelte daraufhin nur zuversichtlich und antwortete mit einem *»Verstehe«*. Danach stellte er ihm noch eine Frage, die Aya als eine Art Kriegserklärung auffasste: *»Aber solange ich sie nicht verletze, hast du keine Einwände?«* Es war sozusagen ein Eingeständnis, dass auch Yoichi Gefühle für Shuko hatte. Und doch tat er alles, um Aya die Möglichkeit zu geben, bei ihr zu punkten.

»Warum ich?! Nicht wirklich clever. Wir sind doch Rivalen, oder?«

Was hat er vor? Plant er vielleicht irgendetwas?

Als Yoichi sah, wie wachsam und misstrauisch Aya ihm gegenüber war, weiteten sich überrascht seine Augen und er lächelte sanft. Es war ein ruhiges und gutmütiges Lächeln, doch die Worte, die seinen Mund verließen, standen in völligem Kontrast dazu.

»Rivalen? Als Rivalen bezeichnet man doch Leute, die in etwa den gleichen Status haben, oder?« Im Moment hab ich nicht das Gefühl, dass ich dir auch nur in einem einzigen Punkt unterlegen bin.«

Na ja, damit hat er nicht unrecht ... Ich bin Murao noch immer kein Stück nähergekommen ... denn ... Weil sie ihn mag, ist er tatsächlich überall im Vorteil. Trotzdem ...

»Meine Haut ist viel straffer als deine! Alter Knacker!!«

»Wen nennst du hier alten Knacker ...? Und vor allem, solltest du nicht eher Kunden für euer Café anlocken?«

Mit einem Rums stellte er die Saftkiste im Kochbereich ab. Als er sich wieder aufrichtete, blickte er ausgerechnet in Kous Gesicht, dass dem von Yoichi so ähnlich sah.

Keine Sorge, ich kann nur deinen Bruder nicht leiden. Dich mag ich!

»Ich geb mir Mühe, also mach du das gefälligst auch, okay?!«

»Hä? Vielen Dank für diese rätselhafte Ermunterung.«

Kou trug inzwischen nicht mehr sein Maid-Outfit, sondern wieder seine normale Schuluniform.

Ah, verstehe, es ist also schon Zeit für eine Pause?

Aya streckte seinen Hals ein wenig und guckte hinter die Wand, die die Kochnische vom Café abtrennte. Kous ehemalige Klassenkameradin Yui Narumi saß dort ein wenig geistesabwesend auf ihrem Platz am Fenster.

Vermutlich werden die beiden jetzt gemeinsam über das Schulgelände laufen.

Aya zupfte Kou am Ärmel. »Hast du das kapiert? Es bringt nichts, wenn du sie verhätschelst.«

Kou blickte eine Zeit lang tief in Ayas Augen und antwortete mit einem »Ich weiß ...«, ehe er hinter der Abtrennung verschwand.

Ob er es wirklich verstanden hat? Aya nahm den Haarreif ab und kämmte sich die Haare. *Ich hoffe, das Ganze entwickelt sich nicht zu etwas, worüber ich mir unnötig Sorgen machen muss.*

Unter den Menschen, die durch die Flure strömten, befanden sich nicht nur Schülerinnen und Schüler anderer Schulen, sondern auch sonst noch zahlreiche Besucher. Von Mittelschülern bis hin zu Highschoolschülern in ihrer Alltagskleidung waren alle Altersklassen vertreten. Gelegentlich traf man auch auf Studierende, vielleicht ehemalige Schüler dieser Highschool. Doch es waren auch Eltern mit ihren Kindern zu Gast, vermutlich die Familien von beteiligten Schülern. Unter die Menge hatten sich auch einige Schülerinnen und Schüler gemischt, die Tierkostüme, traditionelle japanische Kleidung oder andere auffällige Outfits trugen. Inmitten des lebhaften Gedränges lief Narumi fröhlich und entspannt über das Gelände.

»Mann, sind hier vielleicht viele Leute! Oh schau mal, da gibt es ein ›Ultimatives Saftwettsaufen‹! Hey, lass uns das mal angucken!«

Immer wenn Narumi fröhlich vor sich hinlächelte, freute sich Kou. Wenn sie auf diese Weise angenehme Erfahrungen sammeln konnte, würden die Wunden allmählich heilen, die durch den Tod ihres Vaters entstanden waren. Eigentlich nervten Kou solche Veranstaltungen immer etwas (deshalb hatte er auch das letzte Kulturfest schon geschwänzt), aber als er von Narumi zu den unterschiedlichsten Orten geschleift wurde und sich mit ihr alles ansah, fand er es doch ziemlich toll. Allerdings …

»Suchst du jemanden? Du guckst dich schon die ganze Zeit um.«

»Was?«

Kou blieb stehen. Bis Narumi ihn darauf angesprochen hatte, war ihm selbst nicht aufgefallen, dass er seinen Blick die ganze Zeit umherschweifen ließ.

»Nein, nicht wirklich …«

Während er versuchte, ihre Frage zu verneinen, war ihm selbst schon längst klar, dass sie recht hatte. Und er wusste auch genau, wen er suchte und warum.

»Also dann, wir sehen uns um halb drei! Ich warte auf dich!«

Das hatte Toma Kikuchi zu Futaba gesagt, als er sich von ihr verabschiedet hatte. Kou meinte sich auch zu erinnern, dass sie etwas über eine Band und die Kampfsporthalle gesagt hatten.

Wie steht er wirklich zu ihr?

In letzter Zeit war er seltsam oft an Futabas Seite zu sehen und er ging ziemlich vertraut mit ihr um. Futaba schien das auch nicht unangenehm zu sein und die beiden verstanden sich zunehmend besser, was Kou ärgerte. Während er mit Narumi umherlief, schaute er mehrmals auf seine Armbanduhr.

Noch zwanzig Minuten bis halb drei.

Noch fünfzehn Minuten.

Noch zehn Minuten.

Ist sie schon zur Kampfsporthalle gegangen?

Wird er auch dort sein, um sie zu treffen?

Noch fünf Minuten bis halb drei.

Er platzte beinah vor Ärger und Ungeduld.

»Hey, wollen wir da drüben an dem Stand vielleicht eine Kleinigkeit essen? Ich hatte zwar vorhin erst einen Pudding, aber ich hab schon wieder Hunger …«

»Hör mal …«, unterbrach Kou sie. Als Narumi sah, dass er einen Flyer betrachtete, weiteten sich ihre Augen.

»Was denn?«, fragte sie.

Kou zeigte auf das Ende des Flurs.

»Ich würd mir gern was angucken …«

2

Yuri, Shuko und Futaba wollten gemeinsam zum Konzert von Tomas Band um halb drei gehen. Doch zuvor machten sie sich auf den Weg, um mittagzuessen. Außerhalb des Schulgebäudes hatten die Drittklässler verschiedene Imbissstände aufgebaut, an denen Gerichte wie Yakisoba, Frankfurter, Zuckerwatte, Takoyaki, Crêpes und andere Leckereien verkauft wurden. Sie klapperten die Stände ab und kauften sich hier und da ein paar Kleinigkeiten. Während sie sich die Ausstellungen und Veranstaltungen der anderen Klassen ansahen, erzählte Futaba den beiden von Narumi. Sie erzählte ihnen, dass sie eine ehemalige Klassenkameradin Kous aus seiner Zeit in Nagasaki war, und versuchte, es so beiläufig wie möglich klingen zu lassen. Doch Yuri und Shuko entging nicht, dass Futaba sich wegen Narumi Sorgen machte. Die beiden bezeichneten einander zwar nur als ehemalige Klassenkameraden und sprachen sich mit dem Nachnamen an, doch da Kou sich so um das Mädchen kümmerte, fühlte sich Futaba beklommen.

»Übrigens …«, sagte Yuri plötzlich nach einem Bissen von ihrer Zuckerwatte. »Auf der Abschlussfeier nach dem Schulfest machen wohl ziemlich viele Leute ihrem Schwarm ein Liebesgeständnis!«

»Ein Liebesgeständnis …?«

»Die Spannung, die beim Schulfest in der Luft liegt, bringt sie wohl dazu. Kann ich gut nachvollziehen …«

Ah, verstehe. Aber warum bringt sie das jetzt zur Sprache? Will sie mir damit etwa sagen, dass ich es wagen soll? Nee, so ein Quatsch!

Futaba schob ihre unnötigen Gedanken beiseite, als sich plötzlich aus heiterem Himmel Shuko zu Wort meldete: »Hör mal …

Ich will dich nicht beunruhigen, aber ... Diese Narumi ... Dieser Typ hilfsbedürftiges Mädchen könnte Ärger machen ... Glaub ich.«

Genau das ist mir auch schon durch den Kopf gegangen. Kou scheint sehr viel an Narumi zu liegen. Er ermutigt sie ständig, indem er ihr Nachrichten schreibt oder mit ihr telefoniert. Dann lädt er sie noch hierher zum Kulturfest ein und verbringt dann vermutlich auch noch Zeit mit ihr und führt sie überall herum. Wahrscheinlich will er sie aufmuntern, da sie denselben Schmerz wie er durchleben musste. Kou ist sehr nett, daher ist dieses Mitgefühl bei ihm sicher noch viel stärker ausgeprägt. Doch genau jetzt macht mir seine Freundlichkeit auch ein bisschen Angst.

Die Kampfsporthalle befand sich außerhalb des Schulgebäudes, direkt neben der Sporthalle. Hauptsächlich fand dort das Training des Judo- und Kendoklubs statt, aber sie wurde auch für den Sportunterricht genutzt.

»Ganz schön viele Leute hier!«, bemerkte Futaba, als die drei in der Halle ankamen, die bereits voller Zuschauer war. Sie platzte zwar nicht aus allen Nähten, doch die Menschen standen bis zum Eingangsbereich. Die Mädchen begaben sich daher nach hinten, in die letzte Reihe. Ganz vorn befand sich eine provisorische Bühne. Zu ihren Seiten waren Geräte wie Lautsprecher oder Verstärker aufgestellt und auch sonst machte sie einen ziemlich professionellen Eindruck. Die drei Bandmitglieder standen schon auf der Bühne. Direkt vor dem Schlagzeug in der Mitte der Bühne führte Uchimiya, der mit Toma zum Teetrinken vorbeigekommen war, mit seiner E-Gitarre einen Mikrofoncheck durch. »Ah Ah!« Er war der Gitarrist und Sänger der Band. Von Futaba aus gesehen stand Toma links daneben. Er trug die Hose seiner Schuluniform und ein T-Shirt mit einem Aufdruck.

Der Bass hing an einem Gurt um seine Schulter und er justierte gerade den Winkel seines Mikrofonständers. Es war wirklich etwas anderes, eine solche Band live statt im Fernsehen zu sehen. Aufgeregt unterhielten sich die drei Mädchen, die es kaum erwarten konnten, doch dann …

»Yoshioka!«

Futaba erschrak, als unversehens ihr Name durch den Lautsprecher ertönte. Toma strahlte sie von der Bühne aus an, von der sie einige Meter trennten. Die Zuschauer folgten seinem Blick, sodass sich alle Augen in der Halle auf Futaba richteten und sie vor Scham am liebsten im Boden versunken wäre. Auch Toma stand die Verlegenheit ins jungenhafte Gesicht geschrieben. Er errötete sofort bis an die Haarwurzeln und bedeckte seinen Mund mit seinem Handrücken.

»Ah, Mist. Das Mikro war an …«

Auch diese Worte hallten aus den Lautsprechern und durchdrangen jeden Winkel der Halle. Das Publikum brach in schallendes Gelächter aus. Rufe wie »Kikuchi, du bist echt lahm!« oder »Weiter so!« machten die Runde. Auch Futaba und die anderen Mädchen konnten nicht anders und amüsierten sich köstlich.

»Huhu!«, rief Futaba nun und winkte Toma zu, woraufhin er ihr mit noch immer geröteten Wangen peinlich berührt zulächelte.

»Warte, Kou-chan* …!«

Inmitten des Gelächters vernahm Futaba plötzlich eine vertraute Stimme.

Diese Stimme …

Gerade als ihr dieser Gedanke durch den Kopf schoss, tauchte neben ihr eine schlanke Gestalt auf.

»Kou?«

*verniedlichende Anrede für gute Freunde und kleine Kinder

Kou starrte ausdruckslos, ohne ein Wort zu sagen, auf die Bühne. Hastig eilte Narumi herbei und stellte sich neben ihn.

»Hey, Kou-chan …«

»Ah. Sorry …«

Kou-chan … ?

Futaba war überrascht, dass Narumi ihm bei einem solch ungewohnten Spitznamen nannte. Für ihren Geschmack schien dieser für einen Highschoolschüler etwas zu kindlich. Doch Kou schien nichts dagegen zu haben, was Futaba darauf zurückführte, dass die beiden eine tiefe Vertrautheit empfanden.

Ah, jetzt versteh ich es. Narumi kennt ihn. Den Kou, der im Sommer unseres ersten Jahres an der Mittelschule auf eine andere Schule gewechselt ist. Den Kou, den ich in seiner zweieinhalbjährigen Abwesenheit nicht gekannt habe …

Plötzlich vertrieb der Sound einer heftig gezupften Gitarre ihre düsteren Gedanken. Lauter Jubel brach los, der nur vom darauf einsetzenden Schlagzeug übertönt wurde. Futaba, die bislang noch nie auf einem Livekonzert gewesen war, wurde sofort mitgerissen. Die Klänge der Instrumente und der Gesang brachen wie eine Welle über sie herein und vertrieben alle Gedanken aus ihrem Kopf. Da war nur noch Musik. Die Band spielte das Cover eines beliebten Rocksongs. Als die lauten, schnellen Töne über die Zuschauerreihen fegten, heizte sich die Stimmung in der Halle im Nu auf und die Menschen hoben ihre Arme oder tanzten. Toma wirkte viel unauffälliger als der Gitarrist und der Schlagzeuger. Er nahm keine auffälligen Posen ein und zupfte seine Saiten solide und präzise, ohne sich aus der Ruhe bringen zu lassen. Irgendwann näherten sich seine Lippen dem Mikrofon. Futaba konnte zwar nicht verstehen, was er sang, doch sobald er den Mund aufmachte, entstand eine Harmonie und der Gesang des Vokalisten wurde auf magische Weise bunter.

Oh! Futaba war beeindruckt. *Kikuchi-kun ist wirklich unglaublich!*

»Wahnsinn, oder? Er wirkt wie ein anderer Mensch!«, schrie ihr Yuri ins Ohr, die augenscheinlich derselben Meinung war. Anders war es ihr nicht möglich, mit ihrer Freundin zu kommunizieren. Futaba nickte nur zustimmend, wobei sie zufällig ihren Blick auf Kou richtete.

Oh!

Narumi schien ihm ebenfalls etwas ins Ohr zu schreien, genau wie Yuri gerade bei ihr. Doch die laute Musik übertönte ihre Stimme. Zunächst starrte Kou weiterhin wortlos auf die Bühne, doch dann lehnte er sich zu Narumi. Sein Ohr näherte sich ihrem Mund immer weiter an. Irgendwann wandte Futaba ihren Blick von den beiden ab.

Was Narumi wohl über Kou denkt? Und wie war das zu ihrer Mittelschulzeit? Und was empfindet sie jetzt? Ob sie vielleicht glaubt, dass Kou sie mag, weil er sie so sehr umsorgt? »Und ich weiß sehr gut, wie man sich in dieser Situation fühlt.« Wem sonst könnte ihr Herz gehören? Wie könnten sich zwei Menschen, die eine ähnliche Situation erlebt und den gleichen Schmerz erlitten haben, sich in Zukunft nicht zueinander hingezogen fühlen? Bevor das passiert, muss ich handeln! Ich habe das Gefühl, dass es diesmal echt gefährlich ist.

»Auf der Abschlussfeier nach dem Schulfest machen wohl ziemlich viele Leute ihrem Schwarm ein Liebesgeständnis!«

Yuris Worte kamen ihr wieder in den Sinn.

Ein Liebesgeständnis. Auf der Abschlussfeier nach dem Schulfest. Die Spannung, die in der Luft liegt, bringt einen dazu!! Was? Die Abschlussfeier nach dem Schulfest?! Das heißt heute?! Das ist zu plötzlich! Aber ich steh mit dem Rücken zur Wand!! Aber ... Aber ...

Während sie so in Gedanken versank, rückte die heftig dröhnende Flut an Geräuschen, die noch immer über sie hereinbrach, immer weiter in die Ferne.

Toma Kikuchi stand auf der Bühne, spielte den Bass und richtete seine Augen auf Futaba.

Immer wieder blickte er flüchtig zu ihr hinüber.

Hey, konzentrier dich gefälligst auf deine Musik und spiel anständig! Schau sie nicht dauernd an!

Während er innerlich unentwegt vor sich hin fluchte, kam es ihm beinah so vor, als wären seine Gedanken hörbar, denn urplötzlich fixierte Toma Kou. Es befanden sich Hunderte Menschen hier, doch Kou wusste genau, dass er ihn ansah, und das galt auch umgekehrt. Tomas Blick wurde bohrender, er vermittelte eindeutig den Eindruck, in die Offensive gehen zu wollen. Doch auch Kous Miene strahlte eine feste Entschlossenheit aus.

Dieser Kerl ist mein Feind!

»…chan, dieser Junge … denn?« Narumi hatte ihm etwas zugerufen. Er beugte sich zwar näher zu ihr hinüber, um sie hören zu können, war aber zu sehr auf das Geschehen auf der Bühne konzentriert und konnte sie kaum verstehen.

»Ähm … Ja«, antwortete Kou abwesend, woraufhin Narumi ein seltsames Gesicht machte und schwieg. Wenige Sekunden später bemerkte er, dass Futaba sich merkwürdig verhielt. Sie war wie erstarrt und blickte reglos zur Bühne. Als Kou herausfinden wollte, was mit ihr nicht stimmte, fiel ihm auf, das ihr Blick ins Leere ging und kalter Schweiß ihre Stirn bedeckte.

Irgendwie wirkt sie seltsam … Ob ihr nicht gut ist?

Kou klopfte ihr auf die Schulter und Futaba schreckte auf.

»Oh …«

»Hey, geht es dir gut?«

Ist das laut ...
Oh ...
Oh ...
Wahnsinn, oder?
NICK NICK
Er wirkt wie ein anderer Mensch!

Um ihre Antwort besser verstehen zu können, näherte sich Kou mit seinem Ohr ihrem Gesicht.

»Hä?!«, wunderte sich Futaba und drehte sich energisch zu ihm um. Auf einmal war jedes Geräusche aus seinen Ohren verschwunden, alles um ihn herum wie weggeblasen. In diesem Augenblick konnte er nur ein Gefühl wahrnehmen, und zwar das warme, weiche Gefühl ihrer Lippen. Er konnte nicht glauben, dass auf dieser Welt überhaupt so etwas Weiches existieren konnte.

*

Alles um sie herum war verstummt und blendend weiß. Und im nächsten Moment, als wäre eine Seifenblase geplatzt, kehrten die Geräusche und Farben ihrer Umgebung wieder zurück. Als Futaba aus ihrem Tagtraum erwachte, sah sie zuerst Kou, dessen Gesicht ihr erstaunlich nahe war und der seine Augen weit aufgerissen hatte. Die Erinnerungen kehrten wieder in ihren leeren Kopf zurück und Futaba spürte ihre Wangen immer heißer werden. Das Gefühl von etwas Weichem hing noch an ihren Lippen. Im Moment waren da nur sie, Kou und … die Klänge der Instrumente, die sich langsam zum Refrain des Liedes steigerten. Kou tippte sich ans Ohr.

Was ist mit seinem Ohr? Ach so! Er will mir was sagen … !!

Sie strich sich das Haar hinter ihr Ohr und lehnte sich mit der Schulter in Kous Richtung, der mit seinem Mund ebenfalls näher herankam.

»Ist dir nicht gut?«

Ob mir nicht gut ist? Mir geht's prima.

Dieses Mal war es Futaba, die sich Kous Ohr näherte.

»Ich bin okay!«

Kou nickte ihr zu, wie um zu sagen: »Dann ist's ja gut.«

Futaba quittierte das mit einem Nicken, das signalisieren sollte: »Danke, mir geht's gut.«

Die Aufregung legte sich allmählich und sie versuchte, einen klaren Kopf zu bekommen und die Dinge noch einmal Revue passieren zu lassen.

A … Ach so. Kou wollte mir was ins Ohr flüstern und ich habe ihm aus einem Reflex heraus mein Gesicht zugewandt. Und dann … haben sich unsere Lippen berührt. Die Erinnerung daran brachte wieder ihre Aufregung zum Vorschein. Dann waren plötzlich laute Jubelschreie zu hören, dicht gefolgt von tosendem Applaus. *Das erste Lied ist schon zu Ende …*

»Ich geh wieder. Bis dann.«

»Was?«

»Oh, du willst schon wieder gehen, Kou-chan?«, rief Narumi und eilte Kou hinterher, der bereits auf den Ausgang der Halle zusteuerte. Futaba war fassungslos.

Hä? Was soll das denn?! Jetzt tut er so, als wär nichts gewesen?! Nanu? Hat er mich etwa nicht auf den Mund geküsst?! War das etwa eine Illusion, die auf meinem Wunschdenken basiert? Hä … ? Nein, es ist real … Hat Kou das etwa gar nichts bedeutet … ?

Der zweite Song begann und war anders als der erste, fröhlicher und leichter. Doch Futaba fiel es schwer, sich zu konzentrieren. Das Gefühl an ihren Lippen war stärker als all die Eindrücke, die von außen auf sie hereinströmten. Zugleich war Kous Gleichgültigkeit schockierender als alles andere, was sie in letzter Zeit erlebt hatte. Letztlich stand sie einfach nur da und starrte vor sich hin, bis ein besonders lauter Applaus, der nach den fünf gespielten Songs über die Halle hereinbrach, sie wieder in die Realität zurückholte.

»Das war toll! So eine Band ist echt cool. Jetzt will ich auch mal in einen Musikklub!«, sagte Yuri, als sie die Kampfsporthalle zufrieden verließen.

»Äh, ja ...«, antwortete Futaba gedankenverloren.

Daraufhin verlangsamte Shuko ihren Schritt und schaute zu ihr herüber.

»Was ist los, Futaba?«

Futaba fühlte sich ertappt und legte ihre Finger an die Lippen.

Was soll ich denn jetzt bloß machen? Wie sage ich das jetzt am besten?

»Äh ... W... Wisst ihr ... Um ehrlich zu sein, eben ...«

»Yoshioka!«

Aus der Menschenmenge, die aus der Halle strömte, kam plötzlich Toma auf sie zugelaufen. Futaba lächelte ihn schuldbewusst an, da sie dem Konzert seit der Hälfte des ersten Liedes nur noch bruchstückhaft hatte lauschen können.

»D... Das war ein toller Auftritt ... Ihr wart total klasse!«

Toma lächelte. Doch es war ein für ihn ungewöhnlich sarkastisches Lächeln.

»Du hast doch überhaupt nicht zugehört, oder ...?«

Er hat mich erwischt?!

»Äh ... weißt du ... da ist was passiert, das ... Am Anfang hab ich schon zugehört.«

Bevor sie weiter stammelnd ihre Erklärungen vorbringen konnte, unterbrach Toma sie leicht verärgert.

»Vergiss, was da passiert ist! Das war doch bloß ein Unfall, ohne dass einer von euch das gewollt hätte.«

Er hat uns gesehen?

»Toma, wir müssen noch abbauen! Komm mal so langsam zurück!«

Uchimiya streckte seinen Kopf aus dem Eingang zur Halle.

»Ja, okay!«, antwortete Toma, ehe er sich noch einmal an Futaba wandte: »Ich glaube, es ist besser, eine Sache ohne Bedeutung schnell wieder zu vergessen!«

Eine Sache ohne Bedeutung ...? War Kou deshalb so gleichgültig, weil das für ihn nur ein bedeutungsloser Unfall war?

»Worum ging's?«, wollte Shuko wissen.

»Ein Unfall?«, hakte auch Yuri nach.

Als Futaba aufblickte, sah sie in die neugierigen Gesichter der beiden. Sie errötete erneut und erzählte ihnen flüsternd, was sich soeben in der Halle zugetragen hatte.

»Waaas?! E... Echt?!«

»Aber weil es, wie Kikuchi-kun sagt, nur ein Unfall war, macht sich Kou wohl überhaupt keinen Kopf deswegen ... Aber für mich war es irgendwie ... äh ... mein erster ...«

»Okay. Schauen wir mal, wie Mabuchi jetzt drauf ist. Und dann zwingen wir ihn, dich zu heiraten.«

»Heiraten ...?!«

»So ein Benehmen ist unverzeihlich! Dieses Ekelpaket!«

»Ja, seh ich auch so! Vom Heiraten mal abgesehen, aber wir müssen unbedingt herausfinden, was Mabuchi-kun von ihr hält!«

»Gehen wir, Futaba!«

»Los, Futaba!«

»Was? Wie?!«

Futaba wurde von beiden an die Hand genommen und die Freundinnen rannten los.

»Du, Toma ...«

Die Ausrüstung und die Instrumente waren verstaut, die Bühne und der Veranstaltungsort grob sauber. Als sie sich nun draußen vor der Halle zur Erfrischung ein paar Säfte gönnten, setzte langsam die Nachwirkung des Konzerts ein und sie überkam Erschöpfung.

»Sieht nicht so aus, als ob dieses Mädchen Interesse an dir hätte, oder? Und jetzt?«, fragte Uchimiya. Er saß auf dem Boden und sah zu Toma hoch, der mit dem Rücken an der Wand lehnte.

»Hmm …« Toma nahm einen Schluck Saft aus seiner Flasche und suchte nach passenden Worten. »Das war mir eigentlich von Anfang an klar. Auch wenn's wehtut.«

Im Grunde hatte er sich nur in sie verliebt, weil sie sich immer wieder aufrappelte, wenn sie am Boden lag, nur um Kou unerbittlich nachzujagen.

Das ist echt frustrierend …

»Deshalb kann meine einzig mögliche Antwort auf deine Frage nur ›Nicht aufgeben‹ sein.«

Uchimiya saugte ein paarmal an seinem Strohhalm und lächelte seinem Freund zu. »Das mag ich ziemlich an dir, Toma.«

»Ha ha ha! Bleib mir bloß vom Leib!«

Toma schaute hoch. Azurblau. Der Himmel zu Beginn des Herbstes war weit und klar.

Aufgeben ist keine Option! Das kann ich mit Gewissheit sagen. Was bleibt mir auch anderes übrig, jetzt, wo sich ein anderer Kerl in das Mädchen verliebt hat, das ich auch mag?

3

»Ah! Kou-chan, vor dir!«

Vor mir?

Im selben Moment rannte er gegen eines der hölzernen Werbeschilder und prallte mit der Stirn dagegen. Die Wucht war so immens, dass ihm schwindlig wurde. Als er aufblickte, sah er ein großes Schild mit der Aufschrift *Wahrsagerei* vor sich hängen.

Wo zum Teufel kommt denn das auf einmal her?! Moment mal, Schilder tauchen nicht wie aus heiterem Himmel auf. Oh Mann, ich bin mit den Gedanken echt völlig woanders.

»Autsch!«

»Was machst du denn da?! Bist du okay?«

»Mir geht's gut … War bloß ein bisschen geistesabwesend«, sagte Kou und rieb sich die Stirn.

Narumi runzelte die Stirn und schaute besorgt zu ihm.

»Du bist seit vorhin schon nicht mehr ganz da!«

Nicht mehr ganz da? Was meint sie damit? Woher kommt diese Redewendung eigentlich? Oh Mann, meine Gedanken spielen echt verrückt.

Es war nur ein kurzer Augenblick gewesen. Es konnte nicht länger als eine Sekunde gedauert haben, bis er erkannte, dass seine Lippen Futabas berührten, und da hatte er sofort Abstand von ihr genommen. Warum also fiel es ihm so schwer, diesen kurzen Moment aus seinem Kopf zu verbannen? Warum erinnerte er sich so oft in aller Deutlichkeit an dieses Gefühl, als sich ihre Lippen nur kurz berührt hatten?

»Ah … Ach … Ja … Es ist nichts«, stammelte er und hielt sich die Hand vor den Mund.

Narumi blickte daraufhin erneut seltsam. Sie machte große Augen und sah so aus, als würde sie jeden Moment etwas sagen wollen. Was sie nach einigen Sekunden des Zögerns auch tat.

»Kou-chan!« Sie gewann ihre Fassung überraschend schnell und ihre Stimme klang gewohnt heiter und freundlich. »Hast du dieses Wochenende Zeit? Kannst du mir bitte Nachhilfe geben? Du bist doch gut in der Schule, oder nicht?«

»Um ehrlich zu sein, im Moment nicht so sehr.« »*Es bringt nichts, wenn du sie verhätschelst.*« »Und außerdem nehmen wir gerade bestimmt nicht dasselbe durch wie ihr. Wär's nicht besser, du würdest jemanden aus deiner Schule fragen? Ist auch eine gute Gelegenheit, die Leute kennenzulernen. Nutz sie doch mal!«

Solange es nur ums Lernen geht, ist es doch in Ordnung, oder? Dieser Gedanke kam in ihm auf, doch er verdrängte ihn schnell wieder. *Mit ihr zusammen das Kulturfest anzusehen, war in Ordnung. Aber am wichtigsten ist jetzt, dass sie jemanden findet, mit dem sie lernen oder ihre freien Tage verbringen kann. Sie muss es schaffen, ihr Leben aus eigener Kraft in den Griff zu bekommen.*

In Narumis Augen war kurz ein Funke Traurigkeit zu erkennen, doch kurz darauf lächelte sie schon wieder. »J... Ja, du hast recht!«

»Ja ...«

In der Nähe war auf einmal ein mysteriöses Klingeln zu vernehmen, das sich langsam auf sie zubewegte.

Oje, ich hab ein ungutes Gefühl.

»Ah! Kou, gut, dass wir uns über den Weg laufen!«

Er war zuerst an seinem Bruder vorbeigelaufen, doch nun hatte er ihn bemerkt, blieb stehen und drehte sich zu ihm. Yoichi trug einen auffälligen smaragdgrünen Kapuzenpullover. Außerdem befand sich am Ende der Kapuze ein kleines goldenes Glöckchen.

Oh nein ... Aber ich werd nichts dazu sagen ...

»Sorry, aber kannst du mir grad mal helfen? Ich will was an der Bühne draußen richten. Oder geht's im Moment nicht ...? Ein Date?«

»Dauert es lange?«

»Nein, nur kurz!«

Ich würd ihm schon gerne helfen, bloß Narumi ...

Als Kou ihr jedoch einen ratlosen Blick zuwarf, winkte diese nur ab.

»Ach, schon in Ordnung! Ich wollte sowieso eben zur Toilette. Ich warte dann hier!«

»Ah, macht es dir wirklich nichts? Okay, dann leih ich ihn mir mal kurz aus. Sorry.«

»Na dann, an die Arbeit!«

Obwohl er in seiner Position als Lehrer eher Schüler dazu auffordern sollte, nicht durch die Gänge zu rennen, flitzte Yoichi den überfüllten Flur entlang und Kou versuchte seufzend mit ihm Schritt zu halten.

Sie versuchten, Kou auf seinem Handy zu erreichen, aber er ging nicht ran und so beschlossen sie im Erdgeschoss nach ihm zu suchen. Es dauerte nicht lange, bis sie an einem Klassenzimmer vorbeikamen, an dem ein Schild mit der Aufschrift *Wahrsagerei* hing. Außerdem entdeckten sie ein Mädchen, das mit dem Rücken an der Wand des Korridors lehnte. Die drei beschleunigten ihre Schritte. Sie trug ein gestreiftes Kleid mit einem Jeanshemd darüber und hatte halblanges schwarzes Haar.

Kein Zweifel!

»Narumi!«

»Oh!«, stieß sie leise aus, als sie Futabas Ruf bemerkte.

»Nanu? Du bist allein?»

»Wo ist Mabuchi?«, fragte auch Shuko.

Narumi bewegte sich ein Stück von der Wand weg und wandte sich zu Futaba und den anderen. »Den hat ein Typ in komischen Klamotten mitgenommen. Ich vermute, das war ein Lehrer?«

»Ah, das war bestimmt Tanaka-sensei!«

»Ja, ganz sicher sogar!«

»Er sollte ihm helfen, irgendwas an einer Bühne draußen zu richten … Aber er sollte gleich wieder da sein.«

»Sag mal, hat Mabuchi irgendwas gesagt? Oder sich seltsam benommen?«

Zwar stellte Shuko ihr diese Frage, doch Narumis Blick blieb einen kurzen Moment an Futaba haften.

»Ach … Geht's etwa um die Sache von vorhin?«

Futabas Herz machte einen Sprung.

»H… Hast du das etwa auch … gesehen?«

»Ja … So was ist schon ein Schock, nicht …? Bist du okay?«, fragte Narumi besorgt, ehe auf ihren Lippen ein bittersüßes Lächeln zu sehen war. »Aber am besten machst du dir gar nichts draus! Kou-chan scheint sich auch keine Gedanken drum zu machen!«

»Was …? Kein bisschen …? »

»Gut, für ihn war es auch nicht der erste Kuss, das macht wahrscheinlich auch was aus.«

Es war nicht sein erster … ?

»Was …? Woher weißt du das denn …? Aber … Wie…? Hat er dich etwa …«

Als hätte man sie erwischt, wandte Narumi den Blick ab und murmelte etwas vor sich hin.

»Oh … Hätte ich das etwa nicht sagen sollen?«

Aber warum? Schließlich ist sie weder seine Freundin noch seine Ex. Also warum dann? Warum haben sich die beiden geküsst? »Um ehrlich zu sein … glaube ich, dass es eine Menge Typen gibt, die das können. Aus Neugier oder weil die Stimmung grad passt. Auch wenn sie nicht in das Mädchen verliebt sind.« Das heißt dann wohl, dass Kou wirklich so ein Typ ist, oder? Hat er am Abend nach dem Feuerwerk meine Hand nur deshalb gehalten und mich im leeren Klassenzimmer geküsst, weil ihm grad danach war? Hat er dabei nichts gefühlt? Wir waren also doch noch mehr als einen Millimeter voneinander entfernt? Das hatte alles nichts zu bedeuten. Und dieser Unfall vorhin war auch nur für mich eine große Sache? Damals und auch in dem Moment hat nur mir das Herz geklopft. Ich bin echt so ein Dussel.

»Ah! Kou-chan!«

Narumi bedeutete Futaba, hinter sich zu schauen. Als sie sich umdrehte, sah sie Kou aus der Menschenmenge hervortreten. Kou schien sie auch bemerkt zu haben. Seine tiefbraunen Augen hefteten sich direkt auf sie. Sie wusste nicht, ob sie wütend oder traurig war. In ihrem Herzen tobte ein Sturm. Sie wandte sich ab und schnappte sich Yuri und Shuko.

»Gehen wir!«

»Futaba!«

Nur ich hab was empfunden.

Während sie den Flur hinuntersausten, schämte sich Futaba so sehr, dass sie weinen musste.

»Was hast du mit ihr geredet?«, erkundigte sich Kou, der der davoneilenden Futaba hinterherblickte.

Narumi sah zu ihm hoch und antwortete leise: »Nicht besonders viel.«

Etwa gegen halb fünf kam eine Durchsage, die das Ende des Festivals verkündete. Ab fünf sollten die abendlichen Abschlussfeierlichkeiten beginnen. Allerdings durften an der Afterparty nur Schulangehörige teilnehmen. Somit war es für die öffentlichen Besucher, zu denen auch Narumi zählte, an der Zeit zu gehen.

»Gut, bis hierhin kann ich dich begleiten …«

»Okay, danke. Ich hatte echt Spaß heute.«

Die beiden standen am Schultor und verabschiedeten sich. Als Narumi sich bei Kou bedankte, kniff er die Augen zusammen und lächelte sanft. Seit der Mittelschulzeit war er merklich reifer geworden, hatte sie bei ihrem Wiedersehen auf der Beerdigung ihres Vater im Sommer festgestellt. Auch äußerlich hatte er sich stark verändert. Er war gewachsen, seine Stimme war tiefer und sein sanftes Lächeln strahlte eine beruhigende Aura aus. Es tat ihr im Herzen weh, solch einen Kou vor sich zu sehen.

»Tschüss dann.«

»Ja … Bis dann.«

Der nächstgelegene Bahnhof war ungefähr zwanzig Gehminuten von Kous Highschool entfernt. Um von dort aus nach Hause zu kommen, musste Narumi noch etwa eine Stunde mit dem Zug fahren. Unterwegs liefen ein paar Mädchen an ihr vorbei, die vermutlich wie sie auf das Fest gegangen waren und sich darüber unterhielten. Sie lachten fröhlich miteinander und ihre Schritte wirkten lebhaft. Das lag ganz bestimmt daran, dass die beiden einen warmen und glücklichen Ort hatten, an den sie zurückkehren konnten. Sie gingen also gern und ohne zu zögern nach Hause.

Ich wünschte, das Kulturfestival wäre niemals zu Ende gegangen. Ich wünschte, meine Zeit mit Kou hätte ewig angedauert.

Ihr Handy klingelte. Narumi blieb stehen und holte es aus ihrer Tasche. Am anderen Ende der Leitung war ein Klassenkamerad aus der Mittelschule. Er war ein gemeinsamer Freund von Narumi und Kou und kümmerte sich viel um sie. Auch zu Kou hatte er nach wie vor Kontakt.

»Ah, ja … Das Schulfest an Kou-chans Schule ist grad zu Ende. Ja, ihm geht's gut!«

Er rief sie an, um sich über den neuesten Stand der Dinge zu erkundigen, da sie vor ein paar Tagen erwähnt hatte, dass sie das Kulturfest an Kous Highschool besuchen würde. Als sie ihm erzählte, was sie da so alles gesehen hatte, insbesondere Kou im Maid-Kostüm, lachte ihr Freund laut auf. »Ja … Ja, es war richtig toll. Es war echt toll, aber …«

»Was hast du denn?«, erkundigte sich ihr Freund wie gewünscht, denn sie hatte die Stimme gesenkt.

»Hmm … Am liebsten würd ich gar nicht mehr heimgehen …«

»Warum denn?«, hakte er besorgt nach. Genau so, wie sie es bereits erwartet hatte.

»Na ja, es ist so, ich …«

Während sie sich mit ihrem Freund am Telefon unterhielt, war sie in Gedanken bei Kou.

Kou-chan, weißt du … Ich bin vermutlich viel durchtriebener, als du es dir jemals vorstellen könntest.

*

»In wenigen Minuten beginnt die Abschlussfeier. Alle Schüler mögen sich bitte zum Sportplatz begeben! Die Klassensprecherinnen und Klassensprecher versammeln sich bitte vor der Bühne auf dem Schulhof, um die Anwesenheit zu kontrollieren.«

Als die Durchsage erneut ertönte, stand Futaba bereits vor der Bühne auf dem Schulhof. Seit vorhin ging ihr immer wieder derselbe Gedanke durch den Kopf.

Ich war sogar noch mehr überzeugt als gedacht, dass ich für Kou was Besonderes wäre. Und deswegen bin ich jetzt so verletzt. Ich hab mich so was von lächerlich gemacht!

Es war Herbstanfang und der Sonnenuntergang überzog den Himmel seit dem Ende des Kulturfests mit strahlenden Farben. Immer mehr Schüler versammelten sich in ihrer Nähe und

Futaba hatte das Gefühl, ihr winziges Ich würde jeden Moment zusammenschrumpfen und verschwinden.

Was für eine Art Kuss das zwischen ihnen wohl war? Wenn Narumi in Kou verliebt ist, habe ich ihr gegenüber keinen Vorteil, oder? Weder haben sich meine Eltern scheiden lassen noch ist ein Elternteil von mir gestorben. Ich weiß nicht mal, wie Kou in Nagasaki war. Und der Kuss vorhin war bloß ein unglücklicher Zusammenstoß, wegen dem sich Kou noch nicht mal Gedanken macht …

»Yoshioka …«

Eine leicht raue, tiefe Stimme rief ihren Namen und sie zuckte zusammen.

»Hör mal …«

Als sie Kou herankommen sah, wandte Futaba panisch den Blick ab. Hastig lief sie los, um ihm zu entwischen. Sie wusste nicht, wohin sie gehen sollte, doch sie wollte einfach nicht in seiner Nähe sein.

»Ah, Yoshioka!«

Toma trat zwischen den sich versammelnden Klassensprechern hervor und winkte ihr zu. Sein Lächeln war ihr eine willkommene Erleichterung.

»Na, müde?«

»Ja, du doch bestimmt auch, oder?«

»Yoshioka …« Plötzlich packte sie jemand an der Schulter und zwang sie, sich umzudrehen. Sie blickte in das Gesicht von Kou, dessen Augen ungewöhnlich verärgert funkelten. »Ich habe dich angesprochen. Warum ignorierst du mich? Machst du dir etwa wegen der Sache vorhin Gedanken?«

Das klingt ja fast so, als würde er mir sagen, dass er sich keine macht.

»Die Sache vorhin? Ich weiß nicht, was du meinst.«

Ich will ihn nicht sehen lassen, wie angespannt mein Gesicht jetzt gerade wegen dieser Täuschung ist!

Sie schüttelte seine Hände ab und drehte ihm den Rücken zu.

»Guck mich an!«

Doch Futaba ignorierte ihn und rannte in Richtung Schulgebäude.

Oh, die anderen Klassensprecher … Ach, ist mir jetzt auch egal! Hauptsache, ich muss Kou jetzt nicht sehen!

»Hä?! Du …«, hörte sie ihn noch hinterherrufen, doch sie rannte, so schnell sie konnte. Das Schulgebäude war menschenleer und totenstill, da Schüler wie Lehrer wegen der Abschlussfeier auf dem Schulhof waren. Als sie endlich den Flur im Erdgeschoss erreichte, hielt Futaba an und atmete tief durch. Doch auf der Stelle holte sie ihre Niedergeschlagenheit ein.

Jetzt bin ich geflüchtet, aber so wird es nur noch schwerer, ihm gegenüberzutreten … Da wir in dieselbe Klasse gehen, ist es praktisch unmöglich, ihm ewig aus dem Weg zu gehen … Bloß wenn ich jetzt zurückgehen würde …

»Yoshioka!«

Eine leicht aufgebrachte Stimme riss sie aus ihren Gedanken. Als sie sich umdrehte, sah sie Kou völlig außer Puste auf sie zurasen.

»Warum rennst du mir davon?«

»Gyaaah!!«

Schnell wandte sie ihm wieder den Rücken zu, ehe sie erneut mit Vollgas die Flucht antrat.

»Das war laut genug …«, hörte sie Kou sagen, der ihr noch immer folgte.

Warum?!

»Ich hab dich grad gefragt, warum du wegrennst!«

»Weil du mir hinterherrennst …?!«

»Das mach ich nur, weil du abhaust!«

»Dann kannst du's ja auch sein lassen!!«

Kreischend lief sie auf ihr Klassenzimmer zu. Dort angekommen hechtete sie durch die Vordertür und schnappte keuchend nach Luft. Der hintere Teil des Zimmers war noch immer nutzlos, da er tagsüber als Kochbereich und Pausenraum gedient hatte und ihn eine provisorische Sperre vom Rest des Raumes abtrennte. Die hintere Tür konnte sie also nicht nutzen.

»Jetzt hör endlich auf!«

Nun trat auch Kou um Atem ringend durch die Tür.

Jetzt kann ich ihm nicht mehr entkommen.

»Bleib weg von mir! Bleib weg!«

Da sie nicht mehr weiterwusste, rannte Futaba zum Fenster, wo der Karton mit den Maidoutfits stand, zerrte einige heraus und bewarf ihn damit. Doch die Kleider landeten nur vor seinen Füßen. Da sie nicht genug Kraft hineinlegte, waren ihre Würfe wenig effektiv.

»Wenn du dermaßen zaghaft wirfst, kannst du's auch gleich sein …« Ehe Kou seinen Satz zu Ende führen konnte, traf ihn ein mit Rüschen überzogener Haarreif am Kopf. »… lassen.«

Mist! Da war auch ein Haarreif dabei?!

»S… Sorry! Bist … du okay?«

Langsam senkte Kou seine Hand, mit der er sich zuvor an die Stirn gefasst hatte.

»Wenn das wegen der Sache von vorhin ist, dann entschuldige ich mich dafür! Es tut mir leid.«

Da Kou sehr leise sprach, war er kaum zu verstehen.

Ob er diese Entschuldigung wirklich ernst meint? Oder lässt er sich wieder nur von der Stimmung mitreißen? Ob Kou diese Sache wirklich nichts bedeutet?

»Ich hab's zwar nicht mit Absicht gemacht ...«

Sag's mir, Kou ... Hat es dir wirklich gar nichts bedeutet? Überhaupt nichts? Hat dein Herz in diesem Moment denn nicht mal ein bisschen gekribbelt?

»... aber wenn du es so furchtbar findest ... Das war nur ein Unfall, weiter nichts.«

Nur ein Unfall ...

»Du musst dir keine Gedanken deswegen machen! Ich mach mir auch kei...«

Wie eine Ohrfeige traf ihn eines der Maidkostüme mit voller Wucht an der Wange. Ehe das schöne Schürzenkleid zu Boden fiel, kniff Kou aus Reflex die Augen zusammen.

»Warum bist du denn so sauer?!«

»Ich bin nicht sauer!«

»Klar bist du sauer!«

»Bin ich nicht!« *Was mach ich denn da? Jetzt lass ich doch bloß meinen Frust an ihm aus ...* Doch obwohl ihr das klar war, konnte sie nicht damit aufhören. »Ich bin weder sauer noch mach ich mir Gedanken wegen der Sache!« *Es ärgert mich! Es ärgert mich, dass Kou einfach so tun kann, als wär nichts passiert. Und ich schaff das nicht mal ansatzweise!* »Hast du gehört?! Und übrigens hat Kikuchi-kun das auch gesagt!«

»Was mischt der sich denn da ein ...?«

»Er hat gesagt, dass so ein Unfall absolut nichts zu bedeuten hat!«

Ich wünschte mir, ich könnte Kou jetzt sofort hassen. Wenn es ihm so egal ist, sollte ich ihn einfach vergessen.

»Es ist ja wohl selbstverständlich, dass das nichts zu bedeuten hatte!«

Da sie ihn unwillkürlich so hysterisch anbrüllte, wurde ihr ganz heiß und ihr stiegen Tränen in die Augen. Aus der Ferne war Beifall zu hören. Die abendlichen Feierlichkeiten schienen bereits begonnen zu haben. Der traditionelle Feuersturm stand auf dem Programm, dazu der Karaokewettbewerb auf der Freilichtbühne. Doch mit ihrer miesen Laune konnte sie unmöglich an solch einem schönen Ereignis teilhaben.

»Hätt's dir besser gefallen, wenn's kein Unfall gewesen wär?«, sagte Kou wieder so leise, dass Futaba ihn beinah nicht verstand. Danach dauerte es nur noch wenige Augenblicke. Er hielt ihre linke Hand auf Gesichtshöhe und ihre rechte Hand in der Nähe ihrer Hüfte fest. Er packte ihre beiden Handgelenke und drückte sie mit dem Rücken ans Fenster. Er küsste sie wie ein Löwe, der über seine Beute herfiel. Es war ein kräftiger Kuss, ohne jegliche Vorwarnung und ohne ihre ausdrückliche Erlaubnis, doch die Lippen, die sie berührten, waren weicher als alles, was sie kannte.

»Jetzt kannst du nicht so tun, als wär nichts passiert«, flüsterte Kou, der nun langsam seine Lippen von ihr entfernte.

Als seine leuchtenden, tiefbraunen Augen sie anblickten, pochte ihr Herz wie verrückt.

»Was soll das? Wie gemein! Mich einfach so zu überrumpeln ...«

Zuerst die linke Hand, dann die rechte. Seine langen Finger, die sich wie eine Kette um ihre Handgelenke schlangen, lösten sich sanft.

»Dann mach ich's noch mal.« Ohne ihre Handgelenke erneut zu greifen, näherte sich Kou ihr mit diesen Worten wieder langsam. »Und diesmal ist es kein Überraschungsangriff. Wenn du nicht willst, brauchst du bloß weglaufen.«

Ja, sie hätte jederzeit das Weite suchen können, hätte sie es nur gewollt. Er hielt sie nicht weiter fest. Dennoch blieb Futaba reglos stehen, während Kou sich ihr behutsam näherte.

»Wenn du auch willst, dann schließ die Augen.«

Liegt es an der untergehenden Sonne, die durch das Fenster fällt, dass Kous Gesicht so rot wirkt?

Als sich ihre Nasenspitzen streiften, senkte Futaba nervös die Augenlider. Zuerst berührten sich ihre Lippen nur sanft. Als sie ihre Augen leicht öffnete, sah sie, wie Kou sie anblickte. Dass sein Gesicht glühte, hatte sie sich nicht nur eingebildet. Er legte eine Hand auf Futabas Wangen, wie um auf Nummer sicher zu gehen, dass sie nicht fortlaufen würde, hob mit der anderen Hand langsam ihr Kinn nach oben, als hielte er etwas Zerbrechliches in den Händen. Die Kälte in seinen Fingern zeigte, wie angespannt er in diesem Moment war. Ohne ein gegenseitiges Signal schlossen beide abermals ihre Augen und küssten sich wieder. Noch inniger als zuvor. Im Licht der untergehenden Sonne schien die Zeit für die beiden stillzustehen.

Wenn du auch willst ...
... dann ...
... schließ die Au-gen.

Kapitel 4

1

Der Feuersturm begann.

»Alle Schüler sollen bitte hinter die weiße Linie treten ...«, ertönte eine Stimme durch das Mikrofon. Wenige Sekunden später brandete Beifall auf. Futaba nahm das alles jedoch nur undeutlich wahr. Da sie die Lider geschlossen hielt, wusste sie nicht so recht, was rings um sie geschah, doch zugleich nahm sie mehr wahr als mit geöffneten Augen. So spürte sie mit allen anderen Sinnen die raue und knochige Form seiner Hand an ihrer Wange und seine Lippen an ihren. Es war ein völlig anderes Gefühl als bei ihrem zufälligen Kuss zuvor. Von dem Moment an, in dem sich die beiden empfindlichsten Teile ihres Körpers berührten, brauchten sie keine Worte mehr, um miteinander zu kommunizieren, und sie wünschte sich, dass dieser Augenblick nie aufhören würde. Und doch lösten sich Kous Lippen von ihren und er nahm die Hand von ihrer Wange. Futaba öffnete langsam ihre Augen und blickte auf ihre Füße hinab. Aus dem Augenwinkel konnte sie erkennen, dass Kou dasselbe tat. Das Nachglühen des Kusses auf ihren Lippen wirkte wie ein leichtes Fieber. Wie ihr Spiegelbild hob Kou zur gleichen Zeit wie Futaba seinen Kopf. Ihr gesamter Körper loderte und es fiel ihr schwer zu atmen. Als sie errötete und den Blick wieder senkte, spürte sie unversehens einen Stupser.

»Warum sagst du denn nichts ...?!«, fragte Kou, der immer wieder mit der Stirn sanft gegen ihren Kopf stieß. Futaba wich zurück und zog zwei Haarsträhnen wie einen Schnurrbart beidseitig unter ihre Nase. Ihr Zeichen für eine Verschnaufpause.

»D… Du sagst ja auch nichts.«

»Hä …? Ich?« Kou griff sich mit beiden Händen an den Nacken, wie um sich ebenfalls eine Verschnaufpause zu gönnen, und sein Blick wanderte wieder nach oben. »Na weil ich rot geworden bin.«

Dieser Anblick versetzte Futabas Herz einen Stich.

Jetzt ist es um mich geschehen. Ich habe diesen Moment zu sehr genossen. Aber auch wenn er rot wie eine Tomate geworden ist und wir uns so innig geküsst haben, bin ich noch immer total unsicher. Solange ich es nicht aus seinem eigenen Mund, mit seinen eigenen Worten höre, kann ich mir nicht sicher sein.

»W… Warum hast du mich geküsst?«

»Hä …?« antwortete Kou überrascht. »Warum …? Du fragst mich warum?«

»Na hör mal! Vielleicht hast du dich in dem Moment einfach nur hinreißen lassen, das gibt's ja auch! Das ist wichtig!«

»Hältst du mich für einen Jungen, der so was macht? Das enttäuscht mich …«, sagte er stirnrunzelnd.

Futaba wich seinem Blick aus.

»Das weiß ich doch nicht!«

»Was?«

»Na ja … Okay, warum hast du dann Narumi geküsst, die ja noch nicht mal deine Freundin war?«

Überraschend riss Kou die Augen auf. Der Wind trug ein Stimmengewirr ins Klassenzimmer. Es kam von den Schülerinnen und Schüler, die das näher rückende Ende des Festivals bedauerten.

»Hat sie dir das erzählt?«

Schweigend rieb sich Futaba die Augen.

»Verstehe«, murmelte Kou.

»S… Sag mal … Stimmt das … wirklich?«

»Ja«, antwortete er, ohne eine Sekunde zu zögern.

»Obwohl ihr nicht zusammen wart?«

»Ja.«

»Warst du denn in sie verliebt?«

»Nein.«

»Und trotzdem hast du sie … geküsst?«

»Ja.«

Denkt er etwa, dass er aufrichtig wirkt, nur weil er, ohne zu zögern, auf meine Fragen antwortet?

»Und …« Futaba war so durcheinander, dass ihr der Kopf wehtat. Auch in ihrem Herzen tobte das pure Chaos. »Und du fragst allen Ernstes, ob ich dich für so einen Jungen halte?! Du bist genau so'n Typ!«

Mit einem lauten Rums riss sie die Tür zum Klassenzimmer auf und rannte hinaus.

Warum? Warum? Warum? In ihrem Kopf spukte immer wieder dieselbe Frage herum. *Obwohl sie nicht zusammen waren und er nicht in sie verliebt war, haben sich die beiden geküsst? War es dann bei mir genauso? Er ist nicht in mich verliebt und ich bin auch nichts Besonderes für ihn, aber weil ihm gerade danach war, hat er mich einfach geküsst? Gemein! Gemein! So gemein!*

Futaba konnte es noch immer nicht glauben. In der Hoffnung, Kou würde ihr mit einem verzweifelten Gesichtsausdruck hinterherjagen, schaute sie noch einmal den Flur hinab, in Richtung Klassenzimmer. Doch diesmal folgte ihr Kou nicht.

Ah … Jetzt kommt er mir nicht hinterher. Das ist also seine Antwort …

*

Wo sind sie denn hin?

Inmitten des Schulhofs loderte umgeben von einer dicken, stufenförmig aufgebauten Holzkonstruktion ein rot glühendes Feuer, um das sich zahlreiche Schüler versammelt hatten. Aya entfernte sich ein Stück von der Menge und sah sich um. Gleich neben ihm standen Shuko und Yuri mit ihren Handys am Ohr.

»Nein, sie geht nicht ran!«

»Wo steckt Futaba bloß?!«

Aya hatte auch schon versucht, Kou zu erreichen, doch dieser nahm ebenfalls nicht ab. »Sind Kou und Yoshioka zusammen unterwegs?«

»Hmm … Ich weiß nicht. Aber anscheinend ist zwischen den beiden einiges vorgefallen …«

Einiges? Aya blickte auf die zierliche Yuri hinunter. »Was heißt denn ›einiges‹?«

»Ä… Ähm … Wie soll ich sagen …?«

»Einiges eben …«, motzte Shuko den neugierigen Aya an, der daraufhin zurückwich.

Ah, verstehe. Ein Geheimnis unter Mädchen also! Murao sieht wunderschön aus, wenn sie so vom Feuersturm beleuchtet wird!

In diesem Moment fiel ihm auf, dass ein Mädchen aus dem Schulgebäude kam und auf sie zusteuerte. Es war Futaba und sie sah total niedergeschlagen aus. Ihr Haar verdeckte ihr Gesicht und sie lief langsam.

»Ah! Wo warst du denn? Und weißt du, wo Kou ist?«

»Nein, weiß ich nicht, und es ist mir auch schnuppe!«

Aya war erstaunt, wie gereizt sie klang. Das passte gar nicht zu der sonst immer so fröhlichen und gut gelaunten Futaba.

Ah … Das liegt bestimmt daran, dass zwischen ihnen »einiges« vorgefallen ist …

»Schon gut … Ich geh ihn mal suchen«, sagte er gelassen.

Shuko und Yuri warfen sich nur fragende Blicke zu. Irgendwann nickte Yuri und Shuko antwortete ihr mit einem Blick, aus dem sie ablesen konnte, dass diese genau wusste, was jetzt zu tun war. Während Aya zum Schulgebäude lief, kümmerten sich die beiden Mädchen um die deprimierte Futaba.

Sie kam aus dem Schulgebäude, dann wird Kou wohl auch dort sein. Vermutlich hat es etwas mit Narumi zu tun …

Als er den stockfinsteren Weg am Schulgebäude entlang Richtung Eingang lief, runzelte er die Stirn. Die böse Vorahnung, die ihn beschlichen hatte, als er erfuhr, dass Kous ehemaliger Klassenkamerad ein Mädchen war, ließ ihn bis heute nicht los. Und seit er am heutigen Tag Zeuge geworden war, wie vorsichtig er mit ihr umging, war sie sogar noch stärker. Gerade als er um die Ecke des Schulgebäudes bog, trat aus dem Eingangsbereich der Schule, der als einziger Teil des Gebäudes noch von weißen Leuchtstoffröhren erhellt wurde, ein Schemen. Anders als Aya trug er schwarzes, leicht lockiges Haar. Seine Haltung wirkte etwas träge.

»Ah! Kou! Sag mal, wo trödelst du denn schon die ganze Zeit herum …« Doch als er in das Gesicht seines Freundes blickte, hielt er inne. »Was ist los?«

Kou stand nur wie angewurzelt da und blickte ihm mit leeren Augen entgegen. Er wirkte verzweifelt.

»Was ist los, Futaba?«

»Was ist passiert?«

Es fiel Futaba schwer, Yuri und Shuko eine Antwort zu liefern.

»Lasst uns dort rübergehen!«, schlug Yuri vor und so brachten sie die niedergeschlagene Futaba zu einer ruhigen Stelle am Rande des Schulhofs.

Futaba saß also nun am unteren Ende einer zweistufigen Steintreppe und hielt ihre Knie umklammert. Hätte sie sich nicht auf diese Weise zusammengekauert, wäre es durchaus möglich gewesen, dass sie einfach den Halt verloren hätte und umgekippt wäre. Schweigend setzte sich Yuri neben sie. Ebenfalls ohne ein Wort zu sagen, stand Shuko mit verschränkten Armen neben den beiden und wartete, dass Futaba ein wenig zur Ruhe kam.

Irgendwann war sie in der Lage, den beiden zu schildern, was geschehen war. Obwohl sie sich immer wieder dabei ertappte, undeutlich und zusammenhanglos zu reden, hörten ihre Freundinnen geduldig zu.

»Kou ist also ein Junge, der auch jemanden küssen kann, für den er nichts empfindet. Er hat direkt zugegeben, dass er sie geküsst hat. Er hätte ja wenigstens noch nach einer Ausrede …«

Selbst wenn er Narumi geküsst hatte, obwohl er nicht mit ihr zusammen war, hätte ich mir zumindest gewünscht, dass er mir keine einsilbige Antwort, sondern eine Erklärung geboten hätte. Hätte er mir doch wenigstens den Grund genannt. Ich hätte mir gewünscht, dass er versucht mein Vertrauen und mein Verständnis zu gewinnen, anstatt nur alles zuzugeben. Doch Kou hatte nichts dergleichen gesagt. Weder in Bezug auf Narumi noch in Bezug auf Futaba hatte er ein klares Statement abgegeben. *Wäre er mir hinterhergelaufen, hätte es vielleicht noch einen Weg gegeben. Doch er hat mir gezeigt, dass ihm unsere Beziehung nichts bedeutet.*

»Und deswegen ist der Kuss mit mir auch nichts Besonderes …«

»Vielleicht ist es komisch, wenn ich dir das sage, aber …«, begann Yuri langsam und ruhig zu erklären, »… als ich Mabuchikun mein Liebesgeständnis gemacht habe und er Nein gesagt hat, hatte ich nicht das Gefühl, dass er so ein unaufrichtiger Typ ist! Wenn du dir wegen der Sache mit Narumi solche Gedanken machst, solltest du ihn vielleicht noch mal genauer danach fragen, meinst du nicht?«

»Ja … Du hast ja recht! Aber …«

Ich habe das Gefühl, dass ich gar nicht wissen will, was zwischen den beiden gelaufen ist. Besser gesagt habe ich Angst, es zu erfahren. Was ist, wenn die beiden so tief miteinander verbunden sind, dass ich keine Chance gegen sie habe? Schließlich sind meine Eltern nicht geschieden. Und meine Eltern leben auch noch. Doch Narumi weiß, was Kou durchgemacht hat … Jemand wie ich, der das nicht nachvollziehen kann, wird also niemals mit ihr konkurrieren können. Ich werd nie eine Chance gegen Narumi haben, oder? Ich habe Angst, es herauszufinden. Vielleicht werd ich's bereuen, aber ich möchte diesen Weg nicht weitergehen …

»Futaba … Heißt das, du hast mich nicht ernsthaft als Konkurrenz gesehen?« Futaba schreckte auf, als sie Yuri das sagen hörte. Diese starrte sie eiskalt an. »Als wir noch Rivalinnen waren, hast du dich nie so schwach gezeigt! Das heißt doch, dass du mich unbewusst nie ernst genommen hast, weil du dachtest, du hast mir gegenüber einen Vorteil!«

»Yuri …«

Ob ich das wirklich gedacht habe …? Ohne dass ich es selbst bemerkt hätte? Nein, das stimmt nicht. Auch bei Yuri hatte ich Angst. Ich habe sie immer als Rivalin gesehen!

»Wenn du jetzt aufgibst, ohne noch etwas unternommen zu haben, dann denke ich, dass du dich über mich lustig gemacht hast, und vielleicht hasse ich dich dann!« Yuris große Augen funkelten vor Entschlossenheit und ihr Gesicht kam Futabas immer näher. »Wäre dir das egal?!«

»Das will ich nicht!«

»Okay!« Yuri schnaubte durch die Nase. »Was soll die Grübelei, ob er sich vielleicht nur von dem Moment hat mitreißen lassen, als er dich geküsst hat?! Du musst dafür sorgen, dass es ein echter Kuss wird!!«

Yuris Stimme durchdrang Futabas Körper und brach wie eine Welle über ihr sinkendes Herz herein.

Da hat sie recht! Warum bin ich so zurückhaltend? Wollte ich nicht mehr zu der Person werden, die ich unbedingt sein wollte? Wenn ja, wär doch jetzt der perfekte Moment, um die Dinge in die Hand zu nehmen!

»Ja.« Futaba hob den Kopf und nickte kräftig, um sich selbst Mut zu machen. »Nach der Sache in der Klasse vorhin weiß er eh, was ich empfinde, da muss ich ihm doch nur noch sagen, dass ich in ihn verliebt bin!«

»Ganz genau! Und heute ist ja auch die Abschlussfeier!«

»Nutz die Stimmung und gesteh ihm deine Liebe!«

Da Yuri beide Hände zu Fäusten ballte und in den Himmel reckte, ergriff auch Shuko im richtigen Moment das Wort, um ihr beizupflichten. Die drei blickten sich an und brachen in schallendes Gelächter aus.

Auch wenn er sich in diesem Moment nur von der Stimmung hat hinreißen lassen, ich werde seinen Kuss zu einem echten machen! Mit meiner endlosen Kraft der Liebe schaffe ich es ganz sicher!

*

»W… Wie bitte …? Dass du so was getan hast …«

Aya saß mit angewinkelten Knien und rotem Kopf auf den Steinstufen vor dem Schulgebäude. Kou hatte ihm erzählt,

... dann denke ich, dass du dich über mich lustig gemacht hast ...
... und viel-leicht hasse ich dich dann!
Wäre dir das egal?!
Das will ich nicht!
Okay!
Was soll die Grübelei, ob er sich vielleicht ...
... nur von dem Moment hat mitreißen lassen, als er dich geküsst hat?!

dass er Futaba nach Abschluss des Kulturfestes in einem leeren Klassenzimmer geküsst hatte.

So was Unerhörtes in der Schule ... Ich bin vielleicht neidisch!

»Und? Warum kam ausgerechnet an dem Punkt diese Narumi zur Sprache? Selbst wenn du sie geküsst hast, das ist doch alles lange her, oder? Ist doch nichts dabei, bei einem Kuss! Und es hat mit dem Hier und Jetzt nichts zu tun, oder?« Kou saß neben ihm und stützte seine Ellbogen auf die Knie und sein Kinn auf eine Hand. Da er schon seit einiger Zeit in den Himmel starrte und über etwas nachzugrübeln schien, wurde Aya langsam nervös. »Oder schwankst du etwa, jetzt, wo sie da ist ...?«

»Sie ...«, unterbrach Kou plötzlich sein Schweigen. »Narumi ist nicht der Typ, der unbedachte Bemerkungen macht ...«

»Hä? Willst du damit sagen, sie hat es absichtlich gesagt?«, hakte Aya verärgert nach. *Moment mal, er meint doch nicht etwa ...* »Das würde ja heißen, sie versucht sich zwischen dich und Yoshioka zu drängen! Das ist doch 'ne Kriegserklärung! Ich hab's dir gleich gesagt! Du Idiot! Halt dich von ihr fern! Dummkopf! Trottel!«

Weil Kou wiederholt Ayas Schimpftiraden zu hören bekam, blickte er schweigend zu Boden.

Da ist er wieder, dieser verzweifelte Blick ...

Vielleicht war es sein romantisches Blut, doch Aya kam urplötzlich die Erkenntnis.

»Du hast doch nicht etwa gewusst, was sie über dich denkt, oder ...?«

»Sie hat damals so was in der Richtung zu mir gesagt, aber ...«

Wie bitte?!

»... als ich sie auf der Beerdigung ihres Vaters nach so langer Zeit wiedergesehen habe, sagte sie, sie wäre darüber hinweg.

Deshalb dachte ich, dass es okay ist, Kontakt zu ihr zu haben …»

»Du bist so'n Hirni!!!«

Wenn jemand sagt, dass er darüber hinweg ist, dann bedeutet das nur, dass er wieder die Nähe desjenigen sucht, in den er hoffnungslos verliebt war und mit dem er nicht zusammen sein konnte. Aber selbst wenn Narumi das damals ernst meinte, ist es leicht vorstellbar, dass sie nach dem Tod ihres Vaters und dem Umzug an einen fremden Ort labil war. Und als der Mann, in den sie einst verliebt war, nett zu ihr war und sich um sie gekümmert hat, sind ihre Gefühle für ihn zurückgekehrt. Warum versteht er das denn nicht? Und das, obwohl er so klug ist!

»Dummbeutel! Vollpfosten! Brotgehirn!« Während Aya ihn erneut mit einer Schimpftirade übergoss und ihn durchrüttelte, ertönte aus Kous Hosentasche unversehens ein Piepsen – sein Handy. »Ist das etwa Narumi?!«

»Nee, ein Freund aus Nagasaki.« Kou hielt sich mit einer Hand sein Smartphone ans Ohr, während er mit der anderen Hand Ayas Gesicht von sich wegdrückte. »Hey, was gibt's? Ah, ja. Narumi ist schon heimgegangen.«

Bei dem Anrufer handelte es sich offenbar um jemanden, der sowohl Kou als auch Narumi gut kannte. Aus Sicht eines Außenstehenden verlief das Telefongespräch ziemlich unspektakulär, doch ganz unerwartet stieß Kou ein »Was?« aus und riss überrascht die Augen auf. Das erregte Ayas Neugier und er spitzte die Ohren. Er hatte seit jeher ein gutes Gehör und jenseits der Feierlichkeiten war es so ruhig, dass er das Gespräch der beiden belauschen konnte.

»Was meinst du damit?«

Auf Kous Frage hin antwortete ihm sein Gesprächspartner: »Narumi ist …«

Bloß vermochte Aya nicht alles zu hören, weil es sehr bruchstückhaft und undeutlich bei ihm ankam. Doch die wichtigsten Teile konnte er verstehen und er stand ruckartig auf.

»Kou!«

Ihm schwante Übles. *Das ist gar nicht gut!*

Kou hingegen starrte ins Leere, seine Augen zitterten und von der Stimme am anderen Ende der Leitung war er wie hypnotisiert.

»Kou … Wusstest du über Narumis familiäre Situation Bescheid?«, fragte ihn der Freund, mit dem er auch zuvor schon über Narumi gesprochen hatte, äußerst ernst. Da er nicht wusste, wovon er sprach, hob Kou fragend die Augenbrauen.

»Was?!«

»Ich habe es auch erst vorhin von ihr gehört, aber ich war wirklich überrascht …«

»Was denn?«

»Offenbar wohnt sie im Moment gar nicht bei ihrer Mutter.«

Es brauchte eine Weile, bis er diese Worte verarbeitet hatte.

»Was meinst du damit?«

»Zuerst ist sie wohl wie erwartet zu ihrer Mutter gezogen, aber die hat inzwischen wieder geheiratet und ihr neuer Mann war anscheinend dagegen, Narumi bei sich aufzunehmen. Deswegen lebt sie im Moment bei Verwandten ihrer Mutter.«

Er hatte das Gefühl, dass er ihm besser Gehör schenken sollte, doch Kou hörte lediglich seinen eigenen trockenen Herzschlag.

So habe ich mich früher schon mal gefühlt. Wann war das noch gleich? Ah, richtig! Als ich erfahren habe, wie viel Zeit Mutter höchstens noch bleibt.

»Narumi wurde von ihrer eigenen Mutter im Stich gelassen!«

Kou meinte, Aya seinen Namen rufen zu hören, aber er konnte ihm nicht antworten.

Warum würde eine Mutter ihre Tochter, die sie selbst zur Welt gebracht hat, alleinlassen? Und warum hat Narumi nichts davon erzählt?

»Ja, ich hab's gut gefunden! Aber was ist denn das für ein Aufzug? Ha ha ha! Gruselig!«

Auch heute, als wir uns getroffen haben und sie über mich in meinem Maidoutfit gelacht hat, kam sie aus dem Haus von Verwandten hierher. Und auch vorhin, als wir uns am Schultor verabschiedet haben, ist sie alleine dorthin zurückgegangen. Sie hat ihren Vater verloren, der sich ihr ganzes Leben lang um sie gekümmert hat, und kam dann an einen Ort, wo sie niemanden kennt und auch keine Freunde hat. Und selbst hier hat sie das einzige Elternteil, das ihr noch blieb, einfach im Stich gelassen?

»Ah, Kou!«, rief jemand fröhlich seinen Namen. »Danke, dass du mir vorhin mit der Bühne geholfen hast!« Sein großer Bruder Yoichi kam mit einer großen Mülltüte in der Hand aus dem Schulgebäude. Er war vermutlich auf dem Weg zum Müllplatz hinter dem Gebäude. Als er schon an Aya und Kou vorbeigelaufen war, schien ihm noch etwas einzufallen und er drehte sich zu seinem Bruder: »Ach ja … Feiert ihr hier noch weiter? Was ist mit Abendessen, Kou?« Kou vernahm zwar Yoichis Frage, bekam aber kein einziges Wort heraus. Daraufhin wandte sich sein Bruder wieder ab und lief schulterzuckend davon. »Ach, schon okay! Ich mach Curry! Das kannst du auch morgen noch essen. Jetzt habt noch viel Spaß auf dem Fest!«

Kou starrte seinem Bruder wortlos hinterher. Da hörte er eine leise Stimme nach ihm rufen: »Hey, Kou …« Ihm wurde bewusst, dass die Stimme aus seinem Handy kam, das er irgendwann von seinem Ohr genommen hatte. »Was ist denn los, Kou?«

»Oh, sorry. Ich muss Schluss machen. Ich ruf dich zurück. Bis dann!«

Er legte auf, wählte eine Nummer und legte sich den Hörer wieder ans Ohr.

Warum hat Narumi mir nichts davon erzählt? Oder hat sie es indirekt und ich habe es nur nicht bemerkt?

»Kou-chan?«

Sie redet nie Klartext, sondern deutet Dinge immer nur mit ihrem Verhalten und ihren Gesten an.

»Ah, Narumi? Wo bist du jetzt? Sitz du noch nicht in der Bahn?«

»Nein, noch nicht … Ich hab mich auf dem Weg noch auf einer Parkbank ausgeruht.«

»In einem Park? Der kleine Park auf halbem Weg zum Bahnhof …? Ah … da? Ich komm sofort, warte auf mich.«

Dieser Park lag auf dem Schulweg und etwa zwanzig Gehminuten von Kou entfernt. Im Sturmschritt schaffte man den Weg auch in der Hälfte der Zeit.

»Kou! Hast du vergessen, was ich dir eben gesagt habe?!« Gerade als er losstürmen wollte, packte ihn jemand am Arm. Aya wollte seinen Freund unbedingt zurückzuhalten. »Du bist ja wohl voll von einem komischen Sendungsbewusstsein besessen!!«

Als er in Ayas ungewöhnlich ernstes Gesicht blickte, fing Kou an zu lachen.

»Was gibt's da zu lachen?! Ich bin supersauer!«

»Sorry … Irgendwie war das eben so peinlich, da …«

»Hä …? Was soll das heißen?!«

»Mir ist klar geworden, dass ich einen Freund habe, der allen Ernstes so sauer wird, und das war mir irgendwie peinlich. Und als ich darüber nachgedacht habe, dass ich eine Familie habe, in der für mich ganz selbstverständlich Curry gekocht wird, obwohl keiner weiß, ob ich das auch essen werde, da ... *Es war mir peinlich, aber es war auch so wohlig und warm ... Bedeutet das etwa, glücklich zu sein? Aber ...* »Aber Narumi hat im Moment niemanden, der das für sie tut.«

Ayas Gesicht nahm einen bitteren Ausdruck an.

Du musst meinetwegen nicht solch ein Gesicht machen ...

»Ist dir klar, was es heißt, wenn du für sie da bist, obwohl du weißt, was sie für dich empfindet?«

Das weiß ich ... Ich weiß, dass es nicht wirklich richtig ist, aber es gibt keine andere Möglichkeit ...

Kou griff sanft nach Ayas Hand und nahm sie von seiner Schulter. Dann wich er ein paar Schritte zurück, drehte sich um und rannte hinaus in die Nacht.

2

Worauf immer es hinauslaufen wird, ich werd ihm sagen, dass ich ihn mag.

Futaba, Yuri und Shuko waren wieder beim glühend heißen Feuersturm auf dem Schulhof. Sie fragten sich, ob Aya Kou vielleicht schon gefunden hatte und bereits vor ihnen zurückgekehrt war.

»Ah, Yoshioka. Der Karaokewettbewerb fängt gleich an!«

Bei ihrer Suche nach Kou ließ Futaba ihren Blick durch die Menschenmenge schweifen und sah Toma und Uchimiya nebeneinanderstehen.

»Du hast nicht zufällig Kou gesehen, Kikuchi-kun?«

»Den Kerl ...? Nee.«

»Verstehe ... Danke dir!«

»Ah, Yoshioka …«, rief Toma ihr noch hinterher, doch Futaba war schon losgegangen und drehte sich nicht mehr zu ihm um. Offenbar befand er sich nicht mehr auf dem Schulhof. Sie hatte mehrfach versucht ihn anzurufen, doch jedes Mal war besetzt gewesen.

Ich frage mich, mit wem er telefoniert? Mit Narumi? Ach, darüber sollte ich mir jetzt keine Gedanken machen. Ich muss zuerst Kou finden!

Das letzte Mal hatte sie Kou im Klassenzimmer gesehen, als sie ihn überstürzt verlassen hatte. Mit diesem Ziel machte sie sich auf den Weg zum Schulgebäude. Als sie daran entlanglief, hörte sie jemanden laut sagen: »Du bist ja wohl voll von einem komischen Sendungsbewusstsein besessen!!«

Das ist doch Kominato-kun. Ist er etwa bei Kou?

Yuri und Shuko waren schon vergessen und sie rannte der Stimme entgegen. Als sie sich dem Eingangsbereich näherte, sah sie eine Gestalt aus der Schule rennen. Obwohl es dunkel war und eine gewisse Distanz zwischen ihr und dieser Person lag, wusste sie intuitiv, dass es Kou war. Aya stand am Eingang und schaute ihm hinterher.

»Sag mal, was ist denn los, Kominato-kun? Wo ist Kou hin?«

Aya blickte Futaba schmerzvoll an und stieß einen tiefen Seufzer aus.

»Er ist zu Narumi gegangen. Sie sind wahrscheinlich im Park, auf dem Weg zur Schule.«

Futaba kam ein kleiner Park in den Sinn, an dem sie jeden Morgen vorbeikam.

Aber … warum?

»Ich hab ein bisschen was mitbekommen, worüber er am Telefon gesprochen hat. Offenbar … hat Narumis Mutter es abgelehnt, dass sie bei ihr einzieht, oder so.«

»Sie hat es abgelehnt …?«

Aber Narumis Vater ist doch gestorben. Was um alles in der Welt soll sie denn tun, wenn ihre Mutter, die einzige Person, die ihr noch bleibt, sie zurückweist?

»Und weil Kou ein Vollpfosten ist, hat er sie sofort mit sich verglichen und Mitleid bekommen.«

Dann ist Kou jetzt also zu Narumi gegangen? Weil er für sie da sein wollte?

»Hey, Yoshioka?!«, rief Aya, doch Futaba war bereits so schnell sie konnte losgerannt.

Kou … Bitte geh nicht zu ihr …! Kou ist nett. Vielleicht sogar viel zu nett … Wenn Kou jetzt mitbekommt, dass Narumis Situation schlimmer ist als seine eigene, obwohl er bisher dachte, ihre Umstände seien ähnlich, wird er … Das beunruhigt mich! Bitte geh nicht!

Der Schulweg, den sie sonst jeden Tag zu Fuß zurücklegte, sah in der Dunkelheit völlig anders aus. Die Beleuchtung der Häuser und Geschäfte erhellte den Straßenrand. Rücklichter fahrender Autos zogen an ihr vorbei. Mehrmals überkam sie das Gefühl, an einem völlig anderen Ort zu sein, und sie hatte Angst, niemals an ihrem Ziel anzukommen. Mit jedem Schritt auf dem harten Asphalt schmerzten ihre Knöchel. Ihre Beine waren schwer und sie rang nach Atem. In ihrem Rachen breitete sich ein Geschmack aus, der an rostiges Eisen erinnerte. Als sie anhielt, war es, als würde sie zu neuem Leben erwachen.

»Jetzt, da ich schon mal angefangen habe, muss ich mich wohl um sie kümmern.«

Das hat er damals gesagt, nachdem er die geschwächte Katze bei sich aufgenommen hatte. Und jetzt will er sich um Narumi kümmern? Wird er jetzt bis zum Ende an ihrer Seite bleiben, nur weil er ihr seine Hand gereicht hat? Nein! Bitte geh nicht zu ihr! Geh zu keiner anderen Frau als mir!

»Kou!«

Ich darf nicht stehen bleiben. Ich muss weiterlaufen! Ich muss ihn einholen!

Am Ende der Straße befand sich ein Fußgängerüberweg. Hatte man ihn überquert, erreichte man den von Aya erwähnten Park. Und dort war Kou.

Ich bin gleich bei dir, also bitte warte auf mich! Diesmal sag ich dir direkt und ohne Umschweife, dass ich in dich verliebt bin!

»Pass auf!«, rief plötzlich eine laute Stimme, ehe sie von hinten ein Arm an der Schulter packte und ihre Sicht durch den Ruck etwas verschwamm. »Die Ampel … ist rot!«

Sie wusste gar nicht, wie ihr geschah, und drehte verwundert den Kopf zur Seite. Hinter ihr stand Toma, der den Kopf gesenkt hielt und schwer atmete. Dann nahm sie erst die Autos wahr, die auf der Straße an ihr vorbeisausten.

Wäre ich einfach blindlings da rübergerannt, wäre ich wahrscheinlich nicht in einem Stück an meinem Ziel angekommen.

»Ah … D… Danke. Aber sag mal, was machst du eigentlich hier, Kikuchi-kun …? Ah! Stimmt ja! Kou …!«

Ihre Müdigkeit und Verwirrung vermischten sich in ihrem Kopf zu einem einzigen Kuddelmuddel und Futaba blickte wieder nach vorn, in den Park auf der anderen Seite des Fußgängerüberwegs. Plötzlich teilten sich die Wolken und der Mond lugte hervor. Auch die lange Autokolonne riss ab, sodass sie freie Sicht auf den Park hatte. Dort sah sie Kou mit gesenktem Kopf vor Narumi stehen.

»Kou!«

Überrascht drehte er seinen Kopf zu Futaba. Sie waren nur wenige Meter voneinander entfernt und ihre Blicke trafen sich.

... muss weiterlaufen!
Ich muss ihn einholen!
Kou!
Pass auf!

Kou streckte langsam seine Arme aus, legte sie um Narumis Schulter und drückte sie fest an sich. Nun schaltete die Ampel auf Grün. Die Autos hielten zu beiden Seiten des Fußgängerüberwegs an und die Straße war frei. Doch Futaba blieb reglos stehen. Sie war wie gelähmt und vergaß zu atmen.

*

Kou sah auf der anderen Seite des Fußgängerüberwegs Futaba stehen und langsam das Leuchten in ihren Augen schwinden. Toma Kikuchi berührte sanft ihre Schulter und rief ihren Namen. Als sie keinerlei Reaktion zeigte, nahm er sie bei der Hand und zog sie hinter sich her. Während sie sich immer weiter von Kou entfernte, verhielt sie sich wie eine leblose Puppe.

»Wenn ich ...«, begann Narumi in seinen Armen mit weinerlicher Stimme zu sagen, »... dir gestehe, dass ich das alles extra gemacht habe, was wirst du dann machen?«

»Keine Sorge. Das weiß ich.«

Als er ihr sanft den Rücken tätschelte, verzog Narumi das Gesicht und klammerte sich fest an ihn. Er war nicht der Typ Junge, der einen schwachen Menschen wie sie einfach im Stich ließ. Im Sommer seines ersten Jahrs an der Mittelschule in Nagasaki hatte er ein dreizehnjähriges Mädchen kennengelernt, das reifer war als ihre Klassenkameraden.

»Ich möchte euch Kou Mabuchi vorstellen, der ab heute euer Klassenkamerad sein wird. Er ist gerade erst hierhergezogen, also helft ihm bitte, sich einzuleben!«

Wie wahrscheinlich die meisten neuen Schüler wurde Kou an der Tafel von seinem Lehrer der Klasse vorgestellt. Aus allen

Reihen ertönten fröhliche Antworten wie »Klar!« oder »Natürlich!«. Er konnte sich noch gut daran erinnern, dass er in diesem Moment ziemlich sicher war, sich gut in der neuen Klasse einzuleben. Trotzdem fühlte er sich supernervös und beklommen und obwohl er sich bemühte, dies bei seiner Begrüßung zu verbergen, klang seine Stimme so steif wie die eines Roboters.

»Mabuchi ...«

Sein erster Eindruck war richtig gewesen, denn seine Klassenkameraden waren allesamt nett und freundlich. In der Pause versammelten sich sofort alle um den Platz des Neulings, um ihn mit Fragen zu löchern.

»Sag mal, Mabuchi! Woher kommst du eigentlich?«

Da er gerade erst wieder den Mädchennamen seiner Mutter angenommen hatte, wusste er oft nicht, dass er gemeint war, wenn die Leute ihn mit »Mabuchi« ansprachen.

Ob die anderen auch alle dieses Lehrbuch haben ...? Mist, es ist nicht das gleiche! Und was mach ich jetzt, bis ich ein neues habe?

Er war so tief in Gedanken an dieses Problem versunken, dass ihm die Rufe seiner neuen Klassenkameraden gar nicht auffielen.

»Mabuchi!«, rief es erneut. Jemand klopfte ihm auf die Schulter und er erschrak.

»Was ...? Ah, ach so. Mabuchi ... Du meinst mich?«

»Ha ha, kennst du noch nicht mal deinen eigenen Namen? Was soll das denn?!«

»Warum hast du denn ausgerechnet jetzt die Schule gewechselt?«

»Ist dein Vater versetzt worden?«

Seine Eltern hatten sich während der Sommerferien scheiden lassen. Deshalb war er mit seiner Mutter in deren Heimatstadt Nagasaki gezogen und trug jetzt ihren Mädchennamen.

Wenn ich das sage, ist die Stimmung vielleicht im Eimer. Sie werden vermutlich nicht wissen, was sie darauf antworten sollen, und das will ich nicht.

Allerdings wusste er auch nicht so wirklich, wie er auf ihre Fragen antworten sollte.

»Ähm … Ah … Also dafür gab's verschiedene Gründe.«

Als er versuchte, so gut es ging auszuweichen, kühlte sich die Stimmung im Klassenzimmer merklich ab.

Was ist denn mit dem? Obwohl ich extra ein Gespräch mit ihm angefangen habe …

Kou konnte förmlich spüren, dass die anderen nun so über ihn dachten. Unbehagen überkam ihn, doch genau in diesem Moment sprach Yui Narumi ihn das erste Mal an.

»Haben sich deine Eltern scheiden lassen?«

Ihre klare, durchdringende Stimme und ihre tiefschwarzen Augen hatten sich seit damals nicht verändert. Sie war nur etwas kleiner als jetzt gewesen und trug einen kurzen frechen Haarschnitt.

Uh, die ist aber ganz schön direkt!, ging es Kou durch den Kopf und er erwiderte ein »Ja … genau«.

Postwendend kam ihre Antwort.

»Genau wie bei mir! Na, ist ja heutzutage auch keine Seltenheit mehr … Ich bin bei meinem Vater geblieben, deswegen hat sich mein Name nicht geändert. Bist du mit deiner Mutter hergezogen? Hast du dich deswegen noch nicht an deinen neuen Nachnamen gewöhnt?«

Kou war überrumpelt, und zwar sowohl davon, dass Narumi so offen mit ihrer Situation umging, als auch, wie fröhlich sie davon erzählte, obwohl es eigentlich kein Grund zur Freude war.

»Ach, so ist das also? Sag das doch gleich!«

»Dann ist ja auch klar, dass du noch nicht reagierst, wenn man deinen Namen ruft!«

Auch die anderen Klassenkameraden scharten sich wieder um ihn, als sie Narumis Geschichte hörten.

Diese fuhr lachend fort: »Dann wäre es doch das Beste, wenn alle dich einfach Kou-chan nennen! Nur ein Vorschlag.«

K… Kou-chan …?

Noch nicht mal seine Eltern hatten ihm so einen kindischen Spitznamen verpasst.

»Kou-chan!«

»Ja, das ist gut. Ist auch einfacher! Kou-chan!«

Einerseits war es ihm extrem peinlich, als ihn alle bei diesem Namen nannten, andererseits war er auch ziemlich glücklich, dass ihm alle fröhlich zulächelten und ihm freundschaftlich auf die Schulter klopften, als würden sie ihn ewig kennen.

»Narumi! Danke für vorhin …«, bedankte er sich, als er ihr auf den Flur folgte. Diese hob überrascht die Augenbrauen.

»Hm? Wofür denn?«

Wofür denn …? Ist doch klar, was ich meine …

Während Kou überlegte, was er erwidern sollte, gab Narumi nur ein »Hi hi!« von sich und fügte an: »Du bist ein netter Kerl, stimmt's?«

Nett? Wieso das denn?, dachte Kou verwirrt und errötete.

»Deswegen hast du dir viel zu viele Gedanken gemacht und wusstest vorhin nicht, was du sagen solltest, oder?«

Woher weiß sie das?

»Aber wenn du bloß solche Andeutungen machst, macht sich dein Gegenüber auch wieder mehr Gedanken als nötig. Deswegen erzähl ich ganz locker von mir aus gerade so viel, wie ich von mir preisgeben will«, sagte Narumi und lächelte. »So fühlt sich keiner verletzt und es gibt keinen Streit!«

Obwohl sie mit Gleichaltrigen lernte, herumalberte und lachte, war sie viel erwachsener. Damals dachte ich, dass sie genauso sei wie ich. Sicherlich hat sie für sich irgendwann auch die Entscheidung getroffen, dass sie nun kein Kind mehr war und erwachsen werden musste. Ich selbst hab das beschlossen, als sich meine Eltern scheiden ließen, als meine Mutter sich bei mir dafür entschuldigt hat und so niedergeschlagen klang.

Narumi war offen und direkt und er fühlte sich ihr immer ein wenig mehr verbunden als seinen anderen Freunden. Dieses Gefühl verstärkte sich sogar noch, als er ihr im Frühjahr seines dritten Jahrs an der Mittelschule zufällig im Krankenhaus begegnete, in das seine Mutter eingeliefert worden war. Damals fand er heraus, dass Narumi schon längere Zeit ihren kranken Vater pflegte. Als Kou erfuhr, dass seine Mutter nur noch sechs Monate zu leben hatte, veränderte sich seine Welt drastisch. Jeden Tag ging er nach der Schule ins Krankenhaus, um sie zu besuchen. In seinem menschenleeren Zuhause verbrachte er schlaflose Nächte. Aber wenn er am nächsten Morgen wieder zur Schule ging, lachten seine Freunde ihm zu und begrüßten ihn freudestrahlend. Doch keiner von ihnen kannte ihn. Die schöne und zugleich grausam anmutende Abenddämmerung verbrachte er stets am Krankenbett seiner Mutter, die in ihrem benebelten Zustand immerfort dieselben Worte von sich gab, da ihre Schmerzmitteldosis immerzu erhöht wurde. Mit jedem Tag, der zu Ende ging, näherte sich auch das Leben seiner Mutter dem Ende. Doch niemand wusste davon. Die Sehnsucht nach seiner Mutter konnte nur Narumi verstehen. Wenn Futaba sein heiliger Zufluchtsort war, wenn er wieder von schmerzvollen Gedanken heimgesucht wurde, so war Narumi die einzige Freundin, mit der er sein Leid teilen konnte.

»Kou, Narumis Vater ist verstorben.«

Daher zögerte er auch nicht lange, als sein Freund ihn kontaktierte – er brach sein Versprechen gegenüber Futaba und flog auf der Stelle nach Nagasaki. Er musste ihr in diesem Moment zur Seite stehen.

»Du bist wirklich gekommen, Kou-chan? Danke, dass du den weiten Weg extra auf dich genommen hast!«

Narumi begrüßte ihn fröhlich lächelnd, als er sie das erste Mal nach eineinhalb Jahren auf der Beerdigung ihres Vaters wiedersah.

Typisch Narumi, ging es ihm durch den Kopf. *Sie hat sich nicht verändert. Egal wie viel Leid sie erfährt, sie verbirgt es und lächelt.*

Als er davon hörte, dass Narumi bei ihrer Mutter wohnen und in diese Gegend ziehen würde, wollte er ihr helfen, zumindest so lange, bis sie sich an ihr neues Leben gewöhnt hatte. Irgendwie war er sich sicher, dass Narumi gut mit ihrer Situation klarkommen würde. Er war sich sicher, dass sie mit ihrer bodenständigen und entschlossenen Art diesen Weg auch aus eigener Kraft beschreiten konnte.

»Ich heiß immer noch Narumi.«

»Das Ganze kam so plötzlich und außerdem … das hat noch verschiedene Gründe.«

Dass ausgerechnet Narumi sich mir so ausweichend geäußert hat … Sie wollte, dass ich mir Gedanken mache. Und obwohl mir bewusst war, dass sie manche Dinge mit Absicht getan hat, habe ich vorgegeben, es nicht bemerkt zu haben, weil ich dachte, das wär besser für sie. Und obwohl ich es bemerkt habe, ist mir das Wichtigste nicht aufgefallen. Dabei hat sie mich immer und immer wieder indirekt darauf hingewiesen.

»Hilf mir, Kou-chan!«

Das waren die Worte, die sie im Park an ihn richtete.

3

Futaba wurde an der Hand geführt und stolperte wie eine Puppe vor sich hin.

»Geht's dir gut ...?«

Doch selbst auf diese Frage reagierte sie nicht. Ihre Augen blickten schmerzvoll zu Boden. Zunächst überlegte Toma, was er noch zu ihr sagen könnte, doch dann schluckte er seine Worte hinunter. Tatsächlich ärgerte er sich immer noch ein wenig, dass Futaba ihn auf dem Schulhof einfach ignoriert hatte und Kou hinterhergejagt war. Schnurstracks war er ihr gefolgt und hatte ganz vergessen, dass er seinen Freund Uchimiya einfach auf dem Schulhof stehen ließ.

»Hey, Yoshioka?!«

Er folgte ihr um die Ecke des Schulgebäudes und sah sie aus dem Schultor fegen. Er war sich sicher, dass sie noch immer Kou erwischen wollte, und so rannte er ihr hinterher. Auch wenn Toma oft nachgesagt wurde, er habe ein niedliches Gesicht oder rieche nicht wie ein Mann, war er doch ein Junge und ging davon aus, dass er Futaba schnell einholen würde. Aber diese war schneller als gedacht, denn sie sprintete in einem Affenzahn den nächtlichen Schulweg entlang. Als sie die stark befahrene Straße auf einem Fußgängerüberweg überqueren wollte, rutschte ihm das Herz in die Hose.

Während er Futaba, die kaum fähig war geradeaus zu laufen, an der Hand hinter sich herzog, ließ er die Ereignisse Revue passieren. Auf der anderen Seite des Fußgängerüberwegs hatte Kou ein Mädchen mit halblangem schwarzem Haar umarmt. Er konnte sich daran erinnern, dass er sich bereits tagsüber freundlich mit diesem Mädchen im Klassenzimmer unterhalten hatte. Futaba meinte, dass sie eine Klassenkameradin aus Mittelschulzeiten war. Doch er wusste nicht, was zwischen Kou und diesem Mädchen vorgefallen war. Aber er wusste ganz genau, dass Kou direkt vor Futabas Augen dieses Mädchen in den Armen hielt. Also hatte er sich für sie entschieden.

Eigentlich würde ich ihren Zustand am liebsten sofort ausnutzen. Am liebsten würde ich ihr sagen, dass sie diesen Kerl endlich vergessen soll. Dass er sich nicht für sie entschieden hat, sondern für dieses andere Mädchen. Dass ich sie ganz bestimmt viel lieber mag als er. Aber ich bin schlau genug zu wissen, dass jetzt einfach das Timing nicht passt, ihr so was Grausames zu sagen.

Mit Adleraugen achtete Toma darauf, wo Futaba hintrat. Irgendwann war in der Ferne das Schultor zu sehen.

»Ah, Futaba!«

Zwei von Futabas Freundinnen, die er schon ein paarmal gesehen hatte, warteten dort bereits auf sie. Eines der Mädchen war klein und schlank und erinnerte ein bisschen an einen Hamster. Das andere war eine hochgewachsene, atemberaubende Schönheit.

»Wo ist Mabuchi?«, fragte das große schöne Mädchen barsch.

Daraufhin öffnete Futaba leicht den Mund und flüsterte beinah: »Er und Narumi ...« Daraufhin verstummte sie.

»Er und Narumi ... was?«

»Hast du mit ihm gesprochen?«

Beide Freundinnen erkundigten sich, was geschehen war, doch Futaba blieb stumm und blickte weiterhin niedergeschlagen zu Boden.

Da er Mitleid mit ihr hatte, klinkte sich Toma ein.

»Ähm ... Es schien grad zeitlich nicht zu passen, deshalb hab ich sie wieder mit zurückgebracht.«

»Was?! Warum?!«, giftete das kleine Hamstermädchen ihn an.

»Hä?« Da er nicht mit solch einer Antwort gerechnet hatte, starrte Toma sie nur ungläubig an.

Mit einem strengen Blick in ihren großen Kulleraugen näherte sie sich Futaba. »Und das gilt auch für dich, Futaba!! Wenn du wieder nicht nachgefragt hast, geht das Ganze wieder von vorne los!«

Sowohl Futaba, die von ihrer Freundin getadelt wurde, als auch Toma, der von der unerwarteten Autorität des kleinen Mädchens zutiefst beeindruckt war, senkten den Blick.

»Wie lange wollt ihr eigentlich noch Händchen halten?«

Als das große schöne Mädchen ihn darauf ansprach, ließ er panisch Futabas Hand los.

Mein Gesicht ist so warm, ich bin bestimmt mal wieder rot wie 'ne Tomate!

Daraufhin warf ihm das kleine Mädchen einen fragenden Blick zu. »Und warum bist du Futaba eigentlich nachgelaufen?«

»Stimmt. Wieso eigentlich?«, mischte sich nun auch Futaba in das Gespräch ein, die sich wieder ein wenig beruhigt zu haben schien.

»Äh … Also … Du hast dich doch vor der Abschlussfeier irgendwie mit diesem Mabuchi gestritten, oder? Ich hab mich gefragt, was wohl aus der Sache geworden ist, und da hab ich gesehen, wie du zum Schultor rausgestürzt bist. Und da bin ich aus einem Impuls …«

»Kikuchi-kun, bist du etwa in mich …« Sein Herz begann wie wild zu pochen und sein ohnehin schon heißes Gesicht glühte noch mehr. Doch dann huschte Futaba ein gequältes Lächeln über die Lippen. »Ach, vergiss es … Ich bin jetzt nicht in der Stimmung für Witze …«

Hab ich mich erschreckt … Erleichtert atmete Toma auf, doch dann bemerkte er, dass das kleine Hamstermädchen ihn fixierte.

Es war ein misstrauischer Blick, ohne einen Funken Freundlichkeit.

»Lass uns da drüben reden, Futaba! Shuko, komm schnell!« Schnell hakte sich das Mädchen bei Futaba unter und zog sie zum Schulgebäude. Das große schöne Mädchen folgte den beiden.

Der stehen gelassene Toma kratzte sich nur fragend am Kopf. Erst jetzt fiel ihm wieder ein, dass er Uchimiya ganz vergessen hatte.

»Da bist du ja wieder! Die Abschlussfeier ist seit eben zu Ende.«

Uchimiya lehnte am Rande des Schulhofs an einem Drahtzaun. Er schien die ganze Zeit dort auf Toma gewartet zu haben.

»Tut mir echt leid …«

»Schon gut, ich kenn dich nicht anders. Und, wie lief's?«

Toma gesellte sich zu seinem Freund und lehnte sich ebenfalls gegen den Zaun. Das Drahtgeflecht hinter seinem Rücken quietschte leise.

»Sag mal …«

»Hmm?«

»Ist es falsch, sich an ein Mädchen ranzumachen, das grad totalen Liebeskummer hat …?

Uchimiya schaute ihn durchdringend an. »Ich weiß nicht, ob es falsch ist, aber du würdest gern, oder?«

Ganz genau. Zwar hatte er seinem Freund diese Frage gestellt, doch die Antwort kannte er längst. *Es ist mir egal, ob es hinterhältig ist oder nicht. Aber ich hätt trotzdem gern, dass sich ihre Gefühle für mich ändern.*

»Na ja, ein Typ, der bei einer solchen Gelegenheit nicht handelt oder einen auf netten Kerl macht … Solche Typen kann ich nicht ab.«

Uchimiya grinste ihn an, woraufhin auch Toma seine Mundwinkel nach oben zog.

»Ich auch nicht.«

Er hat also bemerkt, dass ich mich in sie verliebt habe ... Die Liebe hat nicht nur positive Aspekte. Man will jedes Hindernis aus dem Weg räumen! Man will seine Flamme dazu bringen, nur Augen für einen zu haben! Auch solche egoistischen Gefühle und Begierden schlummern in der Liebe.

*

Ich hatte schon so eine Vorahnung. Ich wusste irgendwie, dass so etwas passieren könnte, und doch konnte ich ihn nicht aufhalten.

»Wartest du auf Mabuchi?«, sprach ihn unversehens eine Stimme an, die so klang, als würde man mit dem Fingernagel an Kristallglas kratzen.

Aya hob den Kopf. Shuko lief langsam auf ihn zu. Sie blieb vor den Stufen stehen, die ins Schulgebäude führten und auf denen Aya saß. »Mabuchi ist wohl schon heimgegangen. Ich war grad im Klassenzimmer und seine Tasche war nicht mehr dort.«

»Was? Wann hat er die denn geholt?«

»Keine Ahnung ... Aber das Ekelpaket ist richtig gut in solchen Dingen.«

»Verstehe ...«, murmelte Aya und fuhr sich durch die Haare. »Ah ... Wie geht es denn Yoshioka?«

»Bis eben hat sie ein bisschen mit mir und Yuri gequatscht. Es scheint ihr wieder etwas besser zu gehen. Sie meinte, dass sie jetzt noch einmal zu Mabuchi geht.«

»Verstehe ...«, wiederholte er.

Ich versteh mich selbst nicht mehr ...

Obwohl er immerzu an Shuko dachte, fand er es total seltsam, dass er nicht wusste, worüber er mit ihr sprechen sollte, sobald er tatsächlich einmal mit ihr allein war. Es gab so viele Dinge, die er sie gern fragen würde oder gern von ihr hören würde, doch in solchen Momenten fand er einfach keine Worte.

»Bist du etwa deprimiert?«

Überrascht hob Aya den Kopf und blickte Shuko entgegen. In ihrem Blick war weder übermäßig viel Mitleid noch übertriebene Sorge zu erkennen. Diese Augen, die immer genau mit dem richtigen Maß an Emotionen, die wohl gerade nötig waren, auf Menschen schauten, hatten ihm schon immer gefallen.

»Weißt du ...« Als er die Augen schloss, sah er Kou, der ihm den Rücken zugekehrt hatte. »Ich habe Kou nicht aufhalten können. Ich bin zwar ziemlich laut geworden, aber das hat ihn gar nicht berührt. Bei ihm ist nichts angekommen. Er ist vom Temperament her ein anderer Typ.«

Als ich ihm ein seltsames Sendungsbewusstsein unterstellt habe, hat er bloß gelacht. Er hat gelacht und ist weggegangen. Er meinte bloß, dass sie im Moment niemanden hat. Natürlich tut mir Narumi leid ... Aber warum musste er zu ihr gehen? Seit seiner Mittelschulzeit ist er in Futaba verliebt. Wenn er sie mag, warum gesteht er ihr dann nicht seine Gefühle, ist mit ihr zusammen und einfach mal glücklich? Warum wirft er das alles weg? Warum kann er nicht einfach egoistischer sein und mal nur an sein eigenes Glück denken? Und warum konnte ich ihn nicht aufhalten? Warum stand ich nur wie angewurzelt daneben und hab ihn einfach gehen lassen, ohne was zu sagen?

»Mann, ich bin echt so was von uncool!« Er atmete tief aus und kniff sich mit den Fingerspitzen in die Nase. In diesem Moment fühlte er nur Bitterkeit und Bedauern.

»Du warst nicht wirklich uncool«, prasselte eine harte Stimme von oben auf seinen niedergeschlagenen Verstand herab. Aya blinzelte verwundert und blickte geradewegs zu Shuko, die ihn fixiert hatte. »Was?«, fragte sie verwundert, ohne ihren Blick auch nur eine Sekunde von ihm zu nehmen.

»Heißt das etwa, dass du mich cool findest …?«

»Das hab ich nicht gesagt.«

»Nein, hast du nicht!!«

He he, da habe ich wohl etwas zu viel hineininterpretiert …

»Aber das kommt doch noch, oder?« Shukos seidiges Haar bewegte sich sanft und sie kehrte Aya den Rücken zu. »Wie wär's, wenn du mir zeigst, wie cool du sein kannst?«

Verdutzt und mit halb geöffnetem Mund schaute Aya Shuko hinterher, die sich von ihm entfernte.

War das etwa gerade so was wie ein »Gib dein Bestes!«? Ob sie mich nun mag oder nicht … Ich mag sie und versuche cooler zu werden, damit sie mich auch mag! Hat sie das etwa damit anerkannt?

»Waaah!« Aya stemmte die Hände in die Hüften und streckte sich. Als er seinen Blick nach oben richtete, sah er unzählige Sterne am Himmel funkeln.

Ich werde ihr zeigen, wie cool ich sein kann! Sie selbst ist jedenfalls schon obercool!

*

»Bist du jetzt in der Bahn? Vielen Dank fürs Heimbringen. Es war toll heute auf dem Schulfest! Danke!«

Als er Narumis Textnachricht nochmals gelesen hatte, klappte Kou sein Handy zu. Durch das Fenster der Tür, an die er sich gelehnt hatte, konnte er die Lichter der vorüberziehenden nächtlichen Landschaft und der vorbeifahrenden Autos erkennen. Sanft lehnte Kou seinen Kopf an die kühle Scheibe und schloss die Augen.

»Nanu? Kou-chan?«

Er begegnete Narumi an einem Frühlingstag in ihrem dritten Jahr auf der Mittelschule im Krankenhaus. Er konnte sich vage erinnern, dass seine Mutter vor nicht allzu langer Zeit eingeliefert worden war und er in diesem Moment an der Rezeption erfuhr, dass sie auf eine andere Station verlegt werden würde. Kurz darauf erschien auch Narumi. Obwohl sie genau wie er ihre Schuluniform trug, wirkte sie hier, wo sich lauter Verletzte und Kranke befanden, mit dem schwarzen Blazer, in dem Pullover und ihrem Rock irgendwie fehl am Platz. Ihr Anblick gab ihm das Gefühl, Teil eines Films zu sein, in dem die Schauspieler nicht wirklich ins Setting passten.

»Wir haben schon ewig nicht mehr so miteinander gesprochen!«

Sie hatten die ersten beiden Jahre der Mittelschule dieselbe Klasse besucht, waren jedoch im dritten Jahr in verschiedene Klassen eingeteilt worden, sodass sie sich ungefähr einen Monat nicht mehr gesehen hatten. Narumi indessen verhielt sich ihm gegenüber so, als hätten sie sich erst gestern getroffen. Als die beiden gemeinsam nach Hause gingen, erklärte sie Kou, dass ihr Vater an Magenkrebs erkrankt sei und deshalb im Krankenhaus liege. An jenem Abend war der Sonnenuntergang besonders malerisch.

Auch jetzt konnte er sich noch genau an den orangefarbenen Himmel erinnern, der sich tief in Narumis Augen widerspiegelte. *Wieso?*, ging es ihm durch den Kopf, als er ihren Worten lauschte. *Warum sind wir beide uns so ähnlich?*

»Aber dass sowohl deine Mutter als auch mein Vater im selben Krankenhaus liegen und auch noch wegen derselben Krankheit … Wir haben echt ziemlich viele Gemeinsamkeiten, nicht?«

Ein Lächeln huschte über Narumis Lippen. Ein Lächeln, das nicht anders war, als wenn sie mit ihren Freundinnen im Klassenzimmer quasselte. Dieses Verhalten traf bei Kou einen wunden Punkt, den er seit der Nachricht über die Krankheit seiner Mutter nicht mehr loswurde.

»Warum … Warum kannst du lachen und dabei so was sagen?« Vermutlich warf er Narumi zum ersten Mal etwas vor. »Macht dir das etwa gar nichts aus?!«

»Klar macht mir das was aus!« Obwohl er Narumi so anfuhr, lächelte sie noch immer. Aber wenn ich diesen Kompromiss mit mir selbst schließe und so tue, als würde mir das nichts ausmachen, kann ich weitermachen!!«

Kous Mutter war damals erst kürzlich ins Krankenhaus eingeliefert worden, doch Narumis Vater war schon viel früher erkrankt und zwar, als sie noch in die zweite Klasse der Mittelschule ging. Kou erfuhr erst davon, als sie es ihm erzählte, denn ihr Verhalten ließ in keiner Weise auf diesen Kummer schließen. Sie war sehr eifrig im Unterricht, hatte viele Freunde, lachte mit ihnen über lustige Dinge und regte sich auch hin und wieder mal auf. Eine ganz normale Mittelschülerin also. Doch was ging in ihr vor, während sie all ihr Leid hinter ihrem Lächeln verbarg, ohne jemanden davon wissen zu lassen? Würde sie auch morgen, übermorgen und am Tag danach weiter so einsam leben und sich wie ein normales Kind verhalten, das sich keine Sorgen machte? Kou kam nicht umhin, sich diese Fragen zu stellen. Jetzt, da er sich immer bewusster wurde, wie es war, ohne seine Eltern zu leben, konnte er Narumis Lächeln nur schwer ertragen.

»Und trotzdem hast du doch auch Momente, in denen alles zu viel wird und du nicht weiterweißt, oder? Die ganze Zeit so zu tun, als wär alles okay …«

Und trotzdem ...
... hast du doch auch Momente, in denen alles zu viel wird und du nicht weiterweißt, oder?
Die ganze Zeit so zu tun, als wär alles okay ...
Kou!

Er war sich sicher, dass Narumis Herz eines Tages brechen würde …

Doch Narumi drehte sich zu ihm und lächelte weiterhin unentwegt. Dann öffnete sie den Mund und …

»Kou!«

Als plötzlich jemand seinen Namen rief, holte ihn die Gegenwart ein und er blieb stehen. Er war gerade aus dem Zug gestiegen und hatte die Ticketschranke passiert. Reglos stand er da und blickte in Richtung der gewaltigen Menschenmassen, die die Kreuzung vor dem Bahnhof überquerten. Inmitten des geschäftigen Treibens auf dem Bahnhofsvorplatz stand Futaba.

»Was machst du denn hier?«

Kous Augen waren kurz zittrig geworden, nahmen aber schnell wieder einen gleichgültigen Ausdruck an.

»Ich war eben bei dir zu Hause, aber das Licht war aus, deshalb bin ich hierhergekommen …« Futaba merkte, dass sie versuchte sich zu rechtfertigen, und verstummte. *Es ist sinnlos, drumherum zu reden.* »Warst du bis jetzt zusammen mit Narumi unterwegs?«

»Ja!«, antwortete er auf der Stelle, so wie auch schon zuvor, als er zugegeben hatte, Narumi geküsst zu haben. Dann lief er einfach an Futaba vorbei, ohne sie eines weiteren Blickes zu würdigen.

»Kou, bist du in sie …«

Obwohl sie noch immer mit ihm sprach, drehte Kou sich nicht zu ihr um, sondern setzte seinen Weg über den Bahnhofsvorplatz fort.

Ich hab null Ahnung, was Kou denkt. Warum ist er auf einmal so abweisend zu mir? Warum hat er Narumi vorhin umarmt, als er mich bemerkt hat? Was haben die beiden bisher schon alles miteinander erlebt? Und was bedeute ich ihm? »Wenn du wieder nicht nachge-

fragt hast, geht das Ganze wieder von vorne los!« Ich werd nicht eher den Rückweg antreten, bis ich weiß, was wirklich los ist!

So schnell sie konnte, rannte sie Kou hinterher, griff mit beiden Händen nach seinem Hemd und zog mit aller Kraft daran. Dabei rutschte der in die Hose gestopfte Saum heraus.

»Wah!, rief Kou, der nicht wusste, wie ihm geschah. »Was soll …«

»Warum hast du mich geküsst?«

Bitte sag's mir! »Weil ich in dich verliebt bin.« Ich will nur diesen einen Satz hören.

Kou hob seine Mundwinkel, kniff die Augen leicht zusammen und lächelte.

Sollte das etwa ein Lächeln sein …? Wenn ja, dann hat das nicht so gut geklappt.

Sein Ausdruck wirkte wie der eines kleinen Kindes, der jemanden nicht gehen lassen will, aber dennoch gezwungen ist, sich von ihm zu verabschieden.

»Sorry. Ich hab mich in dem Moment einfach durch die Stimmung hinreißen lassen.«

Futaba blickte ihn einfach nur schweigend an, als Kou seine Worte wiederholte: »Sorry.«

Warum? Warum macht er so ein Gesicht? Ist der doof? Wenn er dieses Gesicht macht, ist doch sofort klar, dass er lügt! Warum lügt er mich an? Warum sollte er so was tun? Liegt es daran, dass er sich schon entschieden hat …? Hat er sich entschieden, an Narumis Seite zu bleiben? Dummkopf! Ekelpaket! Mistkerl!

Lauter Schimpfwörter schossen Futaba durch den Kopf, doch es gelang ihr nicht, sie auszusprechen, weshalb sie Kou einfach nur mit der Faust gegen die Brust hämmerte. Aber es fehlte ihr auch die Kraft, richtige Schläge zustande zu bringen, und so ließen sich ihre kläglichen Versuche nur als kleine Stupser bezeichnen. Augen und Nasenrücken taten ihr weh und die nächtliche Landschaft verschwamm vor ihr. Schließlich rannte sie los, vorbei an Kou.

Seine Miene hat zwar eindeutig gezeigt hat, dass er es nicht so gemeint hat … Selbst wenn er einen Grund hatte, mich anzulügen … Das Ergebnis ist am Ende dasselbe. Kou hat sich für Narumi entschieden. Die Distanz zwischen uns beiden war verschwunden, aber jetzt ist sie wieder voll da. Bis vor Kurzem dachte ich, ich könnte ihn wieder näher zu mir heranziehen, falls sich die Kluft noch mal auftun würde. Aber woran soll ich mich das nächste Mal klammern, um sie zu verringern …?

*

Kou zog die hölzerne Kiste unter seinem Bett hervor, in die er seine Dinge aus der Mittelschulzeit gepackt hatte, und nahm ein altes Notizheft heraus. Wegen seines Schulwechsels gab es ab einem gewissen Punkt beim Blättern nur noch Leerseiten. Auf einer einzigen Seite ganz hinten stand rechts unten etwas geschrieben.

Futaba Yoshioka.

Dort stand in Großbuchstaben und mehrfach mit einem Bleistift umkreist dieser Name. Kou erinnerte sich daran, wie er ihren Namen während der Hausaufgaben gedankenverloren dorthin geschrieben hatte und rot geworden war. Dann kam auch noch sein Bruder ohne seine Erlaubnis ins Zimmer und erwischte ihn. Er fragte ihn, wer Futaba sei, und er konnte sich vor Scham kaum retten … Danach hatte er trotzdem keinen Radiergummi zur Hand genommen.

»Sie flennt echt dauernd …«

Nachdem sie ihn kraftlos auf die Brust geboxt hatte, war Futaba mit Tränen in den Augen davongelaufen. Wahrscheinlich glaubte sie, alles würde gut werden, wenn sie immer gleich in Tränen ausbrach.

Aber heute bin ich schuld, dass sie geweint hat. Narumi hat auch geweint. Obwohl wir uns früher über mehr als zwei Jahre fast tagtäglich gesehen haben, habe ich sie heute zum ersten Mal weinen sehen. Und zwar obwohl sie es sogar bei der Beerdigung ihres Vaters in aller Öffentlichkeit unterlassen hat.

»Und trotzdem hast du doch auch Momente, in denen dir alles zu viel wird und du nicht weiterweißt, oder?«

Das hatte er sie damals gefragt, weil er so frustriert war, dass sie kein Anzeichen von Schwäche erkennen ließ und weiter so tat, als ginge es ihr gut. Sie antwortete mit einem Lächeln, das fast so strahlte wie die Abendsonne.

»Ich weine schon, aber heimlich, zu Hause. Keine Sorge!«

Narumi war erwachsener als alle anderen. Die unbarmherzige Realität hatte sie dazu gedrängt. Wie das wohl für sie war? Während unsere anderen Klassenkameraden ihre Unzufriedenheit und ihren Frust über ihre Eltern laut geäußert haben, hat Narumi viele Dinge einfach stillschweigend hingenommen, um ihren Vater nicht zu belasten, da sie nicht wusste, ob er seine Krankheit überleben würde. Ihre Hilflosigkeit, ihre Sehnsucht und ihren Kummer … Sie hat immer alles ertragen und so getan, als würde es ihr nichts ausmachen. Sie hat alles ertragen und doch alles verloren. Und ihre Mutter, die Person, die nun eigentlich für sie da sein sollte, hat sie einfach im Stich gelassen. Einen Ort, an dem sie heimlich weinen kann, hat sie damit auch nicht mehr. Da kann ich ihr doch wenigstens diesen Ort geben!

Kou legte seine Hand auf das Notizheft, das er auf dem Schreibtisch ausgebreitet hatte. Er zeichnete mit der Fingerspitze die kreisförmigen Linien nach, mit denen er Futabas Namen umrandet hatte, und griff dann an den Rand des Blattes.

Futaba hat Freunde, Eltern und auch einen Jungen, der sie gernhat. Narumi hingegen ist ganz allein.

Als er ein wenig Druck ausübte, gab das Papier seinen leichten Widerstand auf und riss ein. Es war ein trockenes Geräusch, das sich so anhörte, als würde die Nachtluft zusammen mit dem Notizbuch zerreißen.

Kapitel 5

1

Hätte ich selbst die Erfahrung gemacht, von meiner Familie getrennt worden zu sein, oder jemanden verloren, der mir sehr am Herzen lag … Hätte ich auch nur ein klein wenig von dem Leid erfahren, das Kou durchmachen musste, wäre ich womöglich in der Lage gewesen, ihn besser zu verstehen oder näher an ihn heranzukommen. Wenn ich genauso große Schmerzen durchlebt hätte wie diese Person, hätte Kou mich dann auch nicht alleinlassen können?

Futaba saß in ihrem stockfinsteren Zimmer, presste ihr tränenüberströmtes Gesicht gegen ihre Knie und ging die leidvollen Erfahrungen durch, die sie in ihrem Leben bisher gemacht hatte. Als kleines Mädchen war sie sehr verschlossen gewesen und es fiel ihr schwer, mit anderen Menschen zu sprechen. In der Mittelschule war sie von den anderen Mädchen gehasst und gemieden worden. Dem ersten Jungen, in den sie verliebt gewesen war, hatte sie etwas Herzloses an den Kopf geworfen. Sie hatte geweint und gelitten, als der Junge eines Tages plötzlich verschwunden war. Doch all das schien jetzt irgendwie unbedeutend. Es war nicht der Rede wert. Zumindest verglichen mit dem Schmerz, den Kou mit dem anderen Mädchen teilte und der diese beiden miteinander verband.

Wünsche ich mir etwa, mehr verletzt worden zu sein? Hätte ich mich dann zwischen die beiden drängen können?

Erschöpft von ihren Gedanken, die unaufhörlich um dasselbe Thema kreisten, öffnete sie ihre brennenden, geschwollenen Augenlider und blickte in die Dunkelheit ihres Zimmers. In der

Nähe des Hauses stand eine Straßenlaterne, deren Licht durch das Fenster fiel, sodass keine völlige Finsternis herrschte. Dadurch konnte sie das Heft auf ihrem Schreibtisch und die Stofftiere auf ihrem Nachttisch erkennen. Ehe sie sich's versah, hatte der Minutenzeiger ihres Weckers bereits zweimal das Ziffernblatt umrundet. Doch sie war in diesen zwei Stunden keinen Schritt weitergekommen. Sie hatte die gesamte Zeit in derselben Haltung verharrt und ihre Knie fest umschlungen. Sie kämpfte mit sich selbst, da sie weder die Möglichkeit akzeptieren konnte, wie die Dinge verlaufen waren, noch einfach aufgeben wollte.

Ganz genau, es hat sich nichts geändert. Egal wie viel ich weine oder mir darüber Gedanken mache, Kou hat sich am Ende nicht für mich, sondern für sie entschieden. Für sie, die denselben Schmerz durchlitten hat wie er. Er hat beschlossen, an ihrer Seite zu bleiben. Daran kann ich jetzt nichts mehr ändern, egal was ich tue …

*

Der kühle Oktoberwind streifte sanft durch Futabas Haar, als würde er ihr etwas zuflüstern. Sie blieb stehen und blickte in den Himmel. Eine gewisse Sehnsucht kam in ihr auf und sie begab sich zum Eingangsbereich der Schule.

»Ah, guten Morgen, Yoshioka!«

»Guten Morgen. Echt frisch heute, oder?«

»Ja, finde ich auch.«

Nach der Begrüßung einer Klassenkameradin, die ihr gerade über den Weg gelaufen war, öffnete Futaba die Klappe ihres Schuhfachs. Sie nahm ihre Hausschuhe heraus, zog diese an und legte ihre Straßenschuhe in das Fach.

»Morgen, Kou!«

Warum konnte sie seinen Namen so klar und deutlich wahrnehmen, obwohl das Schulgebäude zu dieser Zeit so überfüllt und laut war?

»Hey ...«, antwortete Kou mit schläfriger Stimme seinen Mitschülern.

Als er Futaba bemerkte, verlangsamte sich sein Schritt etwas. Seine mandelförmigen Augen, die an ein Raubtier erinnerten, blickten sie an. Futaba wandte sich jedoch ab und eilte davon. Trotzdem war es ihr möglich, ein paar Bruchstücke seines Gesprächs mit den anderen aufzuschnappen.

»Kou, hast du deine Mathehausaufgaben eigentlich gemacht?«

»Oh, hab ich vergessen!«

Seine Stimme klang so unbeteiligt wie eh und je. Er verhielt sich so, als wäre nie etwas vorgefallen. Seit dem Tag des Kulturfests, an dem sich so viel ereignet hatte, waren zehn Tage vergangen. Danach hatte sie kein einziges Mal mit Kou gesprochen. Futabas Verstand und Gefühle waren immer noch so durcheinander, dass sie ihn mied. Umgekehrt sprach Kou sie auch nicht an. Doch je mehr sie versuchte, ihm aus dem Weg zu gehen, desto mehr wurde sie sich seiner bewusst. Kous Haltung hatte sich hingegen seit dem Kulturfest nicht verändert. Er benahm sich nicht wirklich gleichgültig, wirkte aber leicht distanziert. Er verhielt sich keinem gegenüber abweisend, schien jedoch auch an niemandem wirklich interessiert zu sein. Dass Kou sie nicht einmal begrüßte und sich von ihrer Anwesenheit unbeeindruckt zeigte, machte ihr klar, dass er sich nicht viel aus der Sache machte. Das frustrierte und verärgerte sie ... sie war verletzt.

Normalerweise war es im Oktober an der Zeit, die Schuluniform zu wechseln, aber momentan war es noch etwas zu warm, um den Blazer zu tragen. Umgekehrt war es jedoch auch zu kühl, in einem dünnen Hemd herumzulaufen, besonders am frühen Morgen und abends. Um mit den schwankenden Temperaturen umzugehen, gab es einige Schüler, die sich einen leichteren Pullover oder eine Strickjacke überzogen. Andere kamen mit den Temperaturunterschieden weniger gut zurecht und fingen sich im Nu einen Infekt ein. Da viele Schüler krank zu Hause bleiben mussten, sagte der Lehrer in der Klassenleiterstunde: »Wer sich kränklich fühlt, meldet es bitte sofort dem Lehrer!«

Doch die Jahreszeit beeinträchtigte nicht nur die Verfassung der Schüler. Der Chemieunterricht in der vierten Stunde fiel aus, da der Lehrer krank war, und die Schüler bekamen Aufgaben. Futaba mochte Chemie und war enttäuscht. Die Schüler wussten zwar genau, welche Seiten des Lehrbuchs sie im Selbststudium bearbeiten sollten, aber die Hälfte der Klasse schwatzte, blätterte durch Zeitschriften oder spielte das Wortkettenspiel Shiritori, anstatt ihre Aufgaben zu erledigen. Sie schien die unerwartete Pause sogar etwas zu sehr zu genießen.

Da kam der Lehrer hereingeplatzt, der die Klasse nebenan unterrichtete. »Ihr seid zu laut! Wer von euch hat hier gerade Shiritori gespielt?!«

Danach wurde es in der Klasse merklich ruhiger. Wenn Futaba zu Hause lernte, ließ sie im Hintergrund immer leise ihre Lieblingsmusik laufen. So wirkte nun auch das Stimmengewirr im Klassenzimmer und es fiel ihr wesentlich leichter, die Antworten auf die Fragen in ihr Heft zu schreiben.

Brr Brr

Einige Minuten bevor die vierte Stunde zu Ende ging, ertönte ein dumpfes Vibrationsgeräusch. Kou, der schräg rechts vor ihr saß, zog unter seinem Schreibtisch sein Handy hervor.

Er hat bestimmt wieder eine Nachricht bekommen.

Damit Kou sie nicht bemerkte, hielt sie den Blick auf ihr Heft gerichtet, beobachtete ihn aber immer wieder verstohlen.

»Schon wieder von der, wie immer …? Lernt die überhaupt, wenn sie sogar im Unterricht Nachrichten verschickt?«, fragte der Schüler, der hinter Kou saß.

Daraufhin schwenkte dieser versehentlich seinen Handybildschirm herum.

»Sie scheint schon Schluss zu haben.«

»Aha … Du bist heute am Bahnhof Nijinodai verabredet?!«

»Schau gefälligst nicht da drauf …!«

»Wohnt sie da in der Nähe?«

»Nein, da steigt sie um.«

Ich verstehe, Narumi steigt also in Nijinodai um. Und sie wollen sich heute dort treffen. Warum hör ich eigentlich zu? Dabei will ich das doch gar nicht! Aber ich muss einfach! Futaba fühlte sich hin- und hergerissen.

»Bist du eigentlich mit ihr zusammen, Kou?«

»Was?«

»Du hast zwar letztens gesagt, dass sie nicht deine Freundin ist, aber wie sieht's jetzt aus? Ihr scheint euch ja immerhin ziemlich gut zu verstehen …«

Ah, nein! Ich will das echt nicht hören!

Futaba fühlte einen Knoten in ihrem Magen und senkte den Kopf. Genau in diesem Moment ertönte die Schulglocke und verkündete das Ende der Stunde.

Ich bin gerettet … Endlich Mittagspause!

Futaba schob polternd ihren Stuhl zurück und stand auf.

»Ich geh mir eine Kleinigkeit beim Kiosk holen!«

»Was?! Du bist aber flott, Futaba!«, rief Yuri ihr hinterher, während sie schon davonstürmte.

»Die Brötchen mit Galbi*-Füllung sind immer so schnell ausverkauft! Ich geh schon mal vor …!«

Futaba ließ Yuri und Shuko zurück, mit denen sie sonst immer gemeinsam zum Schulkiosk ging, und raste den Flur hinunter. Selbst als sie sich von Kou entfernte, konnte sie das mit angehörte Gespräch nicht vergessen. Doch sie fürchtete zu zerbrechen, wenn sie sich in diesem Moment weiterhin in seiner Nähe aufhielt.

Am Tag des Kulturfests hatten sie sich bei Sonnenuntergang in dem leeren Klassenzimmer geküsst. In dem Augenblick, in dem sich ihre Lippen berührten, hatte sie deutlich spüren können, wie ihre Gefühle miteinander verschmolzen. Und sie hatte deutlich spüren können, dass Kou dasselbe für sie empfand wie sie für ihn.

Das habe ich mir bestimmt nicht eingebildet! Zumindest will ich ganz fest daran glauben! Aber …

»Sorry. Ich hab mich in dem Moment einfach durch die Stimmung hinreißen lassen.«

Als sie ihn fragte, warum er sie geküsst hatte, gab er ihr diese Antwort. Sein Lächeln, das er ihr in diesem Moment schenkte, hatte sich ganz tief in ihr Gedächtnis gebrannt und sie wurde es nicht mehr los. Es war ein gequältes Lächeln, als hätte er sein Herz dazu gezwungen, diese Worte zu wählen – ein grausames Lächeln, das sie schmerzhaft realisieren ließ, dass sich Kou für Narumi und gegen sie entschieden hatte. Viel deutlicher hätte er es mit Worten nicht ausdrücken können.

Im Unterricht bekommt er andauernd Nachrichten von ihr. Was er ihr wohl darauf antwortet? Was sie wohl machen, wenn sie sich heute nach der Schule am Bahnhof treffen?

Futaba wusste, dass Narumi sich in einer extrem belastenden Situation befand, weil sie erst ihren Vater verloren hatte und dann von ihrer Mutter abgewiesen worden war. Trotz alledem fand sie es

*Rinderrippe in koreanischer Marinade

widerwärtig, dass sie plötzlich aufgetaucht war und ihr Kou weggenommen hatte. Es quälte sie, dass Kou, obwohl er sie geküsst hatte, sich aus irgendeinem unabänderlichen Grund für Narumi entschieden hatte. Daher hätte sie ihn am liebsten zur Rede gestellt.

Warum nur, Kou? Ach, spiel doch den Helden, wenn's dir gefällt! Mir doch egal, du Idiot!

»Futaba, wie viele Brötchen willst du dir eigentlich noch holen? Willst du zur Sumoringerin werden?«

»Ah, jetzt wo du es sagst, Yuri … Kannst du mir das ›Sumoringer-Sandwich‹ da vorne geben?«

»Was, das auch noch? Futaba, vier Brötchen sind ja wohl ein bisschen viel …«

Shuko wie Yuri waren entsetzt, doch Futaba besänftigte sie nur mit einem »Schon in Ordnung!« und nahm auch das vierte Brötchen.

In der Mittagspause drängten sich Schülerinnen und Schüler aller Klassenstufen um den Schulkiosk. Lauter Hände griffen von allen Seiten nach den Brötchen und den Reisbällchen in hellgelben Plastikbehältern, als würden sie sich gleich darum schlagen. Shuko hatte immer ihr eigenes Mittagessen dabei und kaufte deshalb nur am Getränkeautomaten einen Tee. Yuri hingegen war deutlich zurückhaltender als Futaba und bezahlte bei der Kassiererin für ein einziges Brötchen, das sie sich ausgesucht hatte.

»Nanu?« Gerade wollte Futaba ihren Einkauf bezahlen. Doch da fiel ihr Blick wieder zur Auslage. Ein »prall gefülltes Anpan« zog sie wie magisch an. *Ob ich mir vielleicht auch einen Nachtisch kaufen soll? Heute werd ich dem Frustessen frönen!*

»Yoshioka!«, rief eine sanfte Jungenstimme nach ihr.

Sie wollte soeben nach dem »prall gefüllten Anpan« greifen, als neben ihr plötzlich ein hochgewachsener Schüler auftauchte.

»Ah, Kikuchi-kun!«

Beim Klang seines Namens breitete sich auf Tomas Gesicht ein fröhliches Lächeln aus.

»Kaufst du dir heute auch ein Brötchen?«

»Ich hatte ein Obento dabei, aber nach dem Sport hatte ich Hunger ... Das ist sozusagen mein zweites Mittagessen.«

»Ha ha, Wahnsinn! Na, du bist eben ein Junge.«

»Eigentlich habe ich immer irgendwie Hunger ...«, fügte Toma noch hinzu.

Angesichts seines unbeschwerten Lächelns entspannten sich Futabas Mundwinkel ein wenig.

Er ist wirklich seltsam ...

Mit seinem kindlichen Gesicht und seinem kastanienbraunen Kurzhaarschnitt wirkte er eher niedlich als cool. Im Kontrast dazu war er ziemlich groß und hatte eine tiefe, klare Stimme. An seinem linken Ohr befand sich ein auffallend großes Piercing. Trotzdem ließ seine höfliche Art auf eine gute Erziehung schließen. Durch seine eigentümlich sanfte Aura harmonierten diese scheinbaren Gegensätze miteinander.

»Ah, du bist ja auch hier! Hallo, Uchimiya-kun!«

Neben Toma stand ein Junge mit einem völlig entspannten Gesichtsausdruck. Er war sein Bandkollege, Futaba hatte ihn beim Kulturfest kennengelernt. Er erwiderte ihre Begrüßung mit einem freundlichen »Hallo!«, legte seine Hand auf Tomas Schulter und beugte sich nach vorn.

»Du futterst ja 'ne ganze Menge, Yoshioka ...«

»Hey!«

Uchimiya stand zuerst dicht neben Toma, schubste diesen aber nun ein Stück an Futaba heran. So wurde diese wiederum an Yuri gedrückt, die gerade von der Verkäuferin das Wechselgeld entgegennahm. Dabei ließ sie eine Münze fallen.

»Oh, meine zehn Yen!«, rief sie.

Shuko reagierte jedoch schnell und hob sie auf: »Hier, dein Geld.«

»Ja, und? Ist doch egal, wie viel sie isst! Und hör auf zu drängeln!«, schnauzte Toma seinen Freund an.

»Ah, sorry. Ich wurde gerade von jemandem zur Seite gestoßen. Heute ist ja mal wieder viel los … Hoppla, schon wieder …«, rechtfertigte sich Uchimiya.

»Du sollst aufhören, mich zu schubsen!«

»Na ja, jeder normale Mensch wird von solchen Mengen abgeschreckt!«, bemerkte die mit Brötchen beladene Futaba belustigt.

Daraufhin drehte sich Toma bestürzt zu ihr um.

»Aber nicht doch! Meine beiden großen Schwestern gehen auch mit einem winzigen Obento aus dem Haus, futtern aber daheim wie die Scheunendrescher! Ich finde das erfrischend anders, verglichen mit diesen Mädchen und ihrem Pseudominiappetit.«

Kikuchi-kun, du solltest lieber aufpassen, was du sagst … Einige der Mädchen hier drehen sich schon ganz verlegen zu dir um! »Ah ha ha! Danke!« Normalerweise versuchte sie immer sich zu rechtfertigen, indem sie sagte, diese Menge sei eigentlich ganz normal für sie. Doch da Toma es sogar noch guthieß, dass sie so eine kräftige Esserin war, lachte sie einfach und bedankte sich für seine bekräftigenden Worte. Durch das Lachen löste sich das Unbehagen in Futaba etwas. *Er ist wirklich ein netter Kerl,* dachte sie. *Kikuchi-kun scheint ein Händchen dafür zu haben, andere Menschen zum Lächeln zu bringen.*

Plötzlich wurde sie am Arm gezogen, weg von Toma, der bislang dicht neben ihr gestanden hatte. »Yuri?«

Die Freundin hatte sich bei Futaba eingehakt und beäugte misstrauisch Toma.

Was hat sie bloß?

Gerade als sie sich dies fragte, hörte sie nur ein: »Waaah, hey!« Toma stieß wieder gegen sie und wurde bis über die Ohren knallrot. »Was soll das, Ucchi? Wieso tust du das die ganze Zeit?«

»Ah, tut mir leid, ich wurde schon wieder von jemandem geschubst …«, lachte Uchimiya zuerst, verstummte dann jedoch und schien etwas unsicher.

Aus irgendeinem Grund hatte Yuri verärgert die Lippen zusammengepresst und warf ihm einen stechenden Blick zu. Sie hatte ihn erfolgreich in die Schranken gewiesen und packte die Freundin nun fester.

»Futaba, lass uns endlich gehen! Wenn du noch mehr kaufst, ist das echt zu viel!«

»Mh, hast recht … Bis dann, ihr beiden!« Während Yuri sie am Arm den Gang entlangzog, winkte Futaba Toma und Uchimiya fröhlich zum Abschied. Yuri drehte sich noch mehrmals zu den beiden um und warf ihnen drohende Blicke zu.

»Was hast du denn, Yuri?«, hakte Futaba nach, erhielt aber keine Antwort. *Ich frage mich, warum sie so schlechte Laune hat.* Futaba blickte ihre Freundin besorgt an.

Shuko beobachtete die beiden indessen nur mit gelassener Miene.

»Futaba, du bist echt ungeschickt und unaufmerksam. Du solltest deine Deckung nicht zu sehr vernachlässigen.«

»Häh? Was meinst du damit?«

»Genau, was ich sage.« Shuko strich sich leicht durch ihr schönes schwarzes Haar.

Futaba, noch immer von einer grimmigen Yuri fortgezerrt, fühlte sich abgespeist und verwirrt.

W… Was meint sie denn damit?

»Die hasst mich, garantiert …«, bemerkte Toma, der etwas enttäuscht dabei zusah, wie das kleine zierliche Mädchen Futaba mit beeindruckender Entschlossenheit den Gang entlangzerrte. Das Mädchen mit dem Kurzhaarschnitt, das ihm lauter grimmige Blicke zuwarf, hieß Yuri Makita. Die große coole Schönheit namens Shuko Murao gehörte ebenfalls zu dem Trio, zu dem auch Futaba zählte und das insgeheim die Aufmerksamkeit der Jungs auf sich zog. Das hatte ihm sein stets bestens informierter Freund Uchimiya mitgeteilt. Yuri Makita und Shuko Murao waren jedoch anscheinend viel beliebter als die burschikos angehauchte Futaba.

Mir ist das egal! Die anderen Kerle haben einfach keine Ahnung! Ich bin der Einzige, der zu schätzen weiß, wie niedlich sie sein kann, dachte Toma. »Ob ich wohl was falsch gemacht habe …?«

»Nein … Ich hab's vielleicht etwas übertrieben … Sorry!«

»Wusste ich's doch, das war Absicht!«

»Na ja, sobald du Yoshioka entdeckt hast, bist du wie verrückt losgetobt. Da wollt ich dich einfach unterstützen.«

In der Mittagspause herrschte auf dem Schulgelände reges Treiben und von überallher erklangen fröhliche Gespräche und Gelächter. Toma und Uchimiya wollten wie gewöhnlich auf dem Dach mittagessen. Vom Kiosk nahmen sie die Treppe in die Mitte des Schulgebäudes und kehrten in den Flur zurück, der zu den Klassenräumen des zweiten Jahrgangs führte. Auf ihrem Weg passierten sie auch das Zimmer der Klasse, in die Futaba und ihre Freundinnen gingen. Toma warf einen Blick hinein, konnte die drei jedoch nirgends entdecken.

Sie essen wahrscheinlich woanders mittag.

Stattdessen sah er Kou Mabuchi auf einem Platz im hinteren Teil des Klassenzimmers an der Flurseite sitzen. Ihm gegenüber saß ein blasser Junge mit verwuscheltem Haar. Als Toma sich bei seinem Freund nach dem Namen des Jungen erkundigte, erfuhr er, dass er Aya Kominato hieß. Kou Mabuchi saß zusammengesunken auf seinem Stuhl und beteiligte sich nur einsilbig am Gespräch mit seinem Freund. Gelegentlich biss er von seinem Brötchen ab, das er sich wahrscheinlich zuvor am Kiosk gekauft hatte, und wirkte irgendwie bleich und erschöpft.

Als Toma genauer darüber nachdachte, war das keineswegs ungewöhnlich, denn er hatte ihn schon immer so wahrgenommen.

»Yoshioka scheint sich in letzter Zeit nicht sehr viel mit diesem Jungen abzugeben, oder?«, bemerkte der aufmerksame Uchimiya wie beiläufig. Toma senkte leicht den Kopf und setzte stumm den Weg fort. Doch tief in seinem Inneren freute er sich darüber. Er hatte Futaba und Kou seit dem Kulturfestival nicht mehr zusammen gesehen. Möglicherweise waren ihre Gefühle für ihn ins Wanken geraten. Das war jedoch nicht weiter verwunderlich: Wer würde nicht auf ähnliche Weise reagieren, wenn der Junge, den man mag, ein anderes Mädchen umarmt? Sogar wenn ihre Gefühle für ihn noch nicht vollständig erkaltet waren, hatte es ihre Beziehung bestimmt erschüttert.

Ich darf nicht denken, dass meine Absicht falsch ist … Ich will nicht so tun, als wär ich der brave Junge. Ob das nun egoistisch oder feige wirkt, ich habe mich entschieden. Die Meinung anderer oder irgendwelche Anstandsregeln sind mir egal. Jetzt ist es echt an der Zeit, ihre Gefühle umzukrempeln!

Da der Himmel nur mit leichten Schleierwolken bedeckt und die Temperatur sehr angenehm war, beschlossen die drei Freundinnen, gemeinsam im Innenhof zu Mittag zu essen. Das durch das Blätterwerk dringende Sonnenlicht zeichnete ein wunderschönes Muster auf den Tisch mit ihren Lunchpaketen.

»Übrigens, Futaba, hast du seit dieser Sache immer noch nicht wieder mit Mabuchi geredet?«, erkundigte sich Shuko und fischte ein Stück Omelette aus ihrer Bentobox.

Futaba biss von ihrem leider eher trockenen Anpan ab und schluckte schwer.

»Nein …«

Ich würde ja schon gerne mit ihm reden. Auch wenn ich ihm gegenüber frustriert und angespannt bin, muss das irgendwann auch wieder aufhören. Aber ich kann mich einfach nicht dazu durchringen, ihn anzusprechen. Würde er zumindest versuchen auf mich zuzugehen, würde es mir leichterfallen. Bloß verhält er sich ja so, als würde ihn das alles gar nicht mehr interessieren … »Sag mal, Yuri, du gehst doch jetzt ganz normal mit Kou um, aber wie war es denn in der ersten Zeit danach? War es nicht schwer, ihn anzusprechen?«

»Ja, total!«, antwortete Yuri und nahm einen Bissen von ihrem mit Schlagsahne gefüllten Gebäck. »Aber ich hab's dir ja schon mal erzählt. Ich hab so getan, als würde mir das alles nichts ausmachen und hab einfach mit ihm geredet … Und plötzlich hat es mir auch wirklich nichts mehr ausgemacht. Glaube ich zumindest.«

»Aha …«

Bloß kann ich nicht so tun, als ob es mir egal wäre, und einfach mit ihm reden …

Ihre Niedergeschlagenheit holte Futaba erneut ein und Yuri fuhr fort, als hätte sie ihre Gedanken gelesen.

»Aber ich habe ihm ein richtiges Liebesgeständnis gemacht und bin abgeblitzt. Vielleicht konnte ich es deswegen akzeptieren.«

Akzeptieren können, dass man abgeblitzt ist … Ich weiß, dass meine Liebe zu Kou nicht in Erfüllung gehen wird, weil er sich an diesem Tag für Narumi entschieden hat. Doch ich kann das einfach nicht akzeptieren. Warum ist er zu ihr gegangen? Warum war er denn nicht wütend, als er gesehen hat, dass ich mit Kikuchi-kun gesprochen habe? Und hat er mich denn nicht geküsst?

Wegen ihrer Trauer und ihrer Enttäuschung darüber, dass er sie plötzlich zurückgewiesen hatte, herrschte in ihrem Kopf immer noch das pure Chaos.

»Aber ich denke, bei dir ist es anders. Mabuchi-kun hat bestimmt in erster Linie Mitleid mit Narumi …«

»Mitleid verwandelt sich aber manchmal auch in Liebe«, gab Shuko zurück.

Wie immer nahm sie kein Blatt vor den Mund.

»Shuko, musst du das so direkt sagen …?!«, erwiderte Yuri leicht geschockt.

Doch Shuko scherte das keinen Deut und ihre Augen richteten sich nach wie vor auf Futaba.

»Willst du denn so weitermachen und gar nicht mehr mit Mabuchi reden?«

Daraufhin senkte Futaba schweigend den Blick.

Wenn ich nicht aufgeben kann, ist es auch nicht richtig, wenn ich Kou meide. Wenn ich wirklich einen Schlussstrich ziehen will, hilft es mir auch nicht, ihm aus dem Weg zu gehen.

2

»Gut, wie heute Morgen bereits erwähnt findet nachher eine Versammlung aller Klassensprecher und des Eventkomitees statt. Ich bitte alle Beteiligten, dort zu erscheinen«, gab der Klassenlehrer bekannt, ehe der Tagesdienst die anderen Schüler dazu aufrief, sich zu erheben.

Während das Schieben der Stühle durch das Klassenzimmer hallte und sich alle verbeugten, grübelte Futaba.

Stimmt ja ... Ich hatte ganz vergessen, dass heute noch ein Klassensprechertreffen stattfindet ... Wie unangenehm ...

Das Treffen sollte im Medienraum stattfinden, wo sie nun mindestens eine Stunde mit Kou verbringen würde. Als sie ihre Schulsachen zusammenpackte, warf sie einen Blick auf den Platz schräg rechts von ihr. Kous Kopf ruhte auf der Tischplatte und er döste vor sich hin. Die anderen Schüler liefen herum und unterhielten sich lautstark, doch ihn schien das gar nicht zu stören.

»Willst du denn so weitermachen und gar nicht mehr mit Mabuchi reden?«

Obwohl sie wegen Kou noch immer total durch den Wind war, gefiel es ihr nicht, in diesem Chaos zu verweilen. Sie nahm Heft und Stifte zur Hand, atmete tief durch und stellte sich neben Kous Platz.

»Ah! Äh ... Wir haben jetzt noch Klassensprechertreffen ...« Kous Kopf zuckte leicht und ein paar Sekunden später hob er träge den Oberkörper. Er stützte sich mit den Armen auf den Tisch, als wäre er noch nicht ganz wach, blieb jedoch stumm ... Dann hüstelte er und wandte sich mit einem tiefen Seufzer von ihr ab. Er sagte immer noch kein einziges Wort. Futaba wartete etwa zehn Sekunden, um auf Nummer sicher zu gehen, aber auch diese vergingen lautlos. *Hä ...? Er ignoriert mich? Das glaub ich einfach nicht! Echt unfassbar!* »Ähm ... Ich geh dann ... schon mal vor, ja?«, fragte sie ihn, um ihm eine Antwort zu entlocken, doch Kou starrte weiterhin mit leerem Blick auf seinen Tisch und schwieg. Verwirrt verließ Futaba daraufhin das Klassenzimmer.

Mich einfach so zu ignorieren und nicht mal anzugucken ... Was soll das? Ist er schlecht gelaunt, weil er gerade erst wach geworden ist?

Aber selbst wenn, er hätte ja wenigstens antworten können ... Oder will er vielleicht nicht mehr mit mir reden ... ? Immerhin habe ich ihn ja auch seit dem Kulturfestival gemieden. So wie heute Morgen war ich oft auch total abweisend. Aber ich bin nie auf die Idee gekommen, dass ich ihn verärgern könnte.

Irgendwann dachte Futaba, es verdient zu haben, dass Kou wütend auf sie war. Deshalb akzeptierte sie zunächst, dass er sie ignoriert hatte.

»Nanu? Bist du heute allein da, Yoshioka?«, fragte Toma neugierig, als sie mit kummervoller Miene den Medienraum betrat.

Überrascht blickte sie auf. Neben ihm saß eine weitere Schülerin aus der 2–5.

»Nein, ich denke, Kou wird auch bald hier sein«, sagte sie mit einem gezwungenen Lächeln und setzte sich auf einen Platz in der vordersten Reihe. Der Minutenzeiger der Wanduhr über der Tafel drehte weiter seine Runde und nach und nach fanden sich die Schüler der einzelnen Jahrgänge ein. Futaba blickte immer wieder zwischen der vorderen und der hinteren Tür des Zimmers hin und her. Doch Kou tauchte einfach nicht auf.

Was macht der denn? Das Klassensprechertreffen geht doch gleich los!

In Futabas Brustgegend breitete sich ein nervöses Kribbeln aus und sie drückte immer wieder auf den Knopf ihres Druckbleistifts. Da spürte sie es in ihrer Rocktasche leicht vibrieren. Ihr Handy zeigte ihr eine Nachricht an. Von Kou. Sie öffnete sie hastig und las dort nur einen einzigen, kurzen Satz: »Sorry, aber ich mach die Fliege.«

Sie starrte auf die kurze Zeile und hatte allmählich das Gefühl, dass ihr Verstand aussetzte.

Fliege? Meint er etwa eine Mücke? Ach was ... Er meint, dass er nach Hause geht! Er geht mir also allen Ernstes aus dem Weg? Erst ignoriert er mich und dann schreibt er mir bloß eine Zeile, dass er nicht zum Klassensprechertreffen kommt? Mit mir zusammen zu sein, ist ihm also so zuwider?

Als sie ihr Handy geschockt wieder in die Tasche stecken wollte, erinnerte sie sich wieder an das Gespräch zwischen Kou und dem Klassenkameraden, das sie unfreiwillig mit angehört hatte. Die beiden hatten sich über eine Nachricht unterhalten, die Kou bekommen hatte.

»Aha ... Du bist heute am Bahnhof Nijinodai verabredet?!«

Stimmt ja! Er hat mich also allein zu diesem Klassensprechertreffen gehen lassen, nur damit er sich mit Narumi treffen kann? Dieser Mistkerl!

Kurz darauf begann das Klassensprechertreffen. Sie rekapitulierten vor allem das Kulturfestival und die dortigen Aktivitäten der Klassensprecher. Während sich Futaba Notizen machte und den anderen Komiteemitgliedern lauschte, die von ihren Eindrücken und Erlebnissen beim Festival berichteten, versuchte sie sich so gut es ging auf die Dinge zu konzentrieren, die im Moment anstanden. Doch schon nach kurzer Zeit schweifte ihre Aufmerksamkeit ab und sie erinnerte sich wieder an Kous mürrischen Blick, seine ignorante Haltung und die kurze Nachricht, die er vermutlich in nicht einmal zwei Sekunden geschrieben hatte. Jedes Mal wenn sie darüber nachdachte, war sie wütend und verletzt, dass er sie so schlecht behandelte. Obwohl sie sich wünschte, die Gedanken loszuwerden, ließen sie nicht nach und kreisten hartnäckig um diesen Fakt.

Als sie nach etwa einer Stunde den Medienraum verließ, konnte sie sich kaum noch an die Inhalte des Klassensprechertreffens erinnern.

»Yoshioka! Endlich Schluss, was?«

Toma folgte ihr auf dem Fuß.

»Ja, endlich«, antwortete sie.

Daraufhin begleitete er sie zurück in Richtung Klassenzimmer.

»Mabuchi ist doch nicht gekommen …«

»Wahrscheinlich hat er geschwänzt und ist jetzt bei einem Date oder so …«

»Was, ein Date …?«

Toma verstummte, doch Futaba wusste genau, was er eigentlich sagen wollte. Er kannte Narumi ebenfalls. Als sie am Abend der Abschlussfeier aus der Schule gerannt war, war er ihr aus Sorge gefolgt und ebenfalls Zeuge geworden, wie Kou Narumi umarmte. Sobald sie sich wieder an diesen Moment erinnerte, spürte sie, wie sich eine Schlinge um ihr Herz legte und es langsam zuschnürte. In jenem Augenblick war sie einfach nur fassungslos gewesen und hatte sich nicht mehr bewegen können. Kurz darauf war sie entschlossen gewesen, mit ihm darüber zu reden. Doch er hatte sie einfach abgewiesen und sie daraufhin nur noch geweint. Jetzt aber empfand sie nur noch Ärger, ja Wut.

Wie merkwürdig, dass sich das Chaos in mir nicht legt. Im Gegenteil, es wird nur noch heftiger und ich fühl mich immer aufgewühlter. Es interessiert mich nicht mehr! Soll er doch machen, was er will, dieser Vollpfosten!

»Ah, das heutige Komiteetreffen war echt ermüdend …«, gähnte Aya, der mit Yuri und Shuko den Gang entlanglief.

»Die Vorbereitungen für das Kulturfestival waren schon stressig, aber auch danach gibt es noch viel zu tun. Vor allem für die Mitglieder des Eventkomitees! Berichte schreiben, Umfragen auswerten und so weiter …«, merkte Yuri lächelnd an.

»Oh ja … Und dann steht bald die Klassenfahrt an. Darauf

müssen wir uns auch schon wieder vorbereiten … Zuerst hab ich mich echt gefragt, warum man drei Leute für das Eventkomitee braucht. Aber jetzt versteh ich es … Ich glaube, man nennt das Unmenschlichkeitsgefälle!«

»Ich glaube, du meinst die Menschliche Welle, oder?«, berichtigte ihn Shuko und rollte mit den Augen. Aya fuhr sich verlegen durch sein wuscheliges Haar.

»Isch bin zum Teil Frongsösisch. Japanisch ist würklisch komplisiert!«

»Erstens bist du nur zu einem Viertel Franzose und zweitens wohnst du seit sechzehn Jahren hier. Außerdem erzählst du, dass das Treffen anstrengend war, obwohl du in der Hälfte irgendwann weggedöst bist!«

»Was, hast du mich etwa beobachtet, Murao? Und dann auch noch die ganze Zeit?«

»Sei kein Dummkopf!«

Abwechselnd betrachtete Yuri die Gesichter der beiden links und rechts von ihr. Aya war gut gelaunt und lächelte, Shukos Gesichtsausdruck war indessen kühl und erinnerte an tanzenden Sternenstaub.

Die beiden scheinen sich besser zu verstehen als früher! Vielleicht hat sie die Arbeit auf dem Festival zusammengeschweißt.

Irgendwann bogen sie um die Ecke des Korridors, wo sich die Klassenzimmer des zweiten Jahrgangs befanden.

»Ah, Futaba«, murmelte Shuko.

»… und, Kikuchi-kun?«

Etwa fünf Meter vor ihnen lief Futaba mit ihren Schreibutensilien bewaffnet den Gang entlang. Der Junge neben ihr trug einen markanten Kurzhaarschnitt und auch wenn sie ihn nur von hinten sah, erkannte Yuri Toma Kikuchi. Futaba hatte ihr einmal erzählt, dass Toma auch Mitglied des Klassensprecherkomitees war. Er hatte die Vertretung für einen Schüler übernommen, der mitten im Trimester die Schule gewechselt hatte.

»Nanu, ist Kou nicht bei ihr?«

»Bestimmt wollte das kleine Ekelpaket keine Zeit mit ihr verbringen.«

Schon wieder Kikuchi-kun …

Yuri hob misstrauisch die Augenbrauen, als sie Futaba und Toma so vertraut miteinander sprechen sah. Futaba war zwar ihre beste Freundin, aber ehrlich gesagt war sie manchmal ein bisschen schwer von Begriff. Doch nicht nur das, sie verhielt sich oft auch kopflos. Durch diese beiden Eigenschaften zusammen war sie manchmal etwas schutzlos. Aus Yuris Sicht war seit dem Kulturfestival klar, welche Gefühle Toma ihr gegenüber hegte. Nur Futaba selbst verstand nicht, warum er so oft ihre Nähe suchte. Einmal hatte sie Futaba gefragt, wie sie zu Kikuchi-kun stünde, und diese hatte nur sorglos geantwortet, dass sie sich in letzter Zeit ziemlich häufig über den Weg liefen. Das zeigte deutlich, wie unachtsam sie war.

Futaba muss mit Mabuchi-kun zusammenkommen! Als wär es nicht schon schwer genug, wo jetzt diese Narumi da ist … Es dürfen nicht noch mehr Leute dazwischenfunken.

»Futaba …«

Gerade als Yuri ihre Freundin rufen und zu ihr sausen wollte, stellte sich ihr ein großer Schatten in den Weg. Daraufhin taumelte sie leicht und trat ein paar Schritte zurück.

»Hey, hör mal …«

Yuri, die kleiner war als eine durchschnittliche Highschoolschülerin, sah lediglich ein weißes Hemd und eine Krawatte. Während sie noch wie gelähmt dastand und kein Wort hervorbrachte, hob sie ihren Kopf und blickte in ein intelligent aussehendes Gesicht. Es war der Schüler, der immer mit Toma zusammen war.

Ich glaube, sein Name war Uchimiya oder so ... Er war doch der Gitarrist der Band, die auf dem Kulturfest gespielt hat, und stand in der Mitte der Bühne.

»Findest du ihn denn so unpassend? Toma, meine ich ...«

Uchimiya wirkte nervös, denn er fuhr sich mit seinen langen Fingern über den Nacken und wirkte besorgt, als würde er versuchen mit einer Person zu kommunizieren, die gänzlich anderer Meinung war als er.

»Wenn's um die Sache im Schulladen heute geht, das tut mir leid. Ich hab ihn geschubst. Toma trifft keine Schuld.«

Das ist mir bewusst. Kikuchi-kun ist vor Scham total rot geworden, als er Futaba berührt hat. So was macht man nicht aus Spaß an der Freude!, hatte sie zu dem Zeitpunkt gedacht und ihm, der seinen Freund total belustigt dabei beobachtete, einen grimmigen Blick zugeworfen. Doch jetzt ließ sich in Uchimiyas Augen ein ernsterer Ausdruck erkennen.

»Toma ist echt in Ordnung! Er ist nett und aufrichtig. Und er ist auch männlicher, als er aussieht. Er ist ein Freund, auf den ich stolz bin!« Uchimiya lachte plötzlich auf. Zu sagen, er sei stolz auf seinen Freund, schien ihm etwas peinlich zu sein, doch es schien von Herzen zu kommen. »Deswegen würde ich mir wünschen, dass du deine Freundin nicht irgendwie bewusst verschreckst! Toma ist echt ein wahnsinnig toller Kerl! Bis dann!«

Uchimiya verabschiedete sich mit leiser Stimme und drehte ihnen den Rücken zu. Die drei liefen daraufhin weiter in Richtung Toma und Futaba, versuchten jedoch nicht, die beiden einzuholen oder ihnen etwas zuzurufen. Da sie sich nur wenige

Wenn's um die Sache im Schulladen heute geht, das tut mir leid.
Ich hab ihn geschubst.
Toma trifft keine Schuld.
Toma ist echt in Ordnung!
Er ist nett und aufrichtig.
Und er ist auch männlicher, als er aussieht.
Er ist ein Freund, auf den ich stolz bin!

Meter hinter ihnen befanden und nicht zu ihnen aufholten, wirkte es, als würden sie einen Freund dabei beobachten, wie er mit einem Mädchen spazieren ging, das er mochte.

»Wie hieß er noch gleich? Uchimiya? Der hat sich ja mächtig für seinen Freund ins Zeug gelegt ...«

»U... Unser Kou ist auch ein wahnsinnig lieber Kerl! Im Moment ist er zwar vielleicht etwas ... Na ja ...«

»Nun, Kikuchi-kun würde bestimmt alles geben, um sie glücklich zu sehen, ganz im Gegensatz zu Mabuchi!«

»Kou ist auch ein treuer Kerl! Er kann sich nur nicht so gut ausdrücken!«

»Ich finde Mabuchi ja eher geheimnistuerisch und nervig!«

»Aber genau dadurch ist er doch so bezaubernd!«

Yuri, die eine Zeit lang Uchimiya hinterhergesehen hatte, wandte ihren Blick nun wieder Toma und Futaba zu. Während er mit ihr sprach, gestikulierte er unentwegt. Da er größer als sie war, blickte Futaba leicht nach oben. Dabei lächelte sie, als würde sie »Wirklich?« sagen wollen.

Futaba lacht. Seit dem Kulturfestival ging es ihr nicht so gut. Aber Futaba muss mit Mabuchi-kun zusammenkommen.

Seit Kou sie hatte abblitzen lassen, hatte Yuri Futaba unaufhörlich mit dieser Absicht unterstützt. Auch nachdem Narumi aufgetaucht war, hatte sie Futaba ausgeschimpft und sie ermutigt, nicht zu zögern und stark zu bleiben. Aber für wen tat sie das? Futaba war ihr eine wichtige Freundin und sie wollte, dass ihre große Liebe wahr werden würde. Dieses Gefühl spielte sicher auch eine Rolle. Aber tat sie das wirklich **nur** für Futaba? Vielleicht tat sie es auch zu ihrem eigenen Nutzen. Im Moment wollte sie nicht mehr, dass Kou mit ihr ausgehen und sich in sie verlieben würde. Doch ihre einst so starken Gefühle für ihn und die Tränen, die sie vor unerfüllter Liebe geweint hatte, schlummerten noch immer wie unter einer dicken Erdschicht begrabener Bernstein in ihr. Möglicherweise würde dieses tiefe Empfinden weiterhin in ihr bestehen und Kou für sie immer etwas Besonderes bleiben. Sie war so von ihm besessen gewesen, dass sie ihn lieber an Futabas Seite sah, mit der sie um ihn gekämpft hatte, als neben einem anderen Mädchen. Futaba hatte noch immer Gefühle für Kou. Da Narumi eine ernst zu nehmende Gefahr war, würde sie ihrer Freundin bis zum Ende beistehen. So hatte sie zumindest bis eben gedacht. Aber war das wirklich zu Futabas Bestem? War es wirklich sinnvoll, sie weiterhin zu stoßen, zu drängen? Yuri zweifelte daran und senkte nachdenklich den Blick.

*

Als am nächsten Morgen die Klassenleiterstunde begann, war Kou noch nicht in der Schule angekommen.

»Ich habe leider keinen Bescheid erhalten, dass er heute fehlt. Weiß von euch vielleicht jemand etwas?«, erkundigte sich der Klassenlehrer. Mangels einer Antwort wandte er sich an die Jungs, mit denen Kou sich gut verstand: »Habt ihr vielleicht etwas gehört?«

»Nein, aber vielleicht hat er ja verschlafen?«, fragten sie sich und brachen in Gemurmel aus.

Tatsächlich hatte Kou ein wirklich schlechtes Zeitgefühl und so war es nicht ungewöhnlich, dass er oft erst kurz vor Unterrichtsbeginn ins Klassenzimmer schneite. Er hatte sich auch schon öfter verspätet. Daher gingen alle davon aus, dass er vermutlich noch käme, und ließen die Angelegenheit zunächst auf sich beruhen. Allerdings war Kou nach dem Ende der zweiten

Stunde noch immer nicht aufgetaucht. Als Aya versuchte, ihn in der zehnminütigen Pause auf dem Handy zu erreichen, meldete sich sofort der Anrufbeantworter.

Es wird doch nichts passiert sein?

Futaba begann, sich Sorgen zu machen.

Da bekam sie mit, wie sich zwei Mitschüler über Kou unterhielten.

»Kommt Kou heute etwa gar nicht?«

»Hmm ... Ich glaube, er wollte sich gestern mit dem Mädchen treffen, das ihm immer Nachrichten schickt ... Oh, vielleicht ...«

Es waren die beiden Jungs, die vor und hinter Kou saßen. Als der in der hinteren Reihe diese Andeutung machte, riss der zwei Reihen vor ihm die Augen weit auf.

»Vielleicht sind sie danach ja zusammen ... Was, wenn das der Grund ist?!«

»Sag mal, was läuft denn in deinem Kopf für'n Film?!«

»Verdammt, ich bin so neidisch!«

»Aber du weißt doch gar nicht, ob es so ist!«

Angesichts der wilden Vermutungen seines Klassenkameraden errötete der Junge in der Reihe vor Kou.

Futaba überkam derweil ein ungutes Gefühl.

Ich hätte niemals geglaubt, dass Narumi und Kou zusammenkommen ... Aber je mehr ich mir diese Möglichkeit vor Augen führe, desto wahrscheinlicher ist es. Wenn sie seit gestern die ganze Zeit zusammen waren, heißt das doch eigentlich, dass sie die Nacht alleine miteinander verbracht haben, oder? Das wär echt das Letzte!

Futuba nahm ihr Handy und rief Kous Namen auf, steckte es dann jedoch wieder in ihre Rocktasche und holte das Lehrbuch für die nächste Unterrichtsstunde hervor. Jedes noch so kleine Geräusch in ihrer Umgebung reizte sie und wühlte sie zunehmend auf.

Warum verwirrt mich das eigentlich so? Ich darf mich wegen Kou nicht jedes Mal so aus der Ruhe bringen lassen. Er ist mir so was von egal! Soll er doch machen, was er will! Soll er doch mit Narumi glücklich werden.

Kou ließ sich den gesamten restlichen Tag über nicht blicken. Nach der Schule ging Futaba mit Yuri und Shuko eine Runde shoppen. Sie wollte sich mit ihren Freundinnen schöne Kleider anschauen, dazu passende Accessoires kaufen und danach bei einem Tee über belanglose Themen quatschen, um sich von all dem Chaos in ihr abzulenken. Doch es war vergebens. Wo sie auch hinging und egal was sie tat, ihre Gedanken kreisten immerzu um Kou.

Wie kann ich diese Verbitterung nur loswerden? Kou hat sich für Narumi entschieden. Das lässt sich nun nicht mehr rückgängig machen, also muss ich ihn mir ein für allemal aus dem Kopf schlagen und vorwärtsgehen. Obwohl ich weiß, dass es das Beste für mich wäre, frage ich mich, warum ich es nicht einfach in die Tat umsetzen kann. »Vielleicht konnte ich es deswegen akzeptieren.« Wie kann ich mich dazu bringen, es zu akzeptieren? Wie kann ich mich selbst überzeugen und diese Gefühle endlich abhaken?

Ohne eine Lösung für ihr Problem gefunden zu haben, kam Futaba am Bahnhof an. Die Sonne war bereits untergegangen und der Himmel glühte orange. Der herbstliche Abendhimmel tauchte ihr Herz in Einsamkeit. Seufzend lief sie über den Bahnhofsvorplatz, als plötzlich eine laute Stimme ihren Namen rief.

»Yoshioka!«

Was? Wer ist das?

Als sie sich überrascht zu der Stimme wandte, sah sie auf dem Seitenstreifen der anderen Straßenseite ein blaues Auto parken.

Hinter dem Auto stand ein Mann, der wie wild mit den Händen herumfuchtelte.

»Hey!«

Tanaka-sensei?

»Kommst du bitte kurz mal her!«

Futaba schaute nach rechts und nach links und als kein Auto mehr kam, rannte sie über die Straße zu ihm. Als sie sich ihm näherte, fiel ihr Blick auf sein heutiges Outfit. Er trug eine enge beigefarbene Hose und ein weißes T-Shirt mit einer marineblauen Strickweste darüber.

Doch natürlich war das noch nicht alles, denn vor ihr stand nun mal Tanaka-sensei. Auf dem Brustbereich seines T-Shirts prangte ein Motiv mit einer Katze, die neugierig durch den Ausschnitt der Strickjacke lugte.

Am liebsten würde ich ihn endlich mal danach fragen, wie er eigentlich immer an diese Klamotten kommt …

»Was gibt's denn?«

Als sie bei ihm angekommen war, strahlte Tanaka-sensei sie an. Die Ähnlichkeit zu Kou war unverkennbar.

»Bist du auf dem Heimweg?«

»Ah! Ja, ich bin mit den anderen zusammen noch einen kleinen Umweg gegangen …«

»Das war vielleicht mein Glück!«

Sein Glück?

Futaba kämpfte mit ihrer Verwunderung und Tanaka-sensei tippte leicht verlegen an sein Auto.

»Dürfte ich dich vielleicht um etwas bitten? Mein Auto ist liegen geblieben und ich warte auf die Pannenhilfe.«

»Ach je …«

»Kannst du mir bitte helfen und meine Einkäufe nach Hause bringen? Sonst schmilzt noch das Eis, das ich gekauft hab …«

Reflexartig nahm sie die Plastiktüte entgegen, die der Lehrer ihr entgegenhielt. Mehrere weiße, in dünnes Papier gewickelte Chrysanthemen steckten ihre Köpfe durch die Öffnung der durchsichtigen Tüte.

Das kann ich gern für ihn erledigen …

»Wo wohnen Sie denn eigentlich?«

»Ah, nein, nicht zu mir. In mein Elternhaus. Zu Kou!«

Was?

Besorgt blickte Tanaka-sensei auf die Plastiktüte in Futabas Händen.

»Kou ist erkältet und hat wohl auch Fieber, da wollte ich ihm Eis bringen.«

Kou ist … erkältet? Deswegen hat er also in der Schule gefehlt …? Er war also gar nicht mit Narumi zusammen.

Futaba ließ den Kopf hängen. Es tat ihr leid und sie schämte sich, dass sie auf Kou so wütend gewesen war.

»Ich liefere den Einkauf gern ab …«

»Oh, danke! Hier ist der Schlüssel.«

»Ah … Aber … Darf ich denn einfach so ins Haus rein?«

»Na klar! Kein Problem! Denke ich …«

»Das denken Sie …? Okay …«

»Tut mir leid und danke! Du bist meine Rettung!«

Tanaka-sensei winkte ihr fröhlich zu und Futaba verabschiedete sich mit einer Verbeugung. Sie betrachtete den silbernen Schlüssel an dem kleinen Ring und düste nunmehr im Abendrot zu Kous Haus.

Trotz der Erlaubnis des ältesten Sohns der Familie Tanaka fand sie es ziemlich nervenaufreibend, einfach die Tür zu einem fremden Haus aufzuschließen und hineinzugehen.

»Entschuldigung für die Störung …«, flüsterte Futaba auf dem Weg in die Küche. Da sie wegen ihrer gemeinsamen Lernrunde bereits mehrmals hier gewesen war, kannte sie sich grobe aus. Die Küche war sauber und ordentlich und in dezenten Farbtönen gestaltet. Doch etwas sprang ihr ins Auge: eine Tasse mit etwas Wasser neben dem Waschbecken und eine aufgerissene Tüte mit Medikamentenpulver. Der Gedanke daran, wie der kranke Kou in der stillen Küche allein seine Medizin einnahm, zerriss Futaba schier das Herz.

Ob Kou jetzt schläft … ? Als sie die Plastiktüte auf dem Tisch abgestellt und geöffnet hatte, fiel ihr Blick zur Zimmerdecke. *Ich glaube, Kous Zimmer ist genau über der Küche.* Vorsichtig packte Futaba die Tüte auf dem Tisch aus und um Kou nicht aufzuwecken, ging sie so leise wie möglich vor. *Wenn er wach wird und runterkommt, wäre mir das superunangenehm …*

Der Inhalt der Tüte bestand aus einem Becher Vanilleeis, einer Packung Eis am Stiel, Wackelpudding mit Trauben-, Orangen- und Erdbeergeschmack sowie einer Grapefruit, Äpfeln und einem Strauß weißer Chrysanthemen. Futaba musste lächeln, da dies alles für den kranken Kou zu sein schien. *Tanaka-sensei ist wohl ein wenig überfürsorglich …*

Nachdem sie das Eis in den Frost getan und den Wackelpudding und das Obst in den Kühlschrank gestellt hatte, war noch der Strauß mit den weißen Chrysanthemen übrig. *Die sind bestimmt für den Altar.*

Futabas Blick fiel auf die Schiebetüren, die auf der anderen Seite der Küche in den Raum mit den Tatamimatten führten. Tanaka-sensei schien die Blumen für den Familienaltar ihrer toten Mutter gekauft zu haben. *Was soll ich denn jetzt tun? Wenn ich die Blumen nicht ins Wasser stelle, verwelken sie … Ob es okay ist, wenn ich in den Raum mit dem Familienaltar gehe … ?*

Als sie vorsichtig die Schiebetüren öffnete, erschrak Futaba so sehr, dass sie fast umkippte. Vor dem Altar lag eine Person.

Eine Leiche?! Ein Einbrecher?! Und ich bin auch noch die Erste am Tatort?! Moment mal, das ist doch Kou … ?

Kou lag rücklings auf dem Boden vor dem Altar und trug nur ein lässiges Langarmshirt und eine Jogginghose. Seine Augen waren geschlossen und sein Brustkorb hob und senkte sich in gleichmäßigem Rhythmus.

E… Er schläft?! Unglaublich, dass er trotz Fieber hier so leicht bekleidet schläft. Er hat ja nicht mal eine Decke. Aufgebracht betrat Futaba den schwach beleuchteten Raum und kniete sich neben Kou. *Er muss so schnell wie möglich ins Bett.*

»Kou …«

Doch als sie versuchte seine Schulter zu berühren, um ihn zu wecken, verstummte Futaba. In Kous Augenwinkel war ein kleiner glänzender Tropfen zu sehen. Schweigend beobachtete sie, wie der Tropfen seine Schläfe bis zu seinem Ohr hinunterlief und dabei eine feuchte Spur zeichnete. Futabas Blick wanderte langsam nach oben, zum Bild seiner Mutter über dem Altar. Darauf lächelte sie sanft und liebevoll. Und genau vor diesem Foto, auf dem sie für immer festgehalten war, lag der noch immer trauernde Kou. Plötzlich spürte Futaba einen heißen Schmerz hinter ihren Augen.

Es ist einfach so traurig … Dass ein so großer siebzehnjähriger Junge in diesem Zimmer auf diese Art weint … Sie stellte sich vor, wie Kou in der Küche die Medizin eingenommen, die Schiebetüren geöffnet und seinen geschwächten Körper hierhergeschleppt hatte. *Was wohl in seinem Kopf vorgegangen ist, als er in diesem schwach beleuchteten Raum das Bild seiner verstorbenen Mutter betrachtet hat? Was er nun wohl träumt, nachdem er wegen des Fiebers und der Medikamente eingeschlafen ist? Kou ist immer noch voller Trauer. Dieser Schmerz wird garantiert nie mehr verschwinden, ganz egal wie sehr er mit der Zeit auch verblasst.*

Hust!

Aus Kous Kehle drang ein leichtes Husten.

Hust! Hust!

Nach nochmaligem Husten drehte er sich reflexartig zur Seite, wie um ihn so loszuwerden. Durch eine Lücke in seinem Pony, die sich durch die Bewegung aufgetan hatte, konnte man sehen, wie er angestrengt die Stirn runzelte. Daraufhin ließ sein Husten etwas nach. Kou hob nun langsam den Kopf vom Boden und öffnete die Augen. Trotz der schwachen Beleuchtung des Raumes war in seinen Augen ein feuchter Glanz zu sehen. Als er Futaba benommen entgegenblickte, wurden sie auf einen Schlag größer. Futaba wischte sich daraufhin schnell die Tränen ab.

»Was …?!«

Panisch sprang Kou auf, bedeckte aber mit dem Ärmel seines Langarmshirts sofort seinen Mund und wandte sein Gesicht von Futaba ab.

Ist er etwa sauer, weil ich ohne seine Erlaubnis das Haus betreten habe?, überlegte Futaba, die sich nun aufrichtete. »Tut mir leid, dass ich dich erschreckt hab … Äh … Dein Bruder hat mich am Bahnhof gebeten, dir ein paar Einkäufe vorbeizubringen. Sein Auto ist liegen geblieben und er meinte, das Eis würde sonst schmelzen.« Kou wandte sich noch immer von ihr ab und sie wusste nicht, ob er ihr zuhörte. Sein Verhalten stimmte sie todtraurig. »W… Warum sagst du denn nichts? Heißt das, du willst überhaupt nicht mehr mit mir reden …?«

Sie nahm es ihm nicht übel, da sie ihm auch andauernd aus dem Weg gegangen war. Gleichzeitig wollte Futaba ihm zu verstehen geben, dass sie gedachte, auf ihn zuzugehen. »Für mich ist es auch schwer, dich anzusprechen …«

»Du steckst dich noch bei mir an«, flüsterte er leise und blickte sie schließlich an. Er wirkte weder mürrisch noch wütend, aber leicht verlegen. Verdutzt starrte Futaba ihn mit halb geöffnetem Mund an. Kou hingegen hielt sich den Mund wie ein Kleinkind zu.

Er wollte mich nicht anstecken? Na ja, wir haben nicht mehr miteinander gesprochen und wenn man den Mund nicht aufmacht, kann man sich auch nicht anstecken …

Futaba fiel es noch immer schwer, Kous Aussage zu verarbeiten, doch das geriet schnell in Vergessenheit. Sie richtete sich auf und lief in die Küche. Sie nahm ein Handtuch aus ihrer Tasche (in der Tasche eines Mädchens befinden sich unheimlich viele Dinge!), die sie unter den Tisch gestellt hatte, und band es sich um den Kopf, um ihre Nase und ihren Mund zu bedecken.

Ich komme mir so vor, als würde ich gleich einen Großputz starten, aber was soll's …

»So ist's okay.«

Sie ging zurück zum Altarraum und griff nach Kous Arm. Dieser schaute sie mit weit aufgerissenen Augen an, als würde er sich vor einer merkwürdigen Person fürchten, die sein Zuhause betreten hatte.

»Du musst dich ins Bett legen!«

Grob schüttelte er Futabas Griff ab und stand auf. »Ich bin kein Baby mehr. Ich kann alleine gehen …«

Da hast du recht … Ein Baby hätte auch wesentlich mehr Charme als du!, schoss es ihr durch den Kopf, als Kou mit diesen Worten in der Küche verschwand. Doch schon bald sorgte sie sich wieder um ihn und ging ihm nach.

Irgendwie torkelt er ein bisschen. Ihm geht es echt nicht gut. »Kou, hast du schon was Richtiges gegessen? Wenn du nichts isst, kannst du auch deine Medizin nicht schlucken. Ah! Dein Bruder hat dir Eis und Wackelpudding gekauft! Soll ich dir mit Eiswürfeln einen kalten Umschlag machen?! Wenn ich was für dich tun kann, musst du's nur sagen!«

Mit einem leichten Stirnrunzeln drehte Kou sich zu Futaba. »Okay, dann sei bitte still. Mir dröhnt der Schädel.«

»Oh, tut mir leid!«, antwortete Futaba leicht niedergeschlagen und verstummte.

Mit wesentlich langsameren Bewegungen als üblich öffnete Kou die Küchentür. Doch ehe er in den Flur trat, hielt er inne und murmelte ihr etwas zu, ohne sich zu ihr umzudrehen.

»Wegen gestern … Tut mir leid, dass du allein zu der Versammlung musstest. Ich glaube, ich hatte da schon Fieber und allein die Nachricht zu schreiben, war schon ziemlich anstrengend.«

Wie … ? Das war also der Grund für die barsche Nachricht? Und dass er nicht mit mir geredet hat, lag das etwa auch daran, dass er mich nicht anstecken wollte? Oh Mann … ! Wie idiotisch …

»Ich bin okay. Du kannst nach Hause gehen. Wirf den Schlüssel einfach in den Briefkasten«, sagte er und lief die Treppen ins obere Stockwerk hinauf. Dabei wandte er ihr noch immer den Rücken zu. »Danke, dass du die Sachen gebracht hast …«

Mehr hat er mir also nicht zu sagen … Futaba wurde warm ums Herz. Sie hatte das Gefühl, weinen zu müssen, denn sie erkannte erneut, dass sie in diesen Jungen verliebt war. Als Kou im oberen Stockwerk verschwand, streifte Futaba das Handtuch ab. *Ich bin so ein Dussel … Noch so an jemandem zu hängen, der kein Interesse an mir hat … Wie kann man akzeptieren, dass man keine Chance mehr hat?*

Wegen seiner Erkältung hatte Kou einen papierartigen Geruch in der Nase. Seine Haut brannte und war empfindlich, das Fieber stieg wieder. Nachdem er seinen total erschöpften Körper die Treppe hinaufgeschleppt hatte, lehnte er sich mit dem Rücken an die Tür seines Zimmers und ließ sich zu Boden gleiten. In der Stille vernahm er leise die Geräusche aus dem Erdgeschoss.

Klirr Klirr

Es hörte sich an wie Keramik, die aneinandergestoßen wurde. Dann nahm er das Geräusch eines laufenden Wasserhahns wahr. Schritte.

Ich hatte doch gesagt, dass sie ruhig nach Hause gehen kann. Was macht sie denn da?

Trotz dieser Gedanken war er froh, dass Futaba bei ihm war. Er fuhr sich durch seinen Pony und biss sich auf die Unterlippe. Er war vor dem Porträt seiner Mutter eingeschlafen. Danach hatte er seine Augen geöffnet und Futaba vor sich gesehen, die ihn mit Tränen in den Augen angesehen hatte. Er fühlte sich in diesem Moment ruhig und entspannt, wie jemand, dessen Hunger gestillt worden war. Bis ihm schließlich wieder etwas bewusst wurde.

Scheiße …

Seit er beschlossen hatte, an Narumis Seite zu bleiben, bis diese auf eigenen Beinen stehen konnte, entfernte er sich von Futaba. Als diese begann, ihn in der Schule zu meiden, redete er sich ein, dies sei das Ergebnis seiner eigenen Entscheidung und er könne ein Leben ohne Futaba ertragen.

Ich war doch so felsenfest entschlossen und jetzt gerät mein Herz so leicht ins Wanken? Und zwar nur deshalb, weil sie gerade hier bei mir ist …

*

Nachdem sie die weißen Chrysanthemen in eine Vase gestellt hatte, entzündete sie eine Kerze und ein Räucherstäbchen. Futaba läutete das Glöckchen und faltete ihre Hände vor dem Altar zum Gebet. Danach öffnete sie langsam wieder die Augen.

Es ist fast so, als hätte jemand aus dem Himmel eingegriffen …, dachte Futaba über den Lauf der Dinge nach, der sie hierher geführt hatte. *Ich kann es einfach nicht akzeptieren. Kou und Narumi haben ähnliche Lebensumstände, fast wie Zwillinge. Die Scheidung ihrer Eltern, der Tod eines geliebten Menschen … Kous Trauer wird nie ganz verschwinden, deshalb versucht er, Narumi in ihrer misslichen Lage zu unterstützen. Aber ich glaube, dass Kous Trauer nicht weniger wird, genau weil Narumi da ist. Dadurch wird er nämlich immer wieder an seine Mutter erinnert.*

Futaba löschte die Kerze, stand auf und blickte auf den Boden. Bis eben hatte Kou dort geschlafen. Eine Träne war aus seinem Augenwinkel geflossen und seine Schläfe hinabgeglitten.

Narumi zieht Kou immer wieder in seine schmerzhafte Vergangenheit zurück. Und wenn das so weitergeht, wird die Zeit für Kou wieder stehen bleiben, obwohl sie gerade erst begonnen hat weiterzulaufen. Sag mal, Kou … Als wir am Abend nach dem Feuerwerk gemeinsam zurückgelaufen sind, hast du doch gelacht, oder? Du hast mich als Sumoringerin bezeichnet und dann so schelmisch gegrinst wie ein Fünftklässler. In diesem Moment hast du echt glücklich gewirkt und darüber war ich sehr froh. Du darfst nicht mit Narumi zusammen sein, Kou! Ich möchte wieder Kous lachendes Gesicht sehen, so wie in den Sommerferien!

3

Kou fehlte auch am nächsten Tag in der Schule.

Es scheint ihm immer noch nicht besser zu gehen.

Nach der vierten Unterrichtsstunde schnappte Futaba sich Aya, der gerade auf dem Weg zum Schulkiosk war, und lud ihn ein, sie auf die Dachterrasse zu begleiten. Yuri und Shuko waren auch mit von der Partie. Als die vier hinaustraten, konnten sie unter den Sohlen ihrer Hausschuhe die groben und staubigen Schmutzpartikel spüren. Ein Metallzaun diente als Absturzsicherung und außer der Eingrenzung um die Treppen und einen kleinen Lagerraum war hier oben nichts weiter zu entdecken. Der Himmel war von zarten Schleierwolken durchwirkt, die ungestört über ihnen hinwegzogen.

»Infos über Narumi … Hm … Was Kou mir gesagt hat …« Aya lehnte mit dem Rücken am Zaun und überlegte kurz, ehe er fortfuhr. »Er wusste, dass Narumi früher in ihn verliebt war! Aber als er sie bei der Beerdigung ihres Vaters wiedergesehen hat, meinte sie wohl, sie sei nicht mehr in ihn verliebt. Und Kou sagte, dass es dann okay wäre, wieder mit ihr Kontakt zu haben.«

»Es sah aber nicht danach aus, dass Narumi nicht mehr in ihn verliebt ist …«, murmelte Yuri, die sich wahrscheinlich gerade wieder an das Kulturfestival erinnerte.

»Vielleicht hat sie sich's plötzlich wieder anders überlegt, als sie gesehen hat, dass Yoshioka und Kou sich gut verstehen?«

»Also das …! Mh … Na das könnte ich schon nachvollziehen. Das kommt vor. Aber …«

»Ich denke nicht, dass es so war. Auf mich wirkt sie eher wie ein intriganter Mensch …«, gab nun Shuko, die an der Eingrenzung lehnte, ihre Meinung zum Besten. »Aber ganz egal, was es war, Mabuchi ist jedenfalls nicht mehr zu haben.«

Futaba hielt ihr Haar fest, durch das der Herbstwind streifte, und dachte ebenfalls an Narumi. Sie empfand ihr Dasein zwar als große Belastung, realisierte jedoch in diesem Moment, dass sie sie erst einmal, nämlich am Tag des Kulturfestivals getroffen und kaum ein Wort mit ihr gewechselt hatte. Sie erinnerte sich an ihr gewelltes, halb langes schwarzes Haar und ihr gestreiftes Kleid. Beim Auftritt von Tomas Band hatten Futaba und Kou sich versehentlich geküsst und als Futaba im Anschluss von Kou erfahren wollte, wie er darüber dachte, war sie Narumi begegnet, die zufällig gerade allein gewesen war.

»Aber am besten machst du dir gar nichts draus! Kou-chan scheint sich auch keine Gedanken drum zu machen! Gut, für ihn war es auch nicht der erste Kuss, das macht wahrscheinlich auch was aus.«

Ich war in diesem Moment so aufgelöst, dass ich keinen klaren Gedanken fassen konnte. Doch wenn ich jetzt so darauf zurückblicke, kann ich an ihren Worten und ihrer Mimik schon ihre Zuneigung zu Kou erkennen. Womöglich mochte sie mich da schon nicht wirklich. Abgesehen davon, wie intrigant sie sich verhält oder ob sie ihm Kummer bereitet, liebt Narumi Kou immer noch. Das hat sich womöglich auch niemals geändert, seit die beiden sich in Nagasaki kennengelernt haben. Doch Kou hat gestern geweint, Narumi! Und zwar ganz allein, vor dem Porträt seiner Mutter!

»Jedenfalls habe ich das Gefühl, es täte Kou nicht gut, mit Narumi zusammen zu sein!«

Aya, Yuri und Shuko hielten zur gleichen Zeit ihren Blick auf Futaba gerichtet. Diese stand mit geballten Fäusten vor ihnen.

Ich wünschte mir, du würdest wieder so wie in den Sommerferien lächeln, Kou! »Und deswegen werde ich …«

Gerade als Toma und Uchimiya wie immer auf dem Dach ihr Mittagessen zu sich nehmen wollten, hörten sie Schritte und die Tür aufgehen. Zunächst war es nicht so ungewöhnlich, dass auch andere die Terrasse betraten, weshalb sie erst noch sorglos weiteraßen. Doch als jemand sagte: »Ich möchte, dass du mir von Narumi erzählst«, durchfuhr Tomas Körper ein seltsames Zucken. Dieses Symptom trat neuerdings immer auf, wenn er Futabas Stimme vernahm. Die Neugier trieb ihn dazu, vorsichtig um die Ecke zu lugen. Die Atmosphäre zwischen den vieren, die dort standen, war ernst, keiner lächelte. Außerdem fiel sehr häufig der Name »Narumi«.

Wenn ich mich recht entsinne, war das das Mädchen mit den halb langen schwarzen Haaren, das Kou am Abend des Kulturfestivals umarmt hat.

»Hey, was haben die da eben gesagt …?«

»Psst!«, lautete Tomas Antwort auf Uchimiyas Frage, damit dieser schwieg.

Daraufhin linste er erneut um die Ecke des Lagerraums, hinter der sie saßen. Aya Kominato lehnte mit dem Rücken am Zaun, gegenüber standen Futaba und ihre beiden Freundinnen.

»Hast du nicht mal gesagt, dass wir nicht spannen sollen, Toma?«

»Aber ich habe Yoshiokas Stimme gehört!«

Toma wusste nichts Genaueres über Kous Beziehung zu diesem Mädchen. Und er wusste auch nicht, was zwischen den dreien, wenn man Futaba mit einberechnete, vorgefallen war. Obwohl es ihn interessierte, konnte er Futaba selbst natürlich nicht dazu befragen, und auch Kou, den er als seinen Liebesrivalen betrachtete, kam dafür nicht infrage (er mochte ihn womöglich ohnehin nicht). Doch er wusste immerhin, dass Kou Futaba sehr verletzt hatte und das genügte ihm.

Ich werde nicht zulassen, dass er Yoshioka wehtut!

»Jedenfalls habe ich das Gefühl, es täte Kou nicht gut, mit Narumi zusammen zu sein!«

Als sich Futaba wieder zu Wort meldete, die so lange geschwiegen hatte, wurde Toma hellhörig. Mit fest entschlossenem Blick sagte sie: »Und deswegen werde ich mit Narumi sprechen.«

»Was?«, rief Aya Kominato überrascht. »Wie willst du das denn anstellen? Weißt du überhaupt, auf welche Schule sie geht oder wo sie wohnt?«

»Nein, aber ich habe so eine Ahnung.«

»Aber du weißt doch nicht, ob du Narumi wirklich triffst ...«, gab Yuri zu bedenken.

»Ich werde mein Glück trotzdem versuchen. Ich schätze, dass ich heute, da Kou krank ist, gute Chancen habe.«

Nach einer Weile endete das Gespräch und die vier verließen die Dachterrasse.

Sie will mit Narumi sprechen ... Heißt das etwa, sie will ihr Mabuchi wegnehmen?

Eine frische Brise zog über das Dach und einige rot gefärbte Blätter, die wahrscheinlich von den Bäumen aus dem Innenhof stammten, fielen auf Tomas Bentobox. Er wischte sie hinunter und runzelte die Stirn. Er hatte Futaba und Kou die letzten Tage nicht mehr zusammen gesehen. Er wusste nicht, wie es um Kou stand, doch er hatte geglaubt, dass Futabas Gefühle für ihn langsam nachließen.

Also scheint Yoshioka immer noch in diesen Kerl verliebt zu sein. Ich darf sie nicht gehen lassen! Aber wie kann ich sie davon abhalten?

»Nur um das noch mal klarzustellen, Toma, wir haben heute nach dem Unterricht noch Bandprobe mit Shun, okay?«, warf Uchimiya ein, der sich denken konnte, was im Kopf seines Freundes vorging.

Sie meinte, dass sie eine Ahnung hat, wo sie hinmuss ... Wohin wohl?

Da er sie nicht direkt fragen konnte, überlegte er, ihr zu folgen. Gerade als er angestrengt darüber nachgrübelte, wie er das anstellen könnte, meldete sich erneut sein Freund zu Wort, der gerade von seinem Brötchen abbiss.

»Du weißt, dass wir das Studio schon gemietet haben, oder?«

»Logo ...«

»Na, dann ist ja gut.«

Kann Ucchi etwa Gedanken lesen, oder was?

Voller Ungeduld und Zweifel schob sich Toma gleich ein paar Happen von seinem frittierten Hähnchen in den Mund. Daraufhin entwich ihm ein Seufzer und er ließ seinen Kopf mit einem dumpfen Aufprall gegen die Mauer fallen.

Ich wünschte, jemand würde es mir sagen ... Wie schaffe ich es, dass sie endlich mich wahrnimmt?

*

Uchimiyas Freund Toma Kikuchi war wirklich ein netter Kerl – aufrichtig, freundlich, fleißig, verantwortungsbewusst und manchmal auch ein wenig schusselig. Alles in allem also ziemlich liebenswert.

»Gehen wir, Toma?«, sagte Uchimiya, der nach der Klassenleiterstunde am Ende des Schultags gerade mit einem Gitarrenkoffer auf Toma zugelaufen kam. Dessen Gedanken weilten offensichtlich nicht bei der anstehenden Bandprobe, sondern ganz woanders und das versuchte er nicht mal zu verstecken. Für Uchimiya war Tomas Offenheit inzwischen so etwas wie eine positive Eigenschaft. Jedoch tat sein Freund ihm auch ein wenig leid, da er sich bislang so vergeblich bei Yoshioka bemühte. Als er Futaba im Eingangsbereich der Schule erblickte, wies er Toma darauf hin.

»Ah! Toma! Da ist sie!«

Toma, der völlig in Gedanken versunken zu Boden geblickt hatte, hob auf Anhieb seinen Kopf. Sobald er Futaba Yoshioka erkannt hatte, die gerade dabei war, ihre Schuhe zu wechseln, stürzte er, ohne zu zögern, auf sie zu.

Er steht wirklich total auf sie …, dachte Uchimiya, der die Situation halb bewundernd, halb belustigt beobachtete.

»Yoshioka!«

»Ah, Kikuchi-kun! Tschüss!«

»Oh! Warte!«

Oh! Uchimiya hob überrascht die Augenbrauen. Toma griff nach Futabas Arm. Doch es wirkte unbewusst.

»Hä? Was denn?«, fragte Futaba ihn erstaunt.

»Ähm, also …« Toma errötete leicht. »Hör mal …«

»Ja?«

»Weißt du … Wir haben heute Bandprobe. Möchtest du nicht mitkommen?!«

Na ja, die haben wir zwar wirklich, aber was wir abliefern, ist ja wohl nichts Vorzeigbares … !

»Ähm, wenn du als Zuhörer dabei sein und uns deine ehrliche Meinung sagen würdest …«

Als Toma so bemüht seine Einladung rechtfertigte, runzelte Futaba verwirrt die Stirn.

»Sorry, ich hab heute schon was vor …«

»Aber …«

»Nanu? Futaba?«

Toma vernahm eine streng klingende Stimme hinter sich, zuckte zusammen und drehte sich vorsichtig um. Zwei Mädchen, die gegensätzlicher nicht sein konnten, liefen die Treppen zum Eingangsbereich hinunter. Es waren die große, schöne Shuko Murao und die kleine, zierliche Yuri Makita.

»Bist du immer noch da? Ich dachte, du hast es eilig?«, frage Shuko Futaba.

Wegen ihrer Schönheit besaß Shuko bereits eine beeindruckende Ausstrahlung, doch diese verblasste angesichts des grimmigen Blickes, den Yuri neben ihr aufsetzte. Vor Schreck und auch aus Angst vor Yuris tödlichen Blicken ließ Toma Futabas Arm instinktiv los.

»Ah! Ja, schon, aber … Tschüss, Kikuchi-kun! Bis demnächst!«

Futaba drehte sich im Nullkommanichts um, verabschiedete sich und rannte wie der Wind davon. Unter den verbliebenen vier Teenagern herrschte nun eine unangenehme Stille. Unwohl fühlten sich jedoch eigentlich nur Toma und Uchimiya. Shuko starrte die beiden an, wie um zu fragen: »Ihr schon wieder?«, und Yuri warf ihnen noch einen unheilvollen Blick zu.

Oh Mann, haben die vielleicht schlechte Laune?

Schnell packte Uchimiya seinen Freund an den Schultern und zerrte ihn zu den Schuhfächern. »Dann lass uns auch mal gehen! Okay? Wir haben ja noch Bandprobe!«

»Einen Moment noch! Ich würd gern über was reden.«

Eine tiefe Stimme ließ die beiden Jungen erstarren. Als die beiden sich ängstlich umdrehten, kam Yuri mit beängstigender Miene auf sie zu.

Ah, es tut mir leid, Toma! Hätten wir nur etwas früher den Rückzug angetreten, wäre sie jetzt nicht so sauer!

»Hast du kurz Zeit, Uchimiya-kun?«

Was? Verdutzt blinzelte Uchimiya und tippte sich mit dem Zeigefinger an die Nasenspitze. Yuri nickte ihm zu. *E… Etwa ich?*

Ich verstehe es echt nicht. Mit mir?!

Immer noch völlig verblüfft ging Uchimiya Yuri hinterher, die zum Innenhof auf der Rückseite des Schulgebäudes stürmte. Toma wartete derweil am Eingang auf ihn. Shuko saß indessen auf einer Bank und las ein Buch, denn Yuri hatte sie ebenfalls darum gebeten, kurz zu warten.

Will sie mich jetzt ausschimpfen?! Ist sie etwa sauer wegen der Rempelei neulich am Schulkiosk? Oder will sie mir sagen, dass ich dafür sorgen soll, dass er sich von Yoshioka fernhält? Was hat sie denn überhaupt gegen ihn? Im Schatten eines Vogelbeerbaumes mit roten Früchten blieb Yuri stehen und wandte sich Uchimiya zu. *Jetzt ist es also so weit.*

Angespannt wartete er darauf, was Yuri zu sagen hatte. Doch was dann kam, überraschte ihn ziemlich.

»Es tut mir leid.«

»Hä?!«

Verdutzt blickte er zu Yuri, die nervös zu Boden blickte.

»Es ist nicht so, dass ich Kikuchi-kun für unpassend halte oder ihn nicht mag ... Im Moment will ich einfach nicht, dass irgendwer Futaba durcheinanderbringt, ehrlich gesagt ... Nein ... Das meine ich nicht. Das ... Das ist es nicht.«

Uchimiya runzelte die Stirn, da er ihren Worten nicht so ganz folgen konnte, doch dann fiel ihm wieder etwas ein.

»Findest du ihn denn so unpassend? Toma, meine ich ... «

Das hatte er zu ihr gesagt, als sie sich nach der Komiteesitzung zufällig über den Weg gelaufen waren. Seit Uchimiyas Versuch am Schulkiosk, zwischen den beiden Körperkontakt herzustellen, schien Yuri Toma gegenüber sehr misstrauisch zu sein.

»Ich habe mir wegen einer bestimmten Sache ganz egoistische Hoffnungen gemacht. Deshalb habe ich mich über Kikuchi-kun geärgert und beschlossen, ihn von Futaba fernzuhalten. Aber das heißt nicht, dass ich ihn hasse …«, stotterte Yuri verlegen, um die Angelegenheit zu erklären.

Plötzlich meinte Uchimiya, die losen Enden der Fäden endlich verbinden zu können.

Könnte es sein, dass dieses Mädchen in Toma … Dann würde es mich zumindest nicht wundern, warum es ihr nicht gefällt, wenn er sich Yoshioka annähert.

Genau in dem Moment, in dem er gedacht hatte, ihm würde eine unangenehme Situation blühen, hob Yuri entschlossen den Kopf und ihre Blicke trafen sich. Ihre Augen waren erstaunlich groß, rund und schön.

»Es tut mir leid, dass ich mich deinem Freund gegenüber so schrecklich benommen habe, Uchimiya-kun!«

Hmm … Oder mag sie ihn vielleicht doch nicht? Verwundert neigte er den Kopf zur Seite.

»Und wenn ich so darüber nachdenke, würde es mir auch nicht gefallen, wenn irgendjemand Futaba oder Shuko wie einen Wurm behandeln würde …«

Hoppla, ob sie sich bewusst ist, was sie da gerade gesagt hat … ?

»Deshalb … tut es mir leid!«

Nach ihrer nochmaligen Entschuldigung ergab für ihn endlich alles Sinn.

Darum ging es also bloß? Sie wollte mich bloß um Verzeihung bitten, dass sie sich meinem besten Freund gegenüber so abweisend verhalten hat?, dachte er und fing an zu lachen. »Was?! Deswegen hast du dir Gedanken gemacht?!«

»Wie meinst du das …?«

»Ach, als du von egoistischen Hoffnungen gesprochen hast, dachte ich schon, du bist vielleicht in Toma verliebt! In dem

Fall würdest du natürlich meine Verkupplungsversuche stören wollen …«

»Ah, nein!« Yuri winkte verlegen ab und ihre Wangen wurden leicht rot. »Diese egoistischen Hoffnungen habe ich mir wegen einer anderen Sache gemacht …«

»Hm …«

Jetzt erinnere ich mich!! Wir haben sie doch schon mal zusammen mit Yoshioka auf dem Dach beobachtet! Durch die Sache heute Mittag erinnere ich mich wieder! Es war so gegen Ende Mai, als wir noch unsere Winteruniformen anhatten!

Damals hatte Uchimiya wie gewohnt mit Toma auf der Dachterrasse zu Mittag gegessen. Plötzlich hörten die beiden Mädchenstimmen. Da die Stimmen ziemlich laut waren und ihr Gesprächsthema ziemlich interessant schien, spähten sie um die Ecke. Es ging um ein Liebesgeständnis und darum, in wen die beiden verliebt waren. Danach hatten die beiden Mädchen sich weinend in den Armen gelegen. Erst jetzt erinnerte er sich daran, dass es Yuri und Futaba gewesen waren. Tomas Erzählungen zufolge war Futaba in diesen Kou Mabuchi verliebt, was also hieß, dass auch Yuri damals in ihn verliebt gewesen war. Doch er fand es überaus merkwürdig, dass Yuri Futaba jetzt unterstützte, da sie Kou doch selbst mochte. Außerdem hatte er bemerkt, dass in ihren Worten ein leicht schmerzlicher Hauch mitschwang.

Ah …, bemerkte Uchimiya für sich und musterte die zierliche Yuri. *Ob sie bei dem Typen schon abgeblitzt ist?*

»Ich werde mich in Zukunft Kikuchi-kun gegenüber anständig benehmen«, sagte Yuri, die nun mit ihren klaren Kulleraugen aufblickte. Sie strahlten aufrichtige Liebe aus. »Aber Futabas Gefühle sind mir sehr wichtig!«

»Okay! Bloß werde ich mich trotzdem weiter nach Kräften für Toma einsetzen!«

Nach dieser Klarstellung lächelten sie einander zu. Sicher würde sein Kumpel schon auf ihn warten. Also verabschiedete sich Uchimiya und ging nach unten.

Yuri Makita, murmelte er. *Sie war viel, viel netter, als ich angenommen hatte.*

*

»Shuko! Da bin ich wieder …«

Shuko hatte es sich inzwischen auf der Bank bequem gemacht. Als sie bemerkte, dass Yuri auf sie zugerannt kam, klappte sie ihr Buch zu.

»Schon fertig?«

»Ja!«

»Dann lass uns heimgehen.«

Uchimiya-kun ist wirklich nett, dachte Yuri auf dem Weg zum Schultor. Als sie sich bei ihm entschuldigt hatte, dass sie Toma gegenüber so boshaft gewesen sei, hatte er nur gelacht und gemeint, das sei halb so wild. *Wenn Uchimiya-kun so für ihn einsteht, muss Kikuchi-kun ja wirklich ein guter Kerl sein. Ich will mich in Zukunft nicht mehr von Gefühlen oder Vermutungen leiten lassen. Nicht bei Futaba, aber auch nicht bei Kou oder Kikuchi-kun. Ich sollte Futaba darin unterstützen, was sie wirklich will.*

»Ah! Hallo, ist Yoshioka bei euch?«, rief jemand Yuri und Shuko zu, die gerade plauderten und über das Kopfsteinpflaster des Innenhofs schlenderten. In einem Quergang des Schulgebäudes, der auf den Innenhof hinausführte, stand Tanaka-sensei und winkte ihnen mit seiner freien Hand zu – in der anderen hielt er seine Unterrichtsmaterialien. Abgesehen von dem Muttermal unter seinem Auge glich er seinem jüngeren

Bruder Kou beinahe aufs Haar, nur dass seine Mimik und Gestik viel unschuldiger wirkten.

»Futaba ist schon nach Hause gegangen! Wollten Sie was von ihr?«, hakte Yuri nach.

»Ja, eigentlich … Ach, ist nicht so wichtig. Kommt gut heim!«

Yuri senkte leicht den Kopf und wollte sich wieder auf den Weg machen. Doch da bemerkte sie, dass Shuko ihr nicht folgte und blieb stehen.

»Shuko?«

Shukos Augen waren auf Tanaka-sensei fixiert. Ihr Blick war furchtbar traurig und sie schien etwas loswerden zu wollen. Auch Tanaka-sensei schaute ihr entgegen. Sein sanftes Lächeln dabei war schwer zu deuten. Es wirkte zugleich traurig und einsam, strahlte jedoch auch ein wenig Mitleid aus. »Gehen wir …« Erst als Tanaka-sensei sich leicht zum Abschied verbeugte, war auch Shuko bereit zu gehen.

»Ja!«, antwortete ihr Yuri und betrachtete Shukos gewohnt kühles Profil.

Warum sich die beiden so rätselhaft verhielten, würde sich erst am nächsten Tag aufklären.

4

Aufmerksam verfolgte Futaba das geschäftige Treiben der Menschen. Junge Leute in Alltagskleidung, Mütter mit ihren Kindern, Geschäftsleute in Anzügen und Schüler in ihren Uniformen. Rasch ließ sie ihren Blick über die vielen Gesichter gleiten, die so schnell vor ihr auftauchten, wie sie verschwanden, fast so, als würde sie Teile auf einem Fließband betrachten. Jedes der

Gesichter war einzigartig. Unter ihnen befand sich jenes, das sie zu entdecken hoffte.

Der Bahnhof war ein schlichtes rechteckiges Gebäude und bot nicht nur Zugreisenden unzählige Umstiegsmöglichkeiten, sondern beherbergte auch etliche Geschäfte. Das Erdgeschoss bildete eine Art quadratischen Tunnel, durch den man auch den Bahnhof betreten und verlassen konnte. Auf den glatten weißen Wänden des Gebäudes stand in dicken dunkelblauen Lettern »Nijinodai Bahnhof«. Dies war der Bahnhof, in dem Narumi laut Kou umsteigen musste. Futaba stand an einer Ecke des Bahnhofsvorplatzes, nur wenige Meter neben dem Gebäudeeingang. Es war die perfekte Entfernung, um die Vielzahl an Menschen zu betrachten, die den Bahnhof verließen. Irgendwann bemerkte sie ein Mädchen mit schulterlangem Haar, das die Uniform der benachbarten öffentlichen Highschool trug, gerade durch den Ticketschalter gegangen war und immer näher auf sie zukam.

Da … Ah, nein, das ist sie nicht …, seufzte Futaba in sich hinein und lehnte sich mit dem Rücken an eine Informationstafel hinter ihr. *Ich hätte doch Kou fragen sollen, wo Narumi zur Schule geht.* Immer wenn sie Mädchen in Schuluniform und ähnlichen Frisuren erblickte, wiederholte sich diese Reaktion. Vor lauter Aufregung tat ihr schon das Herz weh.

Mit solch dürftigen Hinweisen jemandem aufzulauern und dann auch noch die Konfrontation zu suchen … Um ehrlich zu sein, habe ich Angst und bin nervös. Sie hatte Lampenfieber wie ein Grundschüler, der hinter der Bühne auf seinen langersehnten Auftritt wartet. *Was mache ich, wenn ich sie schon verpasst habe? Ich habe zwar die ganze Zeit den Ausgang beobachtet, aber was, wenn ich sie in dem Gewusel nicht gesehen habe …?! Immerhin sind hier unheimlich viele Menschen. Und was, wenn sie schon weg war, ehe ich überhaupt hier war?*

Gerade als die Zweifel sie zu erdrücken drohten, strömte eine riesige Menschenmenge durch die Ticketkontrolle. Sicher handelte es sich um Zugpassagiere, die gerade angekommen waren. Futaba hielt den Atem an und musterte der Reihe nach die herausdrängenden Leute. Irgendwann machte ihr Herz einen Sprung. Sie lief gemächlich und bahnte sich ihren Weg durch die Menge. Ihre Zielperson trug eine Uniform, die aus einem dunkelgrauen Blazer und einem Faltenrock bestand. Durch eine locker gebundene rote Schleife stach sie heraus. Narumi lief mit gesenktem Blick in ihre Richtung und wirkte irgendwie bedrückt. Sie schien weder die Menschen ringsum noch ihre Umgebung wahrzunehmen.

Ich hab sie echt gefunden. Und jetzt? Das Geräusch ihres Herzschlags hallte in Futabas Kopf wider. Narumi lief an ihr vorbei und steuerte auf den nahen Gehweg zu. Futaba zögerte. *Was mach ich denn? Wofür bin ich denn hierhergekommen? Los jetzt!*

»Narumi!«

Narumi zuckte leicht zusammen und drehte sich zu der Stimme um, die ihren Namen rief. Sobald sie Futaba entdeckt hatte, ließen ihre Augen kurz ein leichtes Zaudern erkennen. Für ihr Alter wirkten sie zu ausdruckslos, als hätte sie durch ein langes Leben das Interesse an den meisten Dingen verloren.

»Dein Name war doch Futaba, oder?«, fragte Narumi leise. Sie verhielt sich so, als hätte sie damit gerechnet, dass dieser Moment irgendwann auf sie zukommen würde. Um nicht zu sehr aufzufallen, ging Narumi mit unerschütterlicher Haltung voraus und führte Futaba in einen nahen Park. Da Futaba sich in der Gegend überhaupt nicht auskannte, folgte sie ihr stillschweigend. Es war ein kleiner Park mit Rutsche, Schaukel, Sandkasten und ein paar Bänken. Die Spielgeräte warfen durch das Licht der untergehenden Herbstsonne lange, einsame Schatten.

Ähm … Wie soll ich bloß anfangen?

Futaba stand neben einer Rutsche und zögerte, da sie nicht wusste, wie sie Narumi genau ansprechen sollte. Ihr stand der Schweiß auf der Stirn. Doch dann ergriff Narumi das Wort.

»Es geht um Kou-chan, oder? Was?«

Narumi blickte Futaba ruhig entgegen und schien keineswegs nervös. Futaba schluckte, da sie sich durch die Stille leicht unter Druck gesetzt fühlte.

Es ist nicht falsch, dass ich es ihr um Kous willen sagen möchte.

»Also … I… Ich würde mir wünschen, dass du Kou freigibst!«

Narumi dachte ein paar Sekunden über die Bedeutung ihrer Worte nach und neigte dann fragend den Kopf. »Freigeben …?«

»Ich will nicht, dass du Kou mit Gewalt an dich bindest. Es tut mir ja auch leid, wie es bei dir im Moment aussieht, aber Kou hatte gerade begonnen, wieder zu leben.«

Der schwach beleuchtete Altarraum kam Futaba wieder in den Sinn. Und Kou, wie er im Schlaf geweint hatte. »Wenn er mit dir zusammen ist, wird er in seine Vergangenheit zurückgeworfen. Für Kou steht die Zeit dann wieder still! Und deswegen …«

»Was?! Ich denk gar nicht dran!«, sagte Narumi und lächelte sanft. Futaba stockte der Atem. Sie konnte nicht glauben, dass Narumi in solch einer Situation ein Lächeln aufsetzte. »Schließlich ist Kou-chan alles, was ich noch habe!« Daraufhin warf ihr Narumi einen kalten Blick zu und fügte noch etwas hinzu. »Du bist also auch in ihn verliebt?«

Auch in ihn verliebt? »Wie …? Was meinst du mit ›auch‹? Aber du hast doch gesagt, dass du nichts mehr in der Richtung für ihn empfindest!«

»Das war gelogen!« Narumis Augen verrieten, dass sie geglaubt hatte, Futaba sei das klar. »Ich bin immer noch in ihn verliebt! Aber ich dachte, wenn ich das sage, würde er nicht mit mir reden. Mir ist egal, ob er jetzt aus Mitleid oder aus irgendeinem anderen Grund bei mir ist. Ich will ihn unbedingt haben.« Narumis Augen durchbohrten Futaba förmlich. »Und dazu ist mir jedes Mittel recht!«

Das laute Pochen ihres Herzens schmerzte Futaba in den Ohren. Sie hätte sich eine passende Erwiderung auf solch eine erschreckende Aussage zurechtlegen sollen, solang sie auf Narumi gewartet hatte. »Aber … Wenn er nur aus Mitleid bei dir ist, wird das doch irgendwann unerträglich …«

»Du musst dich nicht verstellen«, unterbrach Narumi sie mit messerscharfen Worten.

»Wärst du an meiner Stelle, würdest du doch das Gleiche tun, oder etwa nicht?«

»Ich … Also, aus Mitleid …«

»Wenn du so wenig für ihn empfindest und du ihn nicht so sehr besitzen willst, dass dir dazu jedes Mittel recht ist, verzichte auf ihn!«

Narumis Stimme wurde plötzlich laut und aggressiv, sodass Futaba instinktiv zusammenzuckte.

Was ist aus der beängstigenden Stille von vorhin geworden?

Narumis Augen funkelten zwar wie die eines Tiers, dass seine Feinde bedroht, doch ihr Gesicht verzog sich, als würde sie gleich in Tränen ausbrechen. Futaba fiel es schwer, sich der überwältigenden Intensität der Gefühle zu entziehen, die ihr ohne jegliche Zurückhaltung entgegengeschleudert wurden.

»Und dass du jetzt hier bist … Das hast du nicht für ihn getan, sondern für dich, oder? Weil er sich nicht für dich entschieden hat, hast du dich geärgert und mit Gewalt einen Grund herbeikonstruiert. Und jetzt bist du nur gekommen, um deinen Frust an mir auszulassen, ne?!«

Aber ...
Wenn er nur aus Mitleid bei dir ist ...
... wird das doch irgendwann unerträglich ...
Und dazu ist mir jedes Mittel recht!
Du musst dich nicht verstellen.

Ein stechender Schmerz durchfuhr Futabas Herz. Ihr schien, als würden Narumis Worte Gestalt annehmen und sich ihr direkt ins Fleisch bohren. »Dass die Zeit für Kou-chan stehen bleibt, wenn er mit mir zusammen ist, ist doch nur deine Wahnvorstellung! Lass mich ja in Frieden!!« Mit einem Ruck wandte Narumi Futaba den Rücken zu und eilte davon. Die Brise des Windes schmiegte ihr das Haar an die Wangen.

Während Narumi langsam aus ihrem Blickfeld verschwand, schaute Futaba ihr reglos hinterher. Ihre Worte hallten noch immer in ihrem Körper nach. Wieder und wieder und wieder. Plötzlich verschwamm die von der Abendsonne beleuchtete Szenerie vor ihren Augen und sie hatte das Gefühl, jeden Moment in Tränen auszubrechen.

Was sie gesagt hat, stimmt alles. Ich habe keinen einzigen Beweis, dass es für Kou nicht gut ist, mit Narumi zusammen zu sein. Ich bilde mir das bloß ein. Ich wollte mir einfach nur einen guten Grund zusammenbasteln, um ihn nicht loszulassen. Und das nur, weil ich es einfach nicht akzeptieren konnte. Ich kann einfach nicht glauben, dass wir uns am Abend nach dem Feuerwerk an den Händen gehalten und uns versprochen haben, gemeinsam zum Sommerfest zu gehen. Wir haben uns geküsst und ich bin so sehr in ihn verliebt. Aber vor dem Schmerz, der Narumi und Kou miteinander verbindet, verblasst das alles. Wäre ich bloß stark genug gewesen, Narumis Schmerz zu übertreffen und Kou bei mir zu halten, wäre er niemals zu ihr gegangen. Er hat sich nicht für mich entschieden, weil ich einfach nicht gut genug war. Um mir das nicht einzugestehen, habe ich sogar versucht, ihn Narumi abspenstig zu machen. Ich habe seine niemals endende Traurigkeit als Vorwand benutzt. Das war hässlich und jämmerlich von mir.

Als sie sich den Tatsachen stellte, denen sie unablässig versucht hatte zu entfliehen, war es schließlich so weit und Tränen rannen ihre Wangen hinab.

*

Als Futaba am nächsten Tag niedergeschlagen zur Schule ging, erschien auch Kou wieder.

»Kou! Du bist wieder da!«

»Ist deine Erkältung weg? Geht es dir wieder besser?«

Seine Klassenkameraden hatten sich um ihn versammelt und erkundigten sich nach ihm. Kou hielt seinen Kopf auf die Hände gestützt und lächelte schwach.

»Ja, alles wieder okay.«

Futaba blieb zunächst am Eingang zum Klassenzimmer stehen und setzte sich dann mit trauriger Miene an ihren Platz.

Ob Narumi ihm von der Sache gestern erzählt hat …? Hat sie ihm vielleicht erzählt, wie seltsam meine Wahnvorstellungen sind und welche haltlosen Vorwürfe ich ihr gemacht habe? Oder davon, dass ich ihr gesagt habe, es täte Kou nicht gut, mit ihr zusammen zu sein, und sie ihn daher freigeben solle … Wenn Kou das alles hören würde, wäre er bestimmt genervt von mir und würde mich für egoistisch und selbstgefällig halten. Ich schäme mich für meine Dämlichkeit. Ich sollte jetzt wirklich am besten einfach verschwinden.

»Yoshioka … Hör mal …«

Als sie Kou ihren Namen rufen hörte, stand sie schlagartig auf und machte sich auf den Weg zu den Toiletten.

Ich kann ihm in meinem jetzigen Zustand nicht unter die Augen treten, denn ich weiß nicht, wie ich mich ihm gegenüber verhalten soll.

Sie stand vor dem Spiegel und betrachtete sich. Über ihrem Hemd, das zur Schuluniform gehörte, trug sie einen Strickpullover. Ihr Gesicht sah so bemitleidenswert aus, dass ihr fast wieder die Tränen kamen. Sie war sich völlig im Klaren, dass sie ihre Zeit nicht auf der Toilette verbringen konnte, und ging wieder zurück auf den Flur. Dort kamen ihr etliche Schüler entgegen, die gerade auf dem Weg zum Unterricht waren und sich lautstark unterhielten. Bis zur morgendlichen Klassenleiterstunde blieben noch etwa fünfzehn Minuten. Futaba überlegte, wie sie sich verhalten sollte, wenn Kou versuchen würde auf sie zuzugehen, sobald sie das Klassenzimmer betrat. Sie hielt inne, weil sie bemerkte, dass Kou ein paar Meter vor ihr auf dem Flur stand und in ihre Richtung blickte. Möglicherweise lag es daran, dass er krank gewesen war, doch in seinem dunkelblauen Cardigan wirkte er schlanker als sonst. Er starrte sie eine Weile schweigend an und lief dann auf sie zu. Sie wandte sich ab, doch er kam immer näher. Als er fast auf ihrer Höhe war, hob er den Arm und stützte sich neben ihr an die Wand. Futaba wich leicht zurück. Da er nun direkt vor ihr stand, drehte sie ihm langsam das Gesicht zu.

»Du warst doch sauer auf mich und hast mich gefragt, ob ich nicht mehr mit dir rede. Was soll das jetzt? Was willst du eigentlich?«, fragte Kou leicht verärgert und senkte den Blick. »Wenn du nicht mehr mit mir reden willst, werde ich dich auch nicht mehr ansprechen. Aber dann kannst du das auch einfach sagen.«

Nanu? Kou … Hat Narumi ihm nichts erzählt? Wenn er davon gehört hätte, würde er sicherlich nicht so mit mir sprechen.

Kou lehnte noch immer mit der Hand an der Wand und suchte den direkten Augenkontakt zu Futaba. Seine zarten Ohren, die unter seinem lockigen Haar hervorschauten, sein schmaler Hals … In manchen Momenten wirkte Kou unglaublich zerbrechlich auf sie. Wie zum Beispiel in dem Augenblick, als er vor dem Bild seiner verstorbenen Mutter eingeschlafen war und im Schlaf geweint hatte. Bei dieser Erinnerung daran verspürte sie ein seltsames Ziehen in ihrer Brust und dachte, dass sie Kou nie wieder weinen sehen wollte. Sie hatte Narumi davon abbringen wollen, ihn an seine Traurigkeit zu erinnern. Sie konnte nicht leugnen, dass sie sich etwas davon versprochen hatte. Doch sie hatte auch nicht nur vorgetäuscht, dass sie Kou noch mehr Leid ersparen wollte.

Wenn er das erfahren würde … Würde er das auch für meine bloße Wahnvorstellung halten? Steht für ihn die Zeit wirklich nicht still?

Plötzlich hallte die laute Stimme eines Schülers durch den Korridor: »Hey, hört mal! Tanaka-sensei wurde zum Direktor gerufen!«

»Was?«, riefen Futaba und Kou wie aus einem Mund und drehten sich zu dem Schüler um. Er schien das Ganze beobachtet zu haben und zeigte auf die Treppe nach unten. Ein anderer Schüler, der in der Nähe stand, wurde von Neugier gepackt.

»Hä? Hat er was angestellt?«

»Ich hab gehört, dass er was mit einer Schülerin von unserer Schule haben soll oder so …«

»Was? Im Ernst? Tanaka-sensei?«

»Wie war das?« Futaba runzelte fragend die Stirn.

Kou murmelte hingegen nur ein »Was?« vor sich hin.

Shuko trat daraufhin aus dem Klassenzimmer der 2–2 und wirkte ungewöhnlich aufgeregt. Vermutlich lag es daran, dass sie Tanaka-senseis Namen gehört hatte.

»Ah, Futaba!«, rief Yuri, die dicht hinter Shuko lief und ihre Freundin bemerkt hatte.

Etwa zur gleichen Zeit schallte durch die Lautsprecher an der Decke plötzlich die Stimme eines Lehrers: »Futaba Yoshioka aus der 2–2 wird gebeten, sofort ins Zimmer des Direktors zu kommen.«

In ihrem Kopf breitete sich augenblicklich Leere aus.

Wurde da gerade eben mein Name ausgerufen?

»Ich wiederhole: Futaba Yoshioka aus der 2–2 wird gebeten, sofort ins Zimmer des Direktors zu kommen.«

Die nochmalige Durchsage versicherte ihr, dass sie sich keineswegs verhört hatte.

Was? Aber warum?

Als Futaba sich Hilfe suchend umsah, fiel ihr Blick auf Shuko. Sie riss ihre Augen weit auf: Shuko war kreidebleich und starrte sie vollkommen aufgelöst an.

Kapitel 6

1

Ich weiß absolut nicht, was hier vor sich geht.

Seit ihr Name wiederholt über die Lautsprecher ausgerufen worden war, rannten zahlreiche Schüler auf den Flur und zeigten tuschelnd in ihre Richtung. Shuko richtete einen vielmehr ernsten denn erstaunten Blick auf sie.

»Shuko …«

Futabas Stimme klang leicht zittrig.

Du verstehst das falsch, Shuko! Ich weiß wirklich nicht, was hier los ist!

Doch noch ehe Futaba irgendetwas sagen konnte, lief Shuko außer sich davon.

»Shuko! Bitte warte! Das ist garantiert ein …«

»Futaba Yoshioka aus der 2–2! Melden Sie sich bitte im Zimmer des Direktors.«

Da sie es nicht mehr ertragen konnte, diese Worte zu hören, hielt Futaba sich die Ohren zu.

»Ach, Mann, ihr nervt! Ich hab's ja gehört, aber das wird doch wohl noch eine Minute Zeit haben … Und warum muss ich eigentlich zum Direktor?!«

»Schon okay, Futaba! Ich kümmere mich um Shuko! Geh ruhig!«

Yuri rannte bereits den Flur entlang, Shuko hinterher und winkte ihr von Weitem zu.

Was? Wieso? Wie konnte es zu so etwas kommen?

»Hab ich irgendwas angestellt …? Ich werde zum ersten Mal zum Direktor gerufen.«

»Hast du Streit mit Murao?«, fragte Kou.

»Hä? Ah! Nein, hab ich nicht! Alles okay!« *Unter keinen Umständen darf ans Licht kommen, dass Shuko in Tanaka-sensei verliebt ist.* Energisch schüttelte Futaba den Kopf und schaute zu Kou. Erst jetzt fiel ihr so richtig auf, wie viele Schüler sie beobachteten, und sie überkam leichte Panik. Die neugierigen Blicke der anderen zeigten ihr, dass jeder sie mit den Gerüchten um Tanaka-sensei in Verbindung brachte. *Was soll ich bloß tun? Ich weiß es absolut nicht. Ach Mensch … Was mach ich nur …?!*

»Jetzt beruhige dich wieder, Yoshioka!«, erhob Kou die Stimme, was sie etwas wachrüttelte, nachdem ihr Verstand beinahe kollabiert wäre.

Er hat recht, es gibt keinen Grund zur Panik. »Ja!« Futaba nickte und atmete so tief aus, wie sie konnte. »Ich geh erst mal zum Direktor!«

»Soll ich mitkommen?«

»Musst du nicht! Schon okay!«

Futaba rannte los und die Schüler auf dem Flur wichen nach rechts und nach links aus. Ihr Getuschel klang für sie wie das Summen von Insekten und ihre Blicke schienen sich wie Ranken um sie zu schlingen. Da sie sich vor den anderen nicht schwach geben wollte, um deren Annahmen und Vermutungen nicht zu bestärken, spannte sie ihre Gesichtsmuskeln an. Dabei sah sie genauso aus, wie wenn sie wütend war.

Unterschätzt mal nicht meine Verwegenheit, ihr Fieslinge!

Doch wenngleich ihr Gesicht nun etwas anderes aussagte, brachen ihr die Gedanken an Shukos ungläubig blickende Augen das Herz. Das Bild von Shuko, wie sie sich von ihr entfernte, ohne sie eines weiteren Blickes zu würdigen, erinnerte sie an ihre Freundinnen aus der Mittelschule, die sie gemieden hatten. In diesem Moment erfüllten Futaba tiefe Trauer und Angst.

***Mein** Bruder soll etwas mit einer Schülerin haben und wurde deshalb ins Büro des Direktors zitiert? Und jetzt auch noch Futaba? Was soll das denn jetzt?*

Gerade als Kou Futaba auf dem Weg ins Büro des Direktors mit den Augen verfolgte, wurde er angesprochen.

»Sag mal …«

Er wandte sich um und stand vor einem Schüler aus einer anderen Klasse, den er bislang noch nie gesehen hatte.

»Hat Tanaka was mit der? Wenn so was rauskommt, ist das für dich als kleiner Bruder auch nicht einfach …«

»Hä? Was faselst du da …?«

Noch bevor er auf die Frage des Jungen eingehen konnte, versammelten sich zahlreiche andere Schüler um Kou und er zuckte zusammen.

»Sag mal … Hast du davon gewusst? Hat dein Bruder 'nen Beschützerkomplex?«

»Was?! Tanaka-sensei und Mabuchi sind Geschwister? Hä?«

»Ich find 'ne Beziehung zwischen Lehrer und Schüler okay.«

»Wie bitte?! Nein, so was ist falsch!«

»Wird er nicht als Lehrer gefeuert, wenn er so weitermacht?«

»Echt jetzt?!«

Unter all dem Palaver runzelte Kou die Stirn.

Mein Bruder und Futaba? So'n Quatsch. Wenn mein verpeilter Bruder den Mut zu so was hätte, fände ich es sogar gut! »Hey, Kou, Yoichi kommt immer hierher und kocht für dich das Abendessen, als wäre er deine Ehefrau. Hat er denn keine Freundin, die für ihn kocht? Weißt du denn, wie es da bei ihm aussieht?« Auch Vater hat sich schon so über Yoichi geäußert, er schien sich Sorgen um ihn zu machen.

»Jetzt sag schon, Mabuchi, läuft zwischen den beiden wirklich was?«

»Das ist ja wohl absurd. Natürlich ist da nichts!«

»Aber jemand hat gesehen, wie Tanaka-sensei ihr seinen Schlüssel gegeben hat!«

Nach dieser Äußerung beschleunigte sich Kous Herzschlag.

»Was, echt jetzt?!«

»Dann ist ja alles klar, oder?«

Kou verfolgte all die Aufregung ringsum und hielt sich vor Entrüstung die Hand vor den Mund. *»Dein Bruder hat mich am Bahnhof gebeten, dir ein paar Einkäufe vorbeizubringen. Sein Auto ist liegen geblieben und er meinte, das Eis würde sonst schmelzen.«* Das hatte Futaba ihm an dem Tag erklärt, als er wegen seines Fiebers zu Hause bleiben musste. Er war gerade aufgewacht und sie hatte plötzlich vor ihm gesessen. *Ob's etwa um den Tag geht ... ?!*

Ohne weiter darüber nachzudenken, rannte Kou los, obwohl ihm ein neugieriger Schüler noch hinterherrief: »Was ist denn jetzt?! Erzähl uns doch was!«

Klappe, ihr Evolutionsbremsen! Futaba war schon nicht mehr in Sichtweite. Ihm war klar, dass er ihr schon längst hätte folgen müssen. *Wenn es wirklich um diesen einen Tag geht, sollten wir diese Suppe gemeinsam auslöffeln. Seine Unachtsamkeit und meine Krankheit haben uns dieses Schlamassel ja erst eingebrockt. Sie hat gar nichts falsch gemacht.*

Die Gänge waren voll von Schaulustigen, die ihm das Weiterkommen erschwerten. Doch er schob alle aus dem Weg und beschleunigte wieder. Dann traf sein Blick den eines Schülers auf der anderen Seite des Flurs.

Toma Kikuchi ...

Seine ohnehin schon großen runden Augen waren vor Verwunderung noch größer geworden und blickten ihn an. Doch Kou hatte jetzt keine Zeit dafür, Blicke mit ihm zu wechseln, und rannte so schnell er konnte die Treppe nach unten.

*

An dem Raum, neben dem ein Schild mit der Aufschrift *Schulleitung* hing, war sie immer auf dem Weg zum Schulkiosk und bei einem Klassenzimmerwechsel vorbeigekommen. Nie hätte sie gedacht, dass sie dort jemals hineingehen müsste. Nachdem sie nervös an die Tür geklopft hatte, ertönte eine tiefe Stimme.

»Komm doch bitte herein!«

Ihr fiel auf, dass sie die Stimme des Direktors zum ersten Mal außerhalb der morgendlichen Versammlungen hörte.

»Entschuldigen Sie bitte die Störung.«

Durch die Tür sah sie als Erstes ein großes Fenster mit eleganten weißen Vorhängen. Davor stand ein Schreibtisch mit einem Telefon darauf und dahinter thronte auf einem edlen schwarzen Ledersessel der Direktor. Tanaka-sensei stand in einer dunkelblauen Hose und einem grauen Pullover vor dem Schreibtisch und wandte sich mit einem erschütterten Gesichtsausdruck Futaba zu. Die Atmosphäre war viel angespannter, als sie erwartet hatte. Futaba stellte sich schüchtern neben den Lehrer.

»Ich bin Futaba Yoshioka aus der 2–2 …«

»Tut mir leid, dass ich Sie extra habe rufen lassen.« Der Schuldirektor, dessen graue Haare ordentlich nach hinten gekämmt waren, nickte Futaba leicht zu und verschränkte seine faltigen Hände. »Ich entschuldige mich für meine Direktheit, aber uns ist zu Ohren gekommen, dass Sie und Tanaka-sensei einen etwas zu freundlichen Umgang zueinander pflegen.«

»Freundlichen Umgang? Was meinen Sie …?«

»Ein Zeuge hat uns berichtet, dass Tanaka-sensei Ihnen seinen Hausschlüssel übergeben hat.«

Nun erfuhr Futaba also endlich, aus welchem Grund sie in das Büro des Direktors gebeten worden war. Vorgestern, als Kou krank und nicht in der Schule gewesen war, hatte sie Tanaka-sensei am Bahnhof getroffen. Er hatte sie gebeten, die Einkäufe in sein Elternhaus zu bringen und ihr seinen Schlüssel übergeben. Zu dieser Zeit waren auch andere Schüler auf dem Heimweg. Sicher hatte jemand das Gespräch der beiden beobachtet und falsch interpretiert. Doch der Lehrer hatte sie darum gebeten, weil sein Auto liegen geblieben war und er nicht weiterfahren konnte. Das hatte gar nichts mit einem zu freundlichen Umgang zu tun. Futaba war zu geschockt und verwirrt, um ein Wort herauszubringen, aber Tanaka-sensei brach das Schweigen.

»Ich habe Ihnen doch soeben schon erklärt, dass das …«

»Von Ihnen will ich jetzt nichts hören, Tanaka-sensei!« Der Schulleiter hob die Hand und wies ihn an zu schweigen, ehe er sich an Futaba wandte. »Ich möchte die Fakten auch von Fräulein Yoshioka hören.«

Ich muss es ihm anständig erklären!

Futaba war so nervös, dass ihre Fingerspitzen förmlich einfroren. Gleichzeitig war ihr Gesicht so heiß, dass ihr von der Stirn der Schweiß perlte. Sie holte tief Luft. »Die Fakten kann ich zwar nicht leugnen, aber es war alles ganz anders …«

Eigentlich wollte sie den Direktor wissen lassen, dass sie nichts Falsches getan hatten und es keinen Grund gab, sich für irgendetwas zu schämen, doch je mehr sie versuchte zu erklären, desto schwerer fiel ihr das Sprechen.

Was soll ich denn bloß machen? Wenn ich es ihm nicht richtig erkläre, wird Tanaka-sensei in ein schlechtes Licht gerückt.

Sie war im Begriff, in Tränen auszubrechen, als an der Tür plötzlich ein Klopfen ertönte. Ohne auf die Antwort des Schulleiters zu warten, kam atemlos Kou hereingestürmt.

»Entschuldigen Sie bitte die Störung!«

Kou, warum …?

Kous Auftauchen verblüffte die Anwesenden. Er kam zum Schreibtisch, stellte sich neben Futaba und verbeugte sich respektvoll vor dem Schuldirektor.

»Es tut mir aufrichtig leid, dass mein Bruder so leichtsinnig gehandelt hat!!« Verdutzt blickten Futaba und Tanaka-sensei auf Kou, der sich direkt neben ihnen mit einer tiefen Verbeugung entschuldigte. Danach richtete er sich wieder auf und trat näher an den Schreibtisch des Direktors heran. »Ich lag mit einer Erkältung im Bett und mein Bruder hat Yoshioka nur gebeten, mir die Sachen zu bringen, die er für mich eingekauft hatte. Der Schlüssel, den mein Bruder ihr gegeben hat, war nicht der Schlüssel zu seiner Wohnung.«

»Kou …«, murmelte Tanaka-sensei fast lautlos vor sich hin.

»Mein Bruder ist nicht der Typ Mensch, der sich den Fehler, den Sie ihm unterstellen, leisten würde.«

Oh … Als sie Kous ernsthaftes Profil und seine klaren, durchdringenden Augen sah, bekam Futaba das Gefühl, von ihren egoistischen Vorstellungen befreit worden zu sein. *Kou entwickelt sich also doch weiter. Bis vor kurzem schien Kou alles nur unbeteiligt zu beobachten und gab immer nur das Allernötigste. Bis vor Kurzem hätte er Tanaka-sensei garantiert nicht auf diese Weise in Schutz genommen. Er ist viel stärker, als ich dachte. Er geht voran, obwohl er diese Traurigkeit wohl für immer in sich trägt. Seine Zeit bleibt nicht*

Mein Bruder ist nicht der Typ Mensch, der sich den Fehler, den Sie ihm unterstellen, leisten würde.

stehen, nur weil er bei Narumi ist ... Das war wirklich nur meine Wahnvorstellung.

»Na ja ...« Der Schuldirektor blickte Kou an, wie um die Echtheit seiner Worte zu prüfen, und fuhr fort: »Ich habe diese Geschichte ja nicht wirklich geglaubt.«

»Ganz genau! Mein Bruder hat gar nicht den Mumm zu so was!!«

»Da haben Sie recht ... Das weiß ich.«

Tanaka-senseis Lächeln erstarrte. Da sein Bruder meinte, er sei nicht mutig genug, und der Direktor diese Worte auch noch bestätigte, schien er massiv geschockt. Futaba tat er leid. »Aber egal, wie die Realität aussieht ... Allein dass ein solches Gerücht existiert, stellt ein Problem dar.« Schnell verschwand das Lächeln aus dem Gesicht des Schulleiters und er faltete erneut seine Hände. »Die Leute lieben solche Geschichten! Deswegen verbreiten sie sich auch im Nu. Auch wenn an der Sache gar nichts dran ist. Tanaka-sensei ...«

»Ja!«, antwortete der Lehrer unter dem strengen Blick des Direktors.

»Ein Lehrer muss für seine Schüler ein Vorbild sein. Wenn Sie als Erwachsener sich das künftig nicht stärker ins Bewusstsein rufen, dürfen Sie keine Schüler beaufsichtigen!«

»Ja ...« Tanaka-sensei wich einen Schritt zurück. Dann legte er seine Arme eng an den Körper und senkte seinen Kopf noch tiefer als zuvor Kou. »Ich bitte um Entschuldigung.«

Futaba war nie bewusst gewesen, wie viele Emotionen es hervorrufen konnte, wenn Menschen sich aus tiefstem Herzen verneigten. Einen kurzen Moment später tat sie es dem Lehrer gleich und verbeugte sich mit einem: »Es tut mir leid!« Aus ihren Augenwinkeln heraus konnte sie beobachten, dass sich Kou den beiden anschloss.

»Dieses Gerücht wird sich vermutlich sowieso schon unter den Schülern herumgesprochen haben«, sagte der Schulleiter und wurde dabei leiser, wie um die drei dazu zu bringen, ihren Blick wieder nach vorn zu richten. Als sie sich aufgerichtet hatten, lächelte der Schulleiter ihnen mit der Zurückhaltung eines alten Mannes zu, der die schönen wie die schlechten Seiten des Lebens bereits kennengelernt hat. »Wenn ihr euch nun ganz demonstrativ normal gebt, werden alle anderen sehr schnell merken, dass das hier ein Missverständnis war!«

Die Zeit im Büro des Direktors war ihnen allen zwar wie eine Ewigkeit vorgekommen, aber es waren nur wenige Minuten verstrichen. Kaum waren sie auf den Flur hinausgetreten, verbeugte sich Tanaka-sensei vor Futaba.

»Yoshioka … Es tut mir leid, dass ich dir Unannehmlichkeiten bereitet habe.«

»Ach … Machen Sie sich keine Gedanken!«

Futaba wusste nicht genau, wie sie auf die Entschuldigung des Lehrers reagieren sollte, und winkte daher einfach mit beiden Händen ab. Kou näherte sich seinem Bruder indessen wutentbrannt.

»Sag mal, was machst du eigentlich für einen Scheiß?«, giftete er ihn an und schlug ihm dabei kräftig auf die Brust. »Was sollte das?!«

»Tut mir leid …«

Da sein Bruder keinerlei Erklärungen vorbrachte, runzelte Kou zuerst nur gereizt die Stirn. Dann wurde er jedoch zunehmend verlegener und fuhr sich mit der Hand durch den Pony.

»Ich sollte wohl mal lieber die Klappe halten. Schließlich hab ich dir auch schon mal gesagt, dass du Yoshioka nach Hause fahren sollst.«

In diesem Moment fühlte sich Futaba, als wäre sie mit einem Kübel eisigen Wassers übergossen worden.

Er hat recht, genau das ist schon mal passiert … »J… Ja richtig, das haben Sie schon mal gemacht … Hätte das jemand gesehen, wäre das wohl auch falsch angekommen.«

»Wir waren dumm. Alle beide.«

»Ja, hast recht.«

»Du bist in erster Linie Lehrer und an zweiter Stelle mein Bruder! Das hatte ich vergessen«, seufzte Kou.

Daraufhin wiederholte Tanaka-sensei: »Ja, hast recht.«

Es war beinahe an der Zeit für die morgendliche Klassenleiterstunde. Futaba und Kou kehrten in ihr Klassenzimmer zurück, Tanaka-sensei begab sich ins Lehrerzimmer.

»Auf Wiedersehen!«, verabschiedete sich Futaba.

»Ich werde in Zukunft auch besser auf dich aufpassen. Komm, gehen wir«, rief Kou seinem Bruder noch zu.

»Es tut mir wirklich leid! Aber …«, rief Tanaka-sensei den beiden noch hinterher. »Aber was du eben beim Direktor gesagt hast, hat mich sehr gefreut!« *»Mein Bruder ist nicht der Typ Mensch, der sich den Fehler, den Sie ihm unterstellen, leisten würde.«* »Sorry …«, fügte er zuletzt hinzu.

Futaba beobachtete, wie Kou erneut die Stirn runzelte und sich zu seinem Bruder umdrehte.

»Wenn's dich gefreut hat, solltest du mir lieber danken.«

Angesichts dieser Worte entspannte sich Tanaka-senseis Miene etwas und er lächelte.

»Hast ja recht! Danke!«

Kou streckte ihm daraufhin wie ein kleiner Junge die Zunge heraus, was Futaba zum Lachen brachte. *Kou ist wirklich nicht aufrichtig.*

Ihr Lächeln verblasste jedoch schnell wieder und ihr Herz wurde so schwer wie Blei. Die beiden stiegen die Treppen zu den Klassenzimmern des zweiten Jahrgangs empor. Futaba ging allerdings zwei bis drei Stufen hinter Kou und bewegte sich nur langsam, den Blick zu Boden gerichtet.

»Hast du Angst, in die Klasse zurückzugehen?«

»Was?«, sagte Futaba und schaute wieder nach vorn, wo Kou nach wie vor ein Stück vor ihr herlief.

»Der Direktor meinte doch auch, du sollst so tun, als wäre nichts gewesen, oder?«

Seine sanften, freundlichen Worte ließen ihr Herz ein wenig höherschlagen.

»Danke ...« *Aber darum geht es nicht, Kou ... Das ist nur einer der Gründe, warum mir das Herz so schwer ist ... Und mehr noch ... Kou ist stärker, als ich erwartet habe, denn er geht trotz der Trauer um seine Mutter entschlossen voran. Deshalb ist es auch völlig in Ordnung, wenn er mit Narumi zusammen ist. Mein Herz fühlt sich so schwer an, weil es sich dagegen wehrt, das zu akzeptieren. Ich bin echt eine schlechte Verliererin ...*

Plötzlich blieb Kou stehen und wandte sich ihr direkt zu. Da er zwei Stufen über ihr stand, wirkte er viel größer.

»Okay, dann machen wir jetzt weiter, wo wir eben aufgehört haben.«

»Hä?«

»Wenn du das nicht willst, werde ich dich nicht mehr ansprechen. Du musst es nur sagen.«

Natürlich will ich mit dir sprechen! Ich werde Kou vermutlich niemals hassen können. Egal wie sehr ich es mir wünsche, denn dadurch würde so vieles einfacher werden. Nichts läuft so, wie ich mir das vorstelle. Es ärgert mich, ich bin traurig und wütend. Was mache ich eigentlich?! Es war seine eigene Entscheidung, dass er an Narumis Seite sein möchte, darum steht es mir nicht zu, mich einzumischen. Ich selbst habe die Chance mehrmals verpasst, bevor sie überhaupt aufgetaucht ist.

Eine Mischung aus Reue, Traurigkeit und Einsamkeit überflutete sie. Nach dieser Gefühlswelle blieb nur ein schwaches Lächeln zurück. In Kous Augen lag eine leichte Unsicherheit. Futabas Lippen umspielte immer noch das Lächeln und sie schüttelte den Kopf.

»Nein. Ich hab mich geirrt.«

»Was meinst du damit?«

»Ach, vergiss es! Schon okay!«

»Hä?«

Futaba schlüpfte an Kou vorbei und stieg weiter die Treppen nach oben. Sie fühlte sich seltsamerweise erstaunlich ruhig. Wie die ruhige Oberfläche eines Gewässers nach einem heftigen Sturm. Jetzt konnte sie es sich endlich eingestehen.

Ich kann nichts mehr tun.

2

Die morgendliche Klassenleiterstunde würde zwar bald beginnen, doch die Schüler waren noch im Flur des zweiten Stockwerkes versammelt. Sobald sie Futaba und Kou zurückkommen sahen, ließ sich ein flüsterndes Stimmengewirr vernehmen.

»Ah, da ist sie!«

»Was wohl dabei rausgekommen ist?«

Wenngleich Futaba wusste, was auf sie zukommen würde, und sich entsprechend gewappnet hatte, fühlte sie sich unwohl.

»Wah … Alle starren mich an!«

»Tu ganz normal!«

»Kou! Yoshioka!«

Als sich die beiden den Klassenräumen des zweiten Jahrgangs näherten, stürzte Aya durch die Menge und rannte ihnen entgegen. Er schien sich große Sorgen um Futaba gemacht und auf die beiden gewartet zu haben. »Was um alles in der Welt war denn los? Bist du okay?!«

»Ah, alles bloß ein Missverständnis!«, antwortete Kou ungewöhnlich laut, damit ihn auch jeder hören konnte.

»Musst du so brüllen?«, beschwerte sich Aya, der sich ein wenig erschrocken hatte. »Wenn's wirklich was Schlimmes gewesen wäre, hätten sie Yoshioka bestimmt nicht in der ganzen Schule ausgerufen!«

»Yoshioka!«

»Oh …«, murmelte Futaba.

Nun kam Toma vom anderen Ende des Flurs auf sie zugerannt. Auch er schien wegen des Aufruhrs ziemlich besorgt gewesen zu sein.

»Das muss ja furchtbar für dich gewesen sein! Bist du okay?«

»Ah … Ja, das Missverständnis hat sich geklärt. Ich bin okay.«

»Ach so.« Toma nickte zufrieden und trug wieder dieses Lächeln auf den Lippen, das wirklich jeden zur Ruhe bringen konnte. »Weil dieser Lehrer ein echt umgänglicher Typ ist, kann es leicht zu Missverständnissen kommen, nicht wahr? Aber dann müssten Gerüchte über ihn und jeden einzelnen Schüler unserer Schule kursieren!«

»J… Ja, stimmt!«

Futaba fiel der veränderte Ton der Gespräche ringsum auf. Die Aufregung über die verbotene Beziehung zwischen einer Schülerin und einem Lehrer hatte sich gelegt.

»Wir reden von Tanaka-sensei!«

»Da fällt mir ein, dass ich auch schon mal mit ihm Ramen essen war …«

Die meisten Schüler zogen enttäuschte Gesichter und kehrten gelangweilt in ihre Klassenzimmer zurück.

»Äh … Danke, Kikuchi-kun.«

Möglicherweise lag es daran, dass ein völlig unbeteiligter Dritter das »Missverständnis« mit seinem freundlichen Lächeln noch unterstrich. Toma beobachtete zunächst die Schüler, die sich überallhin verstreuten. Dann wandte er sich mit ernster Miene an Futaba.

»Hör mal!« Das genügte, um sie leicht zu erschrecken. »P… Pass in Zukunft bitte besser auf, dass solche Gerüchte gar nicht erst entstehen, okay? Du bist immerhin ein Mädchen!«

»Äh … okay. Ich geb besser acht, ja …« Sie schämte sich, dass sogar Toma ihr eine Standpauke hielt. Plötzlich fiel ihr aber etwas Wichtiges ein. »Ah! Kominato-kun, hast du Shuko gesehen?«

»Nein, sie war nicht in der Klasse …«

Dann ist sie also nicht mehr hierher zurückgekommen, seit Yuri ihr hinterhergerannt ist. Shuko … Auch wenn das alles nur ein Missverständnis war, wenn ich jetzt so darüber nachdenke, kann sie sich bei dem, was ich getan habe, nur mies fühlen …

Shuko hatte ihnen ihr wichtigstes Geheimnis anvertraut und zwar, dass sie in Tanaka-sensei verliebt war.

»Hast du dich also doch mit Murao gestritten?«, hakte Kou nach.

»Sorry! Bin gleich wieder zurück!«

»Ah! Yoshioka!«, rief Toma.

»Ähm, Yoshioka, die Klassenleiterstunde geht gleich los …«, erinnerte sie auch Aya.

Doch Futaba reagierte nicht, sondern sauste einfach den Gang entlang davon.

Yoshioka … Ich wollte sie eigentlich fragen, wie ihr Gespräch mit diesem Mädchen gelaufen ist …

Doch Futaba war so flink wie ein wildes Tier losgerannt und im Nullkommanichts verschwunden. Toma seufzte und warf einen Blick auf Kou Mabuchi, der neben ihm stand. Dieser blickte der davonrennenden Futaba hinterher, wobei der Blick in seinen Augen undurchschaubar war.

Ich mache mir Gedanken deswegen, aber ich kann sie ja wohl schlecht direkt fragen. Und dass Yoshioka und Mabuchi so zusammen sind … Aber ich weiß es nicht! Welche ist es denn jetzt?!

»Ach, stimmt ja. Danke für eben … Kikuchi.«

Kou wandte sich überraschend und in erstaunlich reumütigem Ton an ihn.

Ich glaube, dass ich gerade das erste Mal so richtig mit ihm spreche und er nennt mich sogar bei meinem Namen.

»Ich will keinen Dank von dir. Das habe ich für Yoshioka getan«, antwortete Toma ein bisschen eingeschnappt und drehte sich von Kou weg.

»Und genau deswegen … Danke!«

Da diese Antwort sehr provokant geklungen hatte, drehte sich Toma abrupt wieder zu ihm. Kou lächelte allerdings sanft.

»Wie soll ich das denn verstehen?!«

»Genau so, wie ich's gesagt habe?«

»Welche ist es denn jetzt?!«

»Hä? Was meinst du?!«

»Tu nicht so ahnungslos!«

Obwohl er sie zum Weinen gebracht hat, macht er jetzt so einen auf nett vor ihr? Was glaubt der eigentlich, wer er ist?

Toma packte Kou am Kragen seiner marineblauen Strickjacke und fixierte ihn mit einem scharfen Blick. Umgekehrt packte Kou daraufhin ihn an der Schulter. Wäre die Situation weiter eskaliert, hätte Kou vielleicht die Faust erhoben oder er selbst wäre weitergegangen. Doch ehe es dazu kommen konnte, ging Aya dazwischen und zog die beiden voneinander weg.

»Was soll das denn? Hört auf! Alle beide!« In diesem Moment fiel einer der Knöpfe von Kous Strickpullover ab und kullerte über den Boden, was ihm nicht entging. »Dabei hat sich die Aufregung doch eben erst wieder gelegt! Und jetzt macht ihr zwei hier so einen Zirkus!«, hielt Aya den beiden eine Standpauke und verpasste Kou eine Kopfnuss.

»Aua!«

Immer noch kochend vor Wut streifte Toma Ayas Hand ab und kehrte den beiden den Rücken zu.

Ich hasse diesen Kerl! Es passiert nicht oft, dass ich jemanden überhaupt nicht leiden kann. Wenn überhaupt, ist mir jemand ein bisschen unsympathisch. Aber diesen Kerl, Kou Mabuchi, kann ich absolut nicht ausstehen! Ich hasse seine zweideutige und hinterlistige Art! So einem Kerl überlass ich sie niemals!

»Mann, was machst du da eigentlich …?«

Aya runzelte die Stirn und blickte von Toma, der wütend davonstapfte, auf Kou. Dieser richtete stumm den Kragen seiner verzogenen Strickjacke.

Obwohl er aussieht wie ein Mittelschüler, ist dieser Mistkerl ganz schön stark. »Welche ist es denn jetzt?!« Ich lass mir von diesem Kerl ganz bestimmt nicht sagen, was ich zu tun habe … Aber wieso gehen mir seine Worte nicht mehr aus dem Kopf? Hat er vielleicht recht?

Futaba war bislang noch immer nicht zurück und auch von Yuri und Shuko fehlte jede Spur.

»Sind die drei zusammen unterwegs?«, erkundigte sich der Klassenlehrer. »Weiß jemand vielleicht etwas darüber?«

Da sie sicher alle drei zur Schule gekommen waren und angesichts der Gerüchte beendete der Lehrer seine Stunde, ohne sich weiter nach ihrem Verbleib zu erkundigen.

Doch auch zu Beginn der nächsten Stunde ließen sich die drei nicht blicken.

Kou folgte gedankenverloren dem Unterricht und blickte schräg hinter sich, wo sich der leere Platz von Futaba befand.

»Nein. Ich hab mich geirrt.«

Bei diesen Worten hatte sie zwei Stufen unter ihm gestanden und sanft gelächelt. Er wusste weder, warum sie gelächelt, noch, worin sie sich geirrt hatte. Doch irgendetwas sagte ihm in diesem Moment, dass Futaba sich von ihm entfernte.

Logisch, dass sie sich von mir distanziert. Ist doch nur natürlich bei dem, was ich getan habe. Warum fühl ich dann so ein Loch in meiner Brust, obwohl ich denke, dass es okay ist, wenn sie Abstand von mir nimmt?

*

Shuko und Yuri befinden sich sicher an einem unauffälligen Ort, vielleicht nicht mal auf dem Schulgelände. Aber ich glaube kaum, dass sie extra ihre Straßenschuhe angezogen haben.

Obwohl die Klassenleiterstunde längst begonnen haben musste, rannte Futaba sorglos über das Schulgelände. Schließlich gelangte sie zu einer kleinen Tür, die zur Rückseite des Schulgebäudes führte. Dies war ein Personaleingang, über den man zum

Müllplatz kam. Dafür brauchte man nicht die Schuhe zu wechseln. Futaba drehte den Metallknauf und ging durch die Tür. Kurz darauf bog sie um die Ecke des Schulgebäudes und sah mit gesenktem Blick Shuko an der Wand lehnen und Yuri ihr gegenüberstehen.

»Shuko!«

»Oh, Futaba!«

Nicht Shuko antwortete ihr, sondern Yuri. Futaba lief auf die beiden zu, legte ihre Hände auf die Knie und verbeugte sich tief vor Shuko: »Es tut mir leid! Natürlich ist nichts zwischen mir und Tanaka-sensei! Aber was ich getan habe, hat dich verletzt! Entschuldige!« Die Atmosphäre war angespannt und Shuko sagte kein Wort. Futaba hielt ihren Kopf gesenkt und schloss fest die Augen. »Es gibt zwar nichts, wofür ich mich schämen müsste, aber ich habe einfach nicht nachgedacht. Ich hab nur an mich selbst gedacht. Es tut mir leid!«

»Ich dachte, ich sei gemeint ...«, antwortete Shuko schließlich sehr leise und schwach. Als Futaba aufzusehen wagte, sah sie, dass Shuko nach unten ins Leere blickte. »Ich habe mich erschrocken, als ich gehört habe, dass Tanaka-sensei zum Direktor gerufen wurde. Und als du kurz danach auch noch ausgerufen wurdest, wurde mir klar, dass ich Tanaka-sensei vielleicht in Schwierigkeiten gebracht hätte, wenn ich einen Fehler gemacht hätte.«

»Shuko ...«, flüsterte Yuri.

Futaba blickte Shuko indessen wortlos an. In ihren schwarzen Augen, die wie natürliche Juwelen wirkten, sammelten sich Tränen.

»In deinem Fall war die Sache wirklich ein Missverständnis, aber meine Gefühle für Tanaka-sensei sind echt und im Falle des Falles hätte ich mich nicht rausreden können.«

»Shuko ...«, sagte nun auch Futaba.

»Ich dachte, dass ich vielleicht diejenige bin, die Tanaka-senseis Position gefährdet, und hab wahnsinnige Angst bekommen …« Tränen kullerten über ihre schneeweißen Wangen und sie bedeckte mit beiden Händen ihr Gesicht. »Nur ich habe nicht richtig nachgedacht! Allein ich habe bloß an mich gedacht! Und ich bin wütend auf mich selbst!«

Shuko weinte so bitterlich, dass sie kaum Luft bekam. Bisher war sie immer die ruhige Beobachterin gewesen, die sich auch dann nicht aus dem Gleichgewicht bringen ließ, wenn Yuri und Futaba vollkommen aufgelöst waren. Und genau diese Shuko vergoss nun solche Tränen. Futaba wusste nicht genau, was sie in dieser Situation tun sollte, und rieb ihrer zitternden Freundin wenigstens sanft den Rücken.

»Shuko! Es ist alles okay!«

»Ganz genau. Alles ist gut, Shuko …«

Man konnte ihr ansehen, dass sie es nicht gewohnt war zu weinen, denn hin und wieder musste sie husten oder schniefte unbeholfen. Ihr dabei zuzusehen, fiel auch ihren Freundinnen schwer. Bestimmt war es sinnlos, jemandem zu sagen, alles würde gut werden, wenn dieser Jemand sich selbst die Schuld gab. Doch die beiden hatten einfach keine bessere Idee. Sie wiederholten ihre Worte und streichelten dabei weiterhin Shukos Kopf und Rücken. Diese weinte und weinte, als wollte sie all ihre Angst und all ihr Bedauern mit ihren Tränen herauslassen. Und so standen die beiden Mädchen ihrer Freundin sogar dann noch bei, als es zum Ende der ersten Stunde läutete.

Die Glocke läutete den Beginn der Stunde und Yoichi wandte seinen Blick von der Korrektur eines Englischtests hinaus zum Fenster. Durch ein paar Lücken in der weißen Wolkendecke erkannte er blauen Himmel. Im Lehrerzimmer war es mittlerweile sehr still, weil die meisten Lehrkräfte unterrichteten und nur einige wenige zurückgeblieben waren, Yoichi eingeschlossen. Dieser umklammerte erneut seinen roten Stift, doch seine Gedanken schweiften augenblicklich wieder ab.

Futaba ist bestimmt schon wieder im Unterricht. Ich frage mich, ob sie sich unwohl fühlt. Durch mein unüberlegtes Handeln habe ich sie in Schwierigkeiten gebracht.

»Das war ja eine ernste Sache, Tanaka-sensei!«, bemerkte mitfühlend ein älterer Lehrer, der ihm schräg gegenüber saß, als ihm bereits der zehnte Seufzer entwich. Der Brillenträger hieß Mitarai-sensei und unterrichtete Japanisch. Er war so sanftmütig, dass er den Schülern nicht einmal den schrecklichen Spitznamen »Klobrille« krummnahm, den sie ihm verpasst hatten. »Aber gut, dass sich das Missverständnis sofort hat klären lassen!«

»Tut mir leid, dass ich für so viel Wirbel gesorgt habe.«

»Ha ha ha! Gerüchte über Affären mit Schülerinnen sind das Privileg junger Lehrer!«, mischte sich ein rundlicher Lehrer in das Gespräch ein, der gerade mit seiner Teetasse an Yoichis Schreibtisch vorbeilief. Momozono-sensei unterrichtete Mathematik und wurde von seinen Schützlingen liebevoll »Peach« genannt. »Ach, ich erinnere mich! Auch mir haben Schülerinnen einst ihre Liebe gestanden!«

»Aber Momozono-sensei, Sie sollten sich etwas zurückhalten! Na ja, ehrlich gesagt kann ich mich auch erinnern, in jüngeren Jahren den ein oder anderen Liebesbrief von Schülerinnen erhalten zu haben«, gestand auch Mitarai-sensei.

»Ah, wie schön es doch ist, jung zu sein. Damals hatte ich auch noch volles Haar!«

»Ja, da sagen Sie was! Früher hab ich auch noch jung und frisch gerochen!«

»Das erwartet Sie auch irgendwann, Tanaka-sensei. Aber Sie sind ja erst fünfundzwanzig. Junge Lehrer neigen dazu, ein Vorbild zu werden, besonders, wenn sie so gut aussehen wie Sie. Aber gerade deswegen müssen Sie in Zukunft vorsichtiger sein, hören Sie?!«

»Ah! Klar!«

»Na gut, doch den Mumm hätten Sie sowieso nicht. Ich mache mir Ihretwegen keine Sorgen … Ha ha ha!« Lachend lief Momozono-sensei zur Kaffeeecke, um sich warmes Wasser zu holen.

Wirke ich auf andere tatsächlich so? Aber wenn man mich danach fragen würde, ob ich den Mumm dazu hätte, würde ich definitiv Nein sagen. »Mein Bruder ist nicht der Typ Mensch, der sich den Fehler, den Sie ihm unterstellen, leisten würde.«

Als er daran dachte, wie selbstbewusst sein Bruder diese Worte vor dem Schulleiter geäußert hatte, stieg in ihm ein leichtes Unbehagen auf. Eine Erinnerung erwachte wieder zum Leben. Es war Mitternacht, neben ihm das Profil eines blassen Mädchens. Ihre Haare wogten lautlos im Wind. Er blickte sie an und dachte, wie wunderschön sie sei, und sie wandte ihm ihre schwarzen Augen zu und lächelte.

Es tut mir leid, Kou … Ich habe als großer Bruder wie als Lehrer versagt …!

*

»Ich …«

Shuko hatte sich endlich beruhigt und die drei Freundinnen saßen mit angezogenen Knien an der Wand des Schulgebäudes – Shuko in der Mitte, Futaba zu ihrer Linken und Yuri zu ihrer

Rechten. Shuko unterbrach sich und senkte ihre verweinten Augen. »Ich bin nämlich neulich zu Tanaka-senseis Wohnung gegangen.«

3

Am Abend vor dem Kulturfestival.

An diesem Tag fand kein Unterricht statt, da er komplett der Vorbereitung des Festes gewidmet war. Vor allem für Futaba ging es an diesem Tag äußerst geschäftig zu. Als sie ihren Part erledigt hatte, kehrte sie in ihr Klassenzimmer zurück. Ehe sie als Klassensprecherin wieder woanders verlangt wurde, half sie hier bei der Gestaltung der Schilder und der Dekoration. Shuko half mit Aya und Yuri beim Aufbau des Veranstaltungsortes. Da das Kulturfest am nächsten Tag stattfinden würde, wurde am Vorabend lange gearbeitet. Erst kurz vor acht war endlich alles fertig.

Shuko ging am Ende des Tages indessen hinter das Schulgebäude, um den Müll zu entsorgen, stolperte über eine braune Geldbörse und hob sie auf. Sie lag einsam und verlassen vor einem Berg voll leerer Kartons und Plastiktüten in einer Ecke des Müllplatzes. Das Portemonnaie war nicht besonders groß und lag offen da. Es war so zerknittert, dass es wohl viele Jahre lang benutzt worden war. Für ein Schülerportemonnaie war das Design allerdings etwas zu schlicht. In der Annahme, der Besitzer der Brieftasche würde sie sicher vermissen, öffnete sie sie. Auf der Suche nach Hinweisen entdeckte sie einen Führerschein.

Yoichi Tanaka.

Sie starrte eine Weile auf den Namen und das dazugehörige Foto.

Das gehört Tanaka-sensei! Was macht der denn? Das ist doch gefährlich!

Shuko schnappte sich das Portemonnaie und eilte in Richtung Lehrerzimmer, aber als sie dort ankam, war es bereits dunkel und kein Lehrer mehr in Sicht. Es auf seinen Schreibtisch zu legen, war auch unmöglich, denn der Raum war abgeschlossen.

Ob ich es einfach beim Hausmeister abgeben kann?

Zunächst hatte sie vor, zu dessen Büro zu gehen, aber als sie den Eingangsbereich der Schule im Erdgeschoss erreichte, blieb sie stehen. Dort dachte sie eine Weile nach, kehrte schließlich wieder in ihr Klassenzimmer zurück und packte die Geldbörse in ihre Tasche.

»Okay, Makita und ich müssen hier umsteigen … Komm gut nach Hause, Murao!«

»Bis dann, Shuko! Das wird bestimmt ein tolles Schulfest morgen!«

Sie winkte Aya und Yuri zum Abschied zu und stieg wie immer in den Zug, um nach Hause zu fahren. Allerdings stieg sie nicht am selben Ort aus wie sonst, sondern bereits drei Haltestellen zuvor. Ihr Gesicht spiegelte sich im Fensterglas des Zuges wider und sie sah sich selbst sanft lächeln. Behutsam fasste sie in ihre Schultertasche und fühlte die braune Geldbörse, die sie dort verwahrt hatte. Zu diesem Zeitpunkt kam ihr nicht in den Sinn, dass ihr Handeln Yoichis Position gefährden könnte.

Tanaka-sensei wird bestimmt außer sich sein.

Nur dieser eine Gedanke ging ihr durch den Kopf. Mit ihrer Hand umklammerte sie den Gegenstand, der es ihr gleich erlauben würde, die Person zu sehen, die ihr am meisten am Herzen lag.

»Hä?! Was machst du denn hier?«

Wie nicht anders zu erwarten öffnete Yoichi vollkommen überrascht seine Wohnungstür.

Vielleicht ist er auch sauer auf mich …, dachte Shuko leicht nervös und hielt ihm die dunkelbraune Geldbörse entgegen. »Ich dachte mir, dass der Besitzer das hier bestimmt vermisst, und da habe ich auf die Adresse Ihres Führerscheins geschaut. Tut mir leid.«

»Ah! Mein Portemonnaie!! Bin ich froh, dass es wieder da ist! Hast du's gefunden? Danke! Vielen Dank!!«

Offensichtlich … ist er nicht sauer. Shuko atmete erleichtert auf. Yoichi lachte und wiederholte: »Danke!« Dabei wirkte er wie ein Kleinkind, das sich wahnsinnig über ein Geschenk freute.

»Ich würde dich ja gern nach Hause fahren, aber ich habe ein Bier getrunken. Tut mir leid …«

»Steht ihr Auto nicht sowieso noch an der Schule?«

»Ach, stimmt ja! Ich hab mir von einem anderen Lehrer Geld geliehen und bin mit dem Zug nach Hause gefahren, weil ich meinen Führerschein nicht dabeihatte. Ha ha ha!«

Möglicherweise war es dem Bier geschuldet, doch Yoichi lächelte mehr als sonst, er wirkte aufgeregt und schien sich richtig zu freuen.

Süß!

Shuko wollte noch Zeit mit ihm verbringen, doch das verlorene Portemonnaie diente ihr nun nicht mehr als Ausrede.

»Gut, dann … Ich bring dich noch zum Bahnhof! Warte, ich hol kurz den Schlüssel!« Yoichi eilte zurück in seine Wohnung.

Dabei fiel Shuko auf, dass auf die Gesäßtasche seiner Jogginghose die Aufschrift *3–5 Yoichi Tanaka* gestickt war. Außerdem sah die Hose genauso aus wie die, die die Schüler ihrer Highschool jetzt noch trugen. *Ah, ich verstehe. Dann ist Tanaka-sensei also auch an unsere Schule gegangen. Ich darf nicht gucken. Aber …*

Da er so unvorsichtig gewesen war und die Tür aufgelassen hatte, konnte sie einen Blick in seine Wohnung erhaschen. Es war eine gemütliche Einraumwohnung, die weder besonders ordentlich noch besonders bunt aussah. Auf dem Boden lagen überall Bücher verstreut und an der Gardinenstange vor seinem Fenster hingen einige Pullover mit seltsamen Mustern. Alles in allem wirkte es wie das typische und schlichte Zimmer eines alleinstehenden Mannes. Shuko war insgeheim erleichtert, dass offenbar keine Freundin hier ein- und ausging. Rechts vom Eingang befand sich eine kleine Kochnische, in der ordentlich aufgereiht einige Töpfe und Pfannen standen und ein Kochlöffel bereitlag.

Er wollte sich also gerade was kochen. Ich frage mich was. Da liegt auch ein Rosinenbrot … Ob er das wohl zum Frühstück essen wird?

Jede dieser kleinen Entdeckungen gewährten ihr einen Einblick, wie sich der wahre Yoichi verhielt – wie er außerhalb der Schule war. Das erfüllte Shuko mit Zufriedenheit.

»Da bin ich wieder! Gehen wir?«

Sie verließen die kleine Wohnung und machten sich gemeinsam zum Bahnhof auf. Da sie sich in einer Wohngegend befanden, trafen sie nur auf wenige Passanten. Das weiße Licht der Straßenlaternen leuchtete ihnen wie ein Wegweiser den Pfad auf die andere Straßenseite. Zunächst hoffte Shuko insgeheim auf eine romantische Atmosphäre zwischen ihnen, doch als Yoichi auf die Umrandung eines Blumenbeets am Rande des Gehwegs stieg und versuchte, dort entlangzubalancieren, war sie enttäuscht. Hinzu kam, dass er seine Arme wie auf einem Schwebebalken bis zu den Fingerspitzen hin durchstreckte.

Wie ein Kind …

»Ich freu mich schon auf das Schulfest morgen! Ich frage mich, was es wohl zu essen gibt?!«

Yoichi war leicht angetrunken und gut gelaunt. Um nicht abzurutschen, konzentrierte er sich ganz auf seinen Balanceakt.

Sieht ja nicht direkt nach romantischer Stimmung aus ... Ich klettere auch hoch. Shuko seufzte und legte ihre Hand auf das Mäuerchen, um sich selbst hochzuziehen, denn der Höhenunterschied zum Fußweg war beträchtlich. Als sie es gerade fast geschafft hatte, sprang Yoichi geschickt wie eine Katze zu ihr hinunter und hielt sie mit seinen langen Armen zurück.

»Ah! Das darfst du nicht! Wäre doch schlimm, wenn du dich verletzt und eine Narbe zurückbleibt.«

Obwohl er eben noch wie ein Kleinkind mit ausgebreiteten Armen balanciert war, machte er jetzt einen erstaunlich ernsten und erwachsenen Eindruck.

Das Gesicht eines Erwachsenen ... Senseis Gesicht ... Obwohl er nicht die Absicht hat, etwas mit mir anzufangen, ist er manchmal gemein.

Dass er sich erst wie ein kleines Kind verhielt und dann plötzlich so ernsthaft guckte, überraschte Shuko und ließ ihr Herz schneller schlagen. Sie war nun sogar noch mehr in ihn verliebt.

»Und in dem Fall würden Sie mich nicht mehr zur Frau ...?«

»Was redest du denn da?«

Yoichi lachte über Shukos vermeintlichen Witz und lief wieder auf dem Bürgersteig. Seine Gestalt war bislang im Dunkel der Nacht verschwommen gewesen. Nun aber, da er wieder unter dem Licht der Straßenlaternen ging, erschien sie wieder in klaren Farben.

Er hat einen geradlinigen Nasenrücken, eine eindrucksvolle, spitz zulaufende Augenform und unter dem linken Auge ein Muttermal. Anfangs hatte es Shuko an einen Stern erinnert.

»Sensei ...«

»Hm?«

»Ich möchte es noch mal sehen. Ihr geheimes Muttermal.«

Als Yoichi ihr fragend entgegenblickte, deutete Shuko auf ihr rechtes Augenlid.

Sie war damals im ersten Jahr an der Highschool gewesen.

Damals sagte sie ihm, sie fände sein Muttermal sehr beeindruckend. Überrascht riss er die Augen auf und deutete fragend auf sein Mal an der linken Wange. Daraufhin schloss er beide Augen und kam näher: »Dann ist das hier vielleicht besonders!« Er nahm eine Haltung ein, wie um sie zu küssen. Doch kurz darauf zeigte er auf sein rechtes Augenlid. »Schau mal, hier habe ich auch eins versteckt! Ein verstecktes Extra sozusagen! Wahrscheinlich hättest du es nie bemerkt, wenn ich es dir nicht gezeigt hätte!« Als sie genauer hinsah, fiel ihr auf seinem Augenlid tatsächlich ein kleines Muttermal auf, das wesentlich kleiner war als das auf seiner Wange.

Aber warum hat er es mir auf diese Art und Weise gezeigt? Er wollte mich nur necken!

»Warum mussten Sie beide Augen schließen, um es mir zu zeigen?«

»Weil ich nicht blinzeln kann.«

»Machen Sie das etwa immer so bei ihren Schülerinnen, Tanaka-sensei?«

»Was? Wie kommst du denn darauf? Was redest du denn eigentlich immer? Du bist die Erste, der ich es zeige, Murao!«

Sein Gesicht wirkte damals verlegen und trotzig. Da er ihr jedoch sagte, sie sehe es als Erste, ließ sie ihn noch mal davonkommen. Allerdings rang sie ihm noch ein Versprechen ab, das zu ihrem gemeinsamen Geheimnis werden sollte: »Sie dürfen es auf keinen Fall jemand anderem zeigen!« *Nur ich weiß von seinem zweiten Stern!*

Als sie Yoichi nun bat, es ihr erneut zu zeigen, drehte sich dieser beleidigt weg. »Hä? Keine Lust …«

»Das ist meine Belohnung dafür, dass ich Ihnen ihr Portemonnaie vorbeigebracht habe!!«

»Nö, ich mag nicht.«

Was soll das denn? Wie kleinlich!

Gerade fing Shuko schon an zu schmollen, doch da drehte er sich zu ihr und lächelte. »War nur 'n Witz! Okay … Ausnahmsweise!«

Er schloss beide Augen und beugte sich mit dem Gesicht nach vorn.

Es sieht so aus, als würde er mich küssen wollen …

Yoichi, der nun so mit geschlossenen Lidern vor ihr stand, wirkte schutzlos und ihr Herz begann unkontrolliert zu pochen. Obwohl sie ganz nahe an sein Gesicht heranging, um den kleinen Stern auf seinem rechten Augenlid zu erkennen, schien er es nicht zu bemerken.

»Aber warum willst du es denn überhaupt sehen?«

Sogar wenn er nicht vorhat, etwas mit mir anzufangen, ist er manchmal gemein. Aber dann könnte er auch ruhig noch etwas gemeiner sein. Es ist okay, wenn er nicht in mich verliebt ist oder mich nicht ernst nimmt. Ich will nur, dass er mich akzeptiert.

»Hast du's gesehen?«

Bisher habe ich das noch nie bei jemandem gemacht. Ich habe nur in Manga und Dramen gesehen, wie es geht. Aber ich will, dass er es jetzt begreift. Er soll verstehen, dass ich mehr für ihn empfinde, als ich mit Worten ausdrücken könnte.

Als sie sich ihm näherte, stießen beinahe ihre Nasen zusammen, sodass sie den Kopf etwas zur Seite drehen musste. Dann hielt sie den Atem an, schloss die Augen und presste ihre Lippen an seine. Sie fühlten sich ein wenig trocken und kalt an. Einen Moment fühlte es sich für Shuko so an, als wäre aus ihren Ohren jegliches Geräusch verschwunden. Sie öffnete ihre Augen wieder und blickte in die funkelnden Augen des Lehrers. Sie war sich sicher, dass er ihr jeden Moment eine Standpauke halten würde. Außerdem ging sie davon aus, dass er sie nun noch weniger akzeptieren würde. Doch sie bereute es nicht. Denn selbst wenn, hatte sie ihm soeben in aller Deutlichkeit klargemacht, was sie für ihn empfand. Allerdings schimpfte Yoichi weder mit ihr noch war er sauer. Er senkte nur den Blick und ging wortlos auf Abstand.

»Wir sind gleich am Bahnhof.«

Tun Sie etwa so, als wäre nichts geschehen, Sensei? Warum sagen Sie nichts? Sagen Sie mir doch, wenn es Ihnen nicht gefallen hat, was ich getan habe! Warum verhalten Sie sich nur mir gegenüber so? Denken Sie vielleicht, es wäre nur eine vorübergehende Phase? Oder dass ich meine Bewunderung für meinen Lehrer falsch interpretiere? Denken Sie etwa auch diese lächerlichen Dinge, die Erwachsene so oft sagen?

»Ich habe es die ganze Zeit ernster gemeint, als Sie geglaubt haben, Tanaka-sensei!« Yoichi blieb stehen. Shuko lief mit schnellem Schritt an ihm vorbei. »Ich wünsche mir, dass Sie das wissen. Ich komme schon allein nach Hause. Auf Wiedersehen.«

Frustration und Traurigkeit. Mehr als das konnte Shuko an diesem Abend nicht empfinden.

»Ich habe mir in diesem Moment nichts dabei gedacht.« Abermals sah Futaba zu, wie sich in Shukos Augen die Tränen sammelten und dann ihre Wangen benetzten. »Kind … Erwachsener … Lehrer … Schülerin … Darüber habe ich mir überhaupt keine Gedanken gemacht. Wenn uns an diesem Abend jemand beobachtet hätte, wäre er als Erwachsener und Lehrer dafür verurteilt worden. Dabei bin doch ich ihm nachgelaufen und habe etwas Falsches getan.« Zittrig führte Shuko ihren Satz zu Ende und legte ihr Gesicht in beide Hände. »Darüber habe ich mir überhaupt keine Gedanken gemacht.«

Yuri nahm sie ebenfalls mit Tränen in den Augen schweigend in den Arm. Futaba hätte zwar gern etwas gesagt, fand in diesem Moment jedoch nicht die richtigen Worte. Stattdessen schlang auch sie ihre Arme um Shuko und drückte ihre Wange an deren schönes schwarzes Haar.

Was bedeutet es, jemanden wirklich zu lieben? Obwohl ich ein Zuhause und Eltern habe, täglich anständige Mahlzeiten bekomme und zur Schule gehen kann, weder Not leide noch alleine bin, überfällt mich manchmal diese Einsamkeit. Es fühlt sich nach Sehnsucht an. Eines Tages begegnet man dann in einem unbedeutenden Moment dieser Person und verliebt sich. Aber auch wenn man diese »Verliebtheit« empfindet, heißt das noch lange nicht, dass alles reibungslos verläuft. Denn es kann auch vorkommen, dass der Mensch, den man mag, dieses Gefühl nicht erwidert. Außerdem können schon allein diese Gefühle, die man jemandem entgegenbringt, diesen belasten. Es gibt aber auch Leute, die alles aufgeben, um genau der Person zu helfen, die sich in sie verliebt hat. Dabei lassen sie ihre eigenen Gefühle außen vor und gehen nur auf die Bedürfnisse des anderen Menschen ein. Aber vielleicht hilft es auch dabei, erwachsen zu werden, wenn man dazu in der Lage ist?

Futabas Gedanken galten an diesem Tag ausschließlich Shuko. Zum ersten Mal seit langer Zeit war sie mit jemand anderem als sich selbst beschäftigt.

Was wird sie wohl jetzt machen? Was kann ich für sie tun? Sie lag bis spät in die Nacht wach und vermochte nur, daran zu denken.

»Futaba!«

Am nächsten Morgen rief sie jemand auf dem Schulweg an und sie blieb stehen.

»Shuko … Morgen!«

»Morgen.«

Shuko war auch in der Morgensonne eine faszinierende Schönheit, doch ihre Augen waren leicht gerötet.

Sie hat bestimmt kaum geschlafen und viel geweint.

Shuko lächelte Futaba sanft zu. Sie öffnete zunächst den Mund, schloss ihn aber sogleich wieder, ohne ein Wort gesagt zu haben. Dann rang sie sich schließlich doch dazu durch.

»Hör mal … Ich habe eine Bitte an dich und Yuri.«

*

Yoichi eilte gerade den Flur im zweiten Stockwerk des Schulgebäudes entlang, um pünktlich zu seiner ersten Unterrichtsstunde zu erscheinen. Da nahten von hinten Geräusche, die an ein Maschinengewehr erinnerten.

Ta Ta Ta Ta Ta!

Zunächst vermutete er, dass womöglich ein paar Jungen ihre überschüssige Energie auf diese Art und Weise loszuwerden versuchten.

»Hey, in den Gängen wird nicht …« Doch als er sich umdrehte, um eine Mahnung auszusprechen, verstummte er vor Schreck. Da stürmten keine Jungen auf ihn zu, sondern zwei überaus entschlossen wirkende Mädchen. Er kannte diese beiden Gesichter nur zu gut, denn es waren Futaba Yoshioka und ihre Freundin Yuri Makita. Um einem möglichen Zusammenstoß zu entgehen, wich er vor ihnen zurück, doch Yuri schnappte sich im Vorbeigehen seine rechte Hand und steckte ihm etwas zu.

»Wir werden das beaufsichtigen!!«

»Vielen Dank im Voraus!«

»Hä …?«

Mit demselben Affenzahn, mit dem sie auf ihn zugerast waren, rannten sie wieder davon und verschwanden.

Was um alles in der Welt essen diese Mädchen eigentlich? Bei so viel Energie kann ein alter Knacker wie ich ja gar nicht mithalten!

Ungläubig öffnete Yoichi seine rechte Hand. Darin lag ein kleiner weißer Zettel. Den hatte ihm Yuri also zugesteckt. Er schien aus einem Heft zu entstammen und war auf ein Viertel zusammengefaltet. Er faltete das Blatt auseinander und seine Lippen verzogen sich zu einem schmalen Strich. In schönen Buchstaben stand eine kurze Nachricht darauf geschrieben.

In der fünfminütigen Pause zwischen der morgendlichen Klassenleiterstunde und der ersten Unterrichtsstunde kam Aya gerade von den Toiletten zurück. Da begegnete er auf dem Flur seinem Erzfeind. Sein Nachname lautete Tanaka und sein Vorname Yoichi – ein fünfundzwanzig Jahre alter Junggeselle. Bei dessen Anblick verkrampften sich in Aya sofort alle Muskeln, als würde er in Kampfstellung gehen. Um nicht kindisch zu wirken, setzte er eine unbeeindruckte Miene auf und lief weiter. Yoichi wirkte lustlos, sein Gang träge. Dabei lächelte er sonst immer und war geradezu nervtötend fröhlich. Als die beiden aneinander vorbeigingen, blickte er nicht einmal auf, er schien ihn nicht einmal bemerkt zu haben. Zwar wurde Aya rasend, wenn Tanaka lächelte oder ihn ansprach, doch wenn er wie dieses Mal keine Reaktion zeigte, frustrierte ihn das ebenso.

Was hat der denn? Der ist ja völlig in Gedanken versunken!

Dann bemerkte er ein kleines Stück Papier, das dem Lehrer aus der Tasche gefallen sein musste.

»Tanaka! Sie haben was verloren! Tanaka …!« Offenbar hörte er entweder nicht hin oder vermied bewusst eine Reaktion. »Hey! Ich hab doch gesagt, Sie haben was verloren! Mann!«

Wie selbstverständlich hob Aya den Zettel auf, auch wenn es bedeutete, dass er sich mit demjenigen auseinandersetzen musste, den er als seinen größten Rivalen betrachtete. Es war ein vierfach gefaltetes Papier aus einem Heft.

Was ist denn das? Kontaktdaten oder so? Nicht dass er noch Schwierigkeiten bekommt, wenn er die verliert …

Seufzend entfaltete er den Zettel. Auf dem Papier stand nur ein Satz geschrieben. In einer Handschrift, die er in ihrer gemeinsamen Lerngruppe oder bei den Komiteesitzungen schon unzählige Male bewundert hatte und die ihm sehr vertraut vorkam.

Kommen Sie bitte nach dem Unterricht auf die Dachterrasse (Futaba und Yuri werden auch da sein).

4

Shuko hielt sanft ihr Haar fest, denn der Wind wehte hindurch und wirbelte es ein wenig auf. Hier auf der Dachterrasse war es windiger als an anderen Orten des Schulgeländes. Sie war mit grauen Betonplatten ausgelegt und von einem Metallzaun umgeben. Von der Stelle, an der sich Shuko befand, war es zwar unmöglich, das Geschehen auf dem Schulhof zu beobachten, doch der Wind trug die kräftigen Schlachtrufe des Baseballteams zu ihr hinauf. Auch ein paar Trompetenklänge waren zu hören, vielleicht weil einige Schüler im Freien übten. Shukos Blick richtete sich auf die einzige Tür, die hierherführte. Sie war von einer Ummauerung umgeben, auf die eine Leiter führte. Im Treppenhaus Richtung Dachterrasse hielten Futaba und Yuri Wache und passten auf, dass niemand außer der hierherbestellten Person das Dach des Schulgebäudes betrat.

Shuko war darauf vorbereitet, dass diese Person womöglich nicht auftauchen würde, obwohl Futaba und Yuri die ganze Zeit versucht hatten, sie zu ermutigen: »Es wird bestimmt alles gut gehen!« Shuko kam es so vor, als hätte sie bereits ein ganzes Jahr gewartet. Jede einzelne Minute fühlte sich wie eine halbe Ewigkeit an und die wachsende Angst machte sie ganz beklommen. Als sie in die Ferne starrte, um sich ein wenig abzulenken, hörte sie, wie sich hinter ihr die Tür öffnete. Schnell drehte sie sich um und blickte mit ruhigen Augen Yoichi entgegen. Er betrat langsam das Schuldach und näherte sich ihr. Dann lehnte er sich mit dem Rücken an den Metallzaun und verschränkte die Arme vor der Brust.

Sensei …

Ihr war, als hätte sie plötzlich eine Person vor sich, die sie schon jahrelang nicht mehr getroffen hatte, und quälende Sehnsucht überkam sie.

Sensei … Sensei … Ich wollte Sie so sehr wiedersehen! »Es tut mir wirklich leid, dass ich am Tag vor dem Schulfest nicht an Ihre Stellung als Lehrer gedacht habe und bei Ihnen vorbeigekommen bin.« *Ob meine Worte wohl klar und deutlich bei ihm ankommen?*

In der Wartezeit hatte sie die für diesen Moment zurechtgelegten Worte unzählige Male wiederholt.

Diesmal werde ich nicht nur egoistisch denken! Aber kann ich ihm alles sagen?

»Es tut mir ebenfalls leid, dass ich Sie hierhergebeten habe.

Ich habe auch gar nicht vor, Ihre Position zu gefährden.«

»Ach, schon okay … Gut … Ja, du hast recht«, murmelt Yoichi niedergeschlagen.

Und dennoch ist er gekommen …

»Aber ich habe das Gefühl, dass ich mit meinem Leben nicht weitermachen kann, wenn ich Ihnen nicht alles sagen kann.«

»Murao …«

»Bitte hören Sie mir zu! Bitte, hören Sie mir gut zu, damit ich Sie dann auch das letzte Mal in Verlegenheit gebracht habe.«

Ich habe ihn nicht hierhergebeten, um ihn zu konfrontieren oder zu einer Antwort zu drängen!

Yoichi hob seinen Kopf und richtete seine Augen direkt auf sie. »Okay.«

»Tanaka-sensei … Als ich an diese Schule gekommen bin, habe ich mich total gelangweilt und als Sie mir sagten, ich solle einen Platz für mich schaffen, hielt ich das für abgedroschenen Blödsinn.«

»Ja.« Ein Lächeln brach aus ihm hervor und es signalisierte, dass er wusste, wovon sie sprach. Allein dieses Lächeln machte Shuko glücklich und sie lächelte ebenfalls.

»Es hat mir gereicht, dass Sie an der Schule waren. Aber dann habe ich mich mit Futaba und Yuri angefreundet und nach und nach hat die Schule immer mehr Spaß gemacht. Und auf einmal sah die Situation ganz anders aus als bei meiner Einschulung.« Ihre Gespräche beim Mittagessen. Die kurzen Abstecher nach der Schule. Die langen Telefonate über belanglose Themen bis Mitternacht. Freunden zu helfen, wenn diese Hilfe brauchen. Hilfe zu erhalten, wenn man sie selbst braucht. Auch in diesem Moment fühlte sie sich nicht allein und fürchtete sich nicht, weil diese beiden an ihrer Seite waren. Die früheren Freundschaften, die so viel Unsicherheit und Zerbrechlichkeit in ihr hervorgerufen hatten … Die sie einst so enttäuscht hatten, dass sie sie für unnötig hielt … Nun stärkte ihr eine richtige Freundschaft den Rücken und wärmte ihr Herz. »Und ich dachte mir, dass Sie mir damals genau das sagen wollten!«

»Ja!«

»Und wenn ich darüber nachdenke, dass wirklich alles so war, wie Sie gesagt haben, dann fühle ich noch viel mehr…« *Oh!* Die Gefühle überwältigten sie und sie lächelte. *Es sind keine weiteren Worte mehr nötig. Ich möchte nur noch eine Sache loswerden.* »Tanaka-sensei! Ich bin in Sie verliebt!«

Yoichi kniff die Augen zusammen und lächelte. Was das bedeutete, wurde Shuko sofort klar. Doch sie konnte auch lauter Gefühle daran ablesen – Traurigkeit, Mitleid, vielleicht sogar leichte Wehmut. Sie verschränkte die Hände auf dem Rücken und versuchte, nicht traurig oder niedergeschlagen zu wirken. Als sie ihm anschließend eine Frage stellte, klang sie dennoch etwas schwächer als zuvor. »Wäre die Antwort die gleiche, wenn Sie kein Lehrer wären?«

»Hier gibt's kein ›Wäre‹.« Yoichi blickte auf, verschränkte erneut die Arme und lachte. »Es bringt doch nichts zu spekulieren, oder? Ich bin nun mal Lehrer!«

Klong!

Das Geräusch eines Metallschlägers, der gerade einen Ball traf, hallte wider. Yoichi blickte in die Ferne, wie um dem Geräusch zu folgen. »Ich habe mich schon irgendwo darüber gefreut. Obwohl ich wusste, dass ich deine Gefühle auf keinen Fall erwidern kann. Ich konnte wohl nicht richtig auf Distanz zu dir bleiben, weil es sich einfach gut angefühlt hat, dass jemand für mich Zuneigung empfindet.«

Heute ist er ja gar nicht gemein. Vermutlich wusste nicht nur ich, dass das unser letztes Treffen ist. »Haben Sie sich denn nicht wenigstens ein bisschen in mich … verliebt?«

»Ich habe mich gefreut!«, antwortete er und blickte ihr dabei direkt in die Augen. »Aber mehr war da nicht« antwortete er ihr aufrichtig, ohne zu zögern. Damit verstummten auch die letzten leisen Schreie der Hoffnung in ihr.

»Verstehe.« Ihr Nasenrücken begann zu schmerzen, doch sie weinte nicht. »Vielen Dank, dass Sie mir zugehört haben.«

Lächle! Ehe sie sich ihm noch einmal zuwandte, schenkte sie ihm ihr schönstes Lächeln. »Und vielen Dank, dass Sie hergekommen sind!« *Blick nach vorne richten, Rücken durchstrecken und aufrecht gehen!*, ermahnte sie sich in Gedanken.

Während sie auf die Ummauerung zulief, verschwamm ihre Sicht immer mehr und sie konnte kaum noch etwas erkennen.

Shuko griff nach dem Türknauf, wischte sich mit der anderen Hand die Tränen aus dem Gesicht und drehte sich um. »Sensei!«, wandte sich das Mädchen noch einmal mit ihrem schönsten Lächeln an ihn. »Sie können Ihr Muttermal jetzt gern auch anderen Menschen zeigen!«

Sie prägte sich Yoichis Lächeln für immer ins Gedächtnis ein und schloss die Tür hinter sich.

Klick

Mit dem Geräusch der Tür schien alle Kraft aus ihrem Körper zu entweichen. Futaba und Yuri standen am unteren Fuß der Treppe, die vom Dach herunterführte.

Wie ich wohl aussehe …

Shuko gab keinen Ton von sich, doch die beiden schienen zu verstehen. Sie blickten zu ihr hoch und machten ein Gesicht, als würden sie den Schmerz mit ihr teilen. Plötzlich rannte Futaba

Aber mehr war da nicht.
Ich habe mich gefreut!
...
Verstehe.
Vielen Dank ...
... dass Sie mir zugehört haben.

blitzschnell die Treppe zu ihr nach oben und umarmte sie so fest, dass es ihr wehtat. Unmittelbar darauf folgte Yuri und umarmte sie mit ihrem kleinen, zierlichen Körper ebenfalls. Keine der beiden brachte auch nur ein Wort heraus. Sie verblieben schweigend in ihrer Umarmung und nur gelegentlich war ein Schniefen zu hören. Shuko hatte das Gefühl, ihr Hals wäre geschwollen, sie fühlte sich fiebrig. Daraufhin schmiegte sie ihre Stirn an Futabas Schulter.

Ich habe Sie wirklich geliebt, Sensei. Und ich tue es noch immer. Das wird sicherlich auch morgen, übermorgen und auch noch in einer Woche der Fall sein. Vermutlich sogar noch weit darüber hinaus!
»Wer sitzt denn gerade vor mir? Bist du etwa nicht Shuko Murao?«
»Dass es dir nichts ausmacht, allein zu sein, kauf ich dir erst ab, wenn du dir Mühe gibst und dich behauptest.« Dank ihm habe ich wieder den Mut gefasst, Zeit mit anderen zu verbringen. Ich habe Freunde gefunden, die zusammen mit mir weinen und mich in den Arm nehmen. Irgendwann wird eine Zeit kommen, in der ich jemand anderen als Tanaka-sensei lieben werde, doch wann das sein wird, weiß ich noch nicht. Doch eines steht fest: Selbst wenn ich irgendwann eine Oma mit verschrumpelter Haut bin, ich werd niemals vergessen, dass ich in diesen Lehrer verliebt war.

»Wie wär's, wenn du endlich rauskommst?«

Als Aya unerwartet angesprochen wurde, zuckte er zusammen. Er hatte sich auf dem Dach des Lagerraums versteckt und richtete sich langsam auf. Ihm fiel auf, dass Yoichi, der einige Meter unter ihm am Zaun lehnte, den Kopf in seine Richtung geneigt hatte. »War ich so auffällig …?«

»Na ja …«

Noch ehe Shuko, Futaba und Yuri hier hochgekommen waren, hatte er sich auf die Dachterrasse geschlichen und sich versteckt.

Da Yoichi ihn bereits entdeckt hatte, war es sinnlos, weiter hier oben zu bleiben und so kletterte er langsam die Metallstiege nach unten.

»Und? Dieser Zettel ... war das etwa auch Absicht?«

»Tja ... Was glaubst du?«

Als seine Füße den staubigen, rauen Betonboden erreichten, strich ihm eine kühle Herbstbrise über die Wangen. Der Wind spielte auch mit Yoichis Haaren. Dieser schaute dem Baseballteam beim Training auf dem Sportplatz zu und wirkte ein wenig kraftlos. Nach kurzem Zögern fand Aya die Sprache wieder.

»Und waren diese herausfordernden Sprüche und so etwa auch Absicht? Sollte mich das motivieren ...?«

»Ha ha! Tut mir leid, aber so erwachsen bin ich dann doch nicht!« Lachend stützte sich Yoichi mit dem Ellbogen auf dem Zaun ab. »Mit fünfundzwanzig ist man noch ein ziemliches Kind ... Das wirst du auch noch verstehen, wenn du in das Alter kommst! Man ist echt noch ein Kind!«

Und warum hat er mich dann immer so provoziert?

»Und deshalb ...«, fuhr Yoichi fort und richtete den Blick wieder auf Aya, »... habe ich mir die ganze Zeit gedacht, ob nicht ein wahnsinnig netter Typ Muraos Herz gewinnen könnte, ehe ich die Kontrolle über meine Gefühle verliere!« Er blickte Aya mit großen Augen an und lächelte.

»Dann bist du also auch in Murao ...«

»So erwachsen bin ich zwar auch noch nicht, aber ich muss erwachsener sein als ihr!« Yoichi hatte sich aufgerichtet und blickte über den Zaun hinaus in die Ferne. »Es gibt auch Situationen, in denen man nicht so entscheiden kann, wie man will!«

Wollte er mir das wirklich alles sagen? Oder führt er Selbstgespräche? Ganz egal was es ist, jetzt weiß ich, dass der Kerl Shuko vorhin angelogen hat. Doch er hat nicht sich selbst zuliebe gelogen, sondern für sie.

»Das ist also die erwachsene Art, mit so was umzugehen ... Kapiert«, lautete Ayas Antwort auf Yoichis Aussage. Als dieser sich umdrehte, blickte er ihm entschlossen und ohne jegliches Zögern in die Augen. »Aber ich werde dir gegenüber nicht unterwürfig werden, weil du mich diesen Kampf hast gewinnen lassen. Ich werde auch keine Zurückhaltung üben oder Mitleid für deine Position als Lehrer haben.« *Mitleid ist hier fehl am Platz! Der Mann, von dem ich gedacht habe, dass er von oben auf sie herabschaut und sich über sie lustig macht, ist mir wirklich in allen Punkten überlegen. Doch er hat nicht versucht mich auszustechen, sondern hat Shuko sogar beschützt, indem er seine wahren Gefühle vor ihr verborgen und losgelassen hat. Ich gebe es nur ungern zu, aber er ist wirklich ein großartiger Kerl.* »Ich werde Muraos Herz auf ehrliche Weise für mich gewinnen. Überlass das nur mir!«

Damit hatte Aya alles gesagt, was er loswerden wollte, und drehte Yoichi den Rücken zu. Gerade als er nach dem Türknauf greifen wollte, rief er ihm noch etwas hinterher.

»Ich hätte kein Problem damit, wenn du der Mann an Muraos Seite wärst!«

Was fällt ihm ein, sich so was rauszunehmen? Alter Knacker! Aya warf einen genervten Blick zurück über seine Schulter. »Aber klar doch!«

Nachdem Aya die Tür hinter sich zugeschlagen hatte, stieß Yoichi einen tiefen Seufzer aus.

Aber klar doch, sagt er ... Er ist echt ein wahnsinnig aufrichtiger Typ. Im Gegensatz zu mir, der auf solche merkwürdigen Techniken zurückgreift, ist er ehrlich und zeigt keine Schwäche!

»Diese Eigenschaft an ihm macht mich echt neidisch!«

Yoichi lehnte sich mit dem Rücken an den Zaun, legte beide Arme darüber und blickte in den dämmrigen Abendhimmel. Die Schule und ihre Umgebung hatten zu seiner Zeit als Schüler noch ein wenig anders ausgesehen als heute. Das Schulgebäude war hier und da saniert, alte Klubräume waren umgebaut und auch nahe dem Schulweg neue Gebäude errichtet worden. Doch der weite Himmel, der sich über ihm erstreckte und Vergangenheit und Zukunft miteinander verband, war unverändert geblieben.

»Nach dem Abschluss plane ich einen Selbstfindungstrip. Schreiben Sie das bitte auf!« Das hatte Shuko Murao zu ihm gesagt, als er sie vor einem Jahr im Frühling wegen eines leeren Zukunftsfragebogens ins Beratungszimmer bestellt hatte. Dabei hatte sie sich sehr provokant geäußert, als wäre sie nicht bereit, sich dem Willen des neuen Lehrers zu beugen. Zudem hatte sie so kalt geblickt, als gäbe es nichts auf dieser Welt, woran sie glauben könnte. *Was habe ich damals zu ihr gesagt?* Er erinnerte sich daran, dass er sie danach fragte, was sie sich eigentlich von diesem Selbstfindungstrip erhoffe. Außerdem sagte er, dass sie, Shuko Murao, doch genau vor ihm säße. Ein paar Tage später hatte sie den Fragebogen erneut eingereicht. »Herr Tanakas Frau« stand dort in Großbuchstaben geschrieben. Da hatte sie ihre Zuneigung ihm gegenüber zum ersten Mal ausgedrückt, woraufhin Yoichi seinen gesamten Tee ausspuckte. Fortan hatte sie ihn jedes Mal verliebt angesehen, wenn sie sich auf dem Flur begegnet waren. Manchmal kam sie auch sehr nahe an ihn heran und griff nach dem Saum seiner Kleidung. Als sie meinte, sie möge das Muttermal auf seiner linken Wange, zeigte er ihr noch ein verstecktes auf seinem rechten Augenlid. Daraufhin errötete sie aus irgendeinem Grund und raunzte ihn an, er dürfe es niemals jemand anderem außer ihr zeigen.

Bestimmt ahnte Shuko nichts von alledem. Sie wusste nicht, dass der junge Lehrer ihr mit ernstem Gesicht Standpauken hielt, sich innerlich aber von ihr angezogen fühlte und deshalb außerstande war, sich von ihr abzuwenden.

Hätte ich bis zum Ende so weitermachen können? Hätte ich sie loslassen können, damit sie mich vergisst? Hätte ich mich wirklich von ihr distanzieren können? »Das ist also die erwachsene Art, mit so was umzugehen …« Yoichi lehnte sich mit dem Kopf nach hinten und schloss seine Augen. Ein bitteres Lächeln huschte über sein Gesicht. *Wenn ich, der schon nicht mehr als Kind betrachtet werden kann, eines gelernt habe, dann, dass es auf dieser Welt keine »Erwachsenen« gibt. Es gibt nur unvollkommene Menschen, die danach streben, das Richtige zu tun, sich wünschen, das zu beschützen, was ihnen wichtig ist, und immer ihr Bestes geben, so zu sein, wie sie es sich wünschen. Genau so war ich auch. Ich habe eine Maske aufgezogen und Worte gesprochen, die nicht von Herzen kamen. Meine Brust hat sich so angefühlt, als würde sie zerreißen, und dabei habe ich ihre Hand losgelassen. Und diese Hand wird sich nie wieder nach mir ausstrecken. Damit nichts geschieht, wofür sie sich letztendlich die Schuld geben würde. Dafür nehme ich diesen Schmerz gerne in Kauf! Morgen werde ich wieder an ihr vorbeigehen, ohne eine Miene zu verziehen, als wäre nichts passiert. Weil ich ein »Erwachsener« und ein Lehrer bin. »Wäre die Antwort die gleiche, wenn Sie kein Lehrer wären?«*

Yoichi erinnerte sich an jenen Abend, als sich ihre Lippen berührt hatten. *Wenn ich kein Lehrer wäre? Was wäre, wenn ich in der Position wäre, sie lieben zu können, wenn wir uns einfach so über den Weg gelaufen wären?* Er öffnete seine Augen wieder und dachte nicht weiter über die soeben gefundene Antwort nach. *Es ist so, wie ich bereits gesagt habe. Im Leben gibt es kein »Wäre« …*

Wir haben uns nur getroffen, weil wir Lehrer und Schülerin an dieser Schule sind. Eine andere Verbindung bestand nie zwischen uns. Und ich bedaure es auch nicht. Murao, als dein Lehrer werde ich tun, was ich kann, um dich zu unterstützen. Du hast mich mit Augen angesehen, die niemandem vertraut haben, doch jetzt hast du richtige Freundinnen gefunden und dein Lächeln wieder. Du wirst noch vielen Menschen begegnen und unzählige Erfahrungen machen. Ich werde weiterhin auf dich aufpassen und mein Bestes tun, um dir zu helfen, solltest du verletzt werden oder in Schwierigkeiten stecken. Deine Jugend bietet dir unbegrenzte Möglichkeiten, die Erfahrungen, die du in dieser Zeit machst, werden dein Leben auch in weitreichender Zukunft wertvoll begleiten. Bis zu dem Tag, an dem du diese Schule verlässt, werde ich immer für dich da sein und auf dich achtgeben.

*

»Hach … Abgeblitzt …« Über das Kopfsteinpflaster des Bahnhofsvorplatzes wanderten vereinzelt Schüler in ihren Schuluniformen. Das Herbstlicht verabschiedete sich schon sehr früh, sodass die blauen Schatten der Bäume und Gebäude tief standen. Am Westhimmel, wo die Sonne unterging, war ein einzelner Stern zu erkennen, der dort wie ein kleiner Diamant funkelte. Shuko seufzte tief. »Ich bin doch froh, dass ich mich in Tanaka-sensei verliebt habe. Jetzt bin ich zwar traurig, aber wenn ich daran denke, dass mich das zu dem gemacht hat, was ich jetzt bin, bin ich froh, mich in ihn verliebt zu haben. Weil Tanaka-sensei es mir auch ermöglicht hat, dass ich mein jetziges Selbst nicht hasse.« Daraufhin lächelte Shuko und legte ihre Arme um Futaba und Yuri, die links und rechts neben ihr saßen. »Und ich bin auch froh, dass ihr beide in so einer Situation bei mir seid! Danke!«

»Shuko …«

Futaba war zwar für sie da, doch sie konnte nichts für sie tun. Sie hatte bis jetzt nur gekichert, geschluchzt und sie zusammen mit Yuri umarmt. In Yuris großen Kulleraugen zeigte sich Besorgnis.

»Wenn du eigentlich lieber allein sein willst, sag es! Wir haben dich ja mit Gewalt hierhergeschleppt.«

Doch Shuko lächelte und schmiegte ihren Kopf an Yuris. »Bleibt jetzt bei mir. Heute will ich über ganz viel reden!«

»Okay! Dann lass uns quatschen!«

»Wir hören dir zu, egal worum es geht!«

Als sie sah, wie Yuri ihr energisch zunickte und sie ihren Blick dann erneut Futaba zuwandte, lächelte sie wieder. Dieses Lächeln war so schwach, sanft und durchsichtig, dass sie wie ein Mensch wirkte, der gerade erst wieder genesen war.

Als ich Shuko heute angesehen habe, ist mir was aufgefallen. Ich dachte zwar, dass ich im Hinblick auf Kou nichts mehr tun kann, aber das stimmt nicht. Es ist doch noch eine einzige Sache übrig. Futaba war zu einem Entschluss gelangt.

*

Am nächsten Tag verbrachte Futaba die Mittagspause im Innenhof. Die Blätter der umstehenden Bäume, vor Kurzem noch tiefgrün, hatten jetzt gelbe, orange und dunkelrote Töne angenommen. Am Boden lagen wie ein Teppich ausgebreitet braune, vertrocknete Blätter und in der Luft lag ein süßer Duft, der das Ende der Jahreszeit ankündigte.

Knirsch. Knirsch.

Über den Laubteppich tappten Schritte und Futaba drehte sich langsam um.

»Was soll das? Was ist diese Sache, über die du noch mal mit mir reden willst?«, fragte Kou in seiner dunkelblauen Strickjacke ein wenig neugierig. Futaba lächelte und strich sich durch die Haare.

»Sorry, dass ich dich hierherbestellt habe. Aber in der Klasse war es mir etwas zu … Na ja …«

»Ach, schon okay.«

Futaba behielt ihr Lächeln bei und blickte Kou schräg von unten an.

Ich bin zwar ein bisschen aufgeregt, aber es hält sich in Grenzen. Auch mein Herz klopft nicht so stark. Das liegt wohl daran, dass ich schon genug gejammert und geweint habe. Ich habe mich oft geärgert, Neid empfunden und einen gewissen Selbsthass entwickelt. Und deshalb kann ich nur noch eine letzte Sache tun. Ich werde es ihm sagen. Das wird nichts ändern, aber ich werde damit abschließen können. Ganz genau. Ich habe Kou noch nie direkt gesagt, dass ich in ihn verliebt bin!

Kapitel 7

1

»Jetzt sei doch nicht so defensiv! Da fällt es mir schwer zu reden!« Futaba wedelte mit den Händen und lächelte, doch Kou verzog bloß missmutig das Gesicht.

Die beiden kannten sich zwar schon länger, doch seine Verwunderung darüber, plötzlich in der Mittagspause in den Innenhof gerufen zu werden, konnte man ihm nicht verübeln. Gleichzeitig behagte ihm aber die Vorstellung nicht, dass Futaba ihm seine Verwirrung am Gesicht ablesen konnte, und so vermied er den direkten Blickkontakt.

»Ich bin doch gar nicht defensiv.«

»Ah! Kou! Dir fehlt ein Knopf an der Weste!«

Er vermutete, dass Futaba ihn in einer bedeutenden Angelegenheit herbestellt hatte. Indem sie auf den Ausschnitt seiner Strickjacke zeigte, erwähnte sie allerdings etwas vollkommen Nebensächliches. Der oberste der vier Knöpfe fehlte.

»Welche ist es denn jetzt?!« Er war abgefallen, als Toma ihn dort gepackt hatte. »Ah ... Ja. Ich weiß.«

»Ich bin in dich verliebt.«

Eben noch hatte er den Blick gesenkt und an der Stelle herumgezupft, an der der Knopf abgegangen war, doch nun hob er seinen Kopf und fragte sich, ob er sich vielleicht verhört hatte. Die Worte kamen sehr plötzlich und klangen sanft. Ihre Blicke trafen sich, woraufhin Futaba lächelte und wiederholte: »Kou, ich bin in dich verliebt.« Doch diesmal fügte sie noch etwas hinzu: »Und deswegen will ich jetzt ganz deutlich bei dir abblitzen. Weil ich gefühlsmäßig mit der Sache abschließen und mein Leben weiterleben will.« Plötzlich hatte er ein Déjà-vu. Erneut überkam ihn das Gefühl, dass Futaba sich von ihm entfernte, obwohl sie direkt vor ihm stand.

Ah, das ist genau wie letztens.

Da hatte sie ein paar Stufen unter ihm gestanden, am Fuße der Treppe. Sie hatte gelacht und bemerkt, dass sie sich geirrt habe.

»Ich möchte richtig bei dir abblitzen, damit ich akzeptieren kann, dass aus uns nichts wird«, sagte Futaba ruhig. In ihren Augen war keine Traurigkeit zu erkennen, sie schien vielmehr zu warten. Kou öffnete daraufhin leicht seinen Mund.

Egal wie lange ich darüber nachdenke, ich werde immer zur selben Antwort gelangen. Welche Worte er wählen würde, stand bereits fest. Das wusste nicht nur er, sondern auch Futaba genau. »Ja. Ich kann nicht mit dir zusammen sein.«

Einen Moment lang zitterten Futabas Augen wie die Wasseroberfläche eines Teiches, auf den ein Tropfen fällt. Für ein paar Sekunden bedeckte ihr schulterlanges Haar ihre Gesichtszüge, doch schließlich blickte sie auf und strahlte ihm fröhlich entgegen.

»Puh …! Dann kann ich jetzt mit der Sache abschließen! Danke.« Mit jedem Schritt, den sie sich von ihm entfernte, lächelte sie mehr. »Jetzt sind wir bloß noch Klassenkameraden.« Sie hatte endlich reinen Tisch gemacht. »Ähm … Red bitte auch weiterhin noch mit mir, ja?« Sie hatte das fadenscheinige Band zwischen ihnen beiden gekappt.

Als Futaba bereits im Schulgebäude verschwunden war, verharrte Kou noch immer an der gleichen Stelle. Das Sonnenlicht, die leichte Brise, der Tumult der Mittagspause … Alles kam ihm weit weg vor. Völlig teilnahmslos stand er dort und ihm schien, er würde er Hunderte von Jahren hierbleiben, wenn ihn niemand von diesem Ort fortführte.

Plötzlich spürte er in seiner Hosentasche eine Vibration. Eine sanfte Melodie, die ihm nur allzu bekannt vorkam, durchschnitt die Stille. Mit einer schwerfälligen Bewegung zog er sein Handy aus der Tasche. Ein kleines blinkendes Lämpchen signalisierte einen Anruf, wobei eine hohe Melodie erklang. Schweigend betrachtete er das Gerät, bis es irgendwann verstummte und wieder Stille einkehrte.

Kou wusste nicht, wie man dieses trübe und düstere Gefühl nannte, das ihn in diesem Moment überkam. Er legte alle Kraft in seinen Arm und schwang ihn so weit zurück wie möglich. Als er sein Smartphone gegen die Wand des Schulgebäudes schleuderte, ertönte ein lauter Knall. Einige Splitter des beschädigten Bildschirms flogen umher und verteilten sich auf dem Boden. Bis die Schulglocke das Ende der Mittagspause läutete, blieb Kou reglos an Ort und Stelle stehen.

*

Yuri hatte schon eine Weile in der langen Schlange vor dem Getränkeautomaten gewartet, um sich ihren Lieblingsmilchtee zu kaufen. Nun bahnte sie sich ihren Weg durch die Schülermassen und lief den Flur entlang. Der tägliche Mittagseinkauf glich einer Schlacht: Massen an Schülern drängten sich dicht an dicht und an den Bereich vor dem Kiosk und Automaten kam man kaum heran.

»Yuri!«

Futaba und Shuko hatten ihre Einkäufe erledigt und warteten bereits auf sie. Da es den ganzen Morgen geregnet hatte, beschlossen sie, heute im Klassenzimmer statt im Innenhof mittagzuessen. Als die drei gemeinsam den Rückweg antraten, fiel Yuri auf einmal die weiße Plastiktüte in Futabas Händen auf.

Puh ...!
Dann kann ich jetzt mit der Sache abschlie-ßen!
Danke.
Jetzt sind wir bloß noch Klassenka-meraden.
Ähm ...
Red bitte auch weiter-hin noch mit mir, ja?

»Nanu? Du hast nur ein Brötchen gekauft, Futaba?« Die Tüte war wesentlich kleiner als sonst, da sie nur ein einziges Brötchen enthielt. Normalerweise verdrückte Futaba drei oder vier. Besorgt blickte Yuri ihre Freundin an. Da diese ein wenig höher stand als sie selbst, musste sie ein wenig nach oben sehen. »Fühlst du dich immer noch schlecht …?« Erst vor ein paar Tagen hatte Futaba ihnen erzählt, dass Kou sie abserviert hatte. Zwar hatte sie in diesem Moment gelacht, doch sie war seitdem viel stiller als früher.

»Nein, das ist es nicht … Ich wollte bloß mal Diät machen …«, lachte Futaba wieder und wedelte verneinend mit der Hand, bevor sie sich verlegen durchs Haar fuhr. »Ich würde gern ein kleines bisschen hübscher werden, damit es Kou doch leidtut … Ach, nur 'n Witz!«

»Das kann ich total gut verstehen!«, mischte sich auch Shuko in das Gespräch und zeigte den beiden ihre eigene Plastiktüte. »Bei mir ist das auch so.«

»Was? Bei dir auch, Shuko?!«

»Du bist ja wohl dünn genug, Shuko!«

»Ganz genau! Wenn du noch dünner wirst, verschwindest du ja ganz!«

»Aber ich will einfach irgendwas machen!«

Yuri stellte fest, dass Futaba tatsächlich abgenommen hatte. Sie war ein ganz anderer Typ als die hochgewachsene und schlanke Shuko – ein lebensfrohes, hübsches Mädchen, zu dem eine Abmagerungskur einfach nicht passte. Bei genauerem Hinsehen fiel auch auf, dass ihre Wangen ein bisschen eingefallen waren. Ihr sonst so lebendiger Eindruck war daher etwas verloren gegangen. Außerdem hatte sie ein leichtes Make-up aufgetragen. Die Foundation, der Mascara und der

Lipgloss betonten ihre natürliche und reine Ausstrahlung und standen ihr gut.

Du hast dich ganz schön aufgebrezelt, Futaba. Trotzdem mach ich mir ein bisschen Sorgen, dass du zu wenig isst.

»Yoshioka!«

»Ah, Kikuchi-kun! Wollt ihr zum Schulkiosk?«

Von der anderen Seite des Flurs näherten sich Toma Kikuchi und sein Freund Uchimiya. Toma kam mit einem Lächeln voller Zuneigung auf Futaba zu, doch als er Yuri erblickte, erschrak er kurz. Yuri lächelte ihm allerdings sanft zu.

Keine Sorge, Kikuchi-kun, ich werde dich nicht mehr wie einen Wurm behandeln!

»Dann müsst ihr euch aber beeilen, sonst gibt's nichts mehr ...!«, legte Futaba den beiden Jungen ans Herz.

»Ah. Ja, okay, danke!«

Als die beiden weiter an ihnen vorbeiliefen, trafen Yuris Augen Uchimiyas. Da sie es für merkwürdig hielt, sich von ihm zu verabschieden, nickte sie ihm leicht zu, was Uchimiya ebenfalls mit einem Nicken sowie einem sanften Lächeln erwiderte.

»Ach ja, neuerdings trinke ich Essig. Ich gebe zu meinem Gemüsesaft immer etwas schwarzen Essig hinzu, bevor ich ihn trinke.

»Aber riecht Essig denn nicht total streng? Ich habe gehört, dass Tomatensaft auch ganz lecker sein soll, aber stimmt das wirklich?«

Yuri, die sich gerade mit Shuko über Ernährung unterhielt, blickte Futaba von der Seite an. Diese meinte, Kou habe ihr eine klare Abfuhr erteilt. Außerdem mochte Toma sie sehr.

Vielleicht hat Uchimiya-kun ja recht. Wenn ich sein Lächeln so sehe, könnte ich mir super vorstellen, dass er sich gut um Futaba kümmern würde. Was wirst du tun, Futaba?

»Hast du das vorhin gehört?«, bemerkte Uchimiya beiläufig zu Toma.

Inzwischen hatten die beiden Futaba und die anderen hinter sich gelassen und machten sich auf den Weg zum Schulkiosk. Natürlich hörte Toma seinem Freund zu, doch anstatt ihm zu antworten, fummelte er nervös an seinem Ohrpiercing herum. »Er hat Yoshioka wohl abserviert. Gut für dich!«

»Sag mal, findest du das nicht gemein?!«

»Toma ... Dein Gesicht. Du grinst wie irre!«

Was? Er bemerkte erst jetzt, dass seine Mundwinkel nach oben gewandert waren. *Mist, mir steht die Freude ins Gesicht geschrieben!* »Ob es besser wäre, direkt zum Angriff überzugehen ...?«

»Aber man darf auch nicht vergessen, dass sie gerade erst abgeblitzt ist ... Wie wär's, wenn du sie hin und wieder mal zur Bandprobe einlädst?«

»Ja, das klingt gut! Dann müssen wir aber noch etwas proben ...«

»Mann, bist du nervig! Für die Probe proben?«

»Das ist ja wohl klar! Ich will mich schließlich von meiner besten Seite zeigen!«

»Toma, du bist echt cute!«

Es muss schwer für sie gewesen sein, von dem Jungen, den sie mochte, abgewiesen zu werden. Aber es waren seine aufrichtigen Gefühle. Ich bin mir sicher, dass sie ihn nicht so schnell vergessen wird. Dennoch werde ich mich bei ihr bemerkbar machen und sie dazu bringen, sich mir zuzuwenden. Ganz bestimmt!

*

In den letzten ein bis zwei Jahren hatte sich Futabas Gewicht kaum verändert, aber jetzt hatte sie sogar eineinhalb Kilo abgenommen. Sie hatte sich zudem daran gewöhnt, sich jeden Morgen zu schminken. Foundation, Mascara und Lipgloss in zartem Rosa. Ehe sie das Haus verließ, überprüfte Futaba ihr fertiges Make-up im Spiegel, steckte ihr Kosmetiktäschchen in ihre Schultasche und verabschiedete sich von ihrer Mutter. Sobald sie auf ihrem Platz im Klassenzimmer saß, drückte sie die Knie ordentlich aneinander, statt breitbeinig dazusitzen. Außerdem hatte sie aufgehört, mit offenem Mund zu lachen, wenn sie mit Yuri und Shuko plauderte und lachte. Ihre Schulsachen legte sie stets leise ab, um kein Geräusch zu verursachen. Den Flur lief sie gemächlich entlang und hob leicht ihr Kinn, um eine aufrechte Haltung einzunehmen. Türen öffnete und schloss sie leise. Sie wollte ihre burschikose Rolle ablegen, die sie angenommen hatte, um bei den Mädchen nicht auf Ablehnung zu stoßen. Nun verhielt sie sich geradezu mädchenhaft, damit Kou bereute, sie abgewiesen zu haben.

Tu ich denn hier wirklich das Richtige? Oder bin ich die Einzige, die nur spielt, was sie sein will ...? Ich glaube, ich weiß selbst nicht mehr, wer ich bin ... Aber wissen die anderen denn wirklich alle, was es heißt, man selbst zu sein? Für Futaba fühlte es sich fast so an, als wäre sie an einem dunklen Ort verloren gegangen, an dem sie sich nur tastend durch die Dunkelheit bewegen konnte. *Doch egal, ob richtig oder falsch ... Solange ich nichts dafür tue, mein Ziel zu erreichen, fühlt es sich so an, als würde sich mein Herz wieder rückwärts bewegen. Ich will nach vorne sehen. Auch wenn es nur ein Schritt nach dem anderen ist, ich muss weitermachen.*

Gerade als sie so völlig in Gedanken versunken war, sprach Toma sie an. Der Unterricht war vorbei und sie bereitete sich darauf vor, mit Yuri und Shuko heimzugehen.

»Was? Bandprobe?«

»Ja! Magst du nicht zuschauen? Ich hab dir doch schon mal gesagt, dass es uns wahnsinnig helfen würde, wenn wir Zuschauerfeedback bekämen.«

Damit will er mir wohl sagen, dass ich die beiden jetzt gleich zur Probe begleiten soll, oder?

Futaba blickte fragend zu ihren beiden Freundinnen. Shuko, die gerade ihre Hausschuhe im Schuhfach verstaute, schlug daraufhin etwas vor.

»Ich kann zwar nicht, aber wie wäre es, wenn ihr beide geht?«

»Wie, Shuko, du kommst nicht mit?«

»Nein. Aber Yuri hatte doch Interesse, oder? Hat sie jedenfalls beim Schulfest gesagt.«

»Ja … Es würde mich schon ein bisschen interessieren …«

»Ach so …« *Und neulich, an dem Tag, als ich zu Narumi gegangen bin, habe ich ihn schon auf das nächste Mal vertröstet …* »Okay, dann kommen wir mit.«

»Klasse!«

Toma, Uchimiya, Yuri und Futaba verabschiedeten sich am Bahnhof von Shuko und stiegen gemeinsam in den Zug. Die Probe fand in einem Mietstudio statt. Futaba hatte keine Verbindung zur Musikwelt und war immer davon ausgegangen, dass solche Studios nur für Aufnahmen professioneller Musiker dienten. Zu erfahren, dass auch gewöhnliche Menschen so einfach eins mieten konnten, überraschte sie ziemlich.

»Und das ist ein Bass, den du da bei dir trägst, Kikuchi-kun? Gehört er dir?«

Auf dem Rücken trug Toma einen schwarzen Instrumentenkoffer, der an einen großen Rucksack erinnerte. Futaba stand ihm gegenüber und betrachtete den langen Hals des Instruments, der über Tomas Kopf hinausragte.

»Na ja, zumindest zur Hälfte. Meine große Schwester hat ihn mir überlassen.«

»Und du musst ihn für die Proben immer von zu Hause mitschleppen? Ist der nicht schwer?«

»Hmm, leicht ist er nicht gerade, aber man gewöhnt sich dran. Ich laufe gern mit einem Instrument herum.«

»Von hinten betrachtet sieht es ein bisschen witzig aus, wie ein Gitarrenkoffer auf zwei Beinen.«

»Halt die Klappe, Ucchi!«

»Und du spielst Gitarre, Uchimiya-kun? Dein Koffer sieht echt stylisch aus!«

Yuri zeigte auf seinen weißen Gitarrenkoffer, den eine schwarze Borte verzierte, und Uchimiya grinste frech.

»Ja, genau wie ich, oder?«

»Was? Ah ha ha. Wann hast du denn angefangen, Gitarre zu spielen?«

»In der Mittelschule. Der große Bruder eines Kumpels hat in einer Band gespielt und ich durfte bei einem Livekonzert dabei sein. Das hat mich tierisch beeindruckt, es war verdammt cool!«

»Ah, ich weiß schon, was du meinst. Als ich eure Aufführung beim Kulturfestival gesehen habe, ging es mir genauso!«

»Wirklich? Wow, das macht mich gerade richtig glücklich!«

Futaba fiel auf, dass Yuri und Uchimiya sich überraschend gut verstanden. Sie selbst hatte schon etliche Berührungspunkte mit Toma, beispielsweise durch das Klassenkomitee. Außerdem hatte sie sich auch schon ziemlich oft mit Uchimiya unterhalten, weil dieser ein enger Freund von Toma war. Yuri hatte die beiden aber erst vor Kurzem kennengelernt und so hatte Futaba befürchtet, es könne eventuell unangenehm für sie werden. Jedoch schien alles in bester Ordnung. Auf der Zugfahrt bis zu ihrem Ziel erzählten die

Jungen den beiden Mädchen unterhaltsame Anekdoten über ihre Bandaktivitäten. Tomas leicht naive Art und Uchimiyas schlagfertige Kommentare brachten Futaba und Yuri oft zum Lachen.

Vielleicht tut es mir ja wirklich ganz gut, mich auf Neues einzulassen. Wenn ich Dinge kennenlerne, mit denen ich bislang nichts zu tun hatte, erweitere ich meinen Horizont. Außerdem denke ich dadurch immer weniger an Kou und vielleicht muss ich irgendwann sogar gar nicht mehr an ihn denken. Ich hoffe wirklich, dass das passiert.

2

»Mann, bin ich voll! Mein Bauch tut weh.«

Als Aya sich auf den Holzboden fallen ließ, stieß er leise auf. Er hatte im Supermarkt eine neue Nudelsuppensorte entdeckt, die mit »Big Size! Sellerie-Ramen« beworben wurde. Wie der Name bereits vermuten ließ, füllte sie den Magen mehr als ausreichend und er fühlte sich ein bisschen schläfrig.

»Penn jetzt bloß nicht ein! Du erkältest dich sonst … Außerdem müffelst du nach Sellerie!«

»Oh, stimmt ja, du kannst Sellerie gar nicht ab, oder?«

»Wer kommt auf die Idee, Sellerie in Ramen zu packen? Begreif ich nicht. Warum du sie ausgerechnet hier isst, begreif ich aber auch nicht!«

Warum man Sellerie in Ramen tut? Weil der einzigartige Geschmack von Sellerie in der Brühe eine großartige Harmonie erzeugt. Warum er diese Nudelsuppe gekauft und sie trotz nur leichten Magenknurrens in Kous Zimmer verschlungen hatte? Weil er seinen Freund nicht allein lassen wollte. Kou lag auf dem Bett auf der anderen Seite des Tischs und tippte auf seinem Handy herum.

Aya lag noch total genudelt auf dem Rücken und zeichnete mit seinen Händen Linien, die er mit den Augen verfolgte.

»Ach ja, du hast ein neues Handy, oder, Kou?«

»Mhm … Mein altes ist blöderweise kaputtgegangen.«

Kou hatte seine Nachrichten nun anscheinend fertig beantwortet, lehnte sich mit dem Rücken an ein Kissen und schlug eine Zeitschrift auf. Mit jedem Umblättern der Seiten ertönte ein leises Knistern.

»Weißt du, heute hat einer unserer Mitschüler etwas gesagt …«

»Was denn?«

»Es ging um Yoshioka. Früher fand er sie total nervig, aber neuerdings verhält sie sich wohl ganz anders. Er meinte sogar, sie sei jetzt richtig süß.«

»Warum erzählst du mir das? Ich habe dir doch schon gesagt, dass das Thema Yoshioka abgehakt ist, oder?«

Kou hatte ihm vor ein paar Tagen erzählt, dass Futaba ihm ihre Liebe gestanden und er sie abgewiesen hatte. Futaba selbst habe seine Antwort bereits gekannt und mit ihren Gefühlen für ihn abschließen wollen.

»Und das ist echt in Ordnung für dich?«, hatte Aya ihn gefragt. Kous Blick war daraufhin erstaunlich kalt geworden und er hatte desinteressiert geantwortet: »Klar.«

Doch seit diesem Tag schien Kou weniger lebenslustig. Er verhielt sich noch apathischer als zuvor und nahezu allem gegenüber erschreckend gleichgültig. Dass er sich in solch einem Zustand befand, konnte Aya nicht ignorieren.

»Kikuchi macht sich viel aktiver an sie ran, als ich dachte.«

Und wie gefällt dir das?

Als Aya ihn mit dieser Aussage konfrontierte, verstummte das Rascheln der Seiten abrupt. Ein paar Sekunden später meldete sich Kou leise zu Wort.

»Was soll das denn auf einmal?«

Nach Unterrichtsende hatte Aya gesehen, wie Toma und Futaba sich am Eingang der Schule unterhielten. Er lud sie ein, die Probe seiner Band zu besuchen, und Futaba sowie Yuri begleiteten ihn und seinen Freund dorthin. Auch Kou hatte zu diesem Zeitpunkt in der Nähe gestanden und das Gespräch bestimmt mitbekommen.

Er schien jedoch keine weiteren Kommentare dazu abgeben zu wollen. Aya hatte sich inzwischen auf den Bauch gedreht und blickte zum Bett hinauf.

»Hast du dich in Narumi verliebt?«

Kous Blick schwenkte kurzzeitig zu ihm, ehe er sich flugs wieder seiner Zeitung zuwandte.

»Unsere Beziehung ist nicht so.«

»Aber was machst du, wenn sie dich fragt, ob du ihr Freund werden willst?«

Kou wandte Aya den Rücken zu und blätterte weiter in seiner Zeitschrift, als hätte er nichts gehört.

Was soll das denn jetzt?

Schnaubend wandte sich auch Aya von ihm ab und ließ seinen Blick durchs Zimmer schweifen. Es war schlicht und mit nichts weiter als einem Bücherregal, einem Schreibtisch, einem niedrigen Tisch und einem Bett praktisch eingerichtet. Seine Augen blieben allerdings auf einem dunklen, engen Bereich unterhalb des Betts hängen. Genauer gesagt auf einer hölzernen Kiste mit der Aufschrift *1–3 Kou Tanaka*. Diese Kiste beinhaltete Souvenirs aus Kous Mittelschulzeit und er hatte schon einmal hineingesehen. Sie war gefüllt mit einer Altblockflöte, alten Schulbüchern, Tischtennisbällen, einem Geodreieck und anderen Dingen, die er nicht mehr brauchte. Und dann war da noch ein blaues Heft.

Aya streckte sich, griff nach der Kiste und holte das Notizheft heraus. Er blätterte durch die sorgfältig beschriebenen Seiten und war schockiert, als er schließlich eine ganz besondere aufschlug. Zunächst überwältigte ihn eine Traurigkeit und er fühlte auch ein wenig Schmerz. Danach folgte Frustration, die in seiner Brust ein zwickendes Gefühl auslöste.

Also wirklich, dieser Kerl ist so ein Idiot! »Ist es dir denn egal, wenn Yoshioka und Kikuchi zusammen abhängen?«

»Warum sollte mir das was ausmachen …?«, fragte Kou genauso ausdruckslos wie eben. Offenbar nahm er absichtlich eine Haltung an, um herauszuschreien, dass ihm alles egal war. »Kikuchi, ist das dieser Typ? Scheint ein ganz netter Kerl zu sein, auch wenn ich ihn nicht kenne … Außerdem habe ich dir doch gesagt, dass das Thema Yoshioka abgeschlossen ist, oder?«

»Du bist vielleicht doof!« Aya griff nach dem aufgeschlagenen Heft und hielt es provokant in Richtung Bett. »Das hier kann man ja wohl nicht abgeschlossen nennen!!«

Als er einen Blick nach hinten warf, weiteten sich Kous Augen überrascht und er fuhr auf. Auf einer Seite stand rechts in Großbuchstaben und mehrfach eingekreist der Name *Futaba Yoshioka* geschrieben. Die Seite war bis zur Mitte eingerissen, sodass sie kaum noch hielt. Offenbar hatte er zwar versucht, die Seite mit dem Namen herauszureißen, es aber letztendlich nicht übers Herz gebracht.

»Hast du schon wieder in meinen Sachen gewühlt?!«

»Ich verstehe ja, wie du dich fühlst …« Aya legte das Notizheft vor sich auf den Boden und beugte sich nach vorn. *Ich muss sofort etwas unternehmen. Sonst wird das hier immer weiter in die falsche Richtung laufen und am Ende werd sogar ich daran zerbrechen.* »Es ist doch nicht deine Schuld, dass Narumis Vater gestorben ist!

Niemand ist schuld!«

Kous Augen funkelten vor Zorn. Man konnte genau in ihnen ablesen, was Kou gerade auf der Zunge lag: *Was weißt du denn schon?!* Kou öffnete den Mund und runzelte die Stirn.

Ja, sag es doch! Wirf mir alles an den Kopf, was dir auf dem Herzen liegt!

Doch dann schloss er den Mund wieder, presste seine Lippen fest zusammen und schwieg.

Warum in aller Welt frisst du all deine Sorgen in dich hinein und leidest alleine?

»Spuck's aus! Welchen Kommentar hast du da eben runtergeschluckt?!«

Aya sprang auf Kou und nahm ihn in den Schwitzkasten.

»Lass das, du Idiot!«

»Du bist hier der Idiot! Spuck's endlich aus!«

Nach einem langen Kampf schüttelte Kou schließlich Ayas Hand ab.

»Es ist sinnlos, mit dir drüber reden zu wollen! Egal was ich sage, du begreifst es ja doch nicht!«

»Versuch's doch mal!«

Ich darf hier keinen Rückzieher machen! Das ist meine einzige Gelegenheit, ihn dazu zu bringen, seine wahren Gefühle preiszugeben.

Als Aya ihn weiter mit Blicken durchbohrte, äußerte sich Kou am Ende.

»Ich glaube, ich würde das Gleiche sagen, wenn ich an deiner Stelle wäre! Umgekehrt denke ich aber, dass auch du an meiner Stelle genau das Gleiche tun würdest.« In Kous Augen funkelte ein tiefer Schmerz. »Wenn man dieses Gefühl mal selbst erlebt hat, kann man den anderen nicht so einfach alleinlassen! Ich weiß ja selbst nicht, ob es richtig ist, was ich da mache …! Aber es gibt eben Sachen, die man einfach versuchen muss!!«

»Mann, komm mal wieder runter …«, erhob Aya die Stimme. Sein Blick richtete sich fest auf Kou.

Wieso sieht seine Freundlichkeit immer so aus, dass er sich damit runterreißt? »Jemand, der nicht an sein eigenes Glück denken kann und dann glaubt, einen anderen unterstützen zu können, bildet sich doch bloß was ein!« *Wenn man jemandem helfen will, geht das nur, wenn man selbst mit beiden Beinen fest auf der Erde steht. Aber Kou ist selbst angeknackst, in seinem Herzen herrscht das reinste Chaos. Jemand wie er wird von Narumis Schmerz heruntergezogen, ohne es überhaupt zu merken. Und irgendwann wird er nicht mehr in der Lage sein, sie zu unterstützen, und Narumi wird ihm auch nicht helfen können. Sie werden sich damit beide zugrunde richten!*

»Ach, geh doch heim, du Vollpfosten!« Schmollend kehrte Kou seinem Freund den Rücken zu.

»Das mach ich auch, du Lauch!«, antwortete Aya verärgert. Er griff nach seiner Tasche und stand auf. Doch noch bevor er die Tür erreicht hatte, war seine Wut schon wieder verblasst und zurückblieb nur schmerzhafte Frustration. Ehe Aya das Zimmer verließ, wandte er sich noch einmal Kou zu. »Und begreif endlich, dass an der ganzen Sache niemand schuld ist!« *Du wirkst, als würdest du eine schwere Zeit durchmachen … Das gefällt mir nicht!* »Du musst nicht auf ihrer Seite sein! Mach's dir nicht so leicht!«

Als Aya aus dem Zimmer war, bemerkte er am Ende des Flurs ein zusammengekauertes dunkles Fellknäuel. Es war die schwarze Katze mit den grün schimmernden Augen, die nur an ihrer linken Vorderpfote weiße Haare hatte und die damit an ein Söckchen erinnerte. Vielleicht hatte sie ihre Wachsamkeit aus Streunertagen noch nicht abgelegt oder es lag einfach an ihrer scheuen Natur, doch sobald Aya Blickkontakt zu ihr aufnahm, spannte sich ihr gesamter Körper an.

Wie heißt die Katze eigentlich? Kou hatte Aya ihren Namen noch nicht verraten, aber im Moment war wohl auch nicht der richtige Zeitpunkt dafür. »Geh ruhig zu ihm!«, flüsterte er der Katze leise zu und ließ die Tür zu Kous Zimmer einen Spaltbreit offen stehen.

Was soll das heißen, ich muss nicht auf ihrer Seite sein? Und was genau mache ich mir denn leicht?

Kou hörte Aya die Treppen hinunterlaufen und presste sich die Handfläche gegen die Stirn.

Ist doch völlig normal, dass ich so was wie Mitgefühl für sie habe! Wenn man am Telefon miteinander spricht oder man sich trifft, um sich auszutauschen, dann strömen ihre Gefühle von ganz alleine in mein Herz! Der Schmerz und die Einsamkeit, weil sie ihren Vater verloren hat. Diese Leere, die sie empfindet, weil ihre eigene Mutter sie im Stich gelassen hat …

Bei diesen Gedanken überfluteten ihn wieder die Erinnerungen an den Tod seiner Mutter. Sie waren nahezu unerträglich und übermannten ihn förmlich.

Ich weiß, dass niemand schuld ist. Aber davon abgesehen leidet Narumi und ich kann diese Qual nachvollziehen. Daher will ich sie unterstützen. Ist es denn so falsch, dass ich sie nicht alleinlassen will? Bin ich etwa selbstgefällig?

»Miau!«, ertönte plötzlich ein niedliches Stimmchen und Kou öffnete seine Augen. Kurz darauf sprang ein schwarzes Fellknäuel flink aufs Bett und schmiegte seinen Körper an ihn, als wollte es ihm sagen: »Beschäftigte dich mit mir, ich bin einsam!« Während er der schnurrenden Katze das Kinn kraulte, bemerkte er, dass die Tür zu seinem Zimmer gerade so weit offen stand, dass ein so kleines Tier hindurchschlüpfen konnte.

Ich weiß … Aya macht sich wirklich Sorgen um mich. Wahrscheinlich ist er heute nur zu mir nach Hause gekommen, um mir Gesellschaft zu leisten. Was er sagt, ist bestimmt nicht falsch, aber wenn ich nun mal der Einzige in ihrem Umfeld bin, der Narumis Schmerz verstehen kann, was um alles in der Welt soll ich dann tun?

*

Das Mietstudio befand sich im Keller eines kleinen Gebäudes in der Stadt.

»Wow, so sieht es also in einem Studio aus!«, rief Yuri begeistert, sobald sie durch eine schwere Tür in den Raum getreten waren. Zuvor waren sie eine schmale Treppe hinuntergelaufen, die eine mysteriöse Atmosphäre ausstrahlte, als würde sie zu einem Geheimversteck führen.

Auch Futaba ließ ihren Blick interessiert umherschweifen. Der Raum war kleiner, als sie ihn sich vorgestellt hatte. Er wurde von einem Schlagzeug, großen Lautsprechern und anderen Utensilien dominiert, die die Mädchen mangels musikalischer Kenntnisse nicht zu benennen wussten. Zudem war er von schallisolierenden Wänden umgeben. Daher hallten auch ihre Gespräche nicht besonders wider. Der Boden war mit glänzendem Parkett wie in Sporthallen ausgelegt, auf dem sich das bernsteinfarbene Deckenlicht reflektierte.

»Oh, Futaba, guck mal! Was für ein großer Spiegel!«

»Was? Tanzt ihr etwa?«

»Nein, der ist doch nicht zum Tanzen gedacht. Damit checken wir unsere Bühnenpositionen und Bewegungen.« Daraufhin klärte

Toma sie auch über die Funktion der anderen rätselhaften Gerätschaften auf: »Das hier ist ein Verstärker und das hier nennt man Mischpult.«

Irgendwann kam ein weiterer Junge hereingelaufen, der ebenfalls ihre Schuluniform trug: »Tut mir leid, dass ich zu spät bin!« Er war klein, bewegte sich flink und schien äußerst lebhaft zu sein. Er hieß Shun und war der Schlagzeuger der Band.

Ah, dieser Shun-kun hat auch bei der Vorführung auf dem Schulfest das Schlagzeug gespielt!

Als die Gitarre, der Bass und das Schlagzeug aufgebaut waren, begannen die drei Jungen, sich einzustimmen. Futaba setzte sich derweil mit Yuri auf eine Couch, die an einer Wand stand, um eine bessere Sicht auf das Geschehen zu haben.

»Futaba, Jungs sind einfach noch mal doppelt so cool, wenn sie Instrumente spielen …!«, flüsterte Yuri aufgeregt und Futaba nickte. Natürlich hatten die beiden das Konzert der Band auf dem Schulfest verfolgt. Doch wenn Jungs, die auf dieselbe Schule gingen und dieselben Dinge lernten wie sie, plötzlich Instrumente in die Hand nahmen und vor ihren Augen tolle Klänge erzeugten, die sie selbst nicht beherrschten, war das ziemlich beeindruckend und ließ ihr Herz höherschlagen.

»Legen wir los?« Uchimiya stand in der Mitte und hatte sich seine Gitarre umgehängt – die Probe konnte beginnen. Sobald Shun mit seinen Drumsticks den Song angezählt hatte, überflutete ein donnernder Klang den isolierten, engen Raum. Die Akustik war nicht mit der beim Kulturfest vergleichbar. Futaba hielt den Atem an und lauschte den Tönen. Der Song, den die Jungs spielten, legte ein rasantes Tempo vor, er stammte von einer beliebten Band mit einer Frau als Leadsängerin. Futaba und Yuri jubelten über Uchimiyas erstaunliche Soloeinlagen und Shuns spektakuläre Bewegungen, denn dieser zeigte vollen Körpereinsatz. Und sie ertappten sich dabei, wie sie sich im Rhythmus des Liedes wiegten. Nur Toma blieb die ganze Zeit über ruhig und still auf seiner Position stehen. Ganz gleich, wie mitreißend der Song wurde, er ließ sich durch nichts aus der Ruhe bringen und seine Finger zupften genau wie beim Kulturfest die Basssaiten.

»Ucchi, du gehst viel zu schnell von der B-Melodie zum Refrain. Außerdem dehnst du ein bisschen das Solo im Zwischenspiel.«

Am Ende des Songs tauschten sich die Bandmitglieder aus, wobei sich Toma als Erster zu Wort meldete. »Also ich fand es ganz gut, und ihr?«

»Aber das Solo darf den Song nicht dominieren. Du solltest Shun und mir ein bisschen besser zuhören.«

»Okay, dann noch mal …!«

Diesmal spielten sie den Song ab der Hälfte. Als Futaba Toma den Bass zupfen sah, überkam sie ein eigenartiges Gefühl. Normalerweise schien er ziemlich entspannt und mied Konflikte. Es wirkte dann, als würde er sich im Schatten seiner auffälligeren Bandkollegen, also hinter dem Gitarristen oder hinter dem Schlagzeuger verstecken.

Futaba war mitgekommen, weil sie sich das Ganze einfach mal ansehen wollte, doch sie bemerkte gar nicht, wie die Zeit verflog. Während sie gebannt der Musik von Tomas Band lauschte, war es auf einmal schon Zeit, nach Hause zu gehen. Sie hatten das Studio für zwei Stunden gemietet und sollten es aus Höflichkeit rechtzeitig verlassen, damit auch die nächsten Mieter pünktlich in den Raum konnten. Futaba, Yuri, Toma und Uchimiya verabschiedeten sich vor dem Studio von Shun und machten sich auf den Weg zum Bahnhof.

»Das hat echt Spaß gemacht, denn ihr habt bekannte Lieder gespielt!«

»Ja, wir haben uns für Songs entschieden, von denen wir dachten, dass ihr sie bestimmt kennt.«

»Ach so? Ihr macht also weiter, obwohl ihr die Band eigentlich nur für das Schulfest gegründet habt?«

»Ja, irgendwie wollten wir alle noch ein bisschen weitermachen. Nicht wahr, Ucchi ...?«, fragte Toma seinen Freund und warf einen Blick nach hinten. Allerdings verstummte er plötzlich.

Futaba, die nach dem Grund für sein Schweigen sehen wollte, klappte vor Überraschung die Kinnlade herunter.

»Nanu?! Die beiden sind verschwunden ...«

Gerade eben waren die beiden noch direkt hinter ihnen gelaufen. Sie war in ihr Gespräch mit Toma vertieft gewesen, hatte Yuri noch mit Uchimiya sprechen hören und war davon ausgegangen, dass ihre Freundin auch Spaß hatte. In diesem Moment hörte sie aus ihrer Tasche den Nachrichtenton ihres Handys.

»Uchimiya-kun hat was im Studio vergessen! Ich geh mit ihm zurück, fahrt ihr schon mal heim!«, lautete die Nachricht.

»Hä ...? Aber er hätte doch was sagen können! Wir sind schon ziemlich weit vom Studio weg!«

Genau als sie Toma Yuris Nachricht zeigte, vibrierte es in seiner Hosentasche. Aus irgendeinem Grund wirkte er aufgeregt, als er die Nachricht öffnete, die ihn soeben erreicht hatte.

»Ist die von Uchimiya-kun?«

»Ah! Ja, darin steht das Gleiche.«

Mit knallroten Wangen steckte Toma sein Smartphone schnell zurück in die Tasche. Als Futaba ihn verwundert ansah, räusperte er sich.

»Ähm … Wie wär's, wenn wir langsam schon mal vorgehen?«

»Okay!«

Yuri lugte vorsichtig aus dem Schatten eines Briefkastens am Rand des Bürgersteigs hervor und beobachtete, wie sich Futaba und Toma entfernten.

Ein Glück, sie scheinen es nicht bemerkt zu haben.

Neben ihr kniete Uchimiya, der ebenfalls den Hals reckte, um sicherzustellen, dass die beiden auch wirklich weit genug entfernt waren. Daraufhin steckte er sein Handy zurück in die Tasche seines weißen Hoodies. Yuri konnte einen flüchtigen Blick auf den Inhalt der Nachricht erhaschen, die Uchimiya seinem Freund soeben geschickt hatte.

Dann mal ran! ☆, stand dort nur geschrieben.

»Tut mir leid.«

Yuri blickte ihn nur fragend an. »Was denn?«

»Dass ich dich mitgezogen habe, obwohl du nicht wirklich für Toma bist.«

Am liebsten wäre es mir ja gewesen, wenn das zwischen Futaba und Mabuchi-kun was geworden wäre, aber hier geht es darum, was Futaba möchte, nicht um mich! »Solange Futaba glücklich wird, pfeif ich auf meine Wünsche. Deshalb …«

»Bei Toma musst du dir deswegen keine Sorgen machen! Ich verbürg mich für ihn!«

Uchimiya trug dasselbe Lächeln auf den Lippen wie damals, als er gesagt hatte, wie stolz er auf seinen Freund sei.

»Gut!«, sagte Yuri und lächelte ihm ebenfalls zu.

*

»Wir sind schon am Bahnhof!«

Als die beiden am Eingang der Unterführung ankamen, die zum Bahnhofsgebäude führte, waren Yuri und Uchimiya noch immer nicht da.

»Wollen wir noch ein bisschen auf die beiden warten?«

»Oh … Ähm, gut …«

Toma lief ein Stück nach vorn und schaute nach, ob die beiden schon in Sichtweite waren. Da sich Futaba ein bisschen erschöpft fühlte, setzte sie sich auf die Umrandung eines Blumenbeets neben dem Bürgersteig. Das Mäuerchen aus grauen Ziegeln fühlte sich staubig an, sodass sie ein Taschentuch unter sich ausbreitete, ehe sie sich mit geschlossenen Beinen hinsetzte. Ein paar Sekunden später kehrte auch Toma wieder zurück und Futabas Taschentuchunterlage entging ihm keineswegs.

»Yoshioka, in letzter Zeit wirkst du verändert … Besser gesagt, du hast dich verändert! Irgendwie gibst du dich jetzt erwachsener.«

Futaba wirkte überrascht, denn sie wäre niemals davon ausgegangen, dass Toma ihren Wandel bemerken würde. *Ich habe das Gefühl, dass ich heute eine Menge unerwarteter Facetten an Toma sehe.* »He he!«

»Warum?«

»Hmm …« Sie dachte eine Weile nach, bevor sie ihm auf seine Frage antwortete. »Im ersten Jahr habe ich mich bewusst burschikos gegeben, damit die anderen Mädchen mich nicht hassen. Jetzt, da ich Yuri und Shuko kennengelernt habe, brauche ich das zwar nicht mehr, aber das ist irgendwann zu meinem wahren Selbst geworden. Und da dachte ich, wenn ich mich nun mädchenhaft gebe, bin ich das vielleicht auch irgendwann tatsächlich … In Zukunft will ich etwas weiblicher werden … Das habe ich vor!«

Sie brachte ihren Satz mit einem Lächeln zu Ende, doch Toma erwiderte es nicht.

»Hm, aber warum willst du denn überhaupt weiblicher werden? Das meinte ich.«

Futaba hatte nicht mit so einer Frage gerechnet und daher zunächst keine Antwort parat.

Da sah Toma sie an und fragte leise: »Willst du Mabuchi eins auswischen?«

Sie zuckte kurz zusammen, atmete tief durch und lächelte schwach. »Klar, dass du das merkst, Kikuchi-kun! Dass ich Kou …«

Toma schwieg und grinste.

»Er hat mich abblitzen lassen. Und ich wollte etwas weiblicher werden, damit es ihm leidtut!«

»Yoshioka.«

»Ich bin seltsam, oder?« Zuerst versuchte sie, es mit einem Lächeln herunterzuspielen, doch es gelang ihr nicht. Sie verschränkte die Hände und ließ den Kopf hängen. »Dabei wollte ich bei ihm abblitzen, um die Sache abzuhaken und mein Leben weiterleben zu können …«

»Yoshioka.«

»Was mache ich eigentlich? Ich habe geglaubt, wenn er mir deutlich sagt, dass er kein Interesse an mir hat, wäre mein Herz wieder frei. Aber das ist überhaupt nicht passiert.«

»Yoshioka …«

»Letztendlich hänge ich immer noch an Kou. Ich bin total dumm.« *Egal was ich mache … Ob es nun beim Abendessen ist, beim Lernen oder wenn ich bei der Bandprobe zusehe … In meinem Kopf existiert nur Kou. Ich will ihn vergessen, bloß kann ich das nicht. Ich will glauben, dass er keine Rolle spielt, doch es gelingt mir nicht. Ich denke dauernd an ihn. Ich will, dass er sich für mich entscheidet ... Ich will, dass er an meiner Seite ist und nicht an Narumis. Ich habe ihm gesagt, dass ich in ihn verliebt bin, um meine Gefühle für ihn auszulöschen, aber letzten Endes bin ich gescheitert.* »Ich weiß nicht, wie ich weitermachen soll. Was kann ich tun, um wieder nach vorne zu gucken?«

Der kühle Abendwind strich ihr über die Wangen. Da sie ihren Blick zu Boden gerichtet hatte, konnte sie nur den mit Laub bedeckten Asphalt und Tomas Halbschuhe sehen. Plötzlich zog dieser allerdings seinen Fuß zurück und ging auf die Knie.

Futaba blickte ihn überrascht an.

»Was ist los? Deine Schuluniform wird doch dreckig!«

»Endlich guckst du mich an!« Toma lächelte, sowohl mit seinen freundlichen Augen als auch mit dem Mund. Als sich ihre Blicke trafen, wirkte er überglücklich. »Du bist gut, so wie du bist. Du bist gut, so wie du bist, und zwar ohne dass du eine Rolle spielst!« Sein Lächeln verschwand und er blickte sie streng an. »Und du guckst doch nach vorne! Und das ist auch gut so. Also hör bitte auf, dich für Mabuchi zu verändern.« Futaba brachte keinen Ton heraus. »Wenn du wie jetzt nach vorne schaust, wirst du sehen, dass es jemanden gibt, dem du so gefällst, wie du bist.« Fragend hob sie ihre Augenbrauen, denn ihr war nicht klar, worauf Toma hinauswollte. »Wenn ich es dir nicht ganz direkt sage, verstehst du es wirklich nicht, oder?« Er streckte seinen Arm nach ihr aus und griff nach Futabas linker Hand. »Yoshioka ...« Dabei wirkte Toma wie ein Prinz, der vor einer Prinzessin kniete und ihr seine Liebe gestand. »Yoshioka, ich bin in dich verliebt.«

3

Tomas Hände waren rau, aber warm und seine Fingerspitzen ein wenig verhärtet, was womöglich dem Bassspielen geschuldet war. Wenn sie nebeneinanderstanden, war er einen Kopf größer als sie, doch jetzt musste er zu ihr emporblicken. Das Licht der Straßenlaterne beleuchtete nur seine linke Gesichtshälfte, seine Miene schien ruhig und würdevoll und ließ seine übliche Naivität vermissen.

War er schon immer so ein Mensch?

Sie sah ihn fast jeden Tag in der Schule, doch nun starrte Futaba ihn an, als würde sie ihn in diesem Moment erst kennenlernen.

»Wenn du voller Selbstvertrauen und dann wieder unsicher bist …« Auch seine Stimme, die sich tief in ihre Ohren senkte, nahm sie zum ersten Mal derart wahr. »Wenn du schwankst, aber jedes Mal auch wieder entschlossen bist, auf deine eigene Weise weiterzumachen … Das alles mag ich an dir!« Schließlich wiederholte er seine Worte mit leicht geröteten Wangen und Ohren. »Ich bin in dich verliebt!«

Futaba verspürte ein leichtes Zittern in Tomas Fingerspitzen und ließ ihre Augen nach unten schweifen. Er hielt seinen Blick auf ihre langen, gepflegten Finger gerichtet. Noch nie war ein Junge vor ihr auf die Knie gegangen und hatte sie wie eine kostbare und besondere Frau behandelt. Noch nie hatte ihr jemand so direkt und offen mitgeteilt, dass er in sie verliebt war. »Und ich wollte dich schon die ganze Zeit dazu bringen, auch etwas für mich zu empfinden.« Sein Griff war ein wenig stärker geworden und Futaba überkam ein leichtes Kribbeln. Ihr schien, als würden ihr seine Gefühle unter ihre Haut dringen. Futaba öffnete ihren Mund, doch die Worte blieben aus und sie senkte ihren Blick.

»Tut mir leid … So was hat noch nie jemand zu mir gesagt. Ich weiß gar nicht, was ich sagen soll …« Ihr Verstand teilte ihr wie den verzögerten Klang eines explodierenden Feuerwerkskörpers erst jetzt die Bedeutung von Tomas Worten mit, woraufhin ihre Wangen anfingen zu glühen. *Was soll ich machen? Was tut man in solch einer Situation?* »Ich hatte überhaupt keine Ahnung, dass du so über mich denkst, und habe dich auch noch nie auf diese Weise gesehen, also …«

Ein schmerzvolles Lächeln huschte über Tomas Gesicht.

»Das ist klar! Schließlich hattest du ja bis jetzt nur Augen für Mabuchi! Deswegen wünsche ich mir, dass dir ab heute bewusst bist, dass ich da bin. Du kannst dir ruhig Zeit nehmen. Ich wünsche mir, dass du mich siehst und mich richtig kennenlernst. Und dann kannst du mir die Antwort auf mein Liebesgeständnis geben.«

Es waren schlichte, aufrichtige Worte. Sie waren weder umständlich formuliert noch redete er drumherum, sie trafen direkt in ihr Herz. Futaba erfasste eine starke Emotion, jedoch keine Freude. Ein schmerzliches Gefühl schnürte ihr die Kehle zu.

Ich will mich zwar von meiner Vergangenheit befreien und vorwärtsgehen, bloß hält mich Kou noch immer zurück. Aber wenn ich nichts dagegen tue, werd ich zerbrechen. Ich habe versucht mich zu verändern, um Kou zu beeindrucken. Nur habe ich mich so sehr wegen meines früheren Verhaltens geschämt, dass ich keinen Funken Selbstvertrauen in mir getragen habe. Doch jetzt sagt mir hier jemand, dass es in Ordnung ist, wenn ich so bleibe, wie ich bin. Jemand, der mein unverfälschtes Ich mag.

Dieser Gedanke drückte ihr auf die Brust und sie stand kurz davor, in Tränen auszubrechen.

Ich bin in dich verliebt!
Und ich ...
... wollte dich schon die ganze Zeit dazu bringen, auch etwas für mich zu empfinden.
DRÜCK

Die Zeit des Feierabendverkehrs am Bahnhof »Nijinodai« war vorüber. Mit den entspannten Schritten der Passanten und dem von Neonlicht beleuchteten Innenbereich erschien er nun auffallend hell. Kou nahm die Rolltreppe nach oben, passierte den Ausgang und nahm den freien, zu beiden Seiten von Cafés und Geschäften gesäumten Gang nach draußen. Er war breit und offen und mündete in eine Brücke, die über die Bahngleise führte. Diese Passage wurde auf der einen Seite von der Bahnhofsmauer und auf der anderen von einem Metallzaun begrenzt, außerdem war es hier etwas windiger als am Boden. Jenseits des Zauns ragten Wolkenkratzer in den Nachthimmel. Ihre beleuchteten Fenster schienen wie Sterne in der Luft zu schweben. Kou steckte die Hände in die Tasche seiner Jacke, unter der er bloß einen Jogginganzug trug, und blickte sich um. Ein paar Meter weiter entdeckte er ein Mädchen in einem grauen Blazer. Es stützte sich mit beiden Armen auf den Zaun und blickte in die Nacht hinaus.

»Narumi.«

Das Mädchen drehte den Kopf in seine Richtung und lächelte sanft. »Kou-chan.«

Etwa eine Stunde nach seinem kleinen Zwist mit Aya hatte Narumi ihn angerufen, weil sie ihn unbedingt sehen wollte. Nun stand sie da, lehnte mit dem Rücken am Zaun der Passage und schien nicht sonderlich erfreut. »Hast du schon zu Abend gegessen, Kou-chan?«

»Mh, nein. Aber ich hab keinen Hunger.«

»Ach so. Gut, dann esse ich mein Brötchen, okay?«

»Mh …«

Kou trat einen Schritt zurück. Derweil nahm sie eine Tüte mit einem süßen Brötchen aus ihrer Tasche, riss ein Stück davon ab und schob es sich in den Mund. In ihrem Gesicht war nicht das kleinste Anzeichen von Freude oder Genuss zu erkennen. Sie wirkte vielmehr so, als würde sie nur lebenserhaltende Nährstoffe zu sich nehmen.

»Isst du nicht zu Hause?«

»Mh …«

Narumi sprach nicht viel über das Leben bei ihren Verwandten. Sie behauptete immer, diese seien »nette Leute«. Doch daran, wie sie mit ausdruckslosem Gesicht an ihrem Brötchen herumkaute, ließ sich ablesen, dass sie wahrscheinlich immer unterwegs und alleine aß. Es erinnerte Kou an die Zeit vor nur wenigen Monaten, als er ähnlich wie sie seinen Vater und seinen Bruder meiden wollte und bis spät in die Nacht draußen herumstromerte. Er wusste, wie es war, wenn man sich in einem tiefen Loch befand und sich vom Rest der Welt isoliert vorkam.

Auch ich habe mich so gefühlt. Ich habe es zwar noch nie angesprochen, aber wenn ich mit Narumi zusammen bin, überkommt mich dieses Gefühl noch immer. »Wie läuft's in der Schule?«

»Hm, ja, so langsam …« Narumi wischte sich mit dem Ringfinger einen Krümel von der Lippe und verstaute die Tüte mit dem Gebäck, von dem sie kaum etwas gegessen hatte, wieder in ihrer Tasche. »Manchmal ist mir irgendwie alles egal. Die Schule, neue Freunde finden …«

»Narumi …«

Auf Kous Tadel hin verfinsterte sich Narumis Gesicht. Sie drehte sich weg, um seinen Blick zu meiden, und stützte sich wieder mit den Armen auf den Zaun. »Ich weiß! Ich weiß …«, sagte sie mit gedämpfter Stimme. »Vom Kopf her begreife ich es ja, aber ich schaffe es nicht wirklich. Im Moment kann ich mich nicht dazu aufraffen. Seltsam, oder?! Ich finde eigentlich schnell Freunde, aber …«

Narumis Worte überlagerten sich mit seinen eigenen Aussagen, ähnlich wie wenn man etwas in eine Suchmaschine eingibt und daraufhin die gewünschten Informationen erscheinen. Das Gefühl glich jener Erschöpfung, wenn man alles, was man tut, sinnlos findet und keine Energie mehr aufbringen kann. Wie wenn man nachts allein durch die Straßen wandert und alles bedeutungslos erscheint. »Im Moment ist mir alles wurscht. Ging mir genauso, als ich wieder hierher…« *»Du musst nicht auf ihrer Seite sein!«* Plötzlich hallten Ayas Worte in seinen Ohren wider und er verstummte. Seit dem Kulturfestival hatten Narumi und er sich viele Male auf diese Art und Weise miteinander getroffen, meistens hatten sie jedoch mehr geschwiegen als sich unterhalten. Narumi verhielt sich wie ein Mensch, der zu krank war, um zu essen, und keine aufmunternden und tröstenden Worte aufnehmen konnte.

Ich kenne das. Mir ging es genauso. Deshalb wähle ich meine Worte immer sorgfältig, um sie nicht zu belasten, und bleibe dann still an ihrer Seite, damit sie sich nicht einsam fühlt.

Narumi betrachtete die nächtliche Aussicht. Dann aber hielt sie sich das Ohr und senkte leicht den Blick – wie eine Person mit Kopfschmerzen, die geduldig darauf wartet, dass der Schmerz vergeht. Diese Bewegung machte Narumi hin und wieder. Wie immer beobachtete Kou sie dabei schweigend. Nach ungefähr einer Minute registrierte Narumi Kous Blick, atmete erschöpft auf und lächelte schwach.

»Ein Flashback.«

»Verstehe …«

»Wenn ich esse oder auch wenn ich ein Buch lese … Diese Flashbacks kommen plötzlich und ohne Vorwarnung, und ich finde das furchtbar. Es gibt schließlich auch Momente, in denen man sich nicht erinnern will …!«

»Ja …«

Wenn er mit seinen Freunden alberne Geschichten austauschte, schoss ihm auch manchmal das Bild seiner kranken, im Bett liegenden Mutter in den Kopf. Diese Szene war so deutlich und lebendig, dass es ihm so vorkam, als säße er noch immer in diesem düsteren Krankenzimmer. Doch gleichzeitig lachten seine Freunde fröhlich weiter. Angesichts dieser Kluft wurde ihm dann beinahe schwindelig.

»Bei mir ist es manchmal genauso, deswegen kann ich das verstehen.« »… *auf ihrer Seite sein!*« Ohrenbetäubend laut donnerte ein Zug unter der Brücke hindurch. Kou blickte auf seine Turnschuhe hinab und betrachtete die locker gebundenen Schnürsenkel. »Aber inzwischen nur noch selten …«

»Was, echt?«

»Ja … Glaub's mir, ist so.«

»Ach so! Da bin ich aber froh … Hoffentlich ist's bei mir auch bald so weit …« Erleichtert atmete Narumi auf und lächelte. Das erste Mal seit Langem erschien auf ihrem Gesicht ein Lächeln wie aus tiefstem Herzen. »Damit meine ich nicht nur die Flashbacks … Es gibt auch Geräusche, Gerüche, Farben und Orte, die traurige Erinnerungen in mir wachrufen … Mir ist das alles so zuwider, aber ich frage mich, ob das auch irgendwann wieder in Ordnung kommen wird …«

Das schrille Klingeln eines Telefons hallte in seinen Ohren wider. Der Geruch von Desinfektionsmitteln stach in seine Nase. Seine Mutter, die mit ihren abgemagerten Fingern auf das Fenster deutete und lächelte. *»Schau doch, Kou, was für ein wunderschöner Sonnenuntergang!«*

»Wie ist das bei dir? Hast du das nicht mehr?«, fragte Narumi und blickte zu ihm. Erst dadurch bemerkte er, dass ihre Frage ihm gegolten hatte.

»Nein.«

»Ach so! Hast du's gut!«

Während Narumi lächelte, wandte Kou seinen Blick von ihr ab. Um nicht die Orientierung zu verlieren, umklammerte er fest den kalten Metallzaun.

*

»Nanu …? Mein Lipgloss ist weg!« Sie hatten gerade zu Mittag gegessen und die Pause neigte sich dem Ende zu. Futaba hatte die Foundation in ihrer Kosmetiktasche verstaut und wühlte nun stirnrunzelnd darin herum. »Ob ich ihn auf dem Klo vor dem Spiegel liegen gelassen hab …?«

»Stimmt, vorhin hast du dir welchen draufgemacht.«

»Also dass mal der Tag kommt, an dem Futaba ein Schminktäschchen besitzt …«, meinte Shuko nachdenklich und stützte sich mit dem Ellbogen auf den Tisch. Yuri lächelte über ihre ironische Aussage und stupste Futaba an.

»Und dabei ›gefällst du mir so, wie du bist, Yoshioka!‹.«

»Ach, halt die Klappe!«

Seit sie Yuri vor ein paar Tagen von Tomas Liebesgeständnis erzählt hatte, zog diese Futaba ziemlich häufig damit auf. Verlegen stand sie auf und sagte laut: »Ich guck mal auf dem Klo.« Doch gerade als sie das Klassenzimmer verlassen hatte und um die Ecke bog, stieß sie mit der Stirn gegen etwas.

Fump!

»Au!« Reflexartig hatte sie die Augen geschlossen. Als sie sie wieder öffnete, um nachzusehen, wogegen sie gestoßen war, sah sie Kou am Boden sitzen, der sich das Kinn hielt. »Uwah! Kou?! Tut mir leid! Bist du okay?!« Anscheinend waren die Schmerzen, die er durch Futabas Kopfstoß erlitten hatte, ziemlich stark, denn er gab keinen Laut von sich. »Es tut mir wirklich leid!«, stammelte sie reuevoll und berührte Kous Schulter. Da stutzte sie.

Nanu? War Kous Schulter schon immer so schmächtig?

»Typisch Yoshioka! Sogar dein Kopfstoß ist Schwergewichtsklasse …«, neckte sie Kou, der sich beim Aufstehen das Kinn rieb. Ihre Zweifel verflüchtigten sich im Nu.

Was soll das denn heißen, »sogar«? »Was? Ich hab Diät gemacht und anderthalb Kilo abgenommen!«

»Aha? Sieht man gar nicht.« Obwohl sein Blick sie zur Weißglut trieb, fühlte sie sich erleichtert, dass sie so normal mit ihm sprechen konnte und er keinerlei Zurückhaltung erkennen ließ. »Das ist verlorene Liebesmüh, also kannst du auch damit aufhören.«

»Was …? Das ist nicht wahr!«

»Du solltest aufhören, deine Zeit so zu verschwenden!«

»Halt die Klappe, warum bist du so …« Futaba unterbrach ihren Satz. »Kou … Sorry. Dein Hemd … an der Brust …«

Durch ihren vorherigen Zusammenstoß prangte an Kous weißem Hemdkragen ein blassrosa Lippenabdruck. Da er unter seiner Strickjacke hervorlugte, fiel der Abdruck sofort ins Auge.

»Uwah! Was ist das denn? Ist nicht wahr!«

»Wie ein Weiberheld …«

Kous Blick wanderte von seinem Hemd zu Futaba und verfinsterte sich.

Oh nein, ich hab gesagt, was ich denke …

»Jetzt bin ich sauer!«, murmelte Kou und zog Futaba ruckartig an der Schulter zu sich und wischte ihr grob mit seinem Arm über den Mund. Völlig überrascht von Kous plötzlicher Annäherung war sie unfähig zu reagieren und hielt sich fassungslos die Lippen, die durch das Reiben des Ärmels leicht kribbelten und brannten.

»Das sieht an dir eh nicht gut aus, also lass es lieber!«

Daraufhin rieb er den Lipgloss vom Ärmel seiner Strickjacke an seiner Hose ab und ging schlecht gelaunt ins Klassenzimmer zurück, jedoch nicht, ohne ihr noch ein »Dussel« an den Kopf zu werfen.

Was soll das?! Futaba stürmte zur Mädchentoilette und riss die Tür mit solcher Wucht auf, dass die Schülerinnen, die sich gerade die Hände wuschen oder die Toilette benutzten, vor Schreck zusammenzuckten. Wie erwartet stand auf dem mittleren von drei Waschbecken ein kleines Fläschchen Lipgloss vor dem Spiegel. Noch an Ort und Stelle schraubte Futaba den Deckel ab, trug ein wenig Lipgloss auf und blickte in den Spiegel. *Okay, perfekt! Das lass ich mir nicht bieten! So hätte er's ja auch nicht sagen müssen! Schließlich waren die Kopfnuss und der Fleck keine Absicht! Außerdem reagiert er gar nicht auf meine Bemühungen, weiblicher zu werden!*

Als Futaba den Flur entlangstapfte, war sie so wütend, dass sie mit der Zunge schnalzte. *Ups! Ich darf nicht so heftig reagieren! Und ich muss leiser gehen! »Du bist gut, so wie du bist, ohne dass du eine Rolle spielst!«*

Ihre Wangen erröteten und Futabas Schritte wurden gemächlicher. Sie erinnerte sich an Tomas warme Hand um ihre und das Lächeln in seinem Gesicht, als er vor ihr auf dem Boden gekniet hatte, ohne sich darum zu kümmern, ob seine Uniform schmutzig wurde, und ihr Herz begann ein wenig schneller zu pochen.

»Ah, meine Beine sind so erschöpft! Ich hasse Langstreckenläufe …«

»Ich denke, dein Talent liegt mehr in der explosionsartigen Entfaltung deiner Kraft als in der Ausdauer, Ucchi.«

Futaba war gerade um die Ecke des Flurs gebogen und blieb stehen. Dort liefen Toma und Uchimiya. Als Toma sie bemerkte, wurde er sofort knallrot. Seit seinem Liebesgeständnis vor ein paar Tagen liefen sich die beiden zum ersten Mal über den Weg.

»Ah, Yoshioka!«, rief Uchimiya ihr zu und winkte.

Doch Toma wandte nur seinen Blick ab und nickte zur Begrüßung.

Futaba nickte den beiden ebenfalls zu und ging an ihnen vorbei.

Was ist das denn … ?

Als die Schritte der beiden verhallten, legte sie eine Hand an ihre Brust. Ihr Herz klopfte so schnell und laut, dass sie glaubte, es würde jeden Moment aus ihrem Körper springen.

Warum pocht es denn so schnell?

Plötzlich bemerkte sie, wie sich die Schritte, die sich zunächst von ihr entfernt hatten, in hohem Tempo wieder näherten.

Tapp. Tapp. Tapp.

»Tut mir leid! Was ich gerade gemacht habe, war falsch!!« Überrascht drehte sich Futaba um und sah einen bis über beide Ohren rot angelaufenen Toma vor sich. »Damit du dich nicht unwohl fühlst, wollte ich mich total natürlich geben, aber weil ich mir zu viel Mühe gegeben habe, ist das dabei rausgekommen. Deswegen … das eben war ein Versehen. Ich wollte nicht schroff rüberkommen …«

Während er sich zu erklären versuchte, fuhr er sich verlegen durch seinen Pony und mied vor lauter Unsicherheit den Augenkontakt.

Was … ? Er wollte sich total natürlich geben? So … ? Aber ich habe das doch gar nicht als schroff empfunden … »Du bist aber ehrlich, Kikuchi-kun!« Futaba fand es zugleich seltsam und rührend, wie offen und ehrlich Toma ihr gegenüber seine Gedanken preisgab, selbst wenn es in Ordnung gewesen wäre, wenn er diese für sich behalten hätte. Sie kicherte leise und daraufhin entspannte sich zunehmend auch Tomas Gesichtsausdruck.

»Na ja … Schließlich will ich ja, dass du das Gefühl hast, mir vertrauen zu können!«

Oh!

Tomas strahlendes Lächeln überwand auf wundersame Weise alle Hindernisse, die sich ihm in den Weg stellten, und berührte einen bislang noch unergründeten Teil ihres Herzens.

»Hey, Toma!«

»Ah, tut mir leid, ich bin schon unterwegs! Bis dann, Yoshioka!«

Ehe er davonraste, blickte er noch einmal zurück. Futaba hingegen sah ihm nach, bis er außer Sichtweite war. Das Gefühl, das sie eben überkommen hatte, war noch immer nicht fort.

Kikuchi-kun ist …

»Echt ein total ehrlicher Typ …!«, äußerte sich Yuri beeindruckt. Sie trug ihren langärmligen Trainingsanzug. In der fünften Stunde hatten sie Sport und auf dem Lehrplan der Mädchen stand derzeit Volleyball. Der Unterricht fand zusammen mit der 2–1 statt, wobei die beiden Klassen in mehreren Kleingruppen gegeneinander antraten. Auf dem von weißem Klebeband markierten Spielfeld in der Sporthalle hatten gerade die ersten Matches begonnen. Futaba, Yuri und Shuko, die noch nicht an der Reihe waren, saßen am Seitenrand und guckten zu. Auf dem Plan der Jungen stand unterdessen ein fürchterlicher Dauerlauf, bei dem sie auf einer ringförmigen Bahn endlose Runden drehen mussten.

»Er ist wirklich ein ziemlich netter Junge. Ich kann schon verstehen, dass Uchimiya-kun sich für ihn verbürgt …«

»Du erwähnst Uchimiya-kun in letzter Zeit aber irgendwie ziemlich oft …«

»Was? Das stimmt doch gar nicht … Oder doch? Hä?«

Futaba hatte Shuko und Yuri von dem Vorfall in der Mittagspause erzählt. Yuri hatte dazu gemeint, dass Tomas Aufrichtigkeit sie wohl gerührt habe. Als nun Yuri auf Uchimiya angesprochen wurde, umfasste sie peinlich berührt ihre Knie.

»Ich will doch nur, dass du glücklich wirst, Futaba. Jetzt, wo du beschlossen hast, Kou nicht mehr nachzutrauern!«

»Wie wäre es denn, wenn du dich endlich in Kikuchi-kun verliebst?«, fragte Shuko, die ihre Haare zu zwei langen Zöpfen zusammengebunden hatte, damit sie sie beim Sport nicht störten. Da sie sich grundsätzlich nicht in anderer Liebesangelegenheiten einmischte, war es ziemlich ungewöhnlich, solch eine Meinung von ihr zu hören.

»Wenn ich mich in ihn verliebe … Und wie stelle ich das an?«

»Hm … Gute Frage.«

»Also echt …«

»Na gut, warum hast du dich denn in Mabuchi verliebt?«

Eine hochgewachsene Spielerin aus Klasse eins versuchte sich an einem Schmetterball, den die Mädchen aus Klasse zwei nicht abfangen konnten. Daher rollte der Ball nun zu Futaba und ihren Freundinnen. Als sie ihn bemerkte, warf sie ihn ihren Klassenkameradinnen zu. »Hier, bitte!« *Warum ich mich in Kou verliebt habe? Er ärgert mich ständig, ist schwer zu durchschauen und launenhaft … Aber eigentlich ist er auch nett. Habe ich mich etwa in ihn verliebt, weil er nett ist? Dabei gibt es sicher haufenweise Jungs, die netter sind als er …* Je mehr sie nach Gründen suchte, desto weniger kam sie auf die Antwort. *Auch wenn ich seine Nettigkeit und seine Sensibilität auf die Liste seiner positiven Eigenschaften setze, habe ich mich nicht deshalb in ihn verliebt. Auf dieser Welt gibt es so viele Menschen, von denen jeder seinen ganz eigenen Charme und seine eigenen Vorzüge hat. Warum musste ich mich also ausgerechnet in Kou verlieben? Ich weiß es nicht … Ich hab mich einfach so in ihn verliebt. Wie ein Samenkorn, das der Wind in eine Gartenecke getragen hat, sind meine Gefühle für ihn unbemerkt gesprossen und aufgeblüht.*

Kou hatte Seitenstechen. Außerdem fühlte er sich, als würde ein Stück trockenes Papier in seinem Hals kleben. Das Atmen fiel ihm schwer.

»Hey, hier wird nicht gegangen! Jeder läuft in seinem eigenen Tempo, aber niemand geht!«

Angesichts der einschüchternden Stimme seines Sportlehrers runzelte Kou die Stirn. Kaum hatten sie ihre Aufwärmübungen beendet, waren sie auch schon angewiesen worden, eine halbe Stunde lang auf der kreisförmigen Fünfhundertmeterbahn des Sportplatzes ihre Runden zu drehen.

Ich fühl mich wie ein Hamster in seinem Käfig, der unablässig in seinem Rad strampelt. Oder wie eines dieser Spielzeuge, die sich wie Kreisel drehen … Wie hießen die noch mal? Ach, auch egal … Oh Mann, ich bin hundemüde und zu Tode erschöpft …

Am klaren Herbsthimmel schwebten nur ein paar feine Schäfchenwolken. Doch abgesehen von den Leichtathletik- und Baseballteams quälten sich die Jungs unter diesem schönen Anblick ab und konnten nur mit Mühe einigermaßen Speed halten. Kou hatte schon seit einer Weile genug und wollte im Schritttempo gehen, aber er war so erschöpft, dass er noch nicht einmal seine Geschwindigkeit drosseln konnte. Allerdings fühlte er sich immer schlechter, in seinem Kopf drehte sich alles und ihm wurde übel.

Was ist denn jetzt los? Bisher ist mir so was noch nie im Sportunterricht passiert. Liegt es vielleicht daran, dass ich mein Mittagessen ausgelassen habe, weil ich keinen Appetit hatte? »Es gibt auch Geräusche, Gerüche, Farben und Orte, die traurige Erinnerungen in mir wachrufen …«

Er wusste nicht warum, aber während ihm allmählich das Bewusstsein schwand, kamen ihm Narumis Worte in den Sinn.

»Jetzt ist mir das alles zuwider … Wie ist das bei dir? Hast du das nicht mehr?«

Er hatte Narumi nichts davon erzählt. Er hatte noch nie jemandem davon erzählt, auch nicht seinem Bruder oder seinem Vater. Das Klingeln des Telefons. Der Geruch von Desinfektionsmitteln. Die Farbe der Abendsonne im grauen Dunst. Jenes Haus in Nagasaki. Selbst jetzt, knapp zwei Jahre später, genügte es schon, diese Dinge zu hören, zu spüren, zu sehen oder gar daran zu denken … Augenblicklich wurde er von der Vergangenheit eingeholt und von einem Gefühl überwältigt, das ihn einfach nicht loslassen wollte.

»Also gut, für jeden noch eine Runde, dann ist Schluss!«

Kou nahm die Stimme des Lehrers nur undeutlich und weiter entfernt wahr, wie von unter Wasser. Seine Sicht war verschwommen und seine Übelkeit nahm zu. Er nahm seine letzten Kräfte zusammen, hob seinen Kopf und sah vor sich Aya. Seit ihrer Diskussion vor einigen Tagen hatten sie kein Wort mehr miteinander gewechselt. Mehrmals hatte er sich vorgenommen, ihn anzusprechen, doch er hatte nicht gewusst wie. Außerdem hingen Ayas Worte noch immer schwer in der Luft.

»Du musst nicht auf ihrer Seite sein!« »Mach's dir nicht so leicht!« Was heißt hier »leicht«?! Glaubst du, ich mach's mir einfach?! Das verstehst du eh nicht, du Trottel!

Dann geschah alles ganz plötzlich. Er verspürte ein leichtes Frösteln. Es fühlte sich an, als würde sich das Blut wie ein

Gezeitenstrom aus seinem Körper zurückziehen. Zuerst wurde sein Sichtfeld von einem schwarz-weißen Rauschen eingenommen, wie bei einem Fernseher. Schließlich verdunkelte es sich komplett.

Als er seine Augen öffnete, sah er als Erstes eine weiße Zimmerdecke. Er fand sich auf dem Rücken liegend wieder, auf einem sauberen und trockenen Laken und unter einer weißen Bettdecke. Die einzelnen Betten waren durch beigefarbene Vorhänge voneinander abgetrennt. Kou war zu geschockt, um sich zu bewegen.

Was … ? Aber ich bin doch eben noch gerannt.

Der Raum erinnerte ihn an das Krankenzimmer, in dem er seine Mutter immer besucht hatte, weshalb er zunächst annahm, er sei in einem Krankenhaus gelandet. Durch den Schatten des langen Trennvorhangs am Fußende seines Bettes konnte er Regale voller Medikamente und einen grauen Schreibtisch sehen, der vermutlich der Schulkrankenschwester gehörte.

Ach so, das ist das Krankenzimmer der Schule …

Der Geruch von Desinfektionsmitteln lag in der Luft und war allgegenwärtig. Derselbe Geruch wie im Krankenzimmer seiner Mutter.

Wah … Oh nein!

»Nanu? Kou? Wann bist du denn gekommen?«

»Hä … ? Ich bin doch schon die ganze Zeit hier.«

Der Geruch öffnete den Deckel zu seinen Erinnerungen, die in aller Deutlichkeit zu ihm flossen, als würde die Zeit rückwärtslaufen. Der Dämon, der den Körper seiner Mutter befallen hatte, hatte sie gequält wie ein Tier, das seine Beute langsam schwächt. Als ihre Krankheit diagnostiziert und sie daraufhin behandelt wurde, hatte sich der Krebs bereits bis in ihre Knochen ausgebreitet, sodass sie schon bald nicht mehr aufstehen konnte. Dennoch gab sie jeden Tag ihr Bestes, ihren abgemagerten Körper anzuheben, wenn ihr Sohn zu Besuch kam, um ihm ein Lächeln zu schenken. Während er ihr von lustigen Ereignissen aus der Schule berichtete oder ihr von den sich verändernden Jahreszeiten erzählte, nickte sie und antwortete ihm stets freundlich. Wenn sich die Besuchszeit dem Ende zuneigte, wies sie ihn wiederholt darauf hin: »Du solltest jetzt gehen!«

»Kou, geh doch ab und an auch mal mit deinen Freunden spielen! Deiner Mama geht es gut!«

Wie groß ihre Schmerzen wohl waren? Wie groß ihr Leid gewesen sein muss? Sicher hatte sie unheimliche Angst, weil sie genau wusste, dass sie bald sterben würde. Doch davon hat sie kein einziges Mal geredet. Solange ich in ihrer Nähe war, hat sie sich so fröhlich wie möglich gegeben. Mehr als das konnte sie nicht mehr tun.

Doch die Zeit ist unbarmherzig … Mit den sich wechselnden Jahreszeiten nagte auch der Krebs immer mehr an seiner Mutter. In jener Zeit tauschte er seine Sommeruniform gegen seine Winteruniform. Seine Mutter war ganz benommen, da sie zur Linderung ihrer extremen Schmerzen eine Riesenmenge schmerzstillender Medikamente bekam.

»Nanu? Kou? Wann bist du denn gekommen?«

Ehe sie ihm diese Frage stellte, hatte sie abwesend aus dem Fenster gesehen. Dabei wirkte sie so, als hätte sie soeben erst bemerkt, dass ihr Sohn neben ihr am Bett saß. Immer wenn ihre trüben Augen, die ihn nicht mehr richtig fokussierten, ihn anschauten, wurde er ganz ängstlich und heiser.

»Hä … ? Ich bin doch schon die ganze Zeit hier.«

»Schau doch, Kou, was für ein wunderschöner Sonnenuntergang!«

Seine Augen folgte den Fingern seiner lächelnden Mutter, die aus dem Fenster blickte und auf die Abendsonne zeigte, die kaum noch sichtbar im grauen Dunst verschwand. Ein Sonnenuntergang, der aussah, als hätte man ihn mit Asche beschmutzt und diese auf ihm selbst zerrieben. Genau in jenem Moment erkannte Kou, dass es mit ihr schon bald zu Ende gehen würde. Er spürte einen heißen Schmerz in seinen Augen und doch formten sich seine Lippen zu einem Lächeln, ehe er ihr mit sanfter Stimme antwortete: »Du hast recht.« Das war der letzte Tag, an dem seine Mutter noch aufstehen konnte. Der kleine von zugezogenen Trennvorhängen umgebene Raum schien wie ein Sarg, der ihn und seine sterbende Mutter aufnahm. Ihm schien, er würde zusammen mit ihr sterben. Sein Schädel war schwer und er wurde von dumpfen Kopfschmerzen geplagt, außerdem herrschte in seinem Inneren das pure Gefühlschaos. Obwohl er eigentlich wollte, dass seine Mutter so lange wie möglich lebte, dachte er in diesem Augenblick zum ersten Mal, es sei womöglich das Beste, wenn sie jetzt gleich sterben würde. Manchmal blickte er verächtlich auf diese Momente zurück, als wären diese Gedanken nicht seine eigenen gewesen. Doch manchmal überkam ihn auch grenzenloser Selbsthass. Kurz bevor die vom Arzt prophezeiten »sechs Monate« verstrichen waren, wurde seine Mutter in ein Einzelzimmer in der Nähe der Krankenschwesternstation verlegt. So wurde ihm indirekt mitgeteilt, dass seine Mutter ihr Leben aushauchte. Daraufhin kamen zunächst sein Bruder und später auch sein Vater regelmäßig vorbei und erlebten gemeinsam mit Kou, wie seine im Koma liegende Mutter allmählich schwächer wurde. Dabei umklammerte er unentwegt die Hand seines großen Bruders. Doch zu diesem Zeitpunkt dominierte die Erschöpfung über seine Traurigkeit. Und so vergoss er selbst dann keine Tränen, als seine Mutter aufhörte zu atmen.

Es reicht. Aufhören ... ! Ich will das nicht sehen. Ich will mich nicht erinnern. Ich möchte den Tod meiner Mutter nicht noch einmal miterleben. Es reicht! Aufhören ... !

»Kou?« Als eine klare Mädchenstimme seinen Namen sagte, öffnete er die Augen. Vor ihm saß Futaba. Sie trug ein weißes kurzärmeliges Trikot und hatte eine lange Trainingsjacke offen darüber gezogen, die Haare fielen ihr über die Schultern. Besorgt neigte sie sich über ihn. »Was ist denn mit dir? Anämie? Hältst du dich für 'n Mädchen?«, motzte sie ihn zuerst an, ehe sie etwas von einem Kühlpflaster murmelte und anfing im Medizinschrank herumzukramen. »Nanu? Hier sind keine ... Ah, hab sie!«, redete sie mit sich selbst.

Prust, platzte es plötzlich unkontrolliert aus Kou heraus. Da er sich nicht mehr beherrschen konnte, drehte er sich auf den Bauch und drückte sein Gesicht fest gegen das Kissen. »Ha ha!«

»Hm? Was gibt's denn da zu lachen?«

Kou vergrub das Gesicht in seinem Kissen und stieß einen tiefen Seufzer aus. All die Anspannung fiel auf einmal von ihm ab. Doch der Geruch des Desinfektionsmittels lag immer noch in der Luft. Allerdings dachte er nicht mehr allzu sehr darüber nach, weil plötzlich jemand aufgetaucht war, der keinerlei Rücksicht nahm und einen Heidenlärm verursachte.

Also echt, was ist bloß mit der?

Nachdem sie die Schutzfolie des Kühlpflasters abgezogen hatte, stieg ihr eine beißende Kälte in die Nase. Mehr schlecht als recht versuchte sie, das Pflaster um ihren rechten Ringfinger zu wickeln, denn sie war nicht daran gewöhnt, ihre linke Hand zu gebrauchen.

»Bist du verletzt?«, rief Kou mit aufgerichtetem Oberkörper hinter dem halb geöffneten Vorhang hervor. Futaba hielt ihm

ihren rechten Ringfinger entgegen, der bis zum Ansatz geschwollen war.

»Finger verstaucht. Wir haben in Sport Volleyball gespielt.«

Sie hatte eine ganze Weile darüber nachgegrübelt, warum sie Kou mochte. Dann hatte sie beschlossen, dass sie auf andere Gedanken kommen musste, und sich mit diesem neuen Enthusiasmus ins Match gestürzt.

»Hier, Shuko!!«, rief Yuri und spielte ihr den Ball zu.

»Los, Futaba!«, wies Shuko Futaba daraufhin an, sich in Angriffsposition zu bringen.

»Alles klar!« Futaba sprang hoch, um den Ball ins gegnerische Feld zu schmettern, doch sie verschätzte sich und traf den Ball nicht mit ihrer Handfläche, sondern mit der Spitze ihres Ringfingers.

»Wie lange brauchst du denn, um dir ein Kühlpflaster draufzukleben?! Gib her, ich mach's!«, sagte Kou, als er sah, wie verzweifelt sie an den Seiten ihres Pflasters zog, die schon zusammenklebten. Zögernd ging Futaba zu ihm, da sie es allein offenbar nicht hinbekam. »Der ist ja wahnsinnig geschwollen! Sieht gar nicht mehr wie ein Finger aus!«, kommentierte er, sobald sie sich aufs Bett gesetzt und ihre Hand ausgestreckt hatte. Im Nullkommanichts legte er ihr geschickt das Kühlpflaster um. Am Kragen seines T-Shirts lugten die tiefen Kuhlen seines Schlüsselbeins hervor. Sie bemerkte auch sein nach unten geneigtes spitzes Kinn und die schärferen Konturen seiner Wangen.

»Du hast abgenommen.« Erst ein paar Stunden zuvor hatte sie Kous Schulter berührt und überrascht festgestellt, wie schmal er geworden war. *Das habe ich mir also doch nicht nur eingebildet.*

»Du musst mehr essen, Kou!«

»Wie bitte?! Du …«, murmelte er und rollte ein paar Zentimeter chirurgisches Klebeband ab. »… isst in letzter Zeit doch auch bloß noch Minihäppchen!«

In Futaba breitete sich ein warmes Gefühl aus.

Er hat es bemerkt. Ihm ist sogar aufgefallen, dass ich weniger esse … »Ich hab keine Probleme mit Blutarmut! Außerdem bist du umgekippt und solltest daher keine Vorträge halten!«

»Ich mag es nicht, wenn eine Frau immer dünner wird.«

Als sie den Begriff »Frau« hörte, war Futaba ein wenig unwohl zumute. Normalerweise bezeichnete Kou Gleichaltrige des anderen Geschlechts immer als »Mädchen«. Das Wort »Frau« vermittelte eher den Eindruck von jemandem, der viel älter war als er selbst. Als Futaba bewusst wurde, an wen Kou bei diesem Wort wohl dachte, überkam sie tiefe Traurigkeit.

»Gut. Dann iss du auch vernünftig, Kou … Ich werd auch wieder normal essen.« Wortlos befestigte Kou das Klebeband an ihrem Ringfinger, um das Kühlpflaster zu fixieren. »Wenn du nicht isst, werde ich extra noch dünner werden!«, drohte Futaba mit leicht gesenkter Stimme.

Daraufhin hob Kou nur die Augenbrauen und funkelte sie an.

»Schon gut!«

Als er sie fertig verarztet hatte, strich sich Futaba sanft über den Finger.

»Danke.«

»Mh.«

Ganz im Gegensatz zu seinem etwas scharfen Ton waren Kous Hände zärtlich, als er mich verarztet hat. Warum hab ich mich bloß in ihn verliebt? Liebe ist wirklich etwas Unbegreifliches.

Wieso bin ich immer noch in ihn verliebt, obwohl ich doch weiß, dass es hoffnungslos ist? Ob jemals ein Tag kommen wird, an dem ich mich in einen anderen Menschen als Kou verliebe?

4

Der heftige Regen der vergangenen Nacht hatte zwar aufgehört, doch an diesem Montagmorgen bedeckten den Großteil des Himmels noch immer graue Wolken. Als Aya auf dem Weg zur Schule am Bahnhof ausstieg, bemerkte er zwischen vielen anderen Schülern Kou. Obwohl er seine Haare leicht gegelt hatte, waren sie von der Nacht noch immer etwas zerzaust. Träge und mit beiden Händen in den Hosentaschen schlurfte er den Schulweg entlang.

Uwah, Kou!

Bei seinem Anblick fühlte sich Aya in zweierlei Hinsicht erleichtert: Zum einen war er froh, dass er wieder ziemlich gesund aussah, nachdem er in der letzten Woche im Sportunterricht kollabiert war. Zum anderen freute er sich darüber, dass er nicht so weit voraus war und er ihn noch einholen konnte.

»Ach, geh doch heim, du Vollpfosten!« »Das mach ich auch, du Lauch!«

Seit ihrem kleinen Streit hatte er kein Wort mit Kou gewechselt. Zwar war er deshalb nicht sauer, doch er bereute seine Worte. Womöglich war er etwas zu weit gegangen. Dieses Unbehagen verhinderte, dass er seinen Freund ansprach. Was die Stimmung anderer Menschen anging, war Kou hingegen sehr empfindlich. Er spürte Ayas Unbehagen und kam deshalb nicht auf ihn zu.

Es tut mir leid, ich hab den Mund zu voll genommen.

Es wäre nicht schwer, sich zu entschuldigen und sich wieder mit ihm zu versöhnen. Doch Aya wollte auf keinen Fall vergeblich so ehrlich versucht haben, seinen Freund an jenem Abend zur Vernunft zu bringen. Nur um ihre Freundschaft wieder zu kitten, sollte seine Mühe nicht in Vergessenheit geraten.

Ich bin immer noch überzeugt, dass das, was Kou tut, weder für ihn noch für Narumi gut ist.

Aya beschloss, noch zum Konbini* zu gehen, bis Kou außer Sichtweite war. Doch als er sich umdrehte, erstarrte er vor Schreck, denn direkt hinter ihm stand Shuko.

»Wah! Murao! M… Morgen …«

»Morgen.«

Offensichtlich hatte sie denselben Zug genommen wie er.

Oh Mann, wenn das mal nicht Schicksal ist! Aber das Gleiche könnte man dann doch eigentlich bei Kou behaupten, oder? Ach, was soll's … Ich muss irgendwas sagen! Ich könnte mich erkundigen, was sie heute morgen gefrühstückt hat, oder so was in der Art? Aber es wäre komisch, wenn ich sie das jetzt plötzlich fragen würde, oder? Ich bin so erbärmlich … Dabei habe ich vor Tanaka noch großspurig angekündigt, dass ich Muraos Herz auf ehrliche Weise für mich gewinnen würde.

Während Aya nervös herumzappelte, warf Shuko einen Blick hinter ihn. »Ich frage mich das schon eine ganze Weile, aber habt ihr Krach? Du und Mabuchi?« Aya blickte über seine Schulter und sah, wie sich Kou immer weiter entfernte. »Ihr redet auch in der Schule nicht miteinander. Seit Tagen schon.«

»Krach ist vielleicht zu viel gesagt …Es gibt nur 'ne Sache, wo wir unterschiedlicher Meinung sind …«

»Hm …«

*24-Stunden-Supermarkt

Nun, da Shuko ihn danach fragte, fiel Aya auf, dass er eigentlich ungern mit jemanden darüber sprechen wollte. Doch weil er schon damit begonnen hatte, führte er seine Erklärung fort. »Ob das, was Kou macht, richtig oder falsch ist, weiß ich zwar auch nicht, aber darum geht's gar nicht. Die Frage ist, ob er wirklich will, was er tut.«

Ganz offensichtlich hatte Shuko nicht die leiseste Ahnung, wovon er sprach. Doch sie schwieg und hörte ihm aufmerksam zu.

»Aber ich habe schon alles gesagt, was ich dazu sagen kann, und weiter äußere ich mich zu dem Thema auch nicht. Besser gesagt, ich will mich dazu nicht mehr äußern.«

»Das mag auf dich zutreffen, Kominato-kun, aber wohl nicht auf Mabuchi.« Ein fragender Blick richtete sich auf Ayas Gesicht, doch Shuko versetzte geschwind: »Hinter dir.«

Hinter mir? Er fuhr herum. »Kou!«

Sein Freund war unbemerkt wieder umgekehrt und stand nun schweigend mit ernstem Gesichtsausdruck vor ihm.

Der Regen der letzten Nacht hatte auf dem Sportplatz ein paar unterschiedlich große Pfützen hinterlassen und so wirkte das unbebaute Gelände wie eine ausgebreitete Weltkarte.

»Am Anfang habe ich überhaupt nicht verstanden, was du mit dem ›zu leicht machen‹ gemeint hast«, erklärte Kou. Aya und er saßen auf der Steintreppe, die hinunter zum Sportplatz führte. »Ich bin doch neulich zusammengeklappt. Ich kann den Geruch von Desinfektionsmittel echt nicht ertragen. Das Krankenhaus … Weil ich mich dann an die furchtbare Zeit erinnere, als meine Mutter im Krankenhaus lag.« Aya hörte wie gebannt zu und sagte kein Wort. »Die Erinnerung daran schlaucht mich ziemlich … Und das Krankenzimmer riecht auch nach Desinfektionsmittel.

Natürlich kamen da die Erinnerungen hoch. Und dann ist Yoshioka reingeschneit. Obwohl ich total deprimiert war, hat sie einfach angefangen, sich selbst zu verarzten, ohne sich um mich zu kümmern.«

Sie wollte weiblicher werden … Sie hat das Gesicht verzogen, den Medizinschrank durchgewühlt und einen Heidenlärm veranstaltet. Wie sie versucht hat, das Pflaster um ihren Finger zu wickeln, war unheimlich tollpatschig und als sie sich darauf konzentrierte, hat sie eine seltsame Grimasse geschnitten. Als Kou sich an diesen Moment zurückerinnerte, breitete sich auf seinen Lippen unwillkürlich ein Lächeln aus. »Als ich ihr zugesehen habe, war ich wahnsinnig erleichtert!«

»Hä? Was meinst du? Ich raff's nicht.«

»Hm, wie soll ich sagen …« Plötzlich brach durch eine Lücke in der Wolkendecke die Morgensonne. Die Pfützen auf dem Sportplatz glänzten und spiegelten das Licht wider. Vor diesem zauberhaften Anblick konnte Kou seine Augen nicht verschließen. »Ich hatte in dem Moment das Gefühl, dass die schlimmen Sachen, die mir passiert sind, im Großen und Ganzen gesehen kein großes Ding sind … Oder irgendwie so. Ich kann's auch nicht richtig ausdrücken …«

Aya wirkte nachdenklich. »Ah, aber ich versteh dich halbwegs! Egal was einem selbst passiert, die Welt geht nicht davon unter. Etwa so, übertrieben gesagt?«

»Ja, genau. Das hab ich zwar eigentlich schon irgendwo begriffen, aber obwohl ich …«

Angenommen, es gibt tatsächlich so was wie eine Seele und Mama existiert noch irgendwo … Was würde sie empfinden, wenn sie sähe, dass ihr Sohn, der über ihren Tod einst so niedergeschlagen war, nun allmählich wieder zu einem normalen Leben zurückkehrt? Dass er wieder ganz normal Mahlzeiten zu sich nimmt, zur Schule geht und mit Freunden lacht? Wäre sie dann traurig? Oder würde sie denken, es sei völlig in Ordnung?

»… gesagt habe, dass ich mich nicht erinnern will, hatte ich ehrlich so was wie Schuldgefühle, weil ich begonnen habe, mich nicht mehr ständig an sie zu erinnern. Was mit Narumi passiert ist, habe ich ausgenutzt und war wohl irgendwo beruhigt, dass ich mich so an meine Mutter erinnert habe und traurig war, wie es sich gehört, glaube ich. Ich dachte, ich wäre um Narumis willen bei ihr, aber … das habe ich nur für mich selbst getan.« Nach diesem Satz entfuhr Kou ein tiefer Seufzer der Erleichterung. Aya blickte zu ihm. »Es sich auf diese Weise leicht zu machen, ist echt nicht in Ordnung.«

Auf den Lippen seines Freundes zeichnete sich ein leichtes Lächeln ab.

»Gut, und was willst du in Bezug auf Narumi machen?«

»Ich werd ihr reinen Wein einschenken. Wenn ich weiter so halbherzig bin, ist das nur unnötig gemein.«

»Das heißt also, ab jetzt bist du dir selbst gegenüber ehrlich? Wenn's um Yoshioka geht? Du wirst ihr also deutlich sagen, dass du in sie verliebt bist?«

Ich werd's ihr sagen. Und diesmal werd ich ehrlich sein und ihr nichts vormachen. Aber … das geht noch nicht jetzt. »Ich denke, ich muss erst die andere Sache klären.«

»Ach so … Ja, hast recht«, sagte Aya nachdenklich und verzog das Gesicht. Dann meldete er sich erneut zu Wort: »Aber klär das möglichst bald! Auch wenn sie dich dann verprügelt. Sonst schnappt dir ein anderer Yoshioka weg. Nämlich Kikuchi.«

Toma Kikuchi … In letzter Zeit hat Futaba sich auffällig oft mit ihm unterhalten. Obwohl sie sich mit Jungs unwohl fühlt, kann sie mit ihm lachen und offen reden. Wegen meines übertriebenen Selbstmitleids habe ich Futabas Gefühle, die sie mir mehrmals gestanden hat, mit Füßen getreten. Ich würde verstehen, wenn sie von mir die Nase voll hat. Deshalb presch ich diesmal vor. Und ich muss ehrlich sein und darf nichts vor ihr verbergen! Ich muss vollen Einsatz zeigen!

*

Die Schwellung an Futabas Finger ging im Laufe des Wochenendes deutlich zurück und war schon am Montag wieder verschwunden. Halbherzig folgte sie dem Unterricht und betrachtete den Ringfinger ihrer rechten Hand, die sie auf ihrem Heft abgelegt hatte. Sie erinnerte sich noch lebhaft daran, wie geschickt ihr Kou den Finger verarztet hatte.

Wie fies, dass er so sanft zu mir war.

Doch selbst wenn er grob mit ihr umgegangen wäre, hätte sie sich darüber geärgert. Sie versuchte sich zu entspannen, aber die Gedanken an diesen Moment wollten einfach weiterkreisen und so kam ihr Verstand nicht zur Ruhe. Auch während der Pausen dachte sie ständig an ihn.

Warum muss ich dauernd an ihn denken, obwohl er mir eine Abfuhr erteilt hat? »Ich bin in dich verliebt.«

Im Versuch, nicht mehr an Kou zu denken, kam ihr urplötzlich Tomas Gesicht in den Sinn. *Ich bin in dich verliebt. Ich bin in dich verliebt.* Die Worte, die er ihr mit sanfter Stimme und ohne zu zögern mitgeteilt hatte, hallten noch immer in ihren Ohren wider und sie errötete leicht.

Kikuchi-kun ist wirklich ein lieber Kerl. Er ist aufrichtig und verheimlicht nichts, das genaue Gegenteil von Kou. Ich frage mich, ob ich ihm gegenüber dieselben Gefühle entwickeln kann. Da ich bisher immer nur in Kou verliebt war, kann ich das nicht wissen … Oh nein, schon wieder denke ich an ihn! Schluss damit! So kann es einfach nicht weitergehen! Heimlich blickte sie zu Kou, der schräg rechts vor ihr saß, und umklammerte ihren Bleistift. *Er hat mich ganz klar abserviert und hat außerdem Narumi. Darf ich wirklich weiter so viel Zeit mit ihm verbringen? Ob ich Kikuchi-kun nun mag oder nicht, ist eine andere Sache, aber ich muss meine Jugend mehr genießen!*

»Gut, Schluss für heute. Allerdings haben die verschiedenen Komiteemitglieder jetzt noch Sitzungen …«

Sobald der Klassenlehrer den Unterricht für beendet erklärt und der Tagesdienst sein Amt versehen hatte, herrschte im Klassenzimmer eine entspannte Geräuschkulisse. Für das Komiteetreffen ließ Futaba Notizblock und Federmäppchen noch auf ihrem Tisch liegen und packte ihre Lehrbücher in die Tasche, als sich auf einmal Kou näherte.

»Gehen wir, Yoshioka.«

Futaba wandte sich ihm eher gleichgültig zu. »Ah, sorry. Geh schon mal vor! Ich hab noch was …«, antwortete sie vage.

Kou schwieg erst eine Weile, sah sie an und ging mit einem »Okay« schon mal vor.

»Gehst du nicht zusammen mit ihm hin?« Yuri schien ihr Gespräch verfolgt zu haben. Sie stand mit Schreibutensilien bewaffnet auf der gegenüberliegenden Seite von Futabas Tisch und runzelte die Stirn.

»Nein«, erwiderte Futaba knapp, ehe sie zu einer Erklärung ausholte. »Ich denke, ich muss einen Schlussstrich ziehen. Deswegen will ich darauf achten, möglichst nicht mehr mit ihm zusammen zu sein, ohne dass es unnatürlich wirkt. In einen Jungen verliebt zu sein, der sich für eine andere entschieden hat … So verschwende ich doch bloß meine Jugend!!«

Ich darf nicht weiter auf der Stelle treten! Es ist sinnlos, weiter an bedeutungslosen Gefühlen festzuhalten. Ich werde Kou aus meinem Herzen rausprügeln! Mich entgiften! Leb wohl, Kou! Deine Zeit ist zu Ende ... !

»So, dann beginnen wir mit dem Komiteetreffen!«

Futaba hatte das Klassenzimmer absichtlich langsam verlassen und hörte durch die Tür des Medienraumes den Lehrer schon den Beginn des Treffens ankündigen.

Super, genau wie geplant! Wenn ich so knapp dran bin, ist es okay, wenn ich mich nicht neben Kou setze.

So dachte sie zumindest, denn als sie die Tür öffnete ...

»Du bist spät dran! Wir haben schon angefangen!«

Er sitzt ausgerechnet am Tisch direkt neben der Tür ... ? Sonst saßen wir doch auch immer vorne, also warum ausgerechnet heute nicht?

»Was hast du denn so lange gemacht, du Dussel?!«, fragte Kou.

Als Futaba neben ihm Platz nahm, sah sie Toma ein paar Reihen schräg vor ihnen sitzen. Ihre Blicke trafen sich und er winkte ihr leicht zu. Reflexartig winkte Futaba zurück, woraufhin Toma breit grinste, als wäre er angesichts ihrer Geste überglücklich. Sein Lächeln zeigte, dass sein Liebesgeständnis der Wahrheit entsprach.

Seine allzu aufrichtige Reaktion machte Futaba etwas verlegen, was Kou nicht unkommentiert ließ.

»Schau nach vorn und hör zu! Unser Vorsitzender spricht!«

»Hä?«

Dass ausgerechnet Kou mich so zurechtweist ... Futaba schnitt eine Grimasse. *Dabei ist er doch derjenige, der sonst nie zuhört!*

Bei der Versammlung ging es um eine Schulreise nach Nagasaki im Dezember. Die meiste Arbeit sollten die Mitglieder des

Eventkomitees übernehmen, doch die Klassensprecher fungierten als deren Assistenten. Die entsprechenden Aufgaben wurden gemäß Reiseplan verteilt und erklärt, was ungefähr eine Stunde dauerte.

»Yoshioka!«, rief Toma kurz nach dem Ende der Sitzung.

»Hm?«

»Ich würde gerne kurz mit dir reden … Also … Ähm …«, stammelte er, wobei sein Blick immer wieder auf Kou fiel. Dieser ging nach dem Ende einer Versammlung sonst immer sofort nach Hause, doch heute blieb er aus irgendeinem Grund neben ihr stehen und bewegte sich nicht von der Stelle.

Was ist denn mit ihm?, wunderte sich Futaba. »Du kannst gerne schon vorgehen! Wir sehen uns dann morgen!«

Kou blieb ungefähr zehn Sekunden lang schweigend mit ausdrucksloser Miene vor ihr stehen, sodass völlig unklar war, was ihm durch den Kopf ging. Schließlich verließ er den Medienraum mit einem »Okay«. Da in der Nähe ihres Platzes noch immer einige Klassenvertreter in Gespräche vertieft waren, verlagerten Toma und Futaba ihre Unterhaltung in eine Ecke des Raumes, wo sich weniger Leute befanden. Das Fenster im Medienraum war deutlich größer als in den normalen Klassenräumen. Draußen war ein schwerer bewölkter Himmel zu sehen.

»Und? Worum geht's?«

»Hast du dieses Wochenende schon was vor? Wollen wir nicht zusammen irgendwo hingehen?«

»Was?!«

Toma wurde mal wieder feuerrot und senkte leicht den Blick. »Ich hatte es ja schon mal gesagt. Ich wünsche mir, dass du mich nach und nach besser kennenlernst.« Als hätte er plötzlich neues Selbstbewusstsein, hob Toma entschlossen seinen Kopf.

»Wir sind in unterschiedlichen Klassen und eine solche Gelegenheit könnte dir helfen, deine Entscheidung zu treffen ... Jetzt habe ich zwar 'ne Menge gesagt, aber der Grund ist einfach nur, dass ich was mit dir unternehmen möchte.«

Darum ging es ihm also ..., dachte Futaba und fühlte sich ein wenig unsicher. Möglicherweise war Toma sich dessen nicht bewusst, doch seine Unverblümtheit hatte auf andere eine starke Wirkung.

»Aber mach dir bitte nicht so viele Gedanken. Wenn du dich unwohl fühlst, mit mir allein wegzugehen, lad Makita und Murao auch ein. Ich frage dann Ucchi und Shu!«

»Ähm ... K... Kann ich da ein bisschen drüber nachdenken?«

»Klar! Natürlich!«, reagierte Toma lächelnd auf ihre zögerliche Antwort. Sein Lächeln hätte das Herz des mürrischsten Menschen erweichen können. »Lass dir Zeit!«

Futaba verabschiedete sich von Toma und machte sich auf den Weg ins Klassenzimmer der 2–2.

Ob diese Sanftheit, die Kikuchi-kun ausstrahlt, nicht schon eine positive Eigenschaft ist ... ? Obwohl seine Aufrichtigkeit mich oft etwas verunsichert, ist sie gar nicht unangenehm. Ganz im Gegenteil! Außerdem machen mich seine netten Worte immer ganz verlegen und sein Lächeln verströmt eine unglaubliche Wärme. Wären wir zusammen, wäre bestimmt alles ganz harmonisch.

Völlig in Gedanken versunken öffnete Futaba die Tür zum Klassenzimmer. Sie war überrascht, Kou auf seinem Platz sitzen zu sehen, denn sie war davon ausgegangen, dass er bereits nach Hause gegangen war.

»Du bist ja noch da!«

»Ich warte auf Kominato.«

»Ach so ... Wolltet ihr auf dem Heimweg noch wohin?«

Es folgte eine kurze Stille, die gerade einmal so lange andauerte, dass Futaba sich auf ihren Stuhl setzen und vom Haken an ihrem Tisch ihre Tasche nehmen konnte.

»Mh … Na ja …«

»Ich muss auch noch auf Yuri und Shuko warten. Ob das Eventkomitee noch lange braucht?«

Irgendwie ist das echt unangenehm … Ich habe mich entschieden, dass ich eine gewisse Distanz zu ihm wahren möchte, ohne dass es unnatürlich wirkt. Worüber soll ich bloß reden … ? Small Talk ist echt schwer, wenn man sich krampfhaft drum bemüht.

Sie seufzte leise und packte ihre Schreibutensilien ein.

»Worüber habt ihr geredet?«, fragte Kou. Futaba hielt inne und hob die Augenbrauen. Kou vermied den Augenkontakt. »Du und Kikuchi …«

»Was?!« *Dass Kou ausgerechnet danach fragt …* Um ihre Aufregung zu verbergen, stützte Futaba sich auf ihre Tasche und die Hände auf ihr Kinn. »Wie …? Machst du dir etwa Gedanken deswegen? Nur 'n Spaß.«

»Na ja …«

Kou blickte ihr direkt in die Augen, was Futaba beeindruckte. Es war schon eine Weile her, dass sie jemand so direkt angesehen hatte, weshalb ihr Herz stark ins Wanken geriet.

Warum will er wissen, worüber ich mich mit ihm unterhalten habe? Warum interessiert ihn das? Könnte es sein, dass er …

»War 'n Witz. Ich hab gelogen!«

Was?

»Aber auch das ist eine Lüge. Ich nehme alles zurück und behaupte das Gegenteil. Doch auch das stimmt nicht.«

»Is klar …« *Was soll das?! Will er mich bloß ärgern?* Futaba war sauer, dass er sie für einen kurzen Moment so verunsichert hatte, und wandte ihr Gesicht seufzend dem Fenster zu. Genau in diesem Augenblick öffnete sich die Tür auf der Hinterseite des Klassenzimmers.

»Sorry, Futaba, dass es so lange gedauert hat! Wir haben auch über die Schulfahrt nächsten Monat gesprochen«, entschuldigte sich Yuri, die hereingeflitzt kam, während Shuko ihr hinterherschlenderte.

»Mann, das hat vielleicht gedauert!«, sagte Aya, der den beiden folgte und sich erschöpft den Nacken rieb. Dann warf er Kou einen überraschten Blick zu. »Nanu? Kou, was ist los? Bist du noch nicht nach …«

»Mann, du hast dir aber Zeit gelassen! Ich hab die Nase voll vom Warten!«, sagte Kou mit unnatürlich lauter Stimme, warf sich seine Tasche über die Schulter und lief zur Tür. »Lass uns endlich gehen!«

»Hä? Okay. Ich hol meine Tasche.« Er warf seine Sachen hinein, verabschiedete sich und sauste Kou hinterher: »Bis dann!«

Angesichts Ayas überhastetem Verhalten runzelte Futaba die Stirn. *Hat Kou nicht behauptet, dass er auf Kominato-kun wartet? Waren die beiden nicht verabredet? Den Eindruck hatte ich zwar gerade gar nicht, aber … Irgendwie benimmt sich Kou heute komisch.*

Die drei Mädchen verließen die Schule und liefen zum Bahnhof. Die grauen Wolken am Himmel wirkten immer drückender und es schien früher als gewöhnlich dunkel zu werden.

»Was? Kikuchi-kun hat dich gefragt, ob du mit ihm was unternehmen möchtest?«, fragte Yuri mit großen Augen, als Futaba ihr davon erzählte, dass Toma sie eingeladen hatte, am Wochenende etwas mit ihm zu unternehmen. Sie fragte nun Yuri und Shuko, ob sie sie begleiten würden. Yuri überlegte kurz und gab direkt ihre Antwort: »Wenn Uchimiya-kun und

Shun-kun dabei sind, komme ich auch mit. Aber wenn du nicht willst, Futaba …«

»Mh …«, gab diese einen nachdenklichen Laut von sich und wandte sich an die andere Freundin. »Und du, Shuko?«

»Ich hab an dem Tag was vor. Das steht schon eine Weile fest.«

»Ach so …«

Schließlich kamen sie am Bahnhof an. Da die drei Mädchen jeweils unterschiedliche Züge nach Hause nehmen mussten, verabschiedeten sie sich bereits vor den Bahnsteigsperren voneinander.

»Ich überleg es mir noch.« Für den Moment wollte es Futaba dabei belassen, winkte den beiden zu und stieg in den Zug, der sie nach Hause bringen sollte.

Warum bin ich nur so vorsichtig, was Kikuchi-kuns Einladung angeht …?

Auf der gesamten Zugfahrt war Futaba in Gedanken versunken. *Ich will schon mit ihm weggehen. Kikuchi-kun ist sehr nett und wenn Yuri und Uchimiya-kun dabei sind, wird es bestimmt auch sehr lustig. Außerdem wäre das für mich eine tolle Gelegenheit voranzukommen. Trotzdem kann ich mich nicht zu diesem Schritt durchringen. Warum bloß? Etwa weil es schwer werden wird, ihn abblitzen zu lassen, wenn wir einmal zusammen weggegangen sind und ich mich doch nicht in ihn verliebe? Nein … Das ist es nicht.* Futaba passierte die automatische Ticketschranke und seufzte. *Ich habe noch nicht mit Kou abgeschlossen. Daran sind nur die Gefühle schuld, die ich immer noch für ihn habe.*

Als sie das Bahnhofsgebäude verließ, nieselte es. Zwar war der Regen noch nicht so stark, dass sie einen Regenschirm brauchte, doch sollte es richtig anfangen, würde sie in Schwierigkeiten stecken. Also beschloss sie, sich ein bisschen zu beeilen. Mit jedem Schritt schwoll ihre Wut an.

Aber heute hat er sich ganz besonders ätzend benommen! Zuerst heuchelt er Interesse an meiner Unterhaltung mit Kikuchi-kun und macht sich dann über mich lustig! Das macht man doch nicht mit jemandem, den man hat abblitzen lassen!! Und dann nennt er mich auch immer »Dussel«! Das geht mir so dermaßen auf die Nerven! Nur mich nennt er so! Dabei ist er doch hier der Dussel!

»Ganz genau! Kou ist schuld! Garantiert!« Da sich niemand in ihrer unmittelbaren Nähe befand, schrie Futaba all ihren Ärger hinaus. Doch dann geschah es! Der eben noch schwache Regen wurde immer stärker. Die unangenehme Vorahnung, die sie beim Verlassen des Bahnhofs beschlichen hatte, erfüllte sich in kürzester Zeit. Ein heftiger Regenschauer stürzte vom Himmel und Futaba hielt sich schützend die Tasche über den Kopf. *Was soll das denn jetzt?!* Wie ein Wasserfall ergoss sich der Regen über sie und die Tasche als Ersatzschirm zu verwenden war sinnlos. Da ihr Zuhause jedoch noch ziemlich weit entfernt lag, schien es auch unmöglich, bei diesem Wetter dorthin zu rennen.

Ich muss irgendwo Unterschlupf vor dem Regen suchen! Er ist so kalt!

Wie mit Bleistift gezeichnete Silberfäden schmückten die Umgebung. Futaba stapfte durch die Pfützen auf dem Gehweg und wurde klatschnass. Unterdessen tauchte inmitten der grauen Landschaft plötzlich ein leuchtend rotes Torii vor ihr auf.

Ein Schrein.

Schnell schritt Futaba hindurch. Das intensive Grün der vom Regen durchnässten Bäume. Das alte Dach des Schreins. Sämtliche Elemente der vor ihr liegenden Szene beschworen in ihr ein Déjà-vu herauf. Auch damals war sie so gerannt, als der Regen sie durchnässte. Schließlich war der Haupttempel in Sichtweite und sie flitzte erleichtert unter dessen Vordach. Sie atmete schwer. Für einen Moment hatte sie das Gefühl, in jene Zeit zurückversetzt worden zu sein, und erstarrte. An der Wand des Tempels lehnte ein Junge und schaute den silbernen Regentropfen dabei zu, wie sie auf das Dach prasselten.

Ist das etwa Tanaka-kun … Nein. Er ist nicht mehr so klein. Außerdem ist seine Stimme nicht mehr so hoch. Er ist jetzt auch viel kräftiger und sein Profil markanter. In seinen Augen liegt eine tiefe Trauer verborgen.

Nachdenklich strich sich der Junge mit seinen langen Fingern über die Stirn, auf die einzelne Tropfen gefallen waren. Als hätte er ihre Anwesenheit bemerkt, drehte er sich langsam zu ihr um. Ihre Blicke trafen sich und er riss überrascht seine Augen auf. Angesichts dieser unerwarteten Begegnung waren wohl beide kurz verwirrt und Futaba seufzte.

So einen gemeinen Zufall gibt es doch gar nicht! Dass Kou und ich wieder hier Schutz vor dem Regen suchen …

»Hey …«, begrüßte sie ihn und hob die Hand, da es ihr unangenehm war, einfach nur schweigend dazustehen.

Kou hatte wieder seine gewohnt ausdruckslose Miene aufgesetzt und nahm flink ein weißes Tuch von seinen Schultern.

»Du erkältest dich noch. Trockne dich damit ab!«, rief er und warf es ihr zu. Das war kein Tuch, sondern ein weißes T-Shirt. Wieder verspürte Futaba dieses schmerzliche Gefühl in ihrer Brust.

»Schon wieder deine Sportklamotten, die du einmal anhattest …?«

»Nein, zweimal. Und ich hab mich eben auch damit abgetrocknet.«

Augenblicklich hatte er das bittersüße Gefühl in ihr zerstört und sie warf ihm das feuchte T-Shirt zurück.

»Na, vielen Dank auch! Und was bringt mir das dann noch?«

»Wohin wirfst du eigentlich?! Kannst du nicht treffen?« Geschickt fing Kou das T-Shirt auf, das sein Ziel völlig verfehlt hatte. Dann stapfte er mit großen Schritten auf Futaba zu und legte es grob wieder auf ihren Kopf. »Und das ist doch wohl besser als gar nichts!!«

»Jetzt warte, ich hab ein Handtuch dabei! Ich bin schließlich ein Mädchen!!«

»Das ist doch nur so ein winziges Ding, das alle Mädchen dabeihaben, oder?«

»Waaah! Ist ja schon gut! Schon gut!« Futaba schüttelte den Kopf und packte Kou, der ihr gerade die Haare trocken rubbeln wollte, an den Handgelenken. »Das kann ich auch alleine!«

Als das T-Shirt von ihrem Kopf rutschte und ihre Haare hinunterglitt, kam ihr Kou überraschend nah. Der Regen hatte das Gel aus seinem schwarzen Haar gewaschen und auf seinen zarten Wangen und seinen Augenpartien zeichnete sich ein leichter Schatten ab. Der Himmel hatte sein Licht verloren. Kous Augen glänzten indessen nach wie vor und zogen sie in ihren Bann. Plötzlich ertönte ein Rascheln und Futaba schreckte auf. Das Geräusch kam aus dem dichten Azaleengebüsch direkt neben dem Haupttempel. Das Gebüsch bewegte sich und raschelte wieder, woraufhin Futaba vor Schreck erstarrte. Mit beunruhigender Geschwindigkeit bewegte sich das unbekannte Etwas auf die beiden zu.

»Was war das?«

Vor lauter Angst klammerte sich Futaba instinktiv an Kou. Ihre Anspannung übertrug sich auch auf ihn, der seine Arme um ihren Rücken legte. Der raschelnde, zitternde Busch näherte sich ihnen immer weiter und jagte ihnen große Angst ein.

»Ist das ein Tanuki …?«, murmelte erschrocken Kou, als unversehens eine kleine Gestalt aus dem Gebüsch heraussprang.

Das Tier hatte braunes Fell, vier Beine und rings um seine runden Augen wuchsen schwarze buschige Haare. Kous Vermutung traf zu. Mit seiner Beute, die wie eine kleine Maus aussah, sprang der Tanuki aufgeregt zurück in den Busch, wo er hergekommen war.

Wow, das ist das erste Mal, dass ich einen echten Tanuki sehe … Moment mal! »Jetzt erschreck mich doch nicht so! Du blöder Tanuki!!« Mit einem Mal entspannte sich ihr Körper wieder und Futaba atmete erleichtert aus. »Mann, bin ich erschrocken … Hier treiben sich also auch Tanuki rum.« Futaba versuchte, sich aus Kous Griff zu lösen, doch er bewegte sich kein Stück. Er umschlang sie noch immer. »Kou, was ist denn los? Alles ist okay, also lass mich los.« Doch als sie seinen Arm von sich wegschieben wollte, brachte er ihn sofort wieder in seine Ausgangsposition zurück.

»Nein.«

Sein Atem drang an ihre Ohren. An Kous Brust, in die sie ihr Gesicht vergraben hatte, nahm sie den leichten Duft seines Parfüms wahr. Da ihre Ohren von seinen Armen bedeckt wurden, konnte sie das Pochen ihres eigenen Herzschlags lauter wahrnehmen als das Prasseln des Regens.

»Kou … Du benimmst dich heute seltsam …! Dir ist schon klar, was du mit dem Mädchen machst, das du hast abblitzen lassen?«

Doch Kou antwortete ihr nicht. Sie konnte auch nicht sehen, was für ein Gesicht er in diesem Moment machte. Als seine Umarmung noch stärker wurde, schloss Futaba fest die Augen und stieß sich mit aller Kraft von ihm ab: »Lass mich los!! Dir …«

Der Regen prasselte heftiger, und zwar so ohrenbetäubend laut, als würde er die ganze Welt verschlingen wollen.

Weiß du eigentlich, wie schlimm es ist, was du gerade tust? Bist du dir dessen überhaupt bewusst? »Dir passt es doch nur nicht, dass das Mädchen, das bis jetzt in dich verliebt war, sich für

Mann, bin ich erschrocken ...
Hier treiben sich also auch Tanuki rum.
Kou, was ist denn los? Alles ist okay, also lass mich los.
DRÜCK
Nein.

jemand anders interessieren könnte, oder? Du willst, dass ich in dich verliebt bleibe, obwohl du nicht in mich verliebt bist. Das ist es doch, oder? Hör auf, dich über mich lustig zu machen!« Schmerzerfüllt, aber keineswegs weinerlich blickte Futaba Kou in die Augen. »Wenn du glaubst, dass ich bis in alle Ewigkeit in dich verliebt bleibe, hast du dich aber echt geschnitten!«

Schließlich wandte sie Kou den Rücken zu und sprintete davon.

Ich habe das Gefühl, dass gerade eine leise Stimme meinen Namen gerufen hat, aber das war sicher nur Einbildung. Immerhin kann man bei so einem heftigen Regen kaum ein Wort hören. Er ist so gemein … Als die kalten Regentropfen ihr Gesicht trafen, presste sie ihre Lippen fest zusammen. *Macht es einen Menschen denn über alles erhaben, wenn er von jemandem geliebt wird? Darf er alles mit demjenigen tun, der in ihn verliebt ist? Natürlich habe ich ihm gesagt, dass ich ihn mag. Aber das gibt ihm noch lange nicht das Recht, so etwas zu tun, vor allem nicht nach dieser Abfuhr. Dass ich nicht lache! Sei gefälligst nicht so überheblich! Spiel nicht mit meinen Gefühlen!*

»Ach herrje … Bist du etwa heimgerannt? Warum hast du dich denn vor dem Regen nicht irgendwo untergestellt?«, fragte ihre Mutter überrascht, die gerade aus der Küche kam, als Futaba klatschnass durch die Haustür stürmte. »Nimm ein Bad, sonst wirst du noch krank.«

Nach dem Bad ging Futaba in ihr Zimmer und griff sofort nach ihrem Handy. Auf dem Bett sitzend hielt sie es sich ans Ohr und lauschte dem Wählton.

»Yoshioka? Was ist los?« Tomas Stimme klang überrascht, als hätte er nicht damit gerechnet, von Futaba angerufen zu werden.

»Kikuchi-kun, wegen deiner Einladung heute … Ja, genau.« *Diesmal werde ich es ein für alle Mal beenden. Ich will nicht länger mit diesem elenden Gefühl leben müssen.* »Ja. Dieses Wochenende ist okay!«

*

Kou hielt den Hörer an sein Ohr und lauschte dem monotonen Wählton. Er setzte sich auf sein Bett und wartete geduldig. Nach dem siebten Läuten hob jemand ab.

»Ah, Narumi? Ja, ich bin's.« Während er sich mit Narumi unterhielt, erinnerte sich Kou wieder daran, wie Futaba im Regen vor ihm fortgelaufen war. Der Schock, als sie sich von ihm weggestoßen hatte, saß ihm noch immer tief in den Knochen. »Hör mal …« *Noch kann ich mich Futaba nicht annähern. Zuerst muss ich aus meinen Handlungen die Konsequenzen ziehen.* »Ich muss mit dir reden …«

Nachwort 1

An alle Fans der Mangavorlage von *Blue Spring Ride,* die diese Geschichte so sehr lieben, dass sie ihre Sammlung mit der Light-Novel-Adaption vervollständigen möchten. Aber auch an alle, die durch dieses Buch zum ersten Mal in Berührung mit diesem Werk gekommen sind. Euch allen gilt mein aufrichtiger Dank! Die Light-Novel-Fassung von *Blue Spring Ride* hat bereits seinen dritten Band erreicht. Überraschenderweise ist das Nachwort diesmal sogar auf fünf Seiten erweitert worden! Dem liegt kein besonderer Anlass zugrunde, es gab einfach nur ein paar leere Seiten zu füllen. Etwa ein Fünftel meiner Lebenszeit verbringe ich damit, Manga zu lesen. Zugegebenermaßen bin ich sogar so vernarrt in sie, dass ich selbst versucht habe, einen zu zeichnen. Doch als ich mit meiner zeichnerischen Unfähigkeit konfrontiert wurde, die selbst von Kindergartenkindern müde belächelt werden würde, entschied ich mich, Romane zu schreiben.

Und hier bin ich nun. Als Leserin schätze ich Manga wie Light Novels gleichermaßen, doch als Autorin empfinde ich Respekt vor dem Medium Light Novel. Auch während ich an dieser Umsetzung schreibe, habe ich stets das Gefühl, dass ich mit meinem Roman im Ring stehe und einen Wettstreit mit dem Manga austrage (stellt euch einfach zwei Leute vor, die sich beim Aufeinandertreffen so kräftig die Hände drücken, dass die Funken sprühen). Es geht mir nicht nur darum, die Dialoge und Szenen des Mangas in Worte zu fassen, sondern auch die feinen Nuancen dieser liebenswerten Geschichte erzählerisch wiederzugeben.

Mit diesem Vorsatz binde ich mir mein Stirnband um und steige mit zitternden Knien in den Ring. Stellt euch als meinen Gegner eine Person mit einer Maske vor, auf die mit Tinte das

Wort »Manga« geschrieben steht und die mich bereits erwartet. Und dann beginnt sie, die große Schlacht zwischen Manga und Light Novel. Den ersten Zug macht der Manga, er hat dabei ein gehässiges Grinsen auf den Lippen (obwohl er maskiert ist?) und blättert sich lässig durchs Originalwerk: »Das unglaublich schöne Lächeln einer jeden Figur!«, »Futabas und Kous wortlose Momente!«, »Die aufgeregte und geschäftige Atmosphäre während des Kulturfestivals!« All diese Begriffe beruhen auf den hervorragenden zeichnerischen Fähigkeiten von Sakisaka-san.

Ich stehe also bereits in Runde eins keuchend in meiner Ecke und versuche, mich den zahlreichen und faszinierenden Techniken zu stellen, die ich in meinem Roman ausdrücken muss. (Anmerkung: Tatsächlich sitze ich still und leise vor meinem Rechner und schreibe.)

»Ha ha ha, für jemanden, der so schüchtern ist, dass er sogar rot vor Scham wird, wenn er im Laden sagt, dass er keine Tüte braucht, machst du dich ziemlich gut. Aber wie wäre es damit? Spezialtechnik: Simultane Darstellung mehrerer Gemütszustände!«

Oh, oh! Das ist die Technik, vor der ich mich am meisten fürchte …! Dieser Begriff sagt aus, dass während einer Szene die Gefühle mehrerer Personen dargestellt werden. Beispielsweise wenn Futaba mit Toma spricht und dieser vor Verlegenheit rot wird, Kou die beiden aber sieht und sich darüber ärgert. Es ist wirklich schwierig, das im Fließtext umzusetzen!

Und doch gibt es einige brillante Autoren, die sich hervorragend darin verstehen, diese simultan dargestellten Gemütszustände aus mehreren Blickwinkeln zu beschreiben. Leider gehöre ich nicht dazu! »Auszeit! Auszeit!«, appelliere ich verzweifelt an den Schiedsrichter (stellt euch bitte einen Bär von Kerl vor, der ein vertikal gestreiftes schwarz-weißes Hemd trägt). Doch er bleibt unnachgiebig und speist mich immerzu mit einem »No! No!« ab. Inzwischen bin ich völlig außer Atem.

Später taucht dann auch noch das Kulturfestival auf, bei dem diese simultane Darstellung der Gemütszustände zuhauf auftritt! Ich bin kurz davor im Chaos zu versinken, doch ich stelle mich weiterhin der Herausforderung und betrete den Ring! Verdammt, mir bleibt keine andere Wahl, als dieselbe Szene aus verschiedenen Blickwinkeln zu schreiben! Allerdings wird die Geschichte an Dynamik verlieren, wenn ich zu viele kurze Szenen einfüge … In diesem Fall sollte ich sie vielleicht voneinander trennen und auf andere Weise wieder kombinieren … Also, nachdem das passiert ist, ist das hier passiert … Dann passiert das hier an dieser Stelle … Ah, hilf mir, Doraemon! Genau so stelle ich mir das vor, wenn ich gerade wieder in einer Zwickmühle stecke …

Einige von euch denken bestimmt, dass ich durch meine inneren Dialoge mit maskierten Personen oder Schiedsrichtern, die wie Bären aussehen, beim Schreiben oft in Zeitnot gerate, oder? Nun, meine Damen und Herren, das ist noch längst nicht alles. Sobald der Abgabetermin näher rückt, beginne ich mit vermenschlichten Computern, Tassen und Stühlen über das Leben zu philosophieren … Ich habe schon ziemlich viel Quark geschrieben.

Übrigens wurde ich nach der Veröffentlichung des zweiten Bandes der Light-Novel Adaption von *Blue Spring Ride* von meinen Freunden gefragt, ob es mir gut geht, da ich im Nachwort angeblich so »aufgedreht« klang. Sie meinten, da ich im alltäglichen Leben immer so ruhig und ernst wäre, machten sie sich Sorgen, dass ich vielleicht erschöpft sein könnte. Doch ihr liegt falsch, meine lieben Freunde! Das Nachwort ist auch Teil dieses

Werkes und ich möchte es liebevoll erschaffen, genau wie ein mit Ankopaste gefülltes Taiyaki. Dabei will ich natürlich auch so manchen Lacher kreieren! Das sind die Dinge, die mich antreiben! Aber verausgabe ich mich damit zu sehr? Macht euch keine Sorgen, darüber bin ich mir schon seit hundert Jahren bewusst!

So langsam neigen sich die verbleibenden Seiten dem Ende zu. In diesem Band erlebt unsere Geschichte eine bedeutende Wendung. Das Ende könnte den ein oder anderen überraschen. Da ich nicht nur die Schreiberin der Light-Novel-Adaption, sondern auch selbst Leserin von *Blue Spring Ride* bin, war ich schockiert über diese Entwicklung. Doch die Realität kann manchmal grausam sein und gerade Kou ist sich dessen bewusst, da er das selbst erfahren musste. Was wird nun aus ihm und Futaba werden? Ich bin jedenfalls sehr gespannt darauf, wie es weitergehen wird, Sakisaka-sensei!

Zwar ist dieser Band sehr turbulent für unsere Hauptfiguren, doch gerade deshalb kommen auch die Menschen, die sie umgeben, diesmal sehr gut zur Geltung. Murao verbindet die fürsorgliche und ruhige Art, mit der sie über ihre Freunde wacht, mit der Niedlichkeit eines verliebten Mädchens. Yuri ist trotz ihres süßen Aussehens die Stärkste im Bunde. Toma zeigt hingegen immer mehr, dass er männlicher ist, als viele glauben. Und Aya ist so hübsch, dass ich mich beinah selbst in ihn verliebt hätte! Und wie unheimlich sympathisch ist eigentlich Tanaka-sensei? Er liebt seinen Bruder über alles, lächelt ständig und gibt doch hier und da ein paar giftige Kommentare zum Besten … Wer bitte kann mit so einem unschuldigen Intriganten mithalten?

Wir befinden uns jetzt auf Seite vier des Nachworts. Es ist tatsächlich ein bisschen lang geworden … Ich möchte nun zu den Danksagungen kommen.

Vielen Dank an Sakisaka-sensei, die mir erlaubt hat, ihr großartiges Werk recht frei in einen Roman zu übersetzen. Trotz ihres geschäftigen Zeitplans nimmt sie sich immer die Zeit, meine Manuskripte zu lesen und mir Ratschläge zu geben.

Mein Dank geht ebenfalls an die Redakteure der Bessatsu Margaret und der Cobalt Bunko, die mir trotz ihrer zeitintensiven Arbeit immer hilfreich zur Seite stehen.

Vor allem aber gilt mein Dank all jenen, die dieses Buch in die Hand genommen und bis hierher gelesen haben. Nochmals vielen Dank!

Akiko Abe

Nachwort 2

Blue Spring Ride steht bereits beim vierten Band. Die Zeit vergeht echt schnell, was? Fast so, als würde man die Glocke der Vergänglichkeit bis nach Iwate hören können. Wäre es denn in Ordnung, wenn ich von meinem örtlichen Udon-Laden erzählen würde? Ja, wirklich? Vielen Dank! Letztens, als ich an einem sonnigen Nachmittag mein Lieblingsgericht aß, Mentai auf Udon mit geschlagenem Ei, lauschte ich dem Gespräch zweier Highschoolschüler neben mir. Sie trugen sportliche Kurzhaarfrisuren, mit denen sie mich irgendwie an typische Baseballklubmitglieder erinnerten.

»Tanaka-sensei ist echt nett, oder?«

»Ah, ja, finde ich auch!«

Interessant, dieser Tanaka-sensei scheint ein faszinierender Mann zu sein! Er muss an der Schule sehr beliebt sein.

Während ich süffisant grinste und weiterhin meine Udon schlürfte, lauschte ich weiter dem Gespräch der beiden.

»Kominato ist aber auch ein echt guter Kerl.«

»Ich wäre ja gerne ein bisschen mehr wie Kou.«

Ähm, Moment mal ... Haben die gerade Kominato und Kou gesagt?

Ich konnte es erst nicht glauben, aber als ich genau hinhörte, war ich mir sicher!

Diese Jungen reden über Blue Spring Ride*! Das heißt, sie lesen auch* Blue Spring Ride*! Aber warum haben sie gerade jetzt angefangen, sich darüber zu unterhalten? Wissen sie vielleicht, dass ich die Light-Novel-Adaption schreibe, und gaukeln mir bloß etwas vor, um mich zu ärgern?! Und warum sprechen sie die ganze Zeit nur über die männlichen Charaktere? Und einer von ihnen wäre gerne wie Kou?*

Er mag ihn nicht nur, er wäre sogar gerne wie er? Das geht zu weit, so kann ich mich nicht auf meine Udon konzentrieren!

Als die beiden Jungs sich im Udon-Laden weiter leidenschaftlich über *Blue Spring Ride* unterhielten, war ich vor Freude hin und weg. Irgendwann zogen die beiden fröhlich davon. Hätten sie nicht schon im Voraus bezahlen müssen, hätte ich ihnen wahrscheinlich die Rechnung weggenommen und gesagt: »Hier, lasst mich euch zum Dank einladen!«

Oh, mehr kann ich hier nicht schreiben. »Kou-kun, du darfst die Dinge nicht so kompliziert sehen!«, ging es mir immer wieder durch den Kopf, als ich das Manuskript zu diesem Band schrieb. Meine Mutter wiederum hatte ganz andere Sorgen: »Futaba, gib Kou-kun doch noch ein wenig mehr Zeit!«

Wie wird wohl die Zukunft der beiden aussehen? Ich bin wirklich neugierig darauf! Nicht weniger wichtig als das sind aber all jene, die dieses Buch in die Hand genommen und gelesen haben. Vielen herzlichen Dank an euch alle!

Akiko Abe

Autorenkommentare, Teil 1

Akiko Abe

Ich bin seit Kurzem süchtig nach einem Werbespot, in dem es um Shouchuu* geht. Warum ist diese Werbung nur so großartig? Was für ein Poet denkt sich so etwas aus …? Dieser Werbespot gefällt mir so sehr, dass ich direkt in den Fanclub eingetreten bin. Bitte schaut ihn euch auch an.

Io Sakisaka

Die Illustration des Coverbildes wird mir immer in Erinnerung bleiben. Da das Muster auf Kous Flanellhemd falsch gemalt war, musste ich es komplett neu zeichnen. Das geschieht mir sehr oft und jedes Mal, wenn ich es neu zeichnen muss, könnte ich weinen. Wer hatte bloß diese Idee mit dem Karomuster?

* japanischer Schnaps.

Hinweis: Der Konsum von Alkohol ist erst ab einer bestimmten Altersgrenze erlaubt!

Autorenkommentare, Teil 2

Akiko Abe

In einer Serie, die ich anschaue, wird häufig der Ausdruck »Jejeje«* verwendet, aber in der Gegend in der ich lebe, sagt man »Jajaja«. Es gibt sogar eine Sendung mit dem Namen »Jajaja TV«. »Je!« klingt irgendwie so lustig-niedlich, aber »Ja!« klingt eher so, als würde das ein älterer Mann sagen. Warum ist das so?

Io Sakisaka

Während ich an einem Manga zeichne, möchte ich, dass die Leser, wenn sie die Geschichte lesen, gerne in diese Welt eintauchen wollen. Das liegt daran, dass ich, wenn ich meine Lieblingsmanga, Filme oder Bücher konsumiere, auch so empfinde. Es würde mich sehr freuen, wenn es euch beim Manga und der Novel von *Blue Spring Ride* genauso ergehen würde.

*»Jejeje« und »Jajaja« sind Ausrufe der Verwunderung oder wenn jemand überrascht ist.
Je nach Region verwendet man eine andere Aussprache. Je mehr das »Ja« oder »Je« wiederholt wird, desto höher der Grad der Überraschung.

Autorenbiografien

Akiko Abe

Geboren 1985 in der Präfektur Iwate. Nach der Auswahl ihres Werkes *Riku no Ryou* für den Newcomer-Kurzgeschichten-Preis des COBALT-Magazins wurde ihr Werk *Itsumademo* im Jahr 2008 mit dem Romance-Preis ausgezeichnet. Ihr Werk *Okujou Boys* (vorher unter dem Namen *Itsumademo* bekannt) und die Serie *Strobe Edge* wurden beim Taschenbuchverlag Cobalt-Bunko veröffentlicht. Sie hat eine Vorliebe für Blutspenden und schummrige Orte. In ihrem nächsten Leben wäre sie gerne eine Katze.

Io Sakisaka

Geboren am 8. Juni, Sternzeichen Zwilling, Blutgruppe B, stammt aus Tokyo. Gab ihr Debüt mit dem Werk *Sakura Chiru* im Manga-Magazin Bessatsu Margret. Einige ihrer Werke wie *Strobe Edge, BLUE* oder auch *Mascara Blues* wurden vom Label Margret Comics veröffentlicht. Ihre Hobbys sind Faulenzen, Schlafen und Streichen.

TOKYOPOP

TOKYOPOP GmbH
Hamburg

TOKYOPOP
1. Auflage, 2024
Deutsche Ausgabe/German Edition

Aus dem Japanischen von Benjamin Leimser

Redaktion: Markus Rohde, Simone Meinecke
Lektorat: Karen Eifler
Lettering und Herstellung: Mathias Neumeyer
Druck und buchbinderische Verarbeitung:
CPI–Clausen & Bosse GmbH, Leck
Printed in Germany

MIX
Papier
FSC FSC® C083411

Wir achten auf die Umwelt.
Dieses Produkt besteht aus FSC®-zertifizierten und anderen kontrollierten Materialien.

ISBN 978-3-8420-9665-3

www.tokyopop.de

THE RISING OF THE SHIELD HERO – LIGHT NOVEL

Yusagi Aneko

Beim Stöbern in der Bibliothek entdeckt der Nerd Naofumi ein Buch mit der Aufschrift *Traktat der Waffen der vier Heiligen*. Nur wenige Augenblicke später verliert er das Bewusstsein und erwacht in einer videospielartigen Welt. Diese steht kurz vor ihrem Untergang und allein vier legendäre Helden sollen in der Lage sein, den bevorstehenden Angriffswellen der Monster aus anderen Dimensionen Einhalt zu gebieten. Naofumi ist einer von ihnen – der Held des Schildes. Allerdings genießt seine auf Verteidigung spezialisierte Waffe wenig Ansehen. Von Verachtung und Verrat umgeben, steht Naofumi nun vor seiner größten Aufgabe: der Held zu werden, den bisher niemand in ihm sieht!

TOKYOPOP®

www.tokyopop.de